Bettina Kerwien

MÄRZWINTER

Ein Berlin-Krimi

SUTTON KRIMI

Über die Autorin

Bettina Kerwien, geb. 1967, studierte Amerikanistik und Publizistik an der FU Berlin. Nebenbei schrieb und fotografierte sie für verschiedene Zeitungen. Nach dem Studium gründete sie eine Werbeagentur, vermarktete Sportereignisse und gab eine Handball-Fachzeitschrift heraus. Seit 2004 ist sie als Geschäftsführerin in einem Stahlbauunternehmen mit dem Schwerpunkt Theatertechnik tätig und widmet sich in jeder freien Minute dem Schreiben von Spannungsliteratur. Bettina Kerwien lebt und arbeitet im grünen Norden Berlins.

Sutton Verlag GmbH
Hochheimer Straße 59
99094 Erfurt
www.suttonverlag.de
www.sutton-belletristik.de

Lektorat: Dorothée Engel, Hamburger Buchkontor
Gestaltung und Satz: Sutton Verlag
Umschlaggestaltung: der uhlig, Augsburg, www.deruhlig.com
Titelbild: dpa Picture Alliance
Druck: CPI books GmbH, Leck

ISBN: 978-3-95400-597-0

Dieses Werk wurde vermittelt durch BookaBook,
die Literarische Agentur Elmar Klupsch, Stuttgart.

Für meine Eltern

Like a plane crash survivor, Berlin embraces the now.

Simon Cole, Berlin blog at Bookpacking.com

It's midnight in Manhattan, this is no time to get cute
It's a mad dog's promenade
So walk tall or baby don't walk at all

Bruce Springsteen, New York Serenade

Prolog

Take-off

Ich bin gerade zurück aus Sao Paulo, im Gepäck zwei Pullen Duty-Free-Chanel fürs Fest. Langstrecke, ein Höllenjob: Kasachen kotzen die Kabine voll. Über Paris muss ich einen Opi wiederbeleben. Hinter Frankfurt fällt ein Triebwerk aus. Die ganze Zeit schreit ein Baby.

Und dann ist plötzlich Weihnachten in Berlin – Jingle Bells, zwei Grad, Eisregen. Ich bin kaputt, aber noch immer auf Call, in Bereitschaft. Nachts träum ich von handwarmen Kotztüten, die Samba tanzen und Vegetariern, die am Schokokuchen schnuppern und fragen: »Was *genau* ist Hühnchen?« – Jetlag.

Um acht ruft der Dispatcher an, requested mich für Berlin–London. Zwanzig Minuten später bin ich wieder in Tegel. Ich hab zwei verschiedene Schuhe an.

Der Purser teilt mich für Business ein. Wir kriegen keine Rollerlaubnis, das Enteisen dauert ewig. Auf der Passagierliste steht einer, der es in Hollywood geschafft hat: Harry Konig. Konig hat schon vorgeglüht, sein Gesicht leuchtet wie beim Coca-Cola-Weihnachtsmann. Er will einen Schalenkoffer ins Gepäckfach stopfen. Ich spring dazu, der Koffer rutscht los und knallt mir an die Schläfe. Während ich sag: »Macht nichts, setzen Sie sich doch, brauchen Sie noch etwas – ja, Bier haben wir«, läuft mir Blut ins Auge.

Konig lallt, ich soll ihn anschnallen: »Sie ham den richtigen Griff, Frollein.« Ich such erst das Bier, dann ein Pflaster. Harry Konig kann zwar nicht mehr klar artikulieren, aber seine tiefe Stimme trägt bis in die Bordküche. »Kommt 'ne englische Stewardess ins Cockpit«, schwadroniert er, »und fracht den Captain: Coffee, tea or me? Der Captain grinst so – duweisschonwie – und sacht: Wat sich am leichtesten machen lässt. Vastehste?« Konig und sein glatzköpfiger Sitznachbar stoßen mit Bier an und beömmeln sich, als wären wir hier in der Eckkneipe »Bei Heinz«.

»Ladies and Gentlemen«, hör ich, »Ihr Kapitän spricht. Wir haben Starterlaubnis, zwanzig Minuten bis Take-off.« Ich wisch mir das Blut ab. »Cabin crew, all doors to automatic.«

Auf einmal steht Harry Konig hinter mir. »Ich muss pissen«, lacht er.

»Das geht nicht«, sag ich, schieb ihn zurück auf seinen Platz. »Während des Starts sind die Waschräume verriegelt. Bitte schnallen Sie sich wieder an.«

»Ich muss pissen!«, beharrt er. »Jetzt!«

»Vielleicht noch ein Bier für Sie?«, lenk ich ab.

Aber Konig weiß, was er will: »Erst pissen, dann Bier!«

Problems, problems. »Zu allererst muss das Fasten-Seat-Belt-Sign erlöschen«, erklär ich.

»Ich bin ein Star«, schreit er, »ich muss jetzt pissen!«

Ich pack den Star am Oberarm. »Dann pissen Sie halt in der Küche in den Eimer«, zisch ich.

Er reißt sich los. »Eimer? Ich bin oscarnominiert, Saftschubse. Ich pisse, wo ich will.«

Ich seh in Slowmotion, dass er sein Ding rausholt und losstrullt. Er schwenkt es wie einen Gartenschlauch. Dann lässt er sich in den Sitz fallen, tauscht mit dem Kojak-Verschnitt neben sich einen triumphierenden Blick.

»Bis London hastes wieda sauber, Mädel«, grunzt Harry Konig befreit und knackt noch eine Bierdose.

Das ist das Zuvielste. It's the VIP or me.

»Nicht in diesem Leben, Schweinebacke«, lächle ich, greif nach dem Mikro als wär's der Steuerknüppel. »Ladies und Gentlemen, your attention please: Ist ein Journalist an Bord? Ein Journalist bitte sofort in die Business Class. Und machen Sie Ihre Kamera schussbereit, denn die Kabinencrew freut sich, Ihnen mitteilen zu können, dass wir heute Oscar-Anwärter Harry Konig bei uns an Bord haben. Für seine Fans hat Konig das Bordmobiliar mit Morgenurin signiert. Wir beginnen nun mit der Versteigerung zu Gunsten von Säufer ohne Grenzen.«

Ich greif mir den Schampus aus dem Trolley, halt auf Konig und dusch ihn ab wie bei der Formula Uno. Dann gönn ich mir auch einen großen Schluck. Das Gesicht des Pursers erscheint hinter dem Vorhang zur Holzklasse.

»Scheiße …«, haucht er.

Ich schieb ihm den Trolley vors Knie. Dann leg ich den Hebel der Kabinentür um. Es rumst, eine Nitrogenflasche schießt die Tür auf. Stickstoff knallt mit 200 bar in die Notrutsche. In drei Sekunden faltet sie sich auf wie eine Himmelsleiter.

»So, Herrschaften«, sag ich ins Mikro, »schön, dass Sie mit uns fliegen wollten. Leider muss sich Ihre Crew jetzt zu ihrer eigenen Sicherheit selbst evakuieren.«

Das Gummi der Notrutsche radiert mir die Nylons vom Hintern, während ich in den Eisregen auf dem Vorfeld schlitter wie ein havarierter Weihnachtsengel.

Märzwinter

Es ist Freitag, der 22. März 2013. Der kälteste März seit hundert Jahren. Noch eine Woche bis Ostern, Nachtfröste und Schnee. Die Gesichter der Leute sind vereist, mit Tränensäcken wie Tischdeckengewichte. Ganz Berlin kommt mir vor, als rumpele es durch den Nebel, steif wie Frankensteins Monster – allseits Leichenstarre am lebenden Objekt. Ungemütlich. Im Radio nennen sie's Märzwinter. Eine meteorologische Singularität, die die ganze Stadt auf Standby hält. Das schlägt mir aufs Temperament. Ich kann meine speckigen Winterklamotten nicht mehr sehen. Ich heize zu viel, ich esse zu viel, ich arbeite zu viel. Ich dusche zu lange.

Mein Name ist Liberty Vale, Ex-Flugbegleiterin. Ich bin eine New Yorkerin in Berlin. Erzähl ich jedem, der's hören will. Denn New York ist gut fürs Geschäft. Ich brauch das Geld, und hier geht's nicht um Fabergé-Eier zu Ostern, sondern vielleicht mal um einen Blumenstrauß für meine Mama. Schließlich hat sie wenig Freude an mir, seit mich die Airline gefeuert hat. Gefeuert und verklagt, genauer gesagt, wegen Notrutschenmissbrauchs in Tateinheit mit gefährlichem Eingriff in den Luftverkehr. Flug ausgefallen, Anschlussflüge auch, Notrutsche muss überholt werden. Round about zweihunderttausend Euro Schadenersatz wollen die von mir. Na ja. Das können die zwar wollen, aber haben tu ich's nicht. So what. Leben muss ich trotzdem. Also verkauf ich mich ein bisschen unter Wert. Vorübergehend.

Ich mach eigentlich nur ein paar Jobs im Monat. Seit Neuestem kann ich nicht mehr immerzu arbeiten. Ich muss auch mal nachdenken. Latte trinken und spazieren gehen. Lesen. Darüber hinwegkommen, dass so ein Schwein mich benutzen darf wie 'ne Bordtoilette, aber ich darf mich nicht wehren. Von Berufs wegen, oder weil ich 'ne Frau bin oder einfach weil der liebe Gott mich körperlich so ausgestattet hat, dass jeder meint, sich alles herausnehmen zu dürfen? Irgendwie hat mich das angefasst. Also setz ich erstmal vorübergehend komplett auf mein Exterieur. Während ich gleichzeitig innerlich meine Optionen ventiliere. Soll ich doch noch ernsthaft was aus meinem Leben machen? Jura? Yoga? Java? Noch kann ich das Ruder rumreißen. Hoff ich.

Wie auch immer, an diesem Wochenende hab ich gleich zwei Kunden zugesagt: heute Abend dem Cowboy, morgen Abend dem Peer. Irgendwie gierig von mir, aber neben Geld brauch ich dringend mal wieder eine positive Ansprache und was zu trinken gegen die Winterdepression. Ich komm aus der Dusche und was ich da im Badezimmerspiegel seh, das sind ungelogen die beiden Top-Attraktionen von Berlin. Ich zieh den sehr heißen BH über, transparenter Tüll, kaum sichtbar, weiße Blütenstickerei. Zeigt fast mehr, als er verhüllt. Darüber die weiße Bluse, aufgeknöpft bis zum Bauchnabel, lange Kette mit Kruzifix. Dann eine scharfe Strumpfhose als Tribut an den späten Winter da draußen. Die knallkurze Jeansshorts ist eigentlich nichts für eine geschlossene Schneedecke, aber hey, irgendein Gegenzauber wider sibirische Kaltluft muss her, sonst suchen wir tatsächlich nächste Woche Eier im Schnee. Ich leg meinen breiten Ledergürtel an, die Südstaaten-Rebellen-Schnalle mit Spruch »Liberty or Death« und die Cowboystiefel. Dann kämm ich mein lichtblondes Rapunzelhaar aus und komm dabei langsam selbst in den dirty New York state of mind, der meine Show hier am Laufen hält. Ich bin oft so in character, dass hin und wieder einer die Abendvorstellung mit der Wirklichkeit verwechselt. Wenn also ein Kunde jammert: »Du brichst mir das Herz, Libby!« – c'est la vie, honey. Die Staaten haben den Europäischen Gerichtshof für Menschenrechte nie anerkannt. Get over it. Einen Yankee kriegst du nicht ran für Verbrechen gegen die Menschlichkeit.

Ich mal mir hot chilly lips und smokey eyes. Wird dem Cowboy gefallen. Mir gefällt's auch. Ich hab so einen tödlichen Huskyblick und russisch-animalische Lippen wie die junge Pamela Anderson, wirklich nicht schlecht. Ich bin jetzt Anfang dreißig und es ist eher Licht an als Licht aus für mich. Ich hab schon so viel probiert im Leben, von Kassiererin im Pornokino bis zum abgeschlossenen Grundstudium in Rechtswissenschaften. Aber mit Männern arbeit ich doch am liebsten. Das ist einfach. Ich brauch bloß meine starke Seite zeigen und die ist oben und vorne. Dann läuft das. Manchmal macht mich das so traurig und ich will ganz dringend von irgendetwas oder irgendjemandem mal so richtig gefordert werden. Ich mein, Reiz-Reaktions-Schema, wie langweilig ist das denn? Es ist 2013 und unser Sozialverhalten ist nicht komplexer als in der verkackten Altsteinzeit? Da würd ich wirklich gerne mal mit jemandem drüber philosophieren.

Während ich die Lederjacke überzieh, fällt mir noch ein Bonmot ein, das eine meiner Jura-Professorinnen in Rechtsphilosophie immer zum Besten gegeben hat: Wie viele Köpfe hat ein Mann, wenn wir seinen Schwanz »Kopf« nennen? Antwort: Einen! Aus einem Schwanz wird kein Kopf, auch wenn man ihn so nennt. Oder ihn so benutzt. – Seit ich das gehört hab, halte ich mich für die Grande Dame der Äquivalenzrelation. Die Identität eines jeden mit sich selbst ist ein formales Kriterium der Wahrheit, das ist von Kant. Könnt aber auch von mir sein. Es fällt mir schwer, mich zu verstellen, und deshalb müssen die Jungs das auch nicht. Ich leg's natürlich formal darauf an, dass ihr einer Kopf bei meinem Anblick größer wird. Schämen muss man sich dafür nicht.

Exit

»Kein guter Tag für Deutschland«, sagt Ministerialdirektor Karl zu Saynheim. »Und das so kurz vor der Bundestagswahl.«

Ein Schweißtropfen läuft ihm über die Schläfe. Er schaut in die Runde, die sich im Konferenzraum von MGF, Managing Global Finance, versammelt hat. In der Konzernzentrale des Softwaregiganten aus Friedrichshain ist es so heiß, wie es draußen kalt ist. Wahrscheinlich irgendwas mit der Heizung. Oder psychosomatisch. Eigentlich hat Saynheim längst Feierabend. Er will nach Hause, hat seiner Frau versprochen, dass er kocht. Stattdessen steckt er in diesem Außentermin fest. Reden statt Ravioli mit Rucola. Immerhin sitzt er mit dem Rücken zur Wand, ihm gegenüber eine schöne Frau und ein bulliger, pockennarbiger Norditaliener. Mit dem Rücken zur Wand, das ist Saynheims Stammplatz im Leben. Er sitzt auch gerne so beim Meeting, vor allem, damit niemand sieht, was auf dem Bildschirm des Laptops vor ihm passiert. So hat er es immerhin zum Stabschef des Finanzministers gebracht.

Saynheims Hände sind nass. Er reibt seinen Zeigefinger mit dem Daumen. Die schöne Frau gegenüber trägt einen roten Seidenschal, dessen Enden im Rhythmus ihres Pulsschlags zittern. Genau wie ihre Nasenflügel. Die schöne Frau heißt Viktoria Jung. Sie ist die Chefin.

»Niemand von uns ist sauber«, sagt Viktoria Jung. »MGF nicht, das Bundesamt für Sicherheit in der Informationstechnik nicht, das Finanzministerium nicht. Vom Außenministerium wollen wir erst gar nicht anfangen.«

Karl zu Saynheim stürzt das Mineralwasser herunter. »Es war Ihre Idee«, zischt er.

Viktoria Jung lacht böse, schüttelt ihre Blondmähne. »Die Idee ist ursprünglich von Franz Josef Strauß«, spottet sie.

»Die CSU sollte hier kein Maßstab sein«, murmelt Saynheim.

»Und!« Jung knallt die flache Hand auf den Tisch. »Und die Ideen Ihrer Schwesterpartei haben Ihnen verdammt gut gefallen, solange es keine Probleme gab!«

»Probleme?«, sagt der Italiener. Die Muskeln an seinen gewaltigen Oberarmen spannen sich. »Es gibt nur *ein* Problem Und das ist diese Frau.«

Saynheim schätzt den Mann und seine knallharte Nüchternheit. Vorschläge statt Vorwürfe. Saynheim weiß nicht viel von Heiko Lorenzo. Nur, dass er bei der Armee war und ein paar italienische Restaurants von seinen Eltern geerbt hat. Jetzt ist er der Schwager von Frau Jung. Außerdem der Vice-President eines Biker-Chapters. Den Hiker nennen sie ihn dort. Der Hiker hat einen Sicherheitsdienst: Lorenz Secur. Lorenz, nicht Lorenzo. Das klingt deutscher.

»Julia Steinberg weiß Bescheid«, sagt Lorenzo. »Wir haben ihren Laptop gehackt. Sie ist nicht dumm.«

Viktoria Jung springt auf. »Scheiße!«, fährt sie den Italiener an.

Saynheim zuckt zusammen.

»Wie konnte das passieren, Heiko? Saynheim? Wie? Haben wir eine undichte Stelle?« Sie holt aus, tritt einen Stuhl quer durchs Büro.

»Sie hat keine Beweise«, gibt Saynheim kleinlaut zu bedenken.

»Noch nicht.« Die Jung wischt das Argument weg. »Aber selbst wenn sie sich ohne Beweise jetzt an die Presse wendet, gibt das einen Skandal, der fegt die Koalition weg und MGF gleich mit! Ein halbes Jahr vor der Bundestagswahl. Können Sie sich vorstellen, wie das beim Wähler ankommt? Und in Europa wird Deutschland zur Lachnummer. Gegen das Ding sind Bunga Bunga und Kinderpornos auf Bundestagsrechnern ein Kavaliersdelikt!«

Das Blut pulst in heißen Wellen durch Karl zu Saynheims Hirn. Er hat Arterienverkalkung am Hals. Das ist alles zu viel für ihn. Er hält sich am Wasserglas fest, sieht verschwommen, wie Viktoria Jung aus dem Fenster auf die Spree starrt. »Wenn sie mit der Presse spricht, können wir nichts machen«, röchelt er. »Wenn sie sich ans LKA wendet, habe ich das im Griff. Glauben Sie mir.«

Lorenzo schnaubt belustigt. »Wo stand Deutschland noch mal auf dem Korruptionswahrnehmungsindex von Transparency International?«

Saynheim versteht seine Lockerheit überhaupt nicht. Weiß der Mann nicht, worum es geht? »Platz dreizehn«, antwortet er automatisch. »Vor Hongkong und Barbados.«

»Und Italien?«

»Auf zweiundsiebzig. Weit hinter Ghana und Kuwait.«

»Scheiße!« Lorenzo kriegt sich nicht mehr ein. »Waren wir das ganz alleine, Vikki?«

Die Jung will ihrem Schwager eine verpassen. Er fängt ihre Hand mühelos ab.

»Denk nach«, faucht sie und reißt sich los. »Denk verdammt nochmal nach. Wofür bezahle ich dich?«

Schweißgebadet greift Saynheim zum letzten Mittel. Auf seinem Laptop öffnet er eine E-Mail mit dem Betreff »Exit-Strategie«. Eine E-Mail von Doktor Uwe Ricken, Partner bei der internationalen Ratingagentur Silver & Wolf. Saynheim findet Ricken großartig. Der Mann gibt ihm Halt. Ricken fällt immer was ein.

Die Jung läuft auf und ab und rauft sich die Haare. »Was machen wir? Was machen wir bloß?«

»Die Jung ist eine Cholerikerin. Wenn sie die Nerven verliert«, liest Saynheim in seiner E-Mail, »erinnerst du sie daran, dass sie sich zusammenreißen muss. Ihr ganzer Laden ist systemrelevant, Deutschland kann es sich nicht leisten, MGF fallen zu lassen.«

Saynheim steht auf. »Setzen Sie sich wieder, Frau Jung«, sagt er mit seiner Ministerialdirektorstimme. »Sie wissen so gut wie ich, dass Deutschland Ihren Konzern niemals fallen lassen wird. Fallen lassen kann. Ihre Software ist systemrelevant. Ich sichere Ihnen zu, dass der Name MGF niemals in Zusammenhang mit … gewissen Vorgängen genannt werden wird.«

»Schwachsinn, Saynheim! Das liegt doch schon längst nicht mehr in Ihrer Hand. Stellen Sie sich vor, wenn die Opposition das wittert – jetzt im Wahlkampf. Diese – diese Person … wir müssen sie mundtot machen. Schnell und endgültig. Was fällt den Herren dazu ein?«

Saynheim liest auf seinem Bildschirm: »Wenn vorgeschlagen wird, die Frau zu beseitigen, sagst du: Jeder hat seinen Preis.«

»Warum gehen wir die Sache nicht offensiv an?«, fragt Saynheim. »Noch hat sie keine Beweise, und jeder hat seinen Preis. Holen wir sie an Bord.«

Der Italiener hat eine bessere Idee: »Wir sollten sie verschwinden lassen.«

Saynheim kann die Eigendynamik nicht fassen, die die Sache in dieser Sekunde entwickelt. Sitzt er tatsächlich gerade mit zwei Leuten an einem Tisch, die einen Mord planen wie eine Anzeigenkampagne?

»Du hast das Go«, nickt die Jung. »Aber du sprichst jeden Schritt mit mir ab. Ich will alles wissen. Keine Alleingänge.«

Saynheim kann das Geschriebene auf seinem Laptop plötzlich nicht mehr lesen. Das Blut rauscht in seinen Ohren. »Vielleicht könnte man die Frau ins Ausland …«, stottert er. »Ich habe gehört, Argentinien …«

»Halten Sie den Mund, Saynheim«, Viktoria Jungs Stimme knallt über den Tisch wie eine Neunschwänzige Katze. »Sehen Sie zu, dass im Ministerium alle auf Kurs sind. Sprechen Sie mit Ihren Freunden bei Silver & Wolf. Und mit Mutti, gleich morgen. Machen

Sie ihr klar: Ihre Zukunft hängt daran, dass alle die Nerven behalten.«

»Mutti? Oh.« Saynheim ist peinlich berührt ob des legeren Spitznamens. »Aber – aber sie weiß nichts. Der Minister …«

Jung lacht hämisch. »Typisch. Wie kann man einen Laden führen, in dem man nicht Bescheid weiß?«

Saynheims Gesicht glüht. Die Hitze drückt ihm die Luft ab. »Kann ich sonst nichts tun?«, fragt er heiser.

»Sie wissen von nichts.« Viktoria Jung zählt es ihm an ihren Fingern vor. »Sie sprechen nur noch mit mir. Sie vernichten alle Akten, alle E-Mails. Keine Deals mehr. Keine Vorverträge mit dem Élysée. Auch keine positive Begleitung.«

Heiko Lorenzo steht auf. »Wir hängen uns an die Frau, 24/7«, sagt er. »Ich will Jäger dabei haben. Und Sie machen mir den Kontakt zum LKA, Saynheim.«

Jung schiebt den Ministerialdirektor zur Tür. »Vergessen Sie nicht«, flüstert sie, »mit wessen Software Sie in den letzten zehn Jahren Ihre Steuererklärungen gemacht haben. Sie und all die anderen Amigos auch.«

Der Mann mit den zwei Köpfen

Draußen ist es dunkel und es schneit wie in »Leise rieselt der Schnee«. Durch den Matsch lauf ich die Turmstraße herunter. Eine rußige Kälte hängt zwischen den Häusern. Mein Atem kondensiert. Ich bin froh, dass der Cowboy pünktlich ist. Sein 67er Chrysler Newport Convertible – weiß-rote Sitze – steht schon mit laufendem Motor an der Ecke Stromstraße. Das ist Alt-Westberlin und die Muttis im Humana Second Hand verrenken sich fast den Hals. Zwanzig Prozent wegen des Wagens, dreißig Prozent wegen des Cowboys, der Rest geht auf mich. Küsschen rechts, Küsschen links. Der Cowboy trägt Solariumbräune zu Goldzahn, Siegelring, weißer Lederjacke. Er ist zwar'n Sugardaddy, verdient aber Respekt. Immerhin hat er sein Geld selbstgemacht, mit deutscher Country-Musik, zu den Zeiten, als der wilde, wilde Osten hier noch gleich hinterm Checkpoint anfing. Ich bin gerade alt genug, um mich zu erinnern.

Der Cowboy ist ein Witzbold. Wegen des Schnees hat er ans Armaturenbrett seines Cabrios ein Schild gehängt: »Vorübergehend geschlossen«.

Zuerst will er mich zum Essen ausführen. Sein Stammlokal ist eine pathetische Truckerkneipe in Kreuzkölln. Er parkt den Oldtimer auf der Busspur vor der Kneipe und hilft mir aus dem Wagen. Der Cowboy steht auf mich, weil ich langbeinig und blond bin wie 'n Palominopony. Außerdem findet er, ich hätt 'ne super Jazz-Stimme. Was man halt so sagt, wenn man sich als Musikproduzent einen schönen Abend machen will.

Die Stammtischfreunde vom Cowboy sind auch schon da. Das Aussteigen aus dem Auto ist für mich 'ne Kunstform. Ich zieh meine Lederjacke aus, der Cowboy nimmt meine Hand, ich schau in die Runde wie Paris Hilton in »One Night in Paris«. Dann zeig ich den Jungs, wie das Wort »Hotpants« erfunden wurde. Ich liebe das.

Während wir reingehen, befummelt der Cowboy meinen Heckspoiler. Flüstert mir ins Ohr, ich sei 'n Wildpferd. Dann sitz ich auf seinem Schoß. Noch zwei, drei Bourbon, und er will mich zureiten. Ich zieh ihm meine manikürten Krallen durchs Haar.

Der Cowboy bestellt Steak Mariendorf – ausgedienten Vollbluttraber an würziger Anabolikabeize. Der Berliner an sich ist ein pragmatischer Allesfresser, was sich nur mit einem Kollektivtrauma aus Blockade-Zeiten entschuldigen lässt. Wenn ich mit dem Cowboy unterwegs bin, lüg ich ihm deshalb sicherheitshalber vor, dass ich Vegetarierin bin. Damit er nicht den Einmalgrill aus dem Handschuhfach holt, wenn er auf der Potsdamer 'nen Pitbull streift.

Also bestell ich mir ein Eis, passend zum Wetter. »Dein kleines Pferdchen braucht ein neues Geschirr«, mach ich dem Cowboy klar. Tippe auf mein Dekolleté. Modeschmuck. Kruzifix. Das geht besser. Ich zeig ihm auch meine Cowboystiefel. Gott sei Dank sind sie weit weg, dahinten irgendwo, am Ende meiner Beine. Denn sie sind einfach total last season. Meine Kunstwimpern klimpern. Lass dein Pferdchen neu beschlagen. Bei Manolo auf der Fifth.

Dieser Job ist genauso anstrengend, wie es sich anhört, aber super bezahlt. Und für eine Nacht im Monat versteh ich mich großartig mit dem Cowboy. Nachdem er seinen Zossen verdaut hat, will er noch in einen Club, ins »Cascada« oder »60 seconds«. Privat steht er mehr auf House als auf Country. Mir ist alles recht. Zum Glück ist der Cowboy heute unaufdringlich. Nach zwei Ansagen kapiert er sogar, dass ich kein Ehefrauenmaterial bin.

Der VIP-VIP-Bereich des »60 seconds« ist eine Penthouselounge hoch über der Stadt. Goldene Kloschüsseln, fette Technobeats, echt over the top, zu hart für mich, der Bass peitscht meinen Puls auf Sprintniveau. Der Cowboy tanzt – mit mir, mit sich selbst, schwitzt, lacht laut, trinkt zu viel Bourbon. Ich weiß, ich muss ihn nach Hause fahren, und halt mich an Eistee. Gegen Mitternacht fang ich an mich zu langweilen. Seit einiger Zeit wird das Publikum hier immer fader. Ich versteh die Türpolitik nicht mehr. Nur noch B-Promis, Möchtegern-Poser, Golddigger, die Gesichter wie glasiert. Der Cowboy kennt natürlich alle, sogar ein Geschwader kaum strafmündiger Bunnys aus Frankfurt (Oder) in goldenen Minikleidchen. Ich frag mich, warum der Cowboy mich überhaupt gebucht hat. Nehm ihm schon mal den Autoschlüssel weg. Er protestiert nur schwach.

Bumm-Bumm-Bumm. Die Musik nervt. Auf der Suche nach ein bisschen Zerstreuung bleibt mein Blick an einem Typen hängen, der an der Bar steht: hält sich sehr gerade, Maßanzug, doppelt gebrochene Boxernase, schöner Mund. No-Nonsense-Blick. Sieht aus wie ein Schnüffler aus dem Samstag-Abend-Programm, aufpoliert wie ein Dobermann, melancholisch wie ein Mops mit Strasshalsband. Klar, wie ich ist er beruflich hier. Security wahrscheinlich, gehört zu dem dicken Russen in der Sofalandschaft nebenan. Der Russe amüsiert sich prächtig: Sein Hemd ist offen, das Brusthaar schweißnass, in einem Arm eine Wodkaflasche, im anderen 'ne Mieze. Ein fleischgewordenes Klischee, wie die ganze Bagage hier. Der stahlharte Blick von der Bar hingegen zerteilt den Raum wie ein Laserschwert, bleibt für Sekundenbruchteile an mir hängen. Das einzig wache Gesicht im ganzen Club, denk ich, steh auf und schieb den Cowboy zur Garderobe.

Im Fahrstuhl wird mir klar, dass ich einen anderen Job brauch. Der Cowboy schnarcht an meiner Schulter, ein Sabberfädchen im Mundwinkel. Pflegestufe II. Ich hab 'ne Menge übrig für Altersweisheit und, klar, ich will früh ins Bett wegen des Jobs mit Peer morgen Abend. Supernanny für eine Nacht, das langweilt mich zu oft in letzter Zeit. Da muss doch noch was kommen. Vielleicht sollt ich tatsächlich wieder anfangen zu studieren, wie ich's meiner Mutter schon die ganze Zeit erzähl. Und privat? Meine Professorin fällt mir ein. Wo bleibt der Mann mit den zwei Köpfen, wenn eine Lady ihn wirklich braucht?

Aufbau der Republik

Buenos Aires, schreibt die Staatssekretärin in lilafarbener Tinte. Die Winter sind mild dort. Alte Männer würfeln im Café Tortoni. Pärchen tanzen Tango auf der Straße. Zum Frühstück gibt es warmes Licht, aufgeschäumt.

Flüge checken.

Doktor Julia Steinberg unterstreicht das zweimal.

Eine Woche vor Ostern ist es in Berlin kalt und dunkel. Über Steinbergs Schreibtisch summt die Umluftheizung. Sie verbringt schon die zweite Nacht im Finanzministerium an der Wilhelmstraße. Sie hat ein Wandklappbett im Büro. Die Luft ist steril, geruchlos, wohltemperiert.

Julia Steinberg liest weiter: »Insgesamt dürfte die konjunkturelle Grunddynamik in der ersten Jahreshälfte 2013 weitgehend dem Konjunkturbild entsprechen, das der Frühjahresprojektion der Bundesregierung zugrunde gelegt wurde.« Ein schöner Satz. Leider grundfalsch. Julia Steinberg klappt Drucksache 451/13 zu. Vieles darin ist gelogen. Steinberg weiß, auf Seite zehn folgt der Finanzplan des Bundes 2013 bis 2017. Eine knapp halbseitige Zahlentabelle, reine Fiktion, in der über jeder Spalte eine Abkürzung steht: MRD, Milliarden Euro. 32,1 Milliarden Euro Nettokreditaufnahme zum

Beispiel. Steinberg kennt die Tabelle auswendig. Offiziell ist es ihre Aufgabe als parlamentarische Staatssekretärin, den Finanzminister bei der Erfüllung seiner Regierungsaufgaben zu unterstützen. Aber Parlamentarische sind dem Minister, den Menschen und auch sich selbst ein Rätsel. Was machen sie eigentlich, außer kassieren natürlich? Für die richtige Arbeit gibt es die beamteten Staatssekretäre. Oder den Wissenschaftsbeirat.

Julia Steinbergs Schreibtisch ist leer. Er wird leer bleiben bis zur Wahl im September. Vorlagen sehen nur die Beamten und die Minister. Weisungen, Gesetze oder Referentenentwürfe bekommt Steinberg nur, wenn der beamtete Kollege für die Weiterleitung sorgt. In diesem Jahr durfte sie bisher eine Kleine Anfrage der Bundestagsfraktion der Linken beantworten. Ihre Antwort wurde als »größtenteils Verschlusssache« eingestuft und in der Geheimschutzstelle dem Deutschen Bundestag zur Verfügung gestellt. Dabei wäre ein Aufschrei durch die Republik gegangen, wenn der Text bekannt geworden wäre.

Frustriert steckt Steinberg ihren Füllfederhalter ein. Minister unterschreiben mit grün, parlamentarische Staatssekretäre mit lila. Lila heißt für die Beamten: liegen lassen. Steinberg ist sechsundvierzig. Klar, sie hat ihren Wahlkreis. Das heißt im Wahlkampf: Luftballons verteilen auf der Wilmersdorfer. Und hier im Ministerium verschwindet sie in der Bedeutungslosigkeit. Offizielle Termine hat der Minister ihr untersagt. Sie solle doch eine wissenschaftliche Studie machen, regt er an. Vielleicht zur Akzeptanz einer Grundsteuererhöhung. Oder zur Erbschaftssteuer. Der Minister und Steinberg verstehen sich nicht mehr, seit sie ihr Buch veröffentlicht hat. Steinberg sei nicht auf Linie, sagt er. Eine Nestbeschmutzerin. Er ahnt nicht, wie recht er hat.

Also geht Julia Steinberg tagsüber Hände schütteln im Seniorenstift Rosenhof oder in den Bundestag, in den Ausschuss. Diskutiert über Nebensächlichkeiten. Wenn es wichtig wird, kommt der Minister. Steinberg verschwendet ihre Zeit. Das sterile Büro im Detlev-Rohwedder-Haus ist nicht der Anfang ihrer Karriere, es ist das Ende.

Bevor sie den Laptop herunterfährt, ruft sie die Internet-Suchmaschine auf. *Julia* tippt sie. Romeo, antwortet die Welt. Julia Roberts. Julia Child. Julia Timoschenko. *Steinberg* schreibt sie. Es erscheint der Titel ihres Buches: *Die Macht des Informellen.* Ein Foto von einer Wahlkampfveranstaltung bei Thalia in den Wilmersdorfer Arcaden, Julia Steinberg hält ihr Buch in die Kamera und lacht. Die Suchmaschine zeigt ihre Partei (CDU), ihr Amt, ihren Wahlkreis – Charlottenburg-Wilmersdorf 1. Westend. Und dann noch: Vermögenssteuer. Kapitalmigration. Finanzen sind ihr Ding. Gut also. Noch ist alles in Ordnung. Noch weiß es keiner.

Steinberg klappt den Laptop zu. Schiebt die Unterlagen zusammen, nimmt Pelzmantel und Aktentasche. Der Dienstwagen wartet im Innenhof. Hier im ex-preußischen Kriegsministerium, späterem Reichsluftfahrtministerium, sind die steinernen Hallen wichtiger als die Menschen. Es ist ein Haus, gebaut, um die Welt zu unterwerfen. Es ist keine Schule. Eine parlamentarische Staatssekretärin sollte eine Juniorministerin sein. Tatsächlich ist der Job bloß Unfug. Hier an der Wilhelmstraße lernt niemand fliegen, der es noch nicht kann.

Steinberg kann es. Sie ist Volljuristin mit Konzernerfahrung. Sie ist die bessere Finanzministerin. Und – last but not least – sie hat einen Plan. Ihre Schritte hallen durch die östliche Säulenvorhalle. Steinberg passiert das Wandbild »Aufbau der Republik« von Max Lingner am Freitag, dem 22. März 2013, um 22.24 Uhr. Ihr Blick fliegt über die alles gestaltende, alle Macht ausübende Arbeiterklasse: rigorose Gleisarbeiter, verzückte Hochöfner, nachblondierte Garbenbinderinnen. Ihr derber Charme entzündet in Steinberg eine trotzige Euphorie. Sie wird ein Comeback hinlegen, wie Deutschland es noch nicht gesehen hat. Nachher würde sie dringend einen Cafecito, Fernet con coca und ein freundliches Gesicht brauchen. Steinberg schaltet ihr Handy aus, nimmt den Akku raus. Die nächste Stunde, eine dunkle Stunde, entscheidet darüber, ob Julia Steinberg einen Grund zum Feiern haben wird oder nicht.

Liberty Dreamhouse Experience

Obwohl er Stammkunde ist, hab ich keine Ahnung, wo der Cowboy wohnt. Aber noch gibt es ja keine Fundstelle für angeknallte Oldtimer, die einem nachts auf den Straßen der Stadt zulaufen. Also schlepp ich ihn durch die Tiefgarage, er plumpst auf den Beifahrersitz seines Amischlittens.

»Ick fahr schon, Libby«, lallt er unwillig.

Dabei ist er schon zum Mitfahren zu dicht.

Ich frag ihn nach seiner Adresse. Er sagt sie mir: »Schuhause«, kippt gegen die Nackenstütze und schaltet sich aus.

Yeah. Nun ja, wir leben in modernen Zeiten und ich bin ein modernes Mädchen. In seinem Handschuhfach find ich ein Navi, schalt's ein und da gibt es tatsächlich ein Ziel, das »Zuhause« heißt. Der Oldtimer springt sofort an und blubbert beruhigend vor sich hin wie eine Wasserpfeife. Er hat diese luxuriöse amerikanische Federung und so schaukeln wir die Garagenauffahrt hoch. Der Cowboy wohnt erschreckend nah, quasi nur einmal um den Großen Stern, in Berlins unwahrscheinlichster Villengegend: südliches Hansaviertel, direkt am Tiergarten. Ganz Sklavin einer seelenlosen Frauenstimme, bieg ich auf Befehl zweimal rechts ab.

Händelallee, das ist schon as good as it gets. Weiße Fassaden im Bauhausstil schimmern linker Hand im Dunkeln, rechts ist nur der Tiergarten. Die Straßen sind menschenleer. Als Frau Navi gerade sagt: »Sie haben Ihr Ziel erreicht«, öffnet sich auch schon links ein Garagentor. Vielleicht sollt ich mir den Cowboy doch warmhalten, denk ich, und lass den Oldtimer einschwimmen. Ich stell den Motor ab, öffne die Beifahrertür und rüttle den Cowboy wach. Er starrt mich an, die Augen in Aspik.

»Ismiaschlächt«, stöhnt er.

Ich reiß ihn hoch, raus aus der Garage, rein in den schwarzen Schnee im Vorgarten.

Moshammer

Seit Stunden geht Viktoria Jung in ihrem Büro auf und ab, denkt an das Datenfusionsmodul, das MGF bereits vor Jahrzehnten in die Finanzsoftware des Bundes integriert hat. Dafür hatte sie einen Auftrag. Das Programm sammelt Intelligence-Daten, filtert sie, klassifiziert und aggregiert sie. Und der Steuerbürger wundert sich, wenn er ein Schreiben erhält, dass ihn auffordert, vorfristig seine Steuererklärung abzugeben. Algorithmische Analyse als Handlungsempfehlung, nichts weiter. Alles im Rahmen des Grundgesetzes. Zumindest sagt das die MGF-Rechtsabteilung. Mehr Sorgen macht Jung das MGF-Modul, das den internationalen Währungshandel eines Staates abwickeln kann: MGF State. State handelt nicht immer nach objektiven Kriterien. Und MGF selbst – nun, Viktoria Jung würde ihre Vertriebsstrategie als kreativ bezeichnen. Wer weiß schon genau, wie viele hochrangige deutsche Finanzpolitiker die Regierungen befreundeter Staaten beraten? Und welcher Staat würde nicht gerne dastehen wie Deutschland? Hundertschaften von Finanzbeamten sind mit nichts anderem beschäftigt als auf allen Kontinenten effiziente Systeme aufzubauen, nach deutschem Vorbild. Kein Wunder, dass da auch die eine oder andere Software-Empfehlung gegeben wird. Schließlich gibt es nicht viele Alternativen zu einem Programm wie MGF State in diesem Segment. Was jeder im Ministerium, aber niemand in der Öffentlichkeit weiß: Für Empfehlungen zahlt der MGF-Konzern Provisionen. Auch Sachleistungen sind nicht unüblich: Eigentumswohnungen, schnelle Autos, goldene Uhren. Eine Win-win-Situation.

Viktoria Jung fragt sich, ob sie in den letzten Jahren schlau genug gewesen ist. Seit die Offshore-Steuerparadiese hochgehen wie Tischfeuerwerk und in Deutschland die Kreditversicherer die Macht übernommen haben, wird es immer komplexer, Geld zu verschieben. Viel zu viele Leute wissen Bescheid. Follow the money, nicht umsonst das beliebteste Motto aller investigativen Journalisten. Soll sie die Koffer packen und abhauen? Die Seite wechseln?

Sich als Kronzeugin anbieten? Aber Deutschland ist voll von toten Whistleblowern oder Zu-viel-Wissern wie Lars-Oliver Petroll oder Uwe Barschel. Jung denkt an den Ex-NSA-Mitarbeiter Snowdon, der im Transitbereich des Moskauer Flughafens festsitzt, und WikiLeaks-Gründer Julian Assange in seinem kleinen Zimmer in der ecuadorianischen Botschaft in London. Viktoria Jung hat Familie, sie will leben und zwar nicht auf den Virgin Islands.

Ihr Blick fällt auf Heiko Lorenzo. Ihr Schwager telefoniert über die abhörsichere Leitung. Sein Gesicht ist rot vor Müdigkeit. Er reibt sich den wuchtigen Nacken.

»Probiert es weiter«, befiehlt er. »Und schickt einen Mann zu ihrer Wohnung.« Lorenzo beendet das Gespräch. »Keine Spur von der Steinberg. Wir können ihr Handy nicht orten. Es ist aus.«

Viktoria Jung nickt. »Sie wird wieder auftauchen. Sie ist Staatssekretärin, keine Undercover-Agentin, und sie hat keine Ahnung, dass wir an ihr dran sind.«

Jung hat viel zu viel Kaffee getrunken. Ihre Zähne fühlen sich an wie besandet, Magensäure brennt in ihrer Speiseröhre. Sie will schlafen. Aber sie weiß, ohne Plan findet sie heute Nacht keine Ruhe.

»Wir dürfen nicht zulassen, dass der Verdacht auf ein Motiv aus dem politischen Bereich fällt«, sinniert sie. »Denk nach, Heiko. Was ist das Gegenteil eines politischen Motivs?«

»Ein persönliches Motiv«, sagt er, plötzlich hellwach. »Was meinst du? Ein schmutziges kleines Geheimnis?«

Viktoria Jung kombiniert so schnell wie ihr Datenfusionssystem. »Ich hab's.« Kunstpause. Sie sieht in die Nacht hinaus, bis sie Heikos volle Aufmerksamkeit hat. Die Spree glitzert wie ein Band schwarzer Diamanten. »Wir machen es wie bei Moshammer. Es muss so aussehen, als hätte sich die liebe Julia eine Nutte bestellt. Die hat sie dann umgelegt, im Streit um den Liebeslohn. Ich seh die Schlagzeile in der *Berlin Post* schon vor mir.«

Heiko Lorenzo nickt bedächtig. »Wir machen es besser als bei Moshammer. Nicht so eindimensional. Das gibt einen Skandal, der größer ist als das bisschen Vorteilsnahme im Amt.«

Plötzlich fügt sich alles für Viktoria Jung. »Joachim Jäger kann uns ein Escortmodel besorgen. Seine Freundin hat eine Agentur.«

Heiko Lorenzo schaut durch die Jung hindurch. Plötzlich fokussiert sich sein Blick. Im Dunkeln seiner Pupillen explodiert ein Feuerball. Heiko bleckt die Zähne, bläht die Nüstern wie Jack Nicholson in »Shining«. Viktoria Jung wünscht sich still verzweifelt, dass sie auf diesen Mann nicht angewiesen wäre.

»Der Plan ist genial«, sagt Lorenzo wie in Trance. »Da lässt sich so einiges mit einem Mal erledigen, das ich noch auf dem Zettel habe. Ich finde einen Weg, Julia Steinberg auszuschalten und es jemandem anzuhängen, der es wirklich verdient hat. Wirst sehn.«

Viktoria Jung braucht einen Moment, um zu verstehen, was Lorenzo meint. »Wieder die alte Geschichte, Heiko? Das ist jetzt fünf Jahre her. Warum kannst du's nicht endlich abschließen? Loslassen?«

»Rache.« Lorenzos Augen leuchten manisch. »Ich hab das Geld, die Kontakte und die Macht, mich zu rächen. Ich denk jeden Tag daran. Ich brauch das, Vikki. Die Familie will es auch. Du weißt das.« Der Italiener legt Daumen und Zeigefinger der rechten Hand aneinander und betont jede einzelne Silbe.

Ja, sie weiß es. Und sie weiß auch, dass das Ganze ein tragischer Unfall war. Ein Fakt, den Lorenzo ignoriert. Viktoria Jungs Rückenhaut zuckt nervös. »Hattest du deine Rache nicht?« versucht sie ihn zu beruhigen. »Ich meine, du hast seine schwangere Frau …«

Lorenzo hebt die Hand, das Gesicht aus grobporigem Granit. »Kein aber. Mein Bruder war ein *Kind*, Viktoria. Das verjährt nicht.«

Der Mann ist besessen. Aber es gibt keine Alternative zu Lorenzo für Viktoria Jung. »Komm zur Vernunft! Wir haben jetzt wirklich andere Probleme.«

»Du kannst das nicht verstehen.« Lorenzo steht auf. »Weil du nicht zur Familie gehörst. Weil du kein Mann bist. Du denkst, es gibt Vergebung, weil das in deiner Frauenwelt so ist. Aber als mein Bruder starb, hat die Familie ihre Ehre verloren. Das kann nur mit Blut gerächt werden. Viel Blut. Der Rächer muss mehr Blut nehmen, als zuerst vergossen wurde. Irgendwann werd ich's tun. Ich bind ihn an meinen Bock und schleif ihn zu Tode.«

»Gott. Heiko. Du musst mit einem Profi darüber reden.«

Er lacht, streckt sich, kratzt sich die Brust. »Keine Panik. Wollt ihr uns Männer nicht immer direkt und unzivilisiert? Und diesmal wirst du sogar noch davon profitieren.«

»Also schön.« Viktoria Jung muss später dringend mit ihrem Mann Guido über seinen Bruder sprechen. »Was hast du vor?«

»Jäger soll Sanders anheuern, damit er Fotos von Julia Steinberg und einer Nutte macht. Alles andere überlässt du mir.«

Viktoria Jung ist nicht wohl bei der Sache. Sie braucht keinen Sicherheitschef, der emotional reagiert. Der sein eigenes Racheding nebenher laufen hat.

»Wie schnell geht das?«, fragt sie so sachlich wie möglich.

»Zwei Wochen?« Lorenzos Bizeps spannt sich rhythmisch. Jagdfieber.

Jung schüttelt den Kopf. »Es muss schneller gehen, Heiko. Zu Ostern. Nächste Woche. Der ideale Termin. Noch keine heiße Wahlkampfphase, kein politisches Tagesgeschäft und die Medien sind froh über jede Meldung, die nichts mit dem beschissenen Wetter oder dem neuen Papst zu tun hat.«

»Du meinst, das ist mal was anderes als immer nur ›urbi et orbi‹?«

Jung findet, dass göttlicher Beistand auch bei einem teuflischen Komplott nicht schaden kann. Trotzdem ist ihr Lorenzo zu wenig fokussiert. Sie schüttelt den Kopf. »Konzentrier dich auf den Job, Heiko«, seufzt sie. »Unsere Firma steht auf dem Spiel. Unsere Familie auch.«

»Mach dir keinen Kopf, Vikki. Du wirst sehr zufrieden mit mir sein.«

Der Deutsche

»Soll ich Sie ins Hotel bringen lassen, Sir?«

Der Kasache winkt ab, dreht den goldenen Wasserhahn auf und spült sich den Mund aus. Schöpft Wasser über sein breites Gesicht.

Zerrt an seinem Krawattenknoten. Sein Gesicht ist taub wie nach einem Zahnarztbesuch, seine sind Pupillen eulengroß. In Kasachstan ist er ein Milliardär, selfmade, der Sohn eines Bauern, mit drei Frauen und zehn Söhnen, einer davon bei den Republikanischen Garden. Hier in Deutschland, im VIP-VIP-Bereich eines Clubs, ist er ein maßloses Feierbiest mit zu viel Geld und zu wenig Stil. Der Deutsche hat so eine Art, ihm das klar zu machen, ohne es zu sagen.

Der Kasache reißt eine Handvoll Papiertücher aus dem Spender und wischt sich die Kotze vom Hemd. Gerade hat er für ein paar Millionen Dollar eine Software gekauft, die Kasachstan ins 21. Jahrhundert katapultieren wird. Jetzt feiert er auf Einladung von MGF, dem Hersteller der Software. So ist es Brauch. Der Kasache feiert seit zwei Tagen, mit Anina und Gruschenka, weißem Pulver und Russian Standard. In welcher Stadt er ist, weiß er noch. Sonst nicht viel. Dass er nicht verschütt geht, dafür sorgt der Mann mit der Haltung eines Butlers alter Schule am Waschbecken neben ihm. Seinen Namen weiß der Kasache nicht mehr. Er nennt ihn »den Deutschen«.

Der Deutsche trägt einen dunkelgrauen Maßanzug, dunkelgraues Hemd, dunkelgraue Krawatte, deren vordere Spitze exakt am Beginn der Gürtelschlaufe endet. Auch der Deutsche lockert seinen Krawattenknoten und fragt in ausgezeichnetem Englisch: »Sir, möchten Sie, dass ich ein frisches Hemd für Sie besorge?«

Der Kasache schüttelt den Kopf. Vorsichtig, denn sein Hirn schwimmt durch seinen Schädel wie eine Nuss durch ein russisches Likörkonfekt. Einfach Eau de Toilette drauf, die Anzugjacke zuknöpfen, dann geht das schon.

Der Deutsche zieht sein eigenes Sakko mit einer eleganten Schulterbewegung aus, legt sein Headset auf den Waschbeckenrand, nimm das Schulterholster ab. Dann knöpft er sein Hemd auf. Der Kasache hat es ihm vollgekotzt, vor ein paar Minuten. Er hat ihm den Kopf gehalten, während sich der Kasache in die goldene Kloschüssel erbrochen hat. Der Deutsche ist Profi. Für sich selbst hat er ein Ersatzhemd dabei. Ein Maßhemd. Aus dem Augenwinkel beobachtet der Kasache den Mann. Er ist dunkel und gepflegt wie ein Männermodel, absichtslos, ohne Effekthascherei. Seine Hände sind so schmal wie Hüften und Schultern, aber der Kasache lässt sich davon nicht täuschen. Er hat die Härte im Körper des anderen gespürt, als der ihm geholfen hat.

Plötzlich fühlt sich der Kasache müde, das erste Mal seit Tagen. Aber er braucht noch einen oder zwei Drinks gegen den Neid. Dieser Deutsche hat Stil. Stil kann man nicht mit Geld erkaufen. Für einen Sekundenbruchteil überlegt er, ob er sich doch von ihm ins Hotel bringen lassen soll. Dann legt er ihm die Hand auf die nackte Brust. »I pay for your shirt«, sagt er.

Der Deutsche schaut ihm direkt in die Augen. Die Pupillen des Mannes knallen zusammen auf Schrotkugelgröße. Dann lässt er seinen Blick Zentimeter für Zentimeter am Arm des Kasachen entlang bis zu der Hand auf seiner Brust wandern. Die Hand gehört da genauso wenig hin wie eine Kinderhand auf eine heiße Herdplatte. Der Kasache merkt erst mit Verzögerung, dass die innere Uhr des Deutschen auf den letzten Zehntelsekunden der Zeit läuft, für die der Mann das Unterschreiten seiner Individualdistanz mit professioneller Coolness zu tolerieren gelernt hat.

Der Kasache zieht die Hand weg.

»Sie schulden mir nichts, Sir«, sagt der Deutsche kalt.

Dem Kasachen schießt das Blut ins Gesicht, zum ersten Mal seit Jahren. Dobri dien, Fettnäpfchen. Bauernsohn.

Der Deutsche zupft an den Ärmeln seines Hemdes, bis die Manschetten genau zwei Zentimeter aus dem Sakkoärmel schauen. Das hat Klasse. Deutsche Männer in Maßanzügen machen keine Flüchtigkeitsfehler.

Soll der Kasache dem Deutschen einen Job anbieten? Dann denkt er an seine drei Frauen und entscheidet sich dagegen.

Frau im Nerz

Händelallee, Tiergarten: Im Licht der Straßenlaterne düngt der Cowboy würgend seine Buchsbaumhecke. Sein ganzer Körper dampft in der Kälte, wie ein nass geschwitztes Pferd. Während ich ihm den Rücken streichel, fährt auf der anderen Straßenseite eine große schwarze Limousine vor. Passt eigentlich zur Gegend, nur dass hier sonst niemand auf der Straße parkt. Eine Frau steigt aus, Nerzmantel, Laptoptasche. Verströmt Aufsichtsratsodeur. Feierabend nach Mitternacht, das Ende eines perfekten Tages, so ist es halt, wenn man's geschafft hat, denk ich mitfühlend. Da dreht sich die Frau urplötzlich um und verschwindet im Tiergarten.

Baumschatten

Zehn Schritte hinein in den dunklen Park, fünfzehn Schritte. Mit dem Blattwerk schließt sich der Vorhang zur Zivilisation zwischen Doktor Julia Steinberg und der Händelallee. Sie ist allein. Nicht mehr Teil der Stadt. Julia Steinberg schließt ihren Pelzmantel, sie atmet Wolken in die Dunkelheit, klammert sich an ihrer Laptoptasche fest und zählt. Noch ein Schritt, noch einer. Bei zwanzig trifft sie der Schlag auf den Arm. Ein Ast, glaubt sie. Dreht sich nicht um. Ihr Rücken brennt, als schäle sich die Haut ab.

Steinberg trägt die Stabtaschenlampe über der Schulter wie einen Speer. Das frostig kalte Dunkel riecht nach letztem Schnee und erfrorenen Krokussen. Es raschelt hier und da, die Schemen sind lebendig, rauschen, schnüffeln, knacken. Tiere, ganz bestimmt. Über den Baumschatten, auf dem Europa-Center, dreht sich der Mercedes-Stern wie ein Leuchtfeuer.

Das Taschenlampenlicht findet den Pfahl, das Schild »Geschützte Grünanlage«, darunter den orangefarbenen Müllbehälter der Berliner Stadtreinigung. Genau, wie er gesagt hat.

Julia Steinberg bleibt stehen. Plötzlich fährt ihr ein warmer Fallwind durch das Haar und den schwarzen Samtnerz. Steinberg denkt: Das bin ich nicht. So etwas tue ich nicht. Sie schaut an sich herunter. Mit dem Absatz ihrer Pumps hat sie ein Stapelchen letztjähriger Blätter aufgespießt.

»Urraagh«, macht der Cowboy und kotzt mir sein Steak Mariendorf über die Stiefel. In manchen Menschen steckt viel mehr als man denkt. Nun sind wirklich neue Stiefel fällig. Ich kram ein Taschentuch aus meiner Clutch und wisch dem Cowboy den Mund ab. Sein Atem riecht nach Sauergemüse. Das lieb ich an meinem Job: Keine Nacht ist wie die andere. Und manchmal muss ich meine ganze Kraft aufbieten, um noch zu glauben, dass die Würde des Menschen unantastbar ist. Vor allem, wenn es sich um einen Fall von freiwilliger Selbstantastung wie diesen hier handelt.

Als er fertig ist, schieb ich den willenlosen Cowboy die drei Stufen zu seinem Eingangsportal hoch. Ein Büffelgeweih prangt über der Tür, ein goldenes Hufeisen über dem Schloss. Ich schau noch mal zu dem schwarzen Wagen rüber. Die Frau ist wie vom Erdboden verschluckt. Der Wagen hat ein komisches Kennzeichen, BD 7-3 irgendwas. BD? Keine Ahnung, wo das sein soll. Bad Dürkheim? Meine Oma war da mal zur Kur, vor zwanzig Jahren.

Das Interieur der Cowboy-Villa kopiert 1:1 die Southfork-Ranch aus »Dallas«. In der Eingangshalle bäumt sich ein lebensgroßer Bronzemustang auf. Ich häng ihm meine Tasche an den Vorderlauf und fang an, den Cowboy auszuziehen. Nicht gerade ein Liebesdienst. Aber wer sich jetzt von seinen Gefühlen leiten lässt, schränkt sich in seinen Handlungsmöglichkeiten ein und sollte für die Psychohygiene besser auf Fleischfachverkäuferin umschulen oder sich 'ne Karte fürs AC/DC-Konzert kaufen. Begleitservice, denk ich, als ich den Cowboy mit seiner roten Satinbettwäsche zudecke, heißt für mich: Wer zahlt, kann sich auf mich verlassen. Inklusive Diskretion und alles. Und das nicht etwa aus Nettigkeit, sondern weil's besser ist für mein Seelenheil.

Ich leg das feucht-matschige Cowboyhemd zusammen und schau aus dem Schlafzimmerfenster. Das schwarze Auto ist noch da. Von der Frau keine Spur. Kurz überleg ich, ob ich mal nachschauen gehen sollte, was Businessfrauen nachts so hinter Knallerbsensträuchern treiben. Aber dann ruf ich in der Agentur an und meld mich ab. Susi schickt mir ein Taxi.

Dunkelgrauen im Tiergarten

Im Licht des Taschenlampenkegels greift Doktor Julia Steinberg unter den orangefarbenen Müllbehälter neben dem Weg. Sie findet den Umschlag, er ist am Boden angeklebt. Erleichtert reißt sie ihn ab, kann die CD schon fühlen. Aber Steinberg verlässt sich nie auf ihr Gefühl. Sie leuchtet umher, findet eine Parkbank, setzt sich. Legt die Taschenlampe ab. Die rollt über die Rundung der Bank, der Lichtkegel tupft über den dunklen Busch. Gelbe Augen ducken sich weg.

Steinberg spürt den Puls in ihren eiskalten Fingerspitzen, als sie den Laptop aus der Tasche zieht und aufklappt. Das Soundschema singt von Welten jenseits der Schatten. Das CD-Laufwerk brummt auf. Zeigt eine einzige Datei. Gut und schön. Die Daten sind da. Irgendwelche Daten jedenfalls. Es ist ein Moment des Misstrauens, getrübt von der Ohnmacht vor dem Faktischen. Der Moment kommt und geht. Steinberg schlägt den Laptop zu. Das Licht der Welt erlischt. Sie ist allein mit dem Park und dem Taschenlampenkegel.

Wieder findet Steinberg den Müllbehälter, platziert einen anderen, dickeren Umschlag voller Geldscheine an der Stelle, wo sie die CD gefunden hat. Fertig.

Weg jetzt. Aber Steinberg ist es sich schuldig, den Park in Würde zu verlassen. Sie will langsam zum Auto gehen. Der Park wiegt sich im Schneewind, dunkel und kalt wie ein Schlund. Irgendwo Richtung Großer Stern kläfft schrill ein Hund. Die Gewissheit, nicht alleine zu sein, kriecht Steinberg eisfüßig über die Nackenwirbel. Etwas ist mit ihrem Haar, etwas ist neben ihr. Dann federleicht der Druck fremden Atems auf ihrem Ohr. Steinberg schreit und rennt stadteinwärts.

Esprit de Corps

Freitagnacht, kurz nach eins. Ein nächtlicher Eisangler ruft an: Licht brennt in einer verwahrlosten Laube am Hermsdorfer See. Die Kolonie liegt kurz vor dem Märkischen Viertel. Der Angler hat einen bewaffneten Mann am Fenster gesehen, dazu einen Kinderwagen. Ein MEK verifiziert durch kurze Observation die Gefahrenlage: Der Mann hinter dem Fenster spielt mit einer Waffe, setzt sie sich an den Kopf, zielt in den Kinderwagen. Ganz klar: ein Fall für die Ultima Ratio der Hauptstadt – das Spezialeinsatzkommando.

Ein Kommando, sechs Polizisten.

»Zugriff in T minus fünf«, hört Mike Eisfeld, Spitzname Eisi, über sein Headset.

Dann schreit Robert Kämmerer: »Go!«

Kämmerer, genannt Bob, ist erster Mann. Die Pappmaschétür des Bungalows explodiert. Bob macht die Bahn frei, trägt den vierzehn Kilo schweren Stahlschild, der das SEK-Team vor Schlägen und Schüssen schützen soll. Eisi kommt dahinter, der zweite Mann als Sicherungsschütze, die SIG Sauer im Anschlag.

»Polizei!«, schreit Eisi. »Polizei!«

Die Türangeln krachen. Hinter Bob stürzt Eisi in den Flur. Leer.

»Sauber!«, schreit Bob vor ihm und bricht durch die einzige Tür.

Ein Wohnzimmer.

Eisi hört Paul und Sanni hinter sich »Waffen runter!« und »Polizei!« schreien. Im Licht seiner Kopflampe scannt er den Wohnraum: links ein großes Fenster zum See. Geradeaus eine Couch. Am Fenster ein Sessel, dahinter ein Schatten: die Zielperson. Über der Sessellehne blitzt ein Pistolenlauf im Mondlicht. Es knallt, das große Fenster birst, durch die Scheibe fliegt der Kollege Marius Schulze, genannt Schulle. Alles nach Plan soweit, aber noch während Schulle durch die Luft fliegt, weiß Eisi, dass der Plan diesmal nicht aufgehen wird: Unter dem Fenster steht der gottverdammte Kinderwagen.

Hoffentlich leer, schießt es Eisi durchs Hirn.

Da knallt Schulle auch schon auf den Kinderwagen, verliert die Kontrolle, verliert die Waffe, rollt benommen vor den Sessel. In

Reichweite der Zielperson. Die Zielperson greift Schulles Jacke, zieht ihn zu sich hinter den Sessel. Schulle will sich mit einem Wing-Chun-Griff loswinden. Der Sessel verrutscht. Die Zielperson hält Schulle vor sich wie einen Schild. Bob stürmt vor, kracht gegen den Couchtisch.

Plötzlich hat Eisi freies Schussfeld.

Er visiert den Spalt zwischen Schulles Helm und dem weißen Hemd der Zielperson an. Links segelt Tim durchs kaputte Fenster, verfängt sich auch im Kinderwagen. Hinter Eisi noch immer »Polizei!«-Schreie. Eisi blendet alles aus. Er steht breitbeinig, atmet flach, und zieht gleichmäßig und sicher den Abzug durch. Einmal, zweimal. Das weiße Hemd verschwindet. Dann Mündungsfeuer, ein infernalischer Knall. Die Zielperson schießt zurück, unkontrolliert bereits. Eisi geht in Deckung hinter dem Sofatisch, zieht noch mal durch. Der dritte Schuss. Drüben spritzt dunkle Masse an die Tapete. Bob schreit irgendwas. Der Sessel kippt. Eisi sieht den Oberkörper der Zielperson über den Lauf seiner Pistole, behält etwas Atem zurück, zieht den Abzug zurück. Kugel Nummer vier, Nummer fünf. Dann fällt die Zielperson hinter dem Sessel vor wie ein nasser Sack. Der Pistolenarm zuckt noch ein bisschen.

»Abbruch!«, schreit Bob, er rammt den Sessel beiseite, beugt sich über Schulle. Eisi gibt seine Schusshaltung auf, dreht die leblose Zielperson auf den Rücken, Griff zur Halsschlagader: kein Puls. Eisi zählt: vier Treffer in Brust und Schulter. Vier? Eisi weiß, er hat fünfmal geschossen. Im Dunkeln sucht er den Sessel ab, die blutige Wand, den Boden.

»Scheiße.«

Bobs Stimme. Eisi fährt herum. Sanni macht das Licht an. Bob hat Schulle den Helm abgenommen. Er hält den Kollegen im Arm, zwei Finger an der Halsschlagader. Schulle sieht aus, als schlafe er. Bis auf das Loch in seinem Jochbein.

Eisis Welt zeigt nur noch Testbild, er schwankt, knickt ein, fällt auf die Knie. Links, unscharf, kämpft Tim noch immer mit dem Kinderwagen. Sanni hilft ihm. Eisi sieht es wie durch eine viel zu starke Brille.

Bob springt auf, steckt etwas ein, das er aus Schulles Helm nimmt. Er stößt Eisi beiseite. »Keiner bewegt sich«, zischt er. »Tatort einfrieren.« Das Team erstarrt.

Bob legt seine Waffe an, schießt in den Sessel. Dann greift er sich die Waffe der toten Zielperson. Eine uralte Nazi-Pistole. Bob leert das gesamte Magazin in Decke und Wände. Mit drei Schüssen zerstört er Schulles Helm, sein Gesicht. Fleisch spritzt. Eisi schreit, hält sich die Ohren zu.

Plötzlich Stille.

»Junge.« Eisi spürt Bobs Hand auf seiner Schulter. »Steh auf.«

Er gehorcht. Bob zieht ihn an sich wie beim Infight. »Das tut mir jetzt leid«, sagt er.

Es knallt. Eisi sieht runter auf sein Bein. Der linke Unterschenkel hat ein Loch. Er taumelt, kippt um.

Bob drückt der toten Zielperson ihre Pistole wieder in die Hand. Dann zerrt er Eisi auf die Beine. Schüttelt ihn, bis er sich fokussiert.

»Hör mir zu!«, schreit Bob.

Eisi steht auf einem Bein. Zittert. Sieht auf seiner schwarzen Hose eine noch viel schwärzere Blutblume erblühen. Zwingt sich zur Ruhe. Selbstbeherrschung ist SEK-Plicht.

»Das war Nothilfe, Eisi«, sagt Bob. Sein Blick fliegt durch den Raum, fängt die Kollegen ein wie ein Lasso. »Hörst du, Eisi? Kapierst du? Der Typ hat zuerst geschossen, klar? Das ganze Team weiß es.«

Bob sieht sich um. Alle Helme nicken.

»Der Typ hat sofort losgeballert. Du musstest es tun. Es war Nothilfe. Nothilfe, hörst du?«

Bob zwinkert ihm zu, boxt ihm auf den Oberarm. Eisi hält sich am Sofa fest. Lässt den Helm fallen. Starrt in die Dunkelheit vor dem Fenster. Der scheiß Kinderwagen liegt auf der Seite. Es ist ein Dekoobjekt oder eine Antiquität, jedenfalls aus Korb und hochbeinig wie eine Pferdekutsche. Eine alte Porzellanpuppe rollt über den Boden. Der Kopf zerbricht in zwei Teile. Fehlalarm also.

Eisi spürt die Blicke der anderen, Hände auf der Schulter. Sirenen heulen, dann sind die Sanis da. Ein Faden Blut läuft aus Schulles Mundwinkel. Schnell ist es gegangen. Keine hundertzwanzig Sekunden vom »Go!« bis zum Abbruch.

Annuntiatio Domina

Tiergarten, Schloss Bellevue: weit nach Mitternacht am Bundespräsidialamt. Füchse kreuzen den Spreeweg. Das kälteste Ostern seit hundert Jahren steht an. Auch auf dem Rücksitz der gemieteten Limousine ist es eisig. Aus dem Lautsprecher in der Mittelkonsole ertönt leise Bachs Oster-Oratorium: »Höll und Teufel sind bezwungen, ihre Pforten sind zerstört.« So sanft und leicht, gerade noch hörbar.

Martin Sanders hat genug von Musik. Sein Kopf schwimmt, das Zwerchfell schmerzt vom Hämmern der Subwoofer. Disco-Hangover. Achtundvierzig Stunden ohne Schlaf. Die Müdigkeit drückt sich in seinen Bauch wie eine warme Faust.

Der Fahrer hat alle Fenster geöffnet. Der Alkoholdunst wird vom Fahrtwind zerrissen, Kälte vertreibt den Schweiß, den Qualm der Kuba-Zigarren, das Männerparfüm.

Sanders gibt dem Fahrer ein Zeichen. Die Limousine rollt aus, hält hinter den S-Bahn-Brücken. Die Brücken sind die Grenze. Davor ist Berlin Weltstadt, dahinter ein Dreckloch.

Sanders steigt aus und schickt den Fahrer weg. Es ist der 23. März. Im Kalender steht Mariae Verkündigung. Neben den Mülltonnen hinter Knittis Imbiss liegt ein Schwangerschaftstest. Vom Park her riecht es nach reinem Sauerstoff. Neuschnee.

Sanders schlägt den Mantelkragen hoch. Weg mit dem Headset. Feierabend, ein paar ruhige Tage. Alleinsein. Zwei, drei Whiskey. Den Whiskey braucht er, bevor er morgen sein Konto checkt. Ein Klient zahlt eine große Summe nicht, schon seit Wochen.

Die Allee, in der sein Apartment liegt, ist Sicherheitsstufe eins. Ein teures Apartment. Spreeblick. Einerseits Kanzleramt, andererseits Bellevue. Alle fünfzehn Minuten eine Polizeipatrouille. Niemand kommt freiwillig hierher, Sanders nicht, nicht die Politiker, selbst die Polizei hat nur ihre Anweisungen. Man will keine Balkone, keine Schirme, keine Erker, keine Nachbarn. Eine seelenlose Straße, ausgeleuchtet wie ein Gefängnishof. Es heißt, vom Mond aus ist die Allee das erste, das man von Berlin sieht.

Schade, dass niemand mehr auf dem Mond war, seit diese Straße gebaut wurde.

Am Rande seines Bewusstseins nimmt Sanders eine Bewegung wahr, jenseits des Lichts. Ein stämmiger Mann schneidet sich aus den Schatten. Maisgelber Mantel, Seidenschal zur Glatze. Joachim Jäger. Sanders bleibt stehen. Spürt, wie Adrenalin seinen Puls hochreißt. Sein Gesicht brennt vor Müdigkeit. Bye bye, ruhige Tage. Jäger schießt auf ihn los wie ein fischender Pelikan.

»Ist ja ganz schön spät geworden, Sanders!« Er lacht, sein Schlund fliegt. »Ich warte schon 'ne Weile auf Sie. Verdammte Scheißkälte.«

Das Lachen hallt schmerzhaft laut zwischen den Zellenblöcken umher. Schwarzes Pflaster, weißes Peitschenmastenlicht. Zu lautes Lachen. Sanders will sich zusammenrollen wie ein Igel im Taschenlampenkegel. Äußerlich bleibt er cool. Das ist seine Stärke. Er ist zwei Menschen, mindestens, verschachtelt wie eine Matrjoschkapuppe. Sonst könnte er diese Arbeit nicht machen. Keine Arbeit könnte er machen. Bücher abstauben im Archiv vielleicht, aber er ist sich nicht sicher.

Sanders kennt Jäger schon lange. Jäger ist die Geldtankstelle. Hat die besten Jobs, leichte Jobs, gut bezahlt. Meistens. Es ist Mitternacht, aber Jäger ist gut drauf. Er winkt mit einem Umschlag.

»Nicht jetzt, Herr Jäger«, blockt Sanders ab. Er kann sich keine Sekunde länger konzentrieren. Oder höflich sein. Er friert bis auf die Knochen. »Heute keine Sprechstunde mehr. Was immer es ist, es muss bis morgen warten.«

»Auf ein Wort.« Jäger packt ihn am Arm. »Ich brauch Sie für eine Honigfalle.«

Reflexartig spannt sich Sanders Oberarmmuskel. Jäger lässt ihn los. Seine Hand schließt sich um den Wohnungsschlüssel. »Habe ich noch nie gemacht«, sagt Sanders. »Mache ich auch nicht. Sie wissen das.«

Jäger klopft ihm auf die Schulter. »Was schade ist, mein Lieber. Wenn Sie bloß nicht so spröde wären. Mit Ihrem Aussehen hätten Sie bestimmt enormen Erfolg. Aber das hier ist etwas Besonderes. Hier geht es nicht um Ihren nicht vorhandenen Charme. Hier geht's um ganz große Politik. Und wir müssen schnell sein.«

»Kein Interesse.« Sanders schüttelt den Kopf. Sein Zwei-Tage-Bart kratzt über den Mantelkragen. »Hab gerade achtundvierzig Stunden nonstop auf Ihren kasachischen Ölmagnaten aufgepasst. Das war auch große Politik: Koks, Clubs, Puffs, Schnitzel im Borchardt und wieder von vorn. Zum Schluss hätte *ich* ihn am liebsten umgelegt.«

»Diesmal steht viel auf dem Spiel«, lockt Jäger, die Stimme schon so süß wie der Honig in seiner Falle. »Gibt das Doppelte vom Üblichen. Und Spaß wird's auch machen. Hab ich Ihnen schon mal zu viel versprochen?«

Hat er nicht. Sanders braucht keinen Spaß. Aber Geld braucht er. Er schließt die Augen. Hört den Polarwind in der Allee. Der Wind ist der Herr dieser Straße. Macht auch bloß seinen Job, reißt die gefrorenen Blätter von den Spreeeichenbäumchen. Nun gut.

»Ich bagger niemanden an, dass das klar ist«, sagt er.

»Versprochen.« Jäger reibt sich die Hände. »Ist eh nicht Ihre Stärke. Ich habe einen sehr heißen Hasen, der das für uns übernimmt. Sie machen nur die Fotos.«

»Eine Frau?« Sanders hat noch nie mit einer Frau gearbeitet. Geschweige denn mit einem heißen Hasen. Er will auch nicht. Klingt gefährlicher als Öl aus Kasachstan.

Schmunzelnd drückt ihm Jäger den Briefumschlag und eine Visitenkarte in die Hand. »Kommen Sie einfach morgen Abend in diese Bar. Ich stell Ihnen die Dame vor, die ich als Schwalbe ausgesucht habe. Sieht aus wie 'ne Badenixe aus ›Bay Watch‹. Sehr talentiert. Vielleicht können Sie noch etwas lernen, mein Lieber.« Jäger gibt ihm einen Klaps.

Ein scharfer Frühlingsmond hängt groß und kalt über dem Hinterhof der Macht. Sanders ist nicht der Mann dafür, seufzend den Mond anzustarren. Aber wie's ausschaut, starrt heute Nacht der Mond mit der Penetranz eines Suchscheinwerfers auf ihn herunter. Zu viel ist zu viel.

Sanders schiebt Jäger beiseite. Stößt den Schlüssel ins Schloss. Zieht die Haustür hinter sich zu, hastet über den kahlen Flur, in den verspiegelten Lift. Plötzlich Ruhe, nur das Zirpen des Aufzugs. Sanders starrt sich an, vierfach gespiegelt. Er ist ein Problemlöser,

Ende dreißig, dunkel, schmal, elegant, effektiv. Das Geldproblem hat er gelöst, dafür hat er jetzt ein Frauenproblem. Nicht im klassischen Sinne, versteht sich, aber scheinbar hat Jäger eine Frau aufgerissen, die ihm Konkurrenz macht. Sanders fühlt sich alt. Manchmal braucht er nichts so sehr wie Dunkelheit und ein leeres, kaltes Bett.

Die Berlinerin

Samstag früh.

Ich wach so gegen neun davon auf, dass im Hof eine Schneeballschlacht tobt. Jemand brüllt: »Vallah, sch'asse dich, sch'mach dich Krüppel, du Schwuchtel!«

Kurze Pause, einer lacht, dann ein Schmerzensschrei, dann, etwas leiser: »Kumma, kumma, Schwuchtel: Schwulheit is verboten, von Gott!«

»S'miregal. Sch'glaub nicht bei Gott!«

Es knallt, mehr Geschrei, dann: »Iiieberkrass, Alta, ich ficke dein Leben!« Eine Tür knallt, dann ist Ruhe.

Good morning, Berlin! Der Sound der Hauptstadt und er klingt so gar nicht nach »What a Wonderful World«. Ich strecke mich und merke ein Ziehen in den Waden – Muskelkater von den Cowboy-Stiefeln. Die Dinger kann man nur mit viel Körperspannung und Hüftsteifigkeit tragen, wie Gary Cooper in »High Noon«, und dafür zahlt man eben einen Preis. Vorsichtig steh ich auf und seh aus dem Fenster. Niemand mehr zu sehen. Nur gelber Schnee, überquellende Mülltonnen.

Das Haus, in dem ich wohn, gehört unter Denkmalschutz. Es ist ein Fünfziger-Jahre-Flachbau Turm- Ecke Oldenburger Straße, nur zwei Stockwerke hoch, aber er verströmt das solide Flair der Moderne. Die vordere Fassade ist aus Beton und uringelben Kacheln, was man nach dem Krieg eben so hatte. Die Brandwand auf der Rückseite hat man tannengrün gestrichen, bevor ich geboren wurde. Sie trägt in Rot den Schriftzug »Woolworth« und erinnert damit an Zeiten, als es in Moabit noch Kaufhäuser und Kaufkraft gab.

Statt Woolworth ist im Erdgeschoss vor zehn Jahren ein türkischer Supermarkt eingezogen. Ich lieb den türkischen Supermarkt, der so lange aufhat wie ein Späti und in dem es nach Wärme und Süden riecht. Früher, als in diesem Teil von Moabit noch Menschen wohnten, die krankenversichert waren, war meine Wohnung mal eine Frauenarztpraxis. Ich hab das Praxisschild an der Tür gelassen: Frau Doktor Loch, alle Kassen. Very old West Berlin.

Ümit Ehrlich, dem das Haus gehört, hat mir die Wohnung im ersten Stock vermietet. Ümit is 'n Schatz und will nicht viel Geld. Ich kenn seine Tochter Selma von der Uni. Selma ist jetzt Doktor Selma, und ich bin immer noch nicht über das Grundstudium raus. Ich lass mich einfach zu leicht ablenken.

Nach einer Dusche und einer Latte bin ich mit Susi von der Escortagentur *Die Berlinerin* verabredet. Susi ist die Chefin, sie macht seit Weihnachten meine Termine. Jetzt will sie mit mir über meine »persönliche Entwicklung« sprechen, womit sie vermutlich die Entwicklung ihres Kontostands meint. Also gut. Ich fühl mich ausgeruht und energiegeladen und schlüpf in was Schickes, Stiefeletten, Boyfriend-Jeans, blau-weiße Bluse, roter Dufflecoat.

Das Büro der *Berlinerin* ist quasi auf der anderen Straßenseite, in einem braun-grünen Altneubau an der Ottostraße. Auch Anwältin Doktor Selma Ehrlich, eine Fahrschule, die AOK und die Botschaft von Mosambik haben hier ein paar Räume gemietet. Ich fahre mit dem Fahrstuhl in den dritten Stock. In das Tableau hat jemand »Hurntöschta21« geritzt.

Susi macht die Tür auf, juchzt »Ich freue mich sooo, dass du Zeit hattest!« und fällt mir um den Hals. Wir haben uns bisher erst zweimal gesehen. Telefoniert haben wir schon gefühlte zweitausendmal. Susi hat den Escortjob früher selbst gemacht, jetzt mit Mitte fünfzig nimmt sie die Buchungen entgegen und macht die Termine. Sie ist seriös geworden und seit zwei Jahren mit einem umtriebigen Lobbyisten namens Joachim Jäger zusammen. Die Agentur ist Susis Ausstiegsstrategie, das Telefonieren ihre Berufung. Sie ist 'ne

Quasselstrippe. Zuerst dachte ich, sie will mich besser kennenlernen. Letztendlich war wohl bloß bei der Telefonseelsorge besetzt.

Rein äußerlich erinnert mich Susi an Uschi Glas – nervige Präsenz, kurze, beachbabeblonde Haare und Hühnerschlund. Ihre Agentur hat sie erfolgreich im mittleren Segment platziert. Es ist weder eine schmuddelige Hinterhofbude, bei der der Chef dich zum Kennenlernen persönlich testet, noch eine High-Class-Klitsche, in der man statt einer Begleitdame nur »a Muse tonight« buchen kann. Ihr Freund Joachim Jäger führt ihr eine Menge Kunden zu.

Susis Büro ist modern möbliert, zwei Ledersofas bilden eine Sitzecke. An den Wänden hängen knallbunte Kunstdrucke von Marvel-Comic-Panels: Wonderwoman, eine adrette Schwarzhaarige mit Cape und Stars-and-Stripes-Corsage, küsst Superman.

Wir setzen uns, Susi gibt einen Rooibos-Vanille-Tee aus. Ich bewundere verzückt Supermans Haarlocke. Als ich klein war, ist mein Vater mit mir oft ins Drive-In-Kino gefahren. Ich kam gerade in die Pubertät, und er, ein Soldat der Berlin-Brigade, musste sich fünfmal Superman I ansehen, mit Christopher Reeve im blau-roten Spandex-Strampler. Seitdem habe ich eine Zwangsfixierung. Ich lungre in Autokinos herum auf der Suche nach Supermännern in Spandex.

Susi hat meine Sedcard auf dem Schoß.

»Du bist ja jetzt seit Januar bei uns«, sagt sie. »Aber wir haben nur ein paar Termine buchen können, obwohl es soo viele Anfragen gab. Dabei sind die Gäste immer sehr zufrieden mit dir. Und da dachte ich, wir gehen mal deine Sedcard durch. Vielleicht können wir noch mehr Potenzial entdecken? Ich hatte da gerade gestern einen am Telefon, der war sehr nett und mit dem konnte ich mich gleich so gut unterhalten, der passt bestimmt gut zu dir, und da war dein Handy wieder aus, das ist soo schade. Du weißt doch, dass das Handy immer an sein soll. Ich will meine Mädchen Tag und Nacht erreichen können.« Susi nimmt kein Botox. Ihre Stirn wirft so viele Falten wie ihr Hals.

Ein Personalgespräch also. Ich nipp an dem Tee. »Der Cowboy war sehr anstrengend gestern«, beschwer ich mich präventiv. »Er hat sich betrunken, ich musste ihn nach Hause fahren. Dann hat er mir auf die Stiefel gekotzt.«

Susi nickt. »Leider. Der arme Mann. Das höre ich oft in letzter Zeit. Sicher, er ist ein Stammkunde, aber ich muss mit ihm sprechen. Jetzt schauen wir doch noch mal auf dich, nicht wahr?«

Susi liest meine Daten vor. Ich wurde am 13. August 1981 im Klinikum Steglitz geboren, aber wir tun so, als sei ich erst fünfundzwanzig und gebürtige New Yorkerin. »Da ist eh überall muschebubu, das mit dem Alter können wir noch ein paar Jahre so lassen«, sagt Susi. »Du hast soo eine schöne Haut und überhaupt überstrahlen deine Augen alles. Hat dir schon mal jemand gesagt, dass du einen wahnsinnig animalischen Sexappeal hast?«

»Hör ich dauernd«, nick ich.

Susi lacht. »Du bist witzig, das ist gut. Das hier stimmt alles noch?« Sie hält mir die von ihr ausgefüllte Karte hin: 1,80 m groß, 63 kg, BH-Körbchengröße 75 C, Schuhgröße 42, Kleidergröße 36, halb rasiert. Beruf: Jura-Studentin.

»Rechtswissenschaften heißt das«, nöhl ich irgendwie peinlich berührt und hab wieder dieses schlechte Gewissen wegen der Exmatrikulation. Es ist zehn Jahre her und ich hab seitdem als Flugbegleiterin die Welt gesehen, trotzdem bleibt immer die Sehnsucht nach der Uni. Ach ja. Wenn ich damals besonders bei Streitschlichtung und Mediation besser aufgepasst hätte, dann hätte ich mich sicher im Jahr 2000, auf dem Höhepunkt der Berliner Bankenkrise, nicht mit Horst Lustenberger angelegt, dem zweiten Mann meiner Mutter. Und wenn der mir daraufhin nicht die Kohle gestrichen hätte und wenn ich dann nicht bei der Airline angeheuert hätte … hätte, hätte, Fahrradkette. Es ist, wie's ist. Vielleicht bin ich dazu ausersehen, mein Leben zu verschwenden. Dann fällt mir wieder ein, dass ich nicht bei Gott glaube.

»Dass du Amerikanerin bist, ist für mich eines der Hauptverkaufsargumente bei den Gästen, Libby. Aber wollen wir wirklich deinen richtigen Namen nennen? Ich meine, Stalking und so was alles, das gibt es wirklich. Und das Netz vergisst nichts. Wenn du erst Anwältin bist …« Sie zerbricht sich meinen Kopf. Schön und gut.

»Ich besteh auf meinen richtigen Namen«, sag ich. »Nur den Vornamen, ich muss mich schließlich wohlfühlen. Sonst leidet meine Empathiefähigkeit.«

»Ist wirklich ein ungewöhnlicher Vorname.« Susi Supers Subtext oszilliert zwischen Mitleid und schierem Entsetzen.

Ich hab keine Lust auf eine Lebensbeichte, Papa alliierter Soldat, blablabla, also sag ich: »In Berlin fall ich doch gar nicht auf. Da drüben im Kindergarten«, ich zeige auf die Einrichtung hinter dem katholischen Kloster auf der anderen Straßenseite, »da heißen die Odin, Escada, Praline, Kessryn oder Donnertrud. Berlin, das ist Laisser-faire. Du denkst, Künstlername oder jetzt wollen die mich verarschen, aber nein: Berliner sind bloß wild und verwegen. Insofern passe ich perfekt zu deiner Agentur. Berlinerin durch und durch.«

»Muss schlimm gewesen sein für deine Mutter, alleinerziehend Anfang der Achtziger.« Susi kippt den Tee auf ex und nimmt sich noch einen. Wahrscheinlich, um Tränenflüssigkeit aufzubauen. Das zockt mich an.

»Och, die Achtziger«, mach ich. »Richtig Kind sein durfte man damals ja nicht. Aber meine Mutter kam zurecht. Wir wohnten hier gleich um die Ecke, das war damals der Osten vom Westen. Ich hatte 'ne Vokuhila und Mama 'ne Pudeldauerwelle. Wir sahen aus wie Modern Talking. Am Monatsende mussten wir uns oft entscheiden: Kaufen wir was zu essen oder Haarspray? Wir hatten dieselben Rod-Steward-Leopardenleggings und rote Satinblazer. Mama hat mich mitgenommen, wenn sie zur Arbeit ging. Wir waren wie Zwillinge, Susi. War 'ne schöne Zeit.«

»Ach du meine Güte.« Susi wird ganz hibbelig. »Hier gleich um die Ecke?« Tiergarten Süd, das ist der längste Strich der Stadt. Wahrscheinlich hält Susi meine Mama nun auch für 'ne Professionelle und meine Branchenerfahrung für größer als gedacht. Dabei ist meine Mama so bourgeois, wie's nur geht. Alles nur meine Fantasie. Meine Fantasie ist wie so eine Art Schwanz. Bei Reibung wird sie größer.

»Willst du was anderes trinken?« fragt Susi. »Sektchen?«

Ich schüttle den Kopf.

»Dein Vater ist dann wieder zurück nach Amerika?«

Touché. Das Bild meines Vaters erscheint vor meinem inneren Auge. Er sagt: »See ya tonight, sweetie« und zwinkert mir zu. Der Abend, den er meint, kommt nicht.

»Ist versetzt worden«, sag ich. »Alaska.«

Ich schieb meine Sedcard-Fotos wie Tarotkarten über den Tisch. In einem Tarot-Deck wär ich die Hohepriesterin. Sie wird auch immer mit Granatäpfeln gezeigt.

Susi stößt einen Betroffenheitsseufzer aus. »Ach herrje. Jetzt brauch ich doch 'nen Piccolo.«

Sie greift in die Minibar neben dem Sofa, macht sich einen auf, gießt den Sekt fast über die Fotos auf dem Tisch, so zittern ihr plötzlich die Hände. Sie braucht den Stoff, das sagt mir meine Intuition. Die Hohepriesterin im Tarot steht nämlich für Intuition. Was meine Familie angeht, hat mich diese Art Feinfühligkeit allerdings mein Leben lang im Stich gelassen.

»Ein Sektchen in Ehren, kann niemand verwehren.« Susi prostet mir zu. »Wieso ist dein Englisch so gut?«

»Ich hab später einige Zeit bei meinem Vater gelebt. In New York. Da war ich vierzehn, fünfzehn. Er arbeitet als Militäranwalt, hat wieder geheiratet. War auch 'ne irre Zeit, fast so irre wie die Achtziger.« Bevor es zu intim wird, zeig ich auf meine Sedcard. »Wolltest du nicht übers Geschäft reden?«

Susi nimmt noch einen Schluck, um die Trübsinnigkeit zu ertränken, und sagt dann: »Richtig. Ich würde gerne mir dir darüber sprechen, was du anbietest«, sagt sie. »Schau mal, wir könnten wahrscheinlich bis zu hundertfünfzig Prozent mehr nehmen pro Stunde, wenn du auch – du weißt schon. Wenigstens Anblasen ohne Gummi? Da sind zweitausend Euro pro Nacht drin. Locker.«

»Never ever. Sorry.«

Susi lehnt sich vor. »Aber, Libby! Bei deinem Aussehen? Da musst du doch keine Bedenken haben!«

»Ich. Will. Das. Nicht. Basta.«

Da wird sie doch tatsächlich ein bisschen spitz. »Ich weiß nicht, was du hast. Wir haben eine super flexible Securityfirma als Backup, LorenzSecur. Die arbeiten sogar für Stars und Wirtschaftskonzerne. Unsere Kunden sind alle wahnsinnig seriös und nett. Ich such die immer schon so aus, dass die witzig und originell sind und sich auch waschen. Hier.« Susi zeigt mir einen Ausdruck. »Ich hab hier sogar auf der Internetseite einen Wegweiser für die Gäste. Da ist auch eine Waschanleitung dabei. Punkt eins: mechanische Grundreinigung …«

»Pass auf, Susi.« Es ist mir zwar ein bisschen unangenehm, ihr mein Innerstes aufzuschließen. Aber Susi darf ruhig wissen, wen sie vor sich hat. »Deine Agentur führst du wirklich super. Ich fühl mich immer sicher und die Kunden waren alle nett. Und gewaschen. Rein äußerlich bin ich ein Prachtexemplar von einer Blondinenwitzblondine, du darfst mich auch als Twen verkaufen, klar, Fakt ist aber: Dumm bin ich nicht. Im Sommer werd ich dreiunddreißig und mein Leben geht nicht gerade ab wie das Silvesterfeuerwerk auf dem Times Square. Trotzdem hab ich meine Regeln. Regel Nummer eins: gucken, aber nicht anfassen. Anfassen ist unbezahlbar.«

Susi flattert dramatisch mit den Nasenflügeln und denkt sicherlich an die dreißig Prozent Agenturprovision, die ihr verloren gehen, weil ich den Cowboy nicht anblasen will.

»Du fühlst dich wohl als Heilige unter uns Huren, was?«, zickt sie mich an. »Dabei bist du nur dumm. Du könntest sooo viel Geld verdienen, Mädchen! Du musst es nur wollen. Und du solltest es jetzt machen, solange man dir dein Alter noch nicht ansieht.«

Drama meines Lebens: Ich weiß nicht, was ich will. Nur, was ich nicht will. Korrumpiert und fremdbestimmt werden, zum Beispiel.

»Ich brauch nicht viel Geld, Susi«, lüg ich also. »Mein Alter ist ein Vorteil. Ich kenn mich. Ich hab was, das wichtiger ist als 'ne goldene Kreditkarte: 'n Herz aus Gold. Und darauf pass ich gut auf.«

Ja, das ist ein hedonistischer Ansatz, den Susi nie kapieren wird. Sie schaut mich mit leerem Blick von oben bis unten an und schüttelt den Kopf.

»Herz aus Gold? Und damit willst du immer nur repräsentieren?«, fragt sie. »Immer nur die verklemmten Politiker aus der zweiten Reihe, die uns der Joachim vermittelt? Oder den alten Geldsäcken Berlin zeigen? Reicht dir das wirklich? Ich meine, Sex ist auch Macht, oder nicht? Das ist doch geil, wenn die Kerle nach mehr betteln, und wenn man dann so ...« Sie greift sich an den Frontspoiler. In ihren Augen glitzern die Sektperlen.

»Schön, dass du den Job liebst, Susi«, sag ich. »Ich kann die Typen nicht so auf Befehl rannehmen. Ich hab da überhaupt kein Sexgefühl. Da könnt ich auch ein Kotelett küssen. Nee. Pfui Spinne!«

Ich nehm meinen Mantel und geh. Susi starrt mir hinterher. Was, wenn sie mir keine Jobs mehr gibt? Ich könnt vielleicht all meine soziokulturell-moralinsauren Hemmungen über Bord werfen und mir einreden, ich wär in einer existenziellen Notlage. Aber irgendwie bin ich entweder zu sehr Bürgerstochter, oder ich hab zu gute Nerven. Im Fahrstuhl schau ich auf die Uhr: halb elf.

Um wieder ins Gleichgewicht zu kommen, schlender ich die Turmstraße herunter Richtung Wilsnacker. Es ist arschkalt. Der Rollsplitt knirscht unter meinen Sohlen. Will einfach nicht Frühling werden dies Jahr. Ich komm vorbei an dem Zahnarzt, der mir meine erste Zahnspange verpasst hat, an Ein-Euro-Shops und Resterampen, am ehemaligen Hertie-Kaufhaus, am Kleinen Tiergarten, an dem Bad, in dem ich schwimmen gelernt habe. Dank meiner humanistischen Bildung muss ich die ganze Zeit an ein Tucholsky-Gedicht denken, *An die Berlinerin:*

Wie dich sein Arm auch presste:
gibst dich nur her und nicht hin.
Bist ja doch Mutterns Beste,
du, die Berlinerin-!

Stimmt irgendwie. Berlinerinnen sind nicht leicht zu beeindrucken. Ich suhl mich kurz in diesem trotzig fiktiven Gemeinschaftsattribut und schon geht's mir besser. In Susis Laden werd ich mich jedenfalls nicht hingeben.

Am Kriminalgericht bieg ich rechts ab, überquer die Alt-Moabit und bin eins fix drei auf der anderen, der besseren Seite von Moabit. Im Blumenladen an der Ecke kauf ich ein frühes Frühlingssträußchen, lass es dick einpacken, damit es nicht erfriert. Dann klingel ich am guten Ende der Calvinstraße, zum Spreeufer hin, wo sich eine romantische Fußgängerbrücke direkt in den Großen Tiergarten schwingt, an einem hochherrschaftlichen Altbau.

»Ja?«, schnarrt die Stimme meiner Mutter aus der Gegensprechanlage.

»Bist du allein?«, frag ich. »Und wenn ja, was gibt's zum Frühstück?«

Unterstützungsprozess

Noch hat Jutta Deppe die Security Card. Einen Monat noch. Sie fährt in die Tiefgarage. Ein paar Wagen sind da, obwohl es Samstagvormittag ist. Die Nerds, natürlich. Ein modernes Wort für Menschen, die Arbeiten und Leben nicht trennen. Denn MGF, Managing Global Finance, hat ein modernes Arbeitszeitmodell. Es ist üblich, dass man arbeitet, wenn man sich danach fühlt. Jedenfalls, wenn man in einem Team arbeitet, das nur für Unterstützungsprozesse zuständig ist. Buchhaltung – hier *Accounting* genannt – ist ein Unterstützungsprozess, das weiß Jutta seit der Betriebsversammlung vor acht Wochen. Weil Accounting nicht direkt in das Produkt einfließt. »Nicht unsere Kernkompetenz«, wie der seriöse Herr im grauen Anzug gesagt hat. Frau Jung, die Chefin, hat ihn als Unternehmensberater vorgestellt.

Jutta Deppe war sich sicher, nichts damit zu tun zu haben. Gut, sie wollen die Buchhaltung auflösen und auf die Philippinen verlagern. Aber Jutta? Jutta ist schon zwanzig Jahre dabei, seit kurz nach der Wende, sie ist über fünfzig. Und sie ist doch unersetzlich. Frau Jung hat das selbst gesagt. »Ohne Sie verwechsle ich doch den Kontostand mit der Kontonummer«, hat sie gesagt, ihre toupierten blonden Haare geschüttelt und gelacht. Möglich wäre das. Jedenfalls kann von der Krise, mit der der Unternehmensberater den Betriebsrat einschüchtert, keine Rede sein. Jutta Deppe kennt alle Konten. Auch die, die das Finanzamt nicht kennt. Und was sie buchen musste in den letzten zwanzig Jahren sprengt den DATEV-Standardkontenrahmen genauso wie die Grenzen des Gesetzes.

Jutta Deppe wird nie wieder einen Job bekommen. Der Fallmanager in der Arbeitsagentur ist optimistisch, aber Jutta Deppe spürt es. Das ist nun also der letzte Monat, den sie in ihrem Leben je arbeiten wird. Während sie im schicken Fahrstuhl in den zehnten Stock fährt, muss sie an den ersten Monat denken, den sie in ihrem Leben gearbeitet hat. Nach der Handelsschule wurde sie als Stenokontoristin bei den Siegerländer Stahlwerken angenommen. Die Mutter hatte ihr vier Marmeladenbrote eingepackt, weil sie gesagt hatte, sie traue sich nicht in die Kantine, da lachen alle über ihre Kniestrümpfe. Sie trägt sie bis heute, trotz der Eiseskälte: Kniestrümpfe zum Rock. Es war eine andere Welt damals. Jedes Jahr zweistellige Lohnerhöhungen und man musste schon viel Starkbier trinken, um entlassen zu werden.

Der Fahrstuhl hält im zehnten Stock. Jutta hat die Fernschreiber den Faxgeräten weichen sehen, die Lochstreifen den Computern. Nun soll sie selbst weichen. Aber wenn sie etwas gelernt hat in ihrem Berufsleben, dann das: Wenn du jemanden entlassen hast, stell ihn sofort frei.

Homecoming Queen

Im Hausflur riecht der Marmor frisch gebohnert. Ich renn die Treppe hoch in den zweiten Stock. Hinter den Türspionen auf der ersten Etage herrscht heller Aufruhr. Kaum vorstellbar, dass ich hier auch mal gewohnt hab.

Meine Mutter steht in der Tür und strahlt. Sie ist eine gepflegte Endfünfzigerin, Hausfrau, blondiere Dauerwelle, Kostüm, Perlenkette. Die Familie, die Wohnung sind ihr wichtig. Sie küsst mich, lobt das schöne Material des roten Dufflecoats, bevor sie ihn auf einen Bügel hängt.

»Wanja ist auch noch da«, flüstert sie mir zu. »Aber sie geht gleich. Erst Ballett, dann Geigenunterricht.«

Und schon höre ich die hysterische Mädchenstimme meines kleinen Lieblings aus einem der hinteren Zimmer: »Ich kann meine neuen Spitzenschuhe nicht finden, Brigitte!«

Meine Mutter wirft mir einen waidwunden Blick zu und verschwindet. Wanja Lustenberger ist eine unsympathische Vierzehnjährige, die meine Mutter und ihr neuer Mann in einem Anflug von Torschlusspanik und um nicht hinter dem Sozi-Kanzler zurückzustehen in Bulgarien adoptiert haben. Damals war Wanja elf Wochen alt und niedlich. Heute ist Wanja unausstehlich.

Ich gehe ins Esszimmer. Das Frühstücksgeschirr – natürlich KPM Kurland, Royal Noir – steht noch auf dem mit weißem Leinen gedeckten Nussbaumtisch. Ein Kunstblumenstrauß – Kätzchenweiden und Osterglocken – ziert den Büfettschrank. Neben der Vase hat meine Mutter das Osterhasenorchester aufgebaut: zwanzig Holzosterhasen aus dem Erzgebirge, die hellblaue Kleidchen tragen. Sie spielen Trompete, Geige, Trommel. Das Orchester hat mal meiner Oma gehört. Ich hab es schon ein paar Jahre nicht mehr gesehen.

Ich nehm mir einen Kaffee und lass mich vorsichtig auf einem roten Samtstuhl nieder. Die konservative Tageszeitung liegt wie gebügelt neben dem Frühstücksteller am Kopf des Tisches. Horst Lustenberger, der neue Mann meiner Mutter, braucht sie gerade nicht. Ich vertief mich in den Sportteil, als Wanja plötzlich in der Tür steht.

»Guten Morgen«, wünsch ich und ring mir ein Lächeln ab.

»Brauchst du Geld?«, faucht sie mich an und über die Schulter: »Brigitte? Will die Papa anpumpen?« Wanja ist blass und rotblond. Sie pumpt sich auf, als platze ihr gleich die Aorta. Die Pubertät halt. Man wird sich der Sachen bewusst, die im Leben zählen.

»Anpumpen? Wie kommst du denn darauf, Prinzessin?«, lächle ich.

»Papa sagt immer, Leute wie du liegen uns allen auf der Tasche«, strahlt sie.

»Leute wie ich?«

»Langzeitstudenten. Arbeitslose. Du weißt schon, dass du nichts aus deinem Leben machst?«

»Muss ich auch nicht, Prinzessin«, lächle ich. »Aus dir wird bestimmt mal Germany's Next Heidi Horten. Und wenn du mit fünfunddreißig an Burn-out stirbst, dann erb ich den Pflichtteil. Damit mache ich ein Kannibalenrestaurant am Alex auf, da gibt's Menschenauflauf und deine Asche stell ich zum Nachwürzen auf den Tisch. Dann nimmt jeder mit dem Mahl deinen Geist und deine Kraft auf, und …«

»Pff«, macht Wanja. »Du bist sooo hässlich!«

»Mit vierzehn hatte ich noch keine Orangenhaut, Spatzerl. Dich könnte ich doch jetzt schon nicht mehr für mein Kannibalenrestaurant gebrauchen. Frauen mit Orangenhaut muss man nämlich vor dem Essen schälen, sonst schmecken die bitter.«

Wanja winkt ab, murmelt »krank« und dann bin ich auch schon vergessen. Es treten wieder ihr Leben, ihr Freizeitstress in den Vordergrund: »Brigitte, fährst du mich hin oder muss ich mir ein Taxi nehmen?«

Meine Mutter erscheint hinter ihr, drückt ihr einen großen Schein in die Hand und schiebt sie zur Tür heraus: »Der Papa holt dich ab, Schatz.«

Als sich meine Mutter zu mir an den Tisch setzt, sieht sie erleichtert aus.

»Könnt ihr sie nicht einfach wieder abgeben?«, frag ich. »In Bulgarien soll doch nach dem EU-Beitritt jetzt alles besser geworden sein?«

»Libby!«, rügt meine Mutter, aber sie lächelt.

»In die Babyklappe passt sie auch nicht mehr.« Ich leg die Zeitung beiseite und schüttle den Kopf. »Im Ernst, wie hältst du das hier nur aus mit den beiden? Wanja und Horst halten dich für ihr Personal.«

»Horst ist dein Stiefvater, Libby.«

»Nee, im Leben nich. Das ist einer, der öffentlich den Christsozialen spielt und Interesse am Gemeinwohl heuchelt. Dabei hat er in die Parteikasse gegriffen und sich zusammen mit seinen Freunden von der Landesbank per geschlossenem Immobilienfond mit Gewinngarantie in die eigene Tasche gewirtschaftet. Und die Rechnungen in Millionenhöhe zahlen wir jetzt alle. Das weißt du ja. Keine Ahnung, wie du mit so einem zusammenleben kannst.«

»Das ist über zehn Jahre her, Kind. Wir haben jetzt ein gutes Leben. Dein Vater ist ein ehrenwertes Mitglied des Bundestages.«

»Der wird nie mein Vater, Mama. Und ehrenwert auch nicht.«

»Ach, das du immer so radikal sein musst, Kind. Dabei wollte Horst dich damals wirklich sehr gerne adoptieren. Er hat große Stücke auf dich gehalten. Du hast so viel Talent.«

»Mama! Was hätte das geben sollen? Ich meine, die Chemie zwischen uns stimmt von hinten bis vorne nicht, der Typ ist ein gewissenloser Profiteur, aber hey, vom Menschlichen mal ganz abgesehen: Liberty Lustenberger, oder was? Das ist Kindesmissbrauch!«

Meine Mutter lacht. Sie weiß, sie ändert mich nicht. Aber retten will sie mich doch. Immer noch.

»Kommst du morgen zum Kaffee?«, fragt sie. »Es sind ein paar sehr nette Herren aus dem Finanzausschuss da – auch von der Opposition. Das wird sicherlich eine sehr interessante Diskussion. Du bist doch politisch interessiert.«

»Ich muss morgen arbeiten. Leider. Eine Hochzeit.« Ich hab ihr erzählt, dass ich als Hostess arbeite, das ist ja auch nicht ganz falsch. Dass ich nebenbei wieder studiere, ist natürlich gelogen. Aber es ist eine gute Lüge, fromm geradezu, meine Mutter fühlt sich besser, wenn sie das sagen kann. Falls die Nachbarn fragen.

»Und nächstes Wochenende? Kommst du am Sonntag zum Frühstück, dann können wir Eier suchen. Wie früher.«

Ich sag ihr nicht, dass ich Eiersuchen heute schon mal abgelehnt hab, und gieß ihr auch Kaffee ein. Niemand macht so einen guten Kaffee wie meine Mutter. Ich schütt mir einen winzigen Schuss Sahne in den Kaffee und freue mich an den Wölkchen, die sich bilden. Aber wir leben nun mal in unterschiedlichen Welten, meine sogenannte Familie und ich. Ich lass mich davon nicht kleinkriegen.

»Und?«, frag ich zur Ablenkung. »Wie geht's dir sonst so? Wie war deine Woche?« Ich hol den Frühlingsblumenstrauß hinter meinem Rücken vor und hält ihn ihr hin. Die hochherrschaftliche Gesichtssteife wird von einem strahlenden Lächeln weggebügelt. Sie ist halt doch meine Mama. Wir hatten ein paar harte Jahre Anfang der Achtziger in Moabit, nur wir zwei beide ganz alleine. Wohnung mit Ofenheizung und Außentoilette. Das schweißt zusammen.

Quick and Dirty

Samstag oder nicht, Ministerialdirektor Karl zu Saynheim hat darauf bestanden, dass Joachim Jäger sofort ins Bundesministerium für Finanzen kommt. Jäger kennt das, er arbeitet seit über zwanzig Jahren mit Saynheim. Der Mann hat einfach keine Nerven. Jäger kennt ihn aus seiner Zeit in Bonn. Saynheim zeigt auf den Stuhl vor seinem Schreibtisch. »Einen Moment noch, Joachim. Ich schreibe nur noch die E-Mail zu Ende«, sagt er.

Jäger wartet und denkt an Bonn 1984. Sein Blick wandert von Saynheims aufgeräumtem Schreibtisch zu einer Vitrine an der Wand. Hier verwahrt Saynheim einen unscheinbaren Maßkrug mit dem bayerischen Staatswappen. Es ist einer von zwei Maßkrügen aus dem Bierkeller der bayerischen Landesvertretung in Bonn, die es bis nach Berlin geschafft haben. Der zweite steht im Schrank von Joachim Jäger, zur Erinnerung an einen Spätsommerabend 1984, an dem sie beide im Bierkeller der bayerischen Landesvertretung lernten, wie man ganz große Politik macht. Nämlich quick and dirty. Damals ist Karl zu Saynheim knapp dreißig und frischgebackener Oberregierungsrat in der bayerischen Landesvertretung. Seine Aufgabe ist es, an das bayerische Finanzministerium zu berichten, was in Bonn vor sich geht. Jäger ist erst einundzwanzig, er lernt Bürokaufmann bei der Bonner CSU-Fraktion und hat sich nebenbei an der Rechts- und Staatswissenschaftlichen Fakultät der Friedrich-Wilhelms-Universität für Wirtschaftswissenschaften eingeschrieben.

Das moderne Wort »Lobbyismus« gibt es in der Bonner Republik noch nicht. Vertreter des Bundesverbandes der deutschen Industrie oder des Bundesverbandes Deutscher Banken suchen im Bierkeller den informellen Kontakt mit den Politikern. Dort lernt Joachim Jäger Karl zu Saynheim an einem verhangenen Spätsommertag 1984 kennen.

Jäger steht am Hinterausgang der bayerischen Landesvertretung und raucht, als ein dunkler BMW 520i auf den Parkplatz fährt. Dem Auto entsteigen der bayerische Ministerpräsident, der zu dieser Zeit turnusgemäß Präsident des Deutschen Bundesrates ist, und der Vorsitzende des Deutschen Verkehrssicherheitsrates. Beide kommen von einem Fernsehauftritt. Der grobschlächtige Ministerpräsident ist knallrot im Gesicht.

Neugierig folgt Jäger den beiden in den Bierkeller. Dort sitzt auch Karl zu Saynheim an einem Tisch. Jäger fragt, ob es gestattet sei. Zu Saynheim lächelt und nickt. Er sagt, er kommt in den Bierkeller, um neue Leute kennenzulernen. Der Bierkeller hat den Ruf einer heimischen Oase im Bonner Hauptstadtleben. Es gibt unbeschränkt Freibier und urbayerische Kost. CSU-Abgeordnete, Referenten und bayerische Besuchergruppen nehmen das Angebot gerne an.

Die beiden jungen Männer beobachten, wie der Ministerpräsident sich setzt. Sofort bringt man ihm einen Maßkrug Bier. Der Ministerpräsident winkt ab. Er will Sekt, nicht Bier. Man bringt ihm einen Maßkrug voll Sekt, er trinkt ihn auf Ex. Zu Saynheim und Jäger können es kaum fassen.

Dann hören sie, wie der Verkehrssicherheitler eindringlich auf den Ministerpräsidenten einredet. Jäger versteht irgendetwas von »Sicherheitsbedenken« und »dritte Startbahn«. Der Bayerische Verwaltungsgerichtshof hat gerade die Klagen gegen den Planfeststellungsbeschluss für den neuen Flughafen München abgewiesen und den Baustopp aufgehoben. 1992, als der Flughafen mit dem Beinamen »Franz Josef Strauß« eröffnet wird, lebt der Ministerpräsident nicht mehr. Aber an diesem Tag macht er sich um seine Eröffnung verdient. Erst brüllte er den Verkehrssicherheitsratsvorsitzenden zusammen und nennt ihn ein Arschloch, dann schenkt er ihm drei Maßkrüge mit Sekt ein. Als der Mann schließlich aufsteht und nach Hause fährt, weist der Ministerpräsident Karl zu Saynheim an, anonym die Polizei zu verständigen. »A b'suffne Sau« in einem schwarzen BMW führe Schlangenlinien auf der Kennedybrücke. Zwei Monate später ist der Verkehrssicherheitsratsvorsitzende seinen Führerschein und seinen Posten los. Karl zu Saynheim steckt sich an diesem Abend zur Erinnerung einen der Maßkrüge ein. Jäger nimmt den anderen.

Später arbeitet Jäger zunächst für Silver & Wolf als Analyst an der Wallstreet, dann in der Abteilung für »Besondere Konzernaufgaben«, dann als einer von zehntausend Konzernlobbyisten in Brüssel. Karl zu Saynheim baut im Finanzministerium die Berliner Republik mit auf. Einmal im Jahr treffen sie sich und trinken Sekt aus Maßkrügen.

»Fertig.« Karl zu Saynheim schiebt seinen Laptop beiseite. »Danke, dass du gekommen bist.«

Paris

»Erzähl mir noch mal von Paris«, sagt Brigitte Lustenberger und gießt ihrer großen Tochter mehr Kaffee ein. Libby lächelt. Sie hat denselben klaren, gleichzeitig weichen Blick wie Charles ihn hatte. Dieselben hellen Augen.

»Wenn du zu wenig Geld hast für eine Seine-Bootsfahrt«, sagt Libby, »dann fährst du mit der Metrolinie sechs Richtung Passy. Am besten bei Sonnenaufgang, wenn die Lichter vom Eiffelturm noch an sind. Die Metro fährt da oberirdisch, etwas erhöht. Aus der Perspektive siehst du den beleuchteten Turm besonders gut. Der Fluss glitzert, als ob ein paar Lichter in das dunkle Wasser gefallen wären. Das sieht aus wie eine dreihundert Meter hohe Wunderkerze, von der die Funken abtropfen.«

»Wunderschön! Und wie du das beschreibst. Du könntest wirklich einen Reiseführer über Paris schreiben«, seufzt Brigitte. »Ich wünschte, Horst und ich würden wieder mehr reisen.«

»Hm. Paris. Stadt der Liebe.« Libby nimmt einen Schluck Kaffee. »Liegt mir.«

»Diese Arbeit als Hostess«, sagt Brigitte. »Du machst da keine Dummheiten, nicht wahr?«

Libby, empört: »Mama!«

Volltreffer. Brigitte kennt ihr Kind. Trotz One-Night-Stands und Notrutschen-Affäre ist Libby im Kern unantastbar. Sie fällt auf die Nase, sie fühlt sich danach vielleicht verkatert, aber ihre Würde leidet nie. Jeder Tag ist für sie der Anfang ihres Lebens. Und wer sich so ins Abenteuer stürzt wie sie, der macht Fehler. Der ist mal einsam, tritt ins Fettnäpfchen. Der kennt die Gefahr, verletzt zu werden, und riskiert es. So ganz anders als Brigitte selbst.

»Okay.« Libby räuspert sich. »Ich sag mal so, Mama. Bei jedem Reißverschluss, den ich aufmach, weiß ich, ich muss dafür bezahlen. Und dann mach ich's doch. Nicht jeder Reißverschluss ist der Reißverschluss fürs Leben.«

Brigitte wundert sich wohl zum hunderttausendsten Mal, woher Libby ihre innere Wahrhaftigkeit hat. Vielleicht doch was Genetisches? »Also wirklich, Libby. Ich lieg manchmal abends im Bett und bete ...«

»Schätze, du kannst meinen freien Willen nicht wegbeten, Mama.«

»Das will ich auch gar nicht. Ich bete, dass du den Richtigen triffst. Den einen. Du weißt schon. Ich glaube, dann würdest du zur Ruhe kommen.«

Libby steht auf. »Ich kenn mich nicht so aus mit Gott, aber 'n Spielautomat ist er bestimmt nicht. Oben Gebet rein und unten kommt Wunscherfüllung raus?«

Brigitte muss kichern. »Ich versuche es trotzdem.«

»Die Frage ist doch: Bist du bereit für eine andere Antwort? Was, wenn dein Gott nein sagt? Oder: jetzt noch nicht?«

Darauf weiß Brigitte nur eine Antwort: »Pass bitte auf dich auf, Kind.« Dafür erntet sie einen herrischen Blick. Sie geht und holt Libbys Mantel mit dem einerseits aufregenden, andererseits beunruhigenden Gefühl, gleichzeitig stolz zu sein und als Mutter versagt zu haben.

Es geht um Deutschland

Es ist ruhig im MGF-Gebäude am Spreeufer. Ruhig und gut geheizt. Draußen Schneegriesel. Das Geräusch der eingehenden E-Mail lässt Viktoria Jung zusammenzucken. Sie sieht von den Auswertungstabellen auf dem Bildschirm ihres Laptops auf, wechselt zum Mail-Programm.

Karl zu Saynheim hat ihr eine Störungsmeldung aus der Stabsstelle »Leitung und Kommunikation« im Bundesfinanzministerium weitergeleitet. Für Jung ist es Chefsache, wenn jemand einen Bug, einen Programmierfehler, in ihrem Hauptprodukt MGF State findet. Regierungen weltweit setzen ihr Programm ein. Es ermöglicht nicht nur den Handel mit Währungen und Staatsanleihen, es strukturiert die Steuerverwaltung und Etatplanung.

Viktoria Jung leitet die Fehlermeldung an die Technik weiter, steht auf und fährt mit dem Fahrstuhl in die Entwicklungsabteilung. Sie ist stolz auf ihr Programm. MGF State ist so essentiell, dass es abhängig macht. MGF State enthält Monsteralgorithmen, die gefährlicher sind als Atombomben. Ein Land, das Kunde bei MGF wird, ist auf Jahrzehnte vom Support aus Berlin abhängig.

Obwohl Samstag ist, sitzt MGF-Chefentwickler Marlon Griebnitz in seinem Glaskasten am Ende des Großraumbüros. Griebnitz ist ein Nerd, erstaunlich jung und erstaunlich ungepflegt für einen Vorgesetzten. Jung durchquert das Büro, das einer NASA-Kontrollstation ähnelt. Hier werden die selbstlernenden Algorithmen entwickelt, die an der Wall Street miteinander handeln. AlgoTrading: Virtuelle Maschinen handeln im Zehntelsekundentakt Millionenbeträge miteinander. Dem Börsenhändler bleibt nur, auf die Bildschirme zu starren. Er ist chancenlos. Sein Algorithmus verdient an einem Tag mehr als ein Arbeiter in einem Monat. Oder er verliert alles. Auf keinen Fall aber hat der Händler Schuld. Sehr entspannend.

Griebnitz kommt hinter seinem Schreibtisch hervor, als Jung die Tür öffnet. Seine Hand fühlt sich weich und ungewaschen an. In seinem Papierkorb stecken schmierige Pizzakartons.

»Schau dir mal die Fehlermeldung von Saynheim an«, sagt Jung. »Habe ich dir gerade weitergeleitet. Wir müssen schnell handeln.«

Als Weltmarktführer der Informationsindustrie weiß Jung, dass ihre Branche manipulationsanfällig, aber nicht zur Manipulation verdammt ist.

»Das State-Modul hat die Deutschland GmbH erst möglich gemacht, Fehler dürfen nicht vorkommen«, sagt Jung.

»Der Kunde meckert auf hohem Niveau.« Griebnitz zuckt mit den Achseln, seine Hände fliegen über die Tastatur. »Dieser Staat hat es MGF zu verdanken, dass er der modernen Zeit überhaupt gewachsenen ist.«

»Du hast recht.« Jung starrt Griebnitz fasziniert über die Schulter. Ein blauer Bildschirm, ein weißer Fließtext. Das ist er, der Algorithmus. Das moderne Frankensteinmonster. Außer Griebnitz weiß niemand, warum es lebt, aber das tut es. »Ich verstehe unsere User«, sagt Viktoria Jung. »Sie haben Angst vor dem globalen Paradigmenwechsel. In den letzten dreißig Jahren sind ein paar Sachen, die eigentlich überhaupt nicht existieren, wertvoller geworden als Öl und Diamanten.«

»Informationen sind der Rohstoff der Zukunft.« Griebnitz löscht hier ein paar Zeichen, fügt da etwas ein. Er ist ein Künstler.

»Die Leute sind unsicher«, sagt Jung mehr zu sich selbst. »Staaten zögern, Wahlen abzuhalten, wenn dadurch Märkte nervös werden könnten.«

Griebnitz zeigt auf seinen Bildschirm. »Wir programmieren die Welt«, sagt er. »Wie in ›Matrix‹. Diese Wahrheiten sind den Menschen nicht mehr zuzumuten.«

Jung schüttelt den Kopf. »Aber wir helfen den Menschen, sich zu organisieren.«

»Und die jammern uns was von Souveränitätsverlust vor. Das ist halt der Preis. Freiheit ist immer ambivalent.«

»Wir machen noch zu viele Fehler.« Jung verzieht das Gesicht. »Durch die Presse geistern Geschichten von Banken, die Menschen keine Kredite geben, die auf Facebook Rap-Musik hören. Und wer in Suchmaschinen nach Stichworten wie TNT sucht, gerät in den

Staaten in die Pre-Crime-Analysis, auch wenn er nur einen Kurierdienst sucht. Da fehlt natürlich der Feel-Good-Faktor.«

Griebnitz nimmt einen Schluck aus seiner Bionade-Flasche. »Das sind Kollateralschäden«, sagt er. »Die Algorithmen werden lernen, das herauszurechnen. Auch was trinken?«

Jung winkt ab. »Da glaube ich an die Spieltheorie: Konfrontation ist nichts als ein kooperatives Spiel zweier Gegner, die bei allen Differenzen doch gleiche Ziele verfolgen. Die brillante Beschreibung der Parteienlandschaft einer modernen Demokratie.«

Griebnitz lacht. »Wir sind Wohltäter der Menschheit, Viktoria. Der Sieg der Maschine über die Menschen befreit die Menschheit von der Maloche, aus dem Dreck der Stahlwerke.«

»Hier geht's um mehr, Marlon. Es geht um Deutschland.« Jung tritt ans Fenster und sieht auf das Hauptstadtpanorama. »Deutschland ist seit Jahrhunderten weltweiter Innovationsmotor. MGF sorgt dafür, dass das so bleibt.«

Niemand weiß es, aber Griebnitz hat die Software MGF State mit einem ganz besonderen Gimmik versehen. Er hat eine Backdoor programmiert. Eine Zugriffsmöglichkeit über eine Default-Werkseinstellung im Server-Client-Protection-Manager, die nie jemand ändert. Der Algorithmus ähnelt dem NSA-Algo Dual Elliptic Curve Deterministic Random Bit Generation. Durch diese Backdoor kann MGF die Datenbanken der Staaten auslesen, die MGF State einsetzen. Big Data für Mutti, die nur leider nicht genug von Wirtschaft verstehen will, um daraus die richtigen Schlüsse zu ziehen.

»Irgendwann wirst du dafür das Bundesverdienstkreuz am Band bekommen«, scherzt Griebnitz.

Die Jung lacht bitter. »Oder sie knüpfen mich daran auf.«

»Sicher nicht, Viktoria. Mutti weiß doch, dass nur durch uns die Euro-Dauerkrise für Deutschland ein Zuschauersport ist.«

Jung zwinkert ihm zu. »Wie viele Schweizer Konten haben wir schon mit Vermittlungsprovision gefüllt, Marlon?«

»Darüber habe ich keine Daten. Aber ein Verzeichnis der Kontoinhaber, das hätte ich.«

Kleine Anfrage

Im Finanzministerium reicht Karl zu Saynheim Joachim Jäger einen Notizzettel. »Lorenz Secur wollte«, sagt der Ministerialdirektor, »dass ich einen Kontakt zum LKA mache. Hier. Zwei Kontakte. Nummer eins: Robert Kämmerer. Der Mann hat massive Steuerschulden. Er wird uns weiterhelfen. Und falls nicht, Nummer zwei: Hannes Neuhaus, Leiter LKA 6. Das ist ein anständiger, unbescholtener Mann, der sich vor seine Leute stellt. Aber seine Frau ist schwanger. Und er hat einen Hauskredit.«

»Danke.« Jäger steckt den Zettel ein. Sein Blick fällt auf eine gelbe Mappe mit einem roten Kreuz und der Aufschrift *Sofort dem Empfänger in die Hand.*

»Was ist das?«, fragt er und zeigt auf die Mappe.

Saynheim rutscht unruhig auf dem Stuhl herum, dann schiebt er die Akte über den Tisch. »Es ist eine Antwort auf die Kleine Anfrage der Fraktion Die Linke an den Präsidenten des Deutschen Bundestages zum Thema ›Beziehungen von Investmentbanken und Geschäftsbanken zur Bundesregierung‹, Bundestags-Drucksache 17/11456 vom neunten November 2012.«

»Hast du das bearbeitet?«, fragt Jäger und klappt den Aktendeckel auf.

»Nein. Unsere Freundin Doktor Julia Steinberg.«

»Oh nein.« Jäger wittert Ärger.

Karl zu Saynheim legt die Finger beider Hände aneinander und bildet eine Raute, wie seine Chefin. Aber seine Finger zittern. »Die Steinberg soll kaltgestellt werden, aber der Minister muss sie irgendwie beschäftigen. Immerhin ist es mir gelungen«, sagt er, »das Ganze als Verschlusssache einstufen zu lassen.«

Jäger nickt erleichtert und blättert ans Ende des siebenundzwanzigseitigen Papiers. »Eine Veröffentlichung detaillierter Informationen«, liest er dort, »birgt die Gefahr eines irreversiblen Vertrauensverlustes in die jeweiligen Bankinstitute mit entsprechender Reaktion des Marktes, insbesondere seiner Gläubiger. Die Antwort wird deshalb als Verschlusssache eingestuft und in der

Geheimschutzstelle dem Deutschen Bundestag zur Verfügung gestellt.«

Was aber zur Veröffentlichung kommt, ist eine Tabelle, in der Steinberg sämtliche Veranstaltungen, Sitzungen usw. der Bundesregierung nach Kontaktpersonen sortiert auflistet, an der Vertreterinnen oder Vertreter von Banken teilgenommen haben. Teilweise mit Nennung des Namens der Bankmitarbeiter, teilweise anonymisiert. Die häufigsten Kontakte hat Silver & Wolf, gefolgt von der Commerzbank.

Da heißt es zum Beispiel: »Deutsch-Italienische Regierungskonsultationen in Rom, 04.07.2012, Doktor Uwe Ricken, Silver & Wolf« oder »Workshop Bekämpfung Terrorismusfinanzierung, 23.05.2012, Doktor Uwe Ricken, Silver & Wolf« sowie »Cross-Sector Seminar Implementing MGF State, 30.10.2012, Doktor Uwe Ricken, Silver & Wolf«, usw.

»Das gibt einen Aufschrei«, prophezeit Jäger. »Musst du das rausgeben?«

»Ich muss.« Karl zu Saynheim zuckt mit den Schultern. »Immerhin lenkt es den Blick auf Silver & Wolf und Ricken und weg davon, was MGF wirklich tut. Davon hat Frau Steinberg kein Wort geschrieben. Ich frage mich, ahnt sie, dass wir an ihr dran sind, und will ihren Hals retten?«

»Zu spät«, sagt Jäger.

Die beiden Worte finden ihre Resonanz in einem nervösen Flackern in zu Saynheims Augen. »Bei dir weiß ich nie richtig, woran ich bin«, kichert er.

Gut so. Jäger überlegt kurz. »Entspann dich, Karl«, sagt er dann. »Niemand ahnt, dass in der MGF-Software State, die ihr hier im Bundesfinanzministerium einsetzt, ein Datenfusionsmodul und eine Backdoor eingebaut sind. Die offizielle Linie ist, dass die Bundesregierung keine personen- oder institutionsbezogenen Daten sammelt. Wenn die Presse fragt, sagst du, das Ziel ist lediglich, kriminelle und terroristische Hotspots rechtzeitig zu identifizieren und auszuheben.«

»Verflucht, Joachim«, flüstert Karl zu Saynheim. Er schüttelt eine bunte Kapsel aus einer Tablettenschachtel, schluckt sie mit Wasser.

»Mein Blutdruck bringt mich um. Ich träume nachts davon, dass die Forex beim algorithmischen Währungshandel aufmerksam wird. Wenn die uns drankriegen und in Amerika verurteilen, gehen wir bei einem Tagesumsatz von fünf Billionen US-Dollar für fünfhundert Jahre in den Knast.«

Das wäre der Super-GAU, denkt Jäger, sagt aber: »Wer sollte sie aufmerksam machen?«

»Julia Steinberg natürlich. Wir schauen auf die NSA-Affäre und Snowden, dabei brennt bei uns längst die Lunte.« Zu Saynheim nimmt Jäger die gelbe Mappe wieder ab. Seine Hände zittern unkontrolliert. Er beugt sich vor. »Was, wenn sie sich an WikiLeaks wendet?«, flüstert er.

Jäger riecht seinen Angstschweiß. »Denk an was anderes«, rät er. »Mach Sport.«

Zu Saynheim lacht bitter und nimmt noch eine Tablette.

Der Mann ist am Ende, merkt Jäger. Sie müssen ihn austauschen. »Wenn's gar nicht anders geht, lass dich pensionieren. Wir finden einen Arzt, der dir bescheinigt, dass du Angst vor deinem Dienstgebäude hast.«

»Gott, Joachim! Wie kannst du das nur aushalten?« Karl zu Saynheim reibt sich das Gesicht. »Ich habe Familie!«

Er weint, denkt Jäger. Jetzt steigt auch sein Blutdruck. Äußerlich bleibt er lässig, zuckt die Schultern. »Deutschland geht durch die Eurokrise wie ein heißes Messer durch die Butter, Karl. Wir tun das Richtige. Lernende Maschinen handeln Währungen nachweisbar profitabler als der Mensch. Das ist ein starkes Argument für MGF. Das selbstoptimierende System MGF State findet immer die Ideallösung. Die Ideallösung für Deutschland. Die Rohdaten, die der Berechnung zugrunde liegen, mit einer Präferenz für den Euro zu manipulieren, das ist eine patriotische Heldentat. Es funktioniert großartig. Selbst wenn die Menschen in Deutschland wüssten, was wir tun, wären sie dafür. Glaub mir. Sowohl die Wirtschaft als auch die Bürger müssten uns die Füße küssen. Ergebnisse zählen. Wir sind die Guten.«

Karl zu Saynheim schüttelt den Kopf. »Das ist nicht nachhaltig«, schluchzt er. »Das fliegt uns um die Ohren!«

Saynheim ist nicht mehr belastbar. Er ist naiv und wird zum Sozialromantiker. Dabei müsste ihm klar sein, dass private Unternehmen wie MGF, aber auch internationale Banken, Rohstoffförderer oder die Großindustrie seit Jahren selbst über geheimdienstähnliche Systeme verfügen. Noch nie von Blackwater gehört? MGF hat diesen Unternehmen ihre Systeme gebaut. Die Wirtschaft führt längst eigene Intelligence-Lageanalysen durch.

»Weißt du, Karl«, sagt Jäger, »vergiss doch einfach die globale Dimension. Konzentrier dich auf das Tagesgeschäft.«

Saynheim schüttelt den Kopf. »Das sagt Uwe auch immer. Aber es wird mir alles zu viel, Joachim. Ich kann nicht mehr.«

Jäger versucht es auf die harte Tour. »Wenn du nicht jahrzehntelang profitiert hättest«, sinniert er, »könntest du uns als staatstragender Beamter beim Verfassungsschutz anzeigen.« Im Geiste bespricht er schon mit Doktor Uwe Ricken, wie sie das Problem Saynheim lösen.

»Dann bin ich tot.« Karl zu Saynheim lacht bitter. »Nicht wahr, alter Freund?«

Jäger macht ein mitfühlendes Gesicht. »Du weißt, dass MGF für Silver & Wolf Finanzmarktdaten und personenbezogene Daten fusioniert. Silver & Wolf weiß mehr von dir als du selbst. Silver & Wolf weiß vielleicht auch, wann und woran du sterben wirst.«

Zu Saynheim schlägt stöhnend die Hände vors Gesicht.

»Hast du nie über die Konsequenzen nachgedacht?«, fragt Jäger.

Saynheim ist ganz grün im Gesicht. »Ich hab einfach gedacht, wir kommen damit durch«, flüstert er.

Jäger beugt sich vor. »Das werden wir auch, Karl«, sagt er. »Wie lange kennen wir uns jetzt? Du weißt, dass ich immer nur für die Besten arbeite. Silver & Wolf weiß, wo du welche Konten hast. Wann du welche Zahlungen geleistet und bekommen hast. Silver & Wolf kennt deine Kredite, deine Bewegungsdaten, wann du wo deine Bahncard oder deine Tankkarte eingesetzt hast, deine Grundbucheinträge, deinen Musikgeschmack, weiß, mit wem du telefonierst und ob du dir Pornos runterlädst. Sogar wie viel Geld du im Monat wofür ausgibst, wem du was schenkst. Wann du beim Arzt warst wegen deiner verkalkten Halsschlagader.«

Zu Saynheim klappt der Unterkiefer runter.

Jäger hebt eine Augenbraue. »Silver & Wolf greift Adressdatenbanken und Bewegungsdaten von Suchmaschinen aus der Cloud ab. Die wissen genau, mit wem du zu tun hat«, sagt er. »Ob du im Puff warst oder bei Hertha, wie du deiner Frau gesagt hast. Da braucht kein linker Abgeordneter mehr eine parlamentarische Anfrage an den Präsidenten des Deutschen Bundestages zu stellen. Silver & Wolf kann jeden in Deutschland erpressen. Vielleicht tun sie's auch, keine Ahnung. Silver & Wolf sind in der Lage, Kontrolle über die Bundesrepublik auszuüben. Hast du gedacht, das System, das wir selbst aufgebaut haben, erfasst uns nicht?«

Karl zu Saynheim atmet tief durch. Seine Augen sind blutunterlaufen. An seiner Schläfe pulsiert eine Ader. »Ich wollte das nicht«, jammert er und ringt die Hände. »Ich hab noch vier Jahre bis zur Pensionierung.«

Jäger steht auf. Er hält den Notizzettel hoch, den zu Saynheim ihm gegeben hat. »Reiß dich zusammen, Karl«, rät er. »Ich hoffe für dich, deine Kontakte taugen was. Falls nicht, mein Lieber, ist an diesem Zettel auf jeden Fall deine DNA.«

Ruf des Jägers

Peer hat mich für die Hochzeit eines Parteifreundes im Märkischen Viertel gebucht. Er ist Stammkunde, ein aufstrebender christdemokratischer Finanzspezialist. Peer ist angenehm, er gibt mir das Gefühl, dass weder er noch ich unser Gesicht bei dieser Scharade verlieren.

Die Hochzeitsfeier findet im Hotel Märkischer See statt. Es liegt am Seggeluchbecken, einem künstlichen Teich zwischen Laubenkolonien und der Hochhaussiedlung Märkisches Viertel, ganz im Norden Berlins. Der Teich ist an den Rändern noch zugefroren. Hinter dem Hotel ragen Siebzigerjahre-Hochhäuser auf, eine von diesen typischen Berliner Scheußlichkeiten, mit denen wir hier blitzschnell unseren Frieden machen. Ehemalige RAF-Terroristen, Comiczeichner und Rapper wohnen sogar gern im Märkischen. Denn in einer Stadt wie Berlin reicht es für eine betongraue Trabantenstadt mit fünfzigtausend Wohnungen längst nicht mehr, dass ab und an der Fahrstuhl brennt, sich Jugendgangs abstechen und geistig verwirrte Randständige von der Polizei erschossen werden, um zu den sozialen Brennpunkten zu gehören. Rechts und links des Wilhelmsruher Dammes herrscht lebensfeindliche Dysfunktionalität und allgemeine Kampfbereitschaft. Wer das nicht mag, ist im Herzen kein Berliner.

Der Festsaal im Hotel Märkischer See quillt über von lachsfarbener Schleifchendeko. Es ist gut geheizt und die Hochzeitsplaner setzen offenbar zwanghaft auf Frühlingsgefühle. Längst haben die Damen ihre Bolerojäckchen abgelegt, die Herren ihre Toupets. Bier und Lebensfreude schäumen über. Die Band spielt »Ein bisschen Spaß muss sein« und »Fiesta Mexicana«, davor tanzt das Silikon La Ola. Eine Stimmung wie im »Oberbayern« auf Malle. Als die Erschöpfung einsetzt und es ruhiger wird, dreh ich ein paar Runden mit Peer Wange an Wange zu »Blumen für die Dame«. Sein Achselschweiß verätzt mir fast die Riechschleimhaut. Ich muss an Susis Waschanleitung denken, leide aber schweigend, ganz Profi.

Nach Mitternacht geht der erschöpfte Peer vor die Tür zum Rauchen und Auslüften. Ich schau mir noch mal das Büfett an. Wer Filet Mignon für eine französische Chansonsängerin hält, ist im Märkischen Viertel genau richtig. Am Büfett sind ein paar Damen unterwegs, die schon seit dreißig Jahren vierzig sind. Sie runzeln ihr Dekolleté und schlagen ihre French-Maniküre-Schaufeln in die Crêpe Suzette. Ich will das gerade nachmachen, als etwas an meinem Oberschenkel vibriert. Um auf Partys beide Hände frei zu haben, klemm ich gerne mein Telefon ins Strumpfband. Man freut sich ganz anders, wenn man angerufen wird.

Eine SMS von Jäger fliegt ein.

Ich drück ein paar Knöpfe, dann seh ich, was er mir geschickt hat: ein Portrait von einem Mann Ende dreißig. Dunkle Haare, scharf rasiert. Lange Nase, mehrfach gebrochen. Ich weiß sofort, das Gesicht hab ich schon mal gesehen. Der Dobermann, vor zwei Tagen, im

»60 seconds«, auf der Dachterrasse. Die kaputte Nase merkt man sich, obwohl viele von den Securitytypen Boxer sind. Der hier wirkt verloren, aber auf die harte Tour. Jedenfalls macht er ein stinksaures Gesicht, vielleicht, weil Jäger ihn fotografiert. Also schluck ich den Köder mitsamt Schwimmer und drück Jägers Nummer.

Er geht sofort ran und lacht: »Hab mir schon gedacht, dass du meinetwegen nicht zurückrufen würdest. Wo bist du?«

»Im Paradies. Im Märkischen.«

»Oh. Richtig. Hab davon gehört.« Ein Feuerzeug ratscht und Jäger inhaliert. Er ist mit Susi von der Agentur liiert und immer bestens informiert. Susi gehört auch zu diesen Networkern, die Beruf und Privatleben nicht trennen können.

»Wann bist du wieder frei?«, fragt er.

Dieses Wochenende ist so lukrativ, dass ich eigentlich gar keine Lust auf den nächsten Job habe. »Besprich das mit Susi«, schlag ich deshalb vor.

»Hab ich schon. Die sagt, du bist zu haben. Also. Ich buch dich für einen neuen Job. Am nächsten Freitag.«

»Am Osterwochenende? Motivier mich.« Ich stipp einen Finger ins Himbeerparfait und leck ihn ab. »Ich muss nicht jeden Job machen, den du mit Susi auskasperst. Schon gar nicht über die Feiertage.«

Jäger lacht. »Mit dem Ding schreibst du Geschichte, Libby. Und ich zahl dir das Doppelte.«

Das ist doch mal ein Argument. Geld kann ich gerade wirklich gut gebrauchen. »Aber warum hast du mir ein Foto von einem Boxer geschickt?«

Jäger klingt amüsiert. »Der junge Mann ist nicht Boxer, sondern Privatdetektiv. Ich will, dass du mit ihm zusammenarbeitest.«

Netter Mann und nettes Geld. Ich vergrößere das Foto. Ein Gesicht wie eine Feldherrenbüste, markant und wüst. Gleichzeitig scheu. Schöne Lippen. Angewachsene Ohrläppchen und Koteletten. So englisch wie der CI5 in »Die Profis«.

»Na gut. Gebongt«, sag ich also. »Wir treffen uns wo?«

»Montagabend. Briefing im ›Las Meninas‹.« Jäger senkt die Stimme. »Und kein Wort zu niemandem.«

Wie auf Stichwort kommt Peer um die Ecke, Schweißflecken so groß wie der Grunewaldsee unter jeder Achsel, die Glatze weißer und glatter als Stangenspargel. In jeder Hand hält er einen Cocktail mit Schirmchen und Flitterpuschel. Plötzlich bin ich sehr froh über meinen nächsten Job.

»Libby?« Jäger ist noch dran. Seine Stimme klingt angespannt, eindringlich. »Hast du gehört? Höchste Geheimhaltungsstufe.«

»Du machst es sehr spannend«, sag ich zu Jäger. »Aber du kennst mich doch. Ich halt dicht.«

Dicht wie 'n Schließmuskel, füg ich in Gedanken hinzu. Es gibt halt ein paar Sachen, die sagt eine Lady nicht laut am Büfett.

Die Hofdämchen

Montagabend, es regnet Eisnadeln. Die Paulstraße ist wie glasiert. Sanders läuft Richtung Kriminalgericht. Mit den Ledersohlen seiner handgenähten Schuhe rutscht er wie auf Schlittschuhen. Linkerhand erhebt sich das Untersuchungsgefängnis, eine Kreuzritterburg im Licht der Scheinwerfer.

Sanders hat nur geschlafen, nicht gegessen. Er wollte, aber sein Kühlschrank ist so leer und kalt wie sein Herz. Also läuft er durch den Regen, nass und verfroren bis auf die Knochen. Die Paulstraße zieht an ihm vorbei wie ein Traum, oder präziser gesagt: wie die Erinnerung an einen Traum. Tankstelle, Fitnessstudio, tibetanisches Café – die Bilder scheinen an die Nacht geheftet wie Zettel an eine Pinnwand. Gott sei Dank: Heute Abend muss er nur zuhören. Sanders' Gedanken fliegen auf wie Jagdfalken, die Sonne im Auge, und wollen nicht auf seinen Arm zurückkehren. Er trifft Jäger in einem Restaurant und egal wie verrückt Jägers »großes Ding« ist, Sanders hat das Geld schon. Außerdem wird es etwas zu essen geben.

Im »Café y Vinos Las Meninas« sind die Türen aus Mahagoni, mit Messing beschlagen. Das »Las Meninas« ist der heimliche Star der Berliner Restaurantszene, seit Jahrzehnten. Es liegt nur ein paar hundert Meter hinter Schweizer Botschaft und Kanzleramt, diesseits der Moltkebrücke.

Franco, der alte Maître d', macht einen Kratzfuß und nimmt Sanders den nassen Mantel ab. »Señor Jäger ist schon da«, sagt er. »Er erwartet Sie im großen Saal.«

Normalerweise hat die Haut des alten Argentiniers die Farbe der Wandtäfelung, aber heute kommt er Sanders irgendwie bleich vor. Seine hellblauen Augen sind wässrig. Vielleicht ein privater Kummer, denkt Sanders. Er zupft Francos Fliege zurecht und drückt ihm Kleingeld in die Hand. Dann durchquert er den länglichen Raum, vorbei an den Caféhaustischen, der Bar, den Clubsesseln.

Das »Las Meninas« ist ein Hort beruhigender Zivilisiertheit. Die Ölgemälde an den Wänden zeigen Frauen, die Hofdämchen: Kinder, Kurtisanen und Königinnen im Stil von Velásquez. Opulente Farben, die Schatten bräunlich. In der Mitte des Lokals fällt geblümtes Licht durch falsche Dachfenster. Eine falsche Sonne, die auch jetzt scheint, wenn die richtige es nicht tut. In einer Ecke spielen drei alte Männer Karten. Aus der Küche riecht es nach gegrilltem Lamm und Rosmarin. Die Zeit steht still hier, auch das ist eine Herrschaftsgeste.

Der Festsaal liegt hinter einem Holzportal. Sanders schiebt es einen Spalt breit auf. Im Saal ist es dunkel, das überrascht ihn. Nur auf der kleinen Bühne brennt intimes Licht, davor der Schatten eines Stuhls. Ein Mann sitzt mit dem Rücken zur Tür: Jäger. Er raucht wie im Film Noir. Auf der Bühne ein Barhocker, ein Mikro, eine Frau. Sie singt »My Baby Just Cares For Me«, langsam, ganz langsam, dahingehaucht mit New-York-Akzent und einem Tremolo aus zerkratztem Zuckerguss.

Sanders vergisst, warum er hier ist. Dass er hier ist. Der Saal wird zur einer verräucherten Jazzspelunke zwischen 125ster East und Harlem River. Der Song fließt ihm übers Hirn wie Opiumöl. Er hört Anita O'Day singen, sieht, wie eine kalte Sonne hinter der Brooklyn Bridge versinkt. Seine Erinnerungen sind das nicht, noch nicht einmal seine Sehnsüchte. Es sind Bilder, die er sich selbst macht, ganz ohne Kamera, nur mit seinem Kopf. Damit die Welt still ist. Niemand weiß das.

Und dann ist es vorbei. Jäger springt auf, klatscht wie beim Heimsieg. Die Frau verbeugt sich knapp und springt von der Bühne. Beachtlich, denkt Sanders. Im Dunkeln und mit den Schuhen.

Er zählt bis drei, dann flippt er den Lichtschalter nach oben. Jäger brummt unwillig und auch von der Bühne kommt ein Protestlaut.

»Störe ich?«, fragt Sanders.

Jäger grinst. »Leider nicht«, sagt er. Und: »Sie sind zu spät. Wir mussten uns die Zeit vertreiben.«

In einer Ecke des Saals hat Franco ein paar Stühle um einen Tisch gruppiert. Er bringt Empanadas, panierte Shrimps und einen 2000er El Porvenir Ícono, auf dem Etikett das geometrische Design des Inkakreuzes.

»Achtzehn Monate im Barrique, Señor!«, schwärmt Franco.

Sanders setzt sich. Die falsche Frau O'Day bläst sich die Haare aus dem offenen, schönen Gesicht. Ein Gesicht wie ein Pin-up. Haare wie aus der Shampoowerbung. Aber die Haare sind nichts gegen ihre Augen: schräg, tiefschwarze Iris, eisblaue Pupille. Augen wie eine polare Mondfinsternis. Sanders muss sofort an ein Wechselwesen denken, einen Feuervogel, eine Dschjinnin oder Catwoman. Sanders ist ein guter Beobachter. Deshalb ist er hier.

Jäger tupft sich die Stirn mit einem Stofftaschentuch ab. »Schön, dass Sie kommen konnten«, sagt er.

»Ich bin Libby«, sagt die helläugige Sängerin und hält Sanders ihre Hand hin. Eine filigrane Hand. Trotzdem ein guter Händedruck.

»Miss Liberty Vale«, schiebt Jäger nach. »Amerikanerin. Aus New York.«

»Sanders«, stellt er sich vor. Versucht, auch einen guten Händedruck abzuliefern. Gleichzeitig kämpft er gegen den Reflex an, offene, lebensfrohe Menschen mit Huskyaugen irritierend zu finden.

»Wie heißt du mit Vornamen, Herr Sanders?«, fragt die Frau.

»Sanders«, sagt er. Er hat keine Kapazitäten frei für Vertraulichkeiten. Jäger schon. Seine Hand liegt wie zufällig auf der Hüfte der Frau. Sie ignoriert das und häuft mit den Fingern fettige Shrimps auf ihren Teller. Sanders denkt an Engerlinge und nippt am Rotwein. Bereits während er schluckt, glaubt er die Wirkung des kräftigen Cuvées zu spüren. Mit den Händen essen ist derzeit das neue Schwarz. Menschen mit klebrigen Fingern, die nach Zwiebeln und Knoblauch riechen, haben in Sanders' Augen schlicht keine Kinderstube. Aber er muss essen, nimmt sich eine Serviette, dann eine gefüllte Teigtasche. Beißt vorsichtig hinein.

»Wir sind uns schon mal begegnet«, sagt die Amerikanerin.

Sanders vergisst keine Gesichter. Er isst die Teigtasche, hält das herauströpfelnde Olivenöl in Schach. Liberty Vale ist eine Frau wie ein Businessplan, einfach zu schön, um wahr zu sein. Aber er kann sich nicht erinnern. Wahrscheinlich ist er unterzuckert. Oder es ist wirklich, wie Jäger gesagt hat: Von dieser Frau kann er noch etwas lernen.

»Vor zwei Tagen, Freitagnacht?« hilft sie ihm auf die Sprünge. »Im ›60 seconds‹? Du warst mit einem fetten Russen da.«

»Fetten Kasachen«, korrigiert Sanders. Er kann die Königinnen der letzten drei Nächte nicht mehr sauber trennen. »Tut mir leid. Sie sind mir nicht aufgefallen.«

»Du mir schon.« Die Vale zwinkert ihm zu im Stil eines Fünfzigerjahre-Pin-ups. »Aber leider hattest du ja nur Augen für Männer.«

»Für Kasachen«, stellt Sanders richtig und nimmt noch eine Teigtasche. In diesem Leben wird er niemanden mehr duzen, wenn es sich vermeiden lässt. Er hält das für unprofessionell. Und plump vertraulich. Vertrauen ist nicht seine Stärke.

»Ihr kennt euch?« Jäger lacht. Es ist nicht sein erstes Glas Wein. »Wenn das kein gutes Omen ist! Wir sollten darauf anstoßen. Nur fünfhundert Jahre nach Columbus machen die in den Anden diesen fantastischen Tropfen. Das ist Kulturimperialismus, meine Lieben!« Jäger schwenkt das Weinglas und lacht.

»Warum bin ich hier?«, fragt Sanders. Das langsame Kauen und Schlucken bringt sein Gehirn wieder auf Touren.

Jäger wischt sich die Finger am Tischtuch ab. Er greift in die Innentasche seines Sakkos, legt ein Foto auf den Tisch. »Wir stellen hier am nächsten Freitag, am Karfreitag, eine Honigfalle auf«, sagt er. »Das ist unsere Zielperson.«

»Eine Misses?« Frau Vale zieht eine Schnute. »Also ist er der Honig und ich bin die Falle?« Sie zeigt auf Sanders. »Soll ich zusehen, wie dein Schnüffler bei irgendeiner Frau seinen Charme und vielleicht noch was Anderes versprüht?«

Sanders stellt seinen Teller ab. »Sie sind auf dem falschen Dampfer, Miss«, sagt er. »Das ist nicht irgendeine Frau. Das ist Doktor Julia Steinberg, parlamentarische Staatssekretärin im Finanzministerium.«

»Heute zumindest ist sie das noch.« Jäger nickt anerkennend.

»Nach allem was man so hört, will sie Finanzminister werden anstelle des Finanzministers«, ergänzt Sanders.

»Wie Isnogud, der böse Großwesir?« Liberty Vale nimmt das Foto vom Tisch. »Das heißt, sie ist das nächste große Ding? Und trotzdem läuft sie frei rum, ohne Bodyguards? Das wäre in den Staaten nicht möglich. Sie ist hübsch, Glückwunsch. Hoffentlich kannst du da mit, Schnüffler. Ist doch zu schön, wenn man sein Hobby zum Beruf machen kann.« Sie kommt in Fahrt, böse zwinkert sie ihm zu. Die Vale spricht ohne Akzent, nicht wie der alte Ami vom AFN. Sie könnte auch aus Charlottenburg sein.

»Dein Plan hat allerdings zwei gewaltige Haken, Jäger«, echauffiert sie sich. »Erstens: Als Jurastudentin kann ich dir sagen, wir verstoßen gegen Paragraph zweihundertirgendwas StGB, wenn wir von der Dame ohne ihre Zustimmung ein Filmchen drehen. Und zweitens: Ich hab keine Ahnung, wie man deine James-Bond-Technik bedient, um die Fotos zu schießen, wenn der da mit seiner Stabkamera zur endoskopischen Untersuchung von …«

»Sch!« Jäger drückt ihr das Handgelenk. »Das mit der Verletzung des Persönlichkeitsrechts lass mal meine Sorge sein. Du musst die Technik nicht bedienen, das macht Sanders. Aber auf der Klaviatur unserer lieben Julia musst du spielen können. Und dazu brauchst du das.« Er holt ein Buch aus der Tasche, Doktor Julia Steinberg: *Die Macht des Informellen.* »Denn wenn man ehrlich ist,

Doktor Steinberg wäre perfekt als Finanzministerin. Aber ein bisschen zu systemkritisch, unsere Julia«, sagt Jäger. »Manche sagen: eine Nestbeschmutzerin.«

»Das heißt, sie muss weg? Frauen und Geld, das wollt ihr nicht in Deutschland?« Liberty Vale empört sich frauenbewegt. »Meinst du das, wenn du sagst, wir werden Geschichte schreiben?«

»Nein«, sagt Sanders. »Er meint, Sie sollten mal wieder ein Buch lesen. Sie können doch lesen?«

»Ich bin hier zur Schule gegangen, Darling«, schießt sie zurück. »Ich kann sogar Schillers *Bürgschaft* auswendig: *Und freudig bückt er sich nieder / Und erfrischet die brennenden Glieder.* Kennst du das Gefühl, Sissyboy?«

Sanders ist eine Kapazität auf dem Gebiet brennender Glieder, wenn auch nicht so, wie die Dame unterstellen möchte. Ihm fällt ein prima Blondinenwitz ein. »Aus New York sind Sie?«, fragt er im besten Plauderton. »Kein Wunder, dass Sie sich hier nicht so auskennen. Das ist ja weiter weg als der Mond.«

»Berlin–New York sind sechstausendvierhundert Kilometer Luftlinie«, sagt sie wie aus der Pistole geschossen und wirft das Haar in den Nacken. »Ich weiß das. Ich bin Flugbegleiterin.«

»Stewardess? Und Jurastudentin? Und noch nie auf dem Mond gewesen?«

»Stewardess sagt man schon seit den Sechzigern nicht mehr. Und zum scheiß Mond sind's ein paar Kilometer mehr, Einstein. Vierhunderttausend oder so.«

»Wirklich?« Sanders flattert mit den Augenlidern, simuliert höchstes Erstaunen. »Mir hat letztens eine Blondine erzählt, New York muss viel weiter weg sein, denn den Mond kann man ja von hier aus schon sehen.«

»Lass das!« Sie boxt ihn gegen die Schulter. »Was bist du, ein Frauen- oder Ausländerhasser? Statistisch gesehen sind Ausländerhasser ja sexuell unterversorgt, das führt dann zu Sauerstoffmangel im Gehirn und dann – *bang*!« Sie haut sich mit der Faust in die offene Hand. Ihre Augen funkeln wie ein Hochkaräter mit Brillantschliff. Der Fehdehandschuh liegt auf dem Tisch.

»Schluss jetzt!« Jäger schiebt ihr das Buch rüber. »Du musst es bis Freitagabend durcharbeiten, Libby.«

Miss Vale sieht nicht gerade begeistert aus. »Warum?«, mault sie. »Soll ich Julia interviewen, oder was?«

Sanders wundert sich, dass die weißen angelsächsischen Protestanten bei so viel puritanischer Naivität noch nicht längst ausgestorben sind.

»Die Steinberg steht auf *Frauen*, Miss Vale«, macht er klar. »Glaubt jedenfalls derjenige, der Herrn Jäger diesen Auftrag erteilt hat.«

»Ach du Scheiße! Und ich soll die … ich soll eine Frau … Ich bin Amerikanerin, Mann!« Ihre Wangen färben sich rot vor heiligem Zorn. »Lesben im Kabinett? Davon hab ich ja noch nie was gehört hier bei euch!«

Jäger beugt sich vor. »Das ändern wir. Will sich halt nicht jeder von selbst outen und das ist auch gut so.« Er reibt Daumen und Zeigefinger aneinander und lacht.

Die Vale schnappt nach Luft. »Aber das ist doch auch wieder so ein Männerding«, protestiert sie. »Westerwelle, Wowereit, von Beust – alles Polittunten, aber die mögt ihr hier ja, hab schon kapiert. Politik ist 'ne Männerdomäne und da dürfen Männer alles, sogar gay ist okay! Aber Lesben? Statistisch gesehen müsste es die in der Politik auch geben. Sind die unsichtbar oder was?«

»Wir machen sie sichtbar, Schätzchen. Wir wecken ihren politischen Gestaltungswillen.« Jäger setzt sich gerade hin. »Lesben haben ein Imageproblem«, sagt er. »Das deutsche Volk glaubt, das sind entweder Mannweiber oder Pornonymphen. In der Politik und beim Fußball geht so was gar nicht.«

»Und jetzt soll ich hier die letzte Bastion der Homophobie geben?«, schnaubt Liberty Vale. »Standhaft wie die Siegessäule? Und Susi macht das mit?«

»Jetzt fangen Sie sich mal wieder.« Sanders findet es absurd, wenn jemand, der selbst wie eine Pornonymphe aussieht, sich wie die Jeanne d'Arc der kessen Väter aufführt. Überhaupt, was geht sie das alles an?

»Das ist unser Auftrag, Libby.« Jäger sieht ihr tief in die Augen. »Du bist ein Profi. Du bist unsere Schwalbe. Du kannst das, Libby. Du bist schön, du bist schlau, du bist mutig.«

»Yeah. Ein echter triple treat bin ich.« Sie schnaubt. Jäger hat's drauf. Noch ein Kompliment und sie ist wieder ganz Geschäftsfrau.

»Niemand kann dir widerstehen, Baby«, sagt die Geldtankstelle folgerichtig. »Mann oder Frau, wo ist der Unterschied? Und Sanders passt auf dich auf.«

»Hast du keinen anderen? Vielleicht den, der ihm die Nase gebrochen hat?« Sie schmollt. Aber Jäger hat sie.

»Beruhige dich. Gibt keinen Besseren. Sanders war früher beim LKA. Personenschützer.«

»Und da ist er jetzt nicht mehr, weil …? Weil er der Beste war, oder was?«

»Alles wird laufen wie am Schnürchen, Baby. Du musst Konversation machen und dabei musst du heiß aussehen. Am besten Push-up-BH und klassische Bluse, aufgeknöpft.« Jäger als Stylist. Sanders entdeckt ganz neue Seiten an ihm.

»Sorry, Jäger.« Die Vale weiß es besser. »Wenn ich 'nen Push-up anziehe, krieg ich den Mund nicht mehr auf. Außerdem sind Frauen anders. Intellektueller. Stehen nicht nur auf Optik.«

»Glaubst du, du kannst das, Libby?«

Sie fühlt sich herausgefordert, das findet Sanders nun wieder ganz sympathisch. »Ich bin vielleicht manchmal ein bisschen flapsig«, sagt sie und schlägt die Beine übereinander. »Aber ich kann auch anders. Hast du studiert, Personenschützer?« Sie nimmt das Buch und lässt stolz die Seiten über ihren Daumen rauschen.

Sanders fragt lieber nicht, wie sie das mit dem Studium gedeichselt hat. Er konzentriert sich auf Jäger. »Haben Sie ein Zimmer reserviert?« Er zeigt mit dem Kinn nach oben.

Jäger nickt. »Die sieben. Sie, Sanders, sitzen nebenan in der acht, mit Loch in der Wand und allem. Franco sorgt dafür. Ich zeig's Ihnen nachher.«

»Oh«, staunt Sanders. »Franco?«

Jäger zuckt mit den Schultern. »Es gibt immer Mittel und Wege.«

Egal. Ein Loch in der Wand, das ist zwar nicht mehr Stand der Technik, aber je mehr Licht Sanders hat, desto besser die Bilder. Im Restaurant wird er die Pencam nehmen, klar. Aber auf dem Zimmer? Den Fernseher gegen sein Spezialgerät mit eingebauter 29,8 mm Weitwinkelkamera tauschen?

Die 1,5 Lumen der Panasonic, die er als Diebstahlsicherung getarnt in das Gehäuse des Fernsehers integriert hat, sind einfach nicht zu toppen.

»Je größer das Loch, desto besser werden Ihre Bilder bei schlechten Lichtverhältnissen«, sagt er.

»Schlechte Lichtverhältnisse?« Die hellblauen Augen der Vale weiten sich. »Soll ich im Dunkeln Konversation machen, oder was?«

»Ich brauch einen Film in HD-Qualität, mit Innenaufnahmen, so dicht dran wie möglich.« Jäger prostet der Vale zu.

»Innenaufnahmen wovon?«, fragt sie.

»Von dir, Schätzchen. Und scharfe Fotos. Wie ihr beide das macht, ist mir total wurscht.« Sanders lehnt sich zurück. Dafür braucht er eine Profikamera mit Restlichtverstärker – seine Canon XH A1. »Leave the light on, Barbie«, rät er dem heißen Hasen.

Der bekommt gleich wieder rote Backen und zischt: »Go fugya.« Dicker ›Sopranos‹-Akzent.

Zugegeben, Sanders fühlt sich nicht toll als Handlanger konservativer Kräfte. Aber das ist in Ordnung, er ist kein guter Mensch, er muss sich nicht gut fühlen. Er muss nur professionelle Ergebnisse liefern. Das Leben ist eben keine Waldorfschule und das »Las Meninas« ist ein perfekter Ort, um eine lesbische Finanzministerin in den Reihen der CDU zu verhindern: ein Ort, an dem alles immer so bleibt, wie es ist.

Der Hiker

Ein Waldstück bei Königs Wusterhausen, südlich von Berlin. Heiko Lorenzos schwarzes Custombike rollt aus. Zwei Liter Hubraum,

115 PS, 280er Hinterrad, schwarz, chromglänzend, die Sitzbank aus Schlangenleder, vorverlegte Fußrasten, Doppelrohrauspuff. Im Chapter nennen sie ihn den Hiker, das ist sein road name. Der Hiker steigt ab, hundertzwanzig Kilo Muskelmasse, die aus der Lederkutte zu platzen scheinen. Ein brachiales Tribaltattoo ziert seinen beeindruckenden Unterarm.

Zwei weitere Bikes parken am Waldrand. Daneben steht der Oberbeck und raucht. Oberbeck, ein drahtiger Rothaariger, arbeitet seit zwanzig Jahren für den Hiker. Die beiden sind Buddys. Soweit man das in ihren Kreisen sein kann.

Zwischen den Bäumen geht ein kleinerer Mann mit Sonnenbrille auf und ab. Der Oberbeck tippt sich an die Stirn.

»Bob«, sagt er und nickt in Richtung des anderen.

»Ist er safe?«, fragt der Hiker.

»So safe wie ich, Boss. Er ist ’n Bulle. Kenn ihn von früher.«

»Okay.« Der Hiker weiß, er kann Oberbeck vertrauen. Sein bester Mann. »Warum ist Bob hier?«

Bob bleibt stehen.

Oberbeck spuckt aus. »Sag’s ihm, Bob.«

Bobs Augen flackern wie das Abendlicht auf dem Chrom seines Choppers. Der Hiker hat diesen Blick schon oft gesehen. Bei Hunden, die um Futter betteln. Oder bei Hangarounds, die in seinem Chapter Prospects werden wollen.

»Ich habe da jemanden für euch«, sagt Bob und wird mit jedem Wort breiter in den Schultern. »Junger Kerl aus meiner Einheit. Hat vor ein paar Tagen bei einem Einsatz einen Kollegen erschossen. Der macht alles für euch, damit ich das vergesse. Der liebt seinen Job.«

Heiko Lorenzo hört sich an, was der Cop zu sagen hat. Dann nickt er Oberbeck zu. »Gute Arbeit. Du tauschst mit Bob die Waffe. Und gib ihm ein sauberes Handy. Details folgen.«

Morning Has Broken

Nach dem Andenweinchen schlaf ich sofort tief und fest. Erst gegen Morgen geht's wieder los: So realistisch wie Tom Cruise in »Edge of Tomorrow« (»Live. Die. Repeat.«) durchleb ich die Ereignisse vom letztem Weihnachten. Ich seh Harry Konig dabei zu, wie er literweise Bier in literweise Pisse verwandelt. Anschließend besprengt er den Flieger damit wie die katholischen Kanzelkasper ihre Gemeinde mit Weihwasser. Ich lös die Notrutsche aus. Peng. Schluss mit dem Leben, wie ich's kannte.

Ich schreck hoch, schweißgebadet, mit jagendem Puls und schmerzendem Kiefer. Der Wecker zeigt 7.30 Uhr. Ich starr ins Dunkel und hoff, dass alles einfach weggeht. Aber das tut es nicht. Im Gegenteil. Der Prozessauftakt ist im Juli und meine Mutter sieht schon schwarz für mein restliches Leben. Sie glaubt, dass mich nur noch reich Heiraten retten kann. Wahrscheinlich hat sie recht.

Mir ist kalt. Wieso kann nicht endlich Frühling werden? Ich steh auf, zieh meinen Bademantel über und tast mich mit trockenem Mund in die Küche. Mach mir einen Fencheltee.

Da klingelt das Telefon. Ich lass es klingeln, such meine Hausschuhe. Nach einer Weile springt der Anrufbeantworter an. »Libby, hier ist Mama! Schläfst du noch?« Oh Gott. Fröhlich wie die Lerchen, morgens um halb acht bei – ich tipp an mein Thermometer – gerade plus zwei Grad. Draußen schiebt sich eine grau-trübe Suppe über die Stadt.

»Komm doch heute Abend vorbei«, befiehlt Mamas Stimme. »Horst bringt seinen neuen Assistenten mit. Vielleicht ziehst du was Nettes an. Und bring doch die »Springtime in New York«-CD mit, die magst du doch so gerne. Und was ist jetzt mit Ostern? Horst möchte in den Golfclub. Meld dich doch mal! Mama.«

Ich setz mich aufs Bett, zieh mir erstmal wieder die Decke über den Kopf. Meine Mutter ist nicht wie andere Mütter. Es ist kurz nach halb acht Uhr morgens und sie hat die Energie der zwei Herzen. Will ein offenes Haus zelebrieren und Leute verkuppeln. Ich seh mich schon mit meiner an-adoptierten Schwester Wanja beim

Birdy. Oder beim Eierausblasen. Oder vielleicht könnte ich Horst aus Versehen mit dem 9er Eisen beim backswing …

Ich quäl mich hoch und taumel aufs Klo. Beim Pinkeln tropft mir etwas auf den Kopf. Ich schaue hoch: Die Decke hängt voller Wassertropfen wie eine Tropfsteinhöhle. In diesem Moment klingeln das Festnetz und das Handy gleichzeitig. Auf dem Handy ist es schon wieder meine Mutter, auf dem Festnetz Joachim Jäger. Heilige Scheiße. Vor Schreck kann mich nicht entscheiden und ignorier beide. First things first.

Im Bademantel renn ich die Treppe hoch, bummre an die Tür des Mieters über mir. Nichts. Ich find die Nummer meines Vermieters. Ümit ist der Chef des türkischen Süpermarkets im Erdgeschoss. Ich sprech auf seine Box, Rohrbruch, sein Haus läuft gerade voll. Dann renn ich die Kellertreppe runter. Während ich in einer dunklen Ecke den zentralen Hauptwasserhahn abdreh, hör ich oben schon wieder die Telefone klingeln.

Verrat der Hofdämchen

Ein dunkler S-Bahnbogen an der Lüneburger Straße. Zwei schwere Maschinen, zwei Männer in schwarzer Lederkluft. Zwei Helme mit schwarzem Visier. Der größere Biker trägt eine Kutte mit den hohen Rangabzeichen eines Motorradclubs. Der kleinere schont sein linkes Bein.

Ein Foto wechselt den Besitzer.

»Scheiße, Mann. Die ist ja noch voll jung.«

»Geschenkt. Sei dankbar, dass du 'ne zweite Chance kriegst. Willst du lieber in den Knast, Cop-Killer? Überleg's dir.«

»Muss ich nicht.«

»Guter Junge. Sag dir einfach, du tust es für Deutschland. Für die nationale Sicherheit. Kennst du das ›Las Meninas‹? Moabit, gegenüber vom Knast?«

»Hab davon gehört.«

»Hier. Ein Grundriss. Zimmer sieben, die Nacht von Freitag auf Samstag. Ich schätze, dass sie ab eins so weit ist. Nebenan in der acht sitzt ein Schnüffler und filmt. Ist ein ehemaliger Kollege und der Typ ist bewaffnet, also sei vorsichtig. Ziehst du's durch?«

»Hab ich 'ne Wahl?«

»Es ist die da oder du. Du hast's selbst in der Hand.«

»Schweine seid ihr.« Der junge Mann spuckt aus und tritt sein Bike an.

»Willkommen im Club.«

»Wann werde ich bezahlt?«

»Wenn du's zu Ende gebracht hast. Ich finde dich. Ich bezahle dich.«

»Wer bist du, Mann? Warum machst du das?«

Der Mann mit der Kutte lässt die Kupplung kommen und gibt Gas.

Super-Latte

Das Wasser tropft nicht mehr von der Decke. In der Wohnung über mir rumort der Klempner. Ich hab mich noch immer nicht aufgerafft, mit Joachim Jäger oder meiner Mutter zu telefonieren. Zu viel Stress.

Meine Wohnung geht nach hinten auf den Hof, in dem Ümit die leeren Paletten und Verpackungen vom Süpermarket neben den dreckigen Schneeresten stapelt. Der Hof wird zur Straße hin vom »Viet Thai« und »Flying Fish Imbiss« begrenzt. Gegen Mittag kommt Bewegung in die Buden. Die vietnamesischen Thailänder stellen ein paar halb abgeschmückte Weihnachtsbäume raus, der Fischladen eine offene Polystyrolbox mit Makrelen auf Eis. Die Makrelen gucken beleidigt. An der dunkelgrünen Brandwand gegenüber prangt ein meterhohes Graffiti: »21« in gold und schwarz. Die alte Moabiter Postleitzahl.

Auf unserem Hof ist immer was los. Ich hab einen kleinen Balkon mit schmiedeeisernem Gitter und das ist so Lower East Side wie's in Berlin nur geht. Schön im Sommer. Jetzt aber sitz ich im Bademantel neben dem Küchenheizkörper und schau zu, wie unten der frierende Pinscher vom Thai-Imbiss an die Fischkiste pinkelt. Schon ist der Schnee gelb. Trotz der Kälte spielen drei Jungs zwischen den Mülltonnen Fußball.

Schwärmen liegt mir nicht, aber Moabit ist Beste. Der Spruch ist von meinem ehemaligen Chef, der personifizierten Kiezerneuerung, dem inoffiziellen Moabiter Bürgermeister und Hip-Hopper Doktor Kapitän Kiez. In seinem »Café Moabit« hab ich mal gekellnert, aber nur kurz. Zu viele Touristen. Danach hab ich im »Moonshine Deluxe« an der Kasse gesessen, dem Pornokino auf der oberen Beusselstraße. Da gibt's Trinkgeld vom heimischen Schwein. Jedenfalls fühlte ich mich nicht wie im Zoo auf der falschen Seite des Zauns.

Seit Neuestem brauch ich 'ne Lesebrille. Und 'ne Super-Latte aus der Espressomaschine, um morgens in Schwung zu kommen. Im Duden steht übrigens, dass ich sowohl *der* Latte als auch *die* Latte sagen darf. *Die* Latte find ich lustiger. Die Morgen-Latte. Selbst ist die Frau.

Ich klapp das Buch auf, das Jäger mir gegeben hat: *Die Macht des Informellen* von Doktor Julia Steinberg. Je öfter ich das Bild der Steinberg auf dem Cover anschau, desto sicherer bin ich, die Dame schon mal irgendwo gesehen zu haben. Vielleicht in den Nachrichten. Auch ihr Buch ist wider Erwarten spannend. Ich hatt trübes Geschwafel im Kielwasser einer verquasten christlichen Soziallehre erwartet, kurz vor der Erweckungsprosa des *Wachturm*. Aber Steinberg analysiert messerscharf, wie die Macht informeller Netzwerke die herrschende Klasse etabliert und erhält und welche Kosten sich hierdurch für die Bundesrepublik ergeben – bis hin zu postdemokratischen Ausprägungen à la Bayern, wo neunundsiebzig Landtagsabgeordnete und Kabinettsmitglieder dreizehnjährige Kinder, ihre Frauen und Eltern auf Staatskosten für »Büroarbeiten« beschäftigten und ihnen Gehälter von bis zu fünftausend Euro zahlen. Steinberg findet das verheerend. Cool. Die Frau imponiert mir. Sie hat geschafft, was ich auch gern schaffen würde: eine ganz solide Karriere, ohne sich zu verbiegen oder die Kerle zu manipulieren. Gerade zerpflückt sie den CSU-Vorschlag eines Zwangssolis für Kinderlose, als es an der Tür klingelt.

Ich schieb mir die Lesebrille ins Haar und zieh mir was über. Vor der Tür steht der Jäger. Glatze, gelber Mantel und alles. Er sieht nicht so aus, als ob ihm Moabit besonders gefällt. Er sieht aus wie ein böser Meister-Proper-Zombie. Sein Blick flackert. Er schiebt mich in die Wohnung.

»Moment mal«, protestier ich. »Woher weißt du überhaupt, wo ich wohne?« Kein Klient weiß, wo ich wohne. Aber Susi von der Agentur weiß es. Jetzt rächt sich, dass ich nicht anblasen will. Jäger schweigt und sieht sich um, als ob er sich im ethnologischen Museum verlaufen hätte.

»Du hast ziemlich viele Bücher, Frau Doktor Loch«, brummelt er.

»Ja, und alle selbst geschrieben.« Ich lass die Lesebrille auf die Nasenspitze klappen. Für zwei Sekunden huscht ihm der Schatten eines Zweifels über die Retina. Der gute Regalmeter Bukowski (»Fuck Maschine« etc.), schön, das könnte ein Pseudonym sein, aber nun ja, die Suhrkamp-Bibliothek. Er lacht erleichtert.

»Sehen wir uns nicht erst am Freitag?«, schneid ich ein neues Thema an.

Jäger nickt. Dann greift er in die Tasche seines gelben Mantels. Er holt ein Geldbündel heraus und legt es auf den Tisch. Ich halt die Luft an. Wer so viel Kohle auf den Tisch legen kann, der braucht kein Telefonbuch, um meine Adresse herauszufinden. Und auch keinen Wettermann, um zu wissen, woher der Wind bläst.

»Du hast mich schon bezahlt«, erinner ich ihn. Meine Handflächen werden feucht.

»Für den einen Job, ja.« Jäger grinst. »Für den Routinejob.«

Spannend. Ich brauch ja Geld und ich bin eine Großstadtpflanze, das heißt, wenn ich keine Angst hab, wird mir schnell langweilig. Aber das hier hat eine neue Dimension. Meine Kopfhaut kribbelt. Ich versuch eine Deeskalationsstrategie: »Willst du auch 'ne Super-Latte?«

Kurz rutscht ihm das Gesicht in den Hemdkragen wie bei den Knetmännlein. Als Hilfestellung gestikulier ich in Richtung Espressomaschine. Er fängt sich wieder. »Erst die Arbeit, dann das Vergnügen«, knallt er raus.

Die Runde geht an ihn.

Jäger tritt ans Fenster, schiebt die Gardine mit dem Zeigefinger beiseite. »Schöne Aussicht«, spottet er. »Warum suchst du dir nicht was Netteres, wo die Kunden dich auch mal besuchen können?«

Okay, also hält Jäger mich für eine Nutte, im weitesten Sinne. Das packt mich bei der Ehre. »Du kennst mein Produktportfolio nicht, Jäger«, schnaub ich. »Kunden haben in meiner Wohnung nichts verloren. Du auch nicht. Also, was willst du?«

Er zeigt auf das Geld auf dem Tisch. »Du bräuchtest ein Vierteljahr nicht zu arbeiten«, sagt er.

»Ich lieb meine Arbeit«, lüg ich und denk an Harry Konig und die Airline und weiß, selbst die Scheine sind nur ein Tropfen auf den heißen Stein. Ich brauch einen guten Anwalt. Gute Anwälte sind teuer.

»Ich kann dir einen Anwalt besorgen«, lockt er prompt. »Kostet dich nichts.«

Susi kann das nicht ausgeplaudert haben. Es grenzt ans Paranormale.

»Jäger«, sag ich. »Du bist mir zu gut informiert. Ich bin keine Hellseherin. Also, was soll ich für die Kohle tun?«

Und dann sagt er es mir.

Heilige Scheiße. Meine Handgelenke pochen, Blut, das ich gerade im Gehirn besser gebrauchen könnt, schießt mir in die Wangen.

»Das ist Beihilfe zum Mord, Jäger«, japs ich. »Hallo! Wir sind in Deutschland? Das is 'n Rechtsstaat, da gibt's so was nicht!« Gleichzeitig hoff ich, dass es bloß 'ne Geschichte ist. Berlin ist voll von Geschichten. Dreieinhalb Millionen Geschichten und nicht mal die Hälfte davon ist wahr.

»Berlin holt auf«, grinst Jäger.

»Das mach ich nicht. Und Sanders auch nicht, so blöd ist der nicht. Dafür geht man hierzulande in den Knast. Und jetzt raus hier.« Ich stopf Jäger sein Geld wieder in die Tasche, schieb ihn zur Tür.

»Halt, halt.« Jäger hebt die Hände. »Du hast mich nicht richtig verstanden.«

»Ich kann ganz gut Deutsch«, sag ich tapfer, aber in Jägers Augen seh ich, dass ich tief in der Scheiße steck. Falsche Freunde.

»Vielleicht denkst du, dass dein Leben schon ganz schön kompliziert ist.« Jäger lächelt das Lächeln einer Hyäne. »Es könnte noch schlimmer kommen, Mädchen. Was zum Beispiel, wenn mein guter Freund Harry Konig dich wegen Körperverletzung drankriegt. Stichwort Champagnerflasche?«

»Körperverletzung mit Schampus?« Ich pruste. Aber meine Stimme zittert wie ein Spinnennetz im Wind.

Natürlich hat Jäger noch ein Ass im Ärmel: »Ich weiß übrigens auch, wo deine Mutter wohnt.« Er zieht ein kleines gerahmtes Bild aus der Innentasche seines Mantels. Es ist ein Jugendbild von mir, ein frühes ausgeblichenes Polaroid. Mit entschlossenem Blick sitze ich auf einem Pony, eine Hand umklammert den Teddy, die andere den Sattelknauf. Meine Fingerknöchel sind weiß. Yippie ya yeah. Miss John Wayne. Seit Jahrzehnten steht dieses Bild auf dem Nachttisch meiner Mutter. »Nette Frau, deine Mutter«, grinst die Hyäne. »Du möchtest doch nicht, dass sie eines Tages einen Unfall hat? Vor die U-Bahn fällt oder so?«

»Ich glaub, bei dir hackt's!«, schrei ich ihn an und reiß ihm das Bild weg. »Verschwinde!«

Er grinst souverän. »Komm schon. Denk nach, Liberty. Du brauchst nur zu sagen, du weißt von nichts. Niemand hat dich mit irgendwas beauftragt. Frau Steinberg ist einfach total dein Typ, da hast du sie spontan vernascht. Was im Nebenzimmer läuft – keine Ahnung. War dir nicht bewusst. Hast nichts gehört oder gesehen. Wenn die Polizei kommt, sagst du, du weißt von nichts. Und schon bist du mich und alle Sorgen um die Frau Mama los. Und du bist um ein kleines Vermögen reicher. Aber falls du das Spiel nicht mitspielst, kann ich leider für nichts garantieren.«

»Ich brauch Bedenkzeit«, sag ich und weiß, ich hab keine. Mir wird klar, dass ich keine Ahnung habe, wer Joachim Jäger eigentlich ist. Mein Puls ist hart und schnell. Ich muss nachdenken, kann aber nicht. Mein Kopf läuft im Kreis wie ein Wildpferd im Paddock: Unfall. Mama. U-Bahn. Aber andererseits – nein. Der Sanders ist zu seriös, der macht so was nicht. Sagt mein Instinkt. Aber mein Instinkt hat mir auch gesagt, dass ich Jäger vertrauen kann. Mein Instinkt braucht scheinbar auch 'ne Lesebrille.

»Du hast zwanzig Minuten«, sagt Jäger. »Ich warte hier. Und während du nachdenkst, machst du mir 'ne Super-Latte nach Art des Hauses. Hatte heute früh zwar schon eine Dream-Latte in der Bundestagskantine. Aber das geht noch besser.«

»Gelernt ist gelernt«, murmel ich, denk an meine Zeit im »Moonshine Deluxe« und verschiedene Latten und schäum die Milch auf.

Okay, was haben wir? Ein verschissenes Dilemma à la *Catch 22*, dass vermutlich nur in meiner Vorstellung existiert. Umso schwerer ist es aufzulösen. Weil's ja nicht existiert, kann es eben auch nicht aufgelöst werden. Dann hab ich's. Das Dilemma existiert nicht, denn Sanders ist nicht mein Freund. Macht Blondinenwitze und will nicht mal meine Telefonnummer, hat mich »Barbie« genannt und spielt ein doppeltes Spiel. Ich schuld dem Mistkerl wirklich keine Loyalität, nur weil wir einen Job zusammen machen. Aber wer sagt mir, dass er nicht doch mit Jäger zusammenarbeitet?

Andererseits: Frau Doktor Steinberg tut mir leid. Offenbar wollen ihr alle möglichen Leute ans Leder. Wenn ich's nicht mach, wird Jäger eine andere finden.

Und dann die Knete. Vielleicht würd sie bis zum Sommersemester reichen, dann könnte ich mich wieder einschreiben und mein eigener Anwalt werden. Mein Ding machen, ohne Besetzungscouch, wie Julia Steinberg oder Danni Lowinski, die Fernsehanwältin aus dem Einkaufszentrum. Anwältin der Armen könnt ich werden. The sky is the limit.

Und dann hab ich eine meiner großartigen Ideen. Mein Herz schlägt mir noch einmal unters Kinn wie ein Jab von Doktor Steelhammer, dann zwing ich's zur Ruhe, sag so lässig wie möglich: »Ich mach's.«

Jäger nickt zufrieden und prostet mir mit seiner Super-Latte zu.

Im Hof schreit einer der Fußball spielenden Jungs: »Hallo? S'n'los?« und ein anderer antwortet: »Vallah, isch hab Ball in Fresse g'kriegt, irgendwann isch ficke diesem Ficka, sch'wöre!«

Ich steck das Geld ein und schwör mir das auch.

Bordando el Manto Terrestre

Mittwoch früh, acht Uhr: Sanders fährt auf den Parkplatz des Sanatoriums. Das Sanatorium liegt am Wannsee zwischen Ruderclubs und Stiftungen wie eine Trutzburg. Sanders parkt in einem Zug rückwärts ein zwischen zwei schwarzen Limousinen.

Es wird nicht Frühling, auch wenn der kollektive Volkswille noch so sehr danach giert. Der Wille der deutschen Mittelschicht drückt sich darin aus, dass er für seine Oberklassekarossen vor den Osterfeiertagen eine Standardwäsche an der Tankstelle spendiert hat. Der schwarze Lack ringsum ist stumpf und verkratzt von den Bürsten der Waschanlagen. Sanders' eigener Wagen dagegen – unauffällig, kompakt, sportlich – schimmert handpoliert in der kalten Märzsonne. Während bei den Wagen rechts und links zwischen den Doppelspeichen der Winterfelgen noch Split und Straßendreck hängt, hat Sanders seine Räder längst hochdruckreinigen lassen. Der Termin ist dran, wie jedes Jahr. Auch wenn das Wetter nicht danach ist. Sanders achtet auf seine Fälligkeiten.

Die anderen Autos sind nachlässig geparkt: schräg, die Räder nicht ausgerichtet, die Scheiben halb offen. Wer so parkt, geht lieber zum Golfen als zu Besuch bei der multimorbiden Verwandtschaft. Eine Geisteshaltung, die Sanders nicht versteht. Seine Besuche sind regelmäßig, sein Auto ist tadellos. Er lässt es von Hand wachsen und polieren, alle vier Wochen, während er zeitgleich beim Friseur sein Haar um exakt die fünf Millimeter einkürzen lässt, die es im Monat nachwächst. Plus Maniküre. Das ist effektiv. Sanders weiß, es ist quasi ein Autismussymptom. Aber Regelmäßigkeit und Rhythmus beruhigen ihn. Ermöglichen, dass er wach und konzentriert bleibt. Dass er funktioniert.

Der diensthabende Pfleger grüßt und schließt Sanders die Etagentür auf. »Sie hat ihre Medikamente genommen«, sagt er. »Sie ist heute gut drauf.«

Sanders dankt mit einem Nicken und einem Trinkgeld und betritt das Appartement. Es ist wunderbar hell und geschmackvoll eingerichtet. Zwei Zimmer, ein vergitterter Balkon, die Welt seiner Mutter. Zwei Zimmer sind es nur, weil Sanders dafür bezahlt. In manchem, zuletzt in fast jedem Monat ist es mehr Geld, als er hat. Aber zwei Zimmer müssen sein, wegen der Menschenwürde. Das eine Zimmer ist Küche und Atelier. Überall violette psychedelische Landschaften. Die Medikamente.

Das Bild, das Sanders seiner Mutter geschenkt hat, hängt zwischen dem Bett und dem Fenster, das man nicht öffnen kann. Es ist ein Druck von Remedios Varo, *Bordando el Manto Terrestre.*

Seine Mutter sitzt am Fenster. Sie schaut sich nicht um, als er eintritt. Es ist still im Zimmer. Nur die Uhr tickt. Sanders' Schritte knallen ungebührlich auf dem Linoleum. Die Luft aus der Klimaanlage ist warm, riecht vage nach Urin und Putzmittel.

Er tritt hinter seine Mutter. Sanders fragt sich, ob sie aus dem Fenster schaut oder zu dem achteckigen Turm auf dem Varo-Bild. Der Turm steht auf dem Scheitel der Welt. Er ragt bis in die Wolken. Im obersten Turmzimmer, einer Art mittelalterlichem Skriptorium, weben sechs feingliedrige Weberinnen einen goldenen Stoff. Die Weberinnen tragen meerblaue Roben zum flachsfarbenen Haar. Ihre herzförmigen Gesichter ähneln sich als wären sie Sechslinge. In der Mitte des Skriptoriums destilliert eine hochgewachsene Zauberin aus einem Bottich goldene Fäden. Der fertige Stoff fließt zu Füßen der Weberinnen durch Schlitze am Boden des Turmzimmers und formt die Oberfläche der Erde. *Bordar* heißt sowohl Weben als auch Sticken. Die Weberinnen weben Häuser und Bäume, Berge und Seen, Menschen und Tiere. Sie sticken Träume in die Falten des goldenen Stoffs der Zauberin und der Stoff wird die Welt.

Jahre zuvor hat Sanders in einem Museum in Madrid vor diesem Bild gestanden. Je länger er es angesehen hatte, desto mehr hatten seine Augen geschmerzt. Aber das ist lange her, vor Silke, vor dem Kind.

Sanders legt seiner Mutter die Hand auf die Schulter. Sie wendet den Kopf.

»Du siehst müde aus«, sagt sie.

»Ich habe nachts gearbeitet«, sagt er.

Sie will nicht wissen, wieso und woran. Seine Mutter interessiert sich nicht für Details. Wichtig ist ihr, dass die Welt so bleibt, wie sie immer war. Gleich wird seine Mutter ihre Fragen stellen. Sanders spürt, wie ihn diese spezielle Traurigkeit anfliegt, die Traurigkeit aus dem Museum in Madrid.

Und richtig. »Was gibt es Neues von deinen Geschwistern?«, fragt seine Mutter. Sie fragt das bei jedem Besuch. Sie fragt und Sanders webt für sie den Mantel der Welt.

Er beginnt mit seiner Schwester Rebecca.

»Ich habe Dienstag mit Becca telefoniert«, sagt er. »Sie hat viel Stress im Job, richtet gerade ein großes Hotel in Hamburg ein. Damit sie wenigstens am Wochenende mal ausspannen kann, ist Günter für drei Tage mit den Kindern aus Westerland gekommen. Wir wollten uns eigentlich treffen, aber ich hatte einen Fall und konnte nicht weg. Sie waren bei Hagenbeck, hat Becca erzählt. Das ist gleich neben dem neuen Hotel. Fünf Sterne. Große internationale Kette.«

»Becca hatte schon immer ein Auge für schöne Dinge.«

»Ja. Becca hat das im Gefühl. Sie sagt, der Kunde hat ihr schon einen Anschlussauftrag angeboten.« Sanders muss sich nicht konzentrieren. Er denkt einfach an die Weberinnen und die Worte fließen wie von selbst.

»Hoffentlich arbeitet Becca nicht zu viel.« Seine Mutter verzieht den Mund. »Und hast du etwas von Philip gehört?«, fragt sie. Sanders nickt.

»Philip hat mir ein Foto gemailt. Debbie hat lange genug gequengelt. Jacky und er haben ihr den Hund gekauft.«

»Becca wollte auch immer einen Goldhamster«, sagt seine Mutter. »Leider. Dein Vater war gegen Tiere im Haus. Besonders Hunde. Welche Rasse ist es denn?«

»Eine amerikanische Rasse, von einem Züchter in Berkeley. Eine Art Pudel, glaube ich. Das Foto ist nett.«

»Hoffentlich ist er stubenrein.«

»Philip schreibt, er hat auf die Hausschuhe gepinkelt.«

»Ja, und als Nächstes geht er an die Tapete. Tiere im Haus, das geht einfach nicht. Hat dein Vater immer gesagt.«

Sanders wartet auf die letzte Frage und sie kommt, wie bei jedem Besuch: »Und bei dir zu Hause?«, fragt seine Mutter. »Alles in Ordnung?«

»Silke renoviert. Im Garten kann sie noch nichts machen«, sagt er ohne zu zögern. »Der Winter ist zu lang. Silke glaubt, ihre Hibiskushecke ist erfroren.« Sanders weiß, Silke liebt Hibiskus. Und Silke wird immer irgendwo einen Garten haben, Bodenfrost oder nicht. Sie ist eine Art ewige Gärtnerin. »Und Luca übt jeden Tag, die Schultasche zu packen. Im Herbst wird er eingeschult.«

»Was glaubst du? Was wird sein Lieblingsfach sein?«

»Kunst. Er kommt nach dir und Becca. Letzten Samstag sitzen wir beim Frühstück, da fragt er, ob ich mich erinnern kann, wie ich ihn vom Geburtstag bei Johanna abgeholt habe. Johanna ist eine Freundin aus dem Kindergarten. Ich sage, ja, ich kann mich erinnern. Johanna hat so einen schönen Mantel, sagt er da. Mantel? denke ich. Hab den Mantel gar nicht wahrgenommen. Und Luca: Aber Papa, ich interessiere mich natürlich nicht für den Mantel. Jungs interessieren sich ja nur für Böses, Kämpfen und Ritter und so. Nur Mädchen interessieren sich für Schönes und Herrliches. Aber Johanna hat wirklich einen schönen Mantel.«

Sanders Mutter lächelt. »Wie deine Schwester«, sagt sie.

»Ja. Vielleicht wird er Modedesigner?«

»Das Künstlerische liegt bei uns in der Familie«, sagt seine Mutter. »Mütterlicherseits. Dein Vater hat sich immer nur für Paragrafen interessiert.«

Sanders erträgt den Plauderton noch eine Weile, dann verabschiedet er sich. Während er den Gang hinunter geht zum Parkplatz, umspült ihn die madrilenische Traurigkeit noch einen stillen Moment lang.

Draußen im Park brüllt ein Schneesturm auf ihn ein, feuchtkalte Flocken klatschen ihm ins Gesicht. Bedecken die weißen Blüten der Blutpflaumen. Sanders zieht seinen Mantel zusammen. Er erlaubt sich einen tröstlichen Gedanken: Die Weberinnen mit dem flachsblonden Haar in ihrem Turm über den Wolken haben auch den Boden unter seinen Füßen gesponnen, und der Boden wird ihn tragen.

Antike Stücke

Tempelhofer Damm 12, Landeskriminalamt Berlin Abteilung 6 – Operative Aufgaben, SEKs, Personenschutz.

Kriminaloberkommissar Frank Flohr versenkt seinen massigen Körper im Ledersessel vor dem Schreibtisch seines Chefs. Mit einem obszönen Puffen entweicht die Luft aus dem Kunstlederpolster.

Der Schreibtisch seines Chefs ist sauber und aufgeräumt: ein Laptop, ein Telefon, ein Stift, ein Foto von der Frau. Hübsche Frau. Sieht gar nicht aus wie ein Wanderpokal. Trotzdem stand ihr Bild hier früher auf einem anderen Schreibtisch, hat Flohr gehört. Flurfunk. Flohr kommt vom LKA 711, Taschendiebstahl. Er ist erst seit zwei Jahren dabei.

Hannes Neuhaus, Leiter LKA 6, wirft den gelben Aktendeckel auf den Tisch. Neuhaus ist angenehm, ein ruhiger, gerechter Typ. Umso mehr Angst macht Flohr sein bleiches Gesicht, an dessen Schläfe ein Tic zuckt.

»Sie wollen mir also erzählen, wir hätten einen vollkommen unbescholtenen Bürger erschossen?«, poltert er los. »Und ein Kollege ist tot, alles total sinnlos?«

Flohr schluckt und nickt. »So sieht's im Moment aus«, sagt er. »Der Mann heißt Juri Unvericht, neunundvierzig, keine Frau, keine

Kinder, Trödelhändler. Wohnt und arbeitet in seinem Laden in Alt-Moabit. Die Laube am Hermsdorfer See gehört ihm, keine Pachtrückstände, keine sonstigen Auffälligkeiten. Wir haben auch die Nachbarn rund um seinen Laden befragt. Er war überall beliebt, Typ hilfsbereiter Nachbar. Hat allen ihren alten Plunder abgekauft und ist damit über die Flohmärkte gezogen. Nichts Auffälliges. Keine Haustiere, keine Drogen, keine Sekte, keine Frauenbekanntschaften. Nicht mal beim Finanzamt haben sie etwas gegen ihn.«

»Keine Familie?« Neuhaus runzelt die Stirn. »Was machte dann der Kinderwagen am Fenster?«

»Das war so ein uralter Korbwagen mit einer Puppe drin. Trödel halt.«

Neuhaus atmet schwer aus. »Und wo hatte er die Waffe her? Und warum hatte er sie dabei und vor allem: Warum hat er sofort geschossen? Er muss doch irgendwas erwartet haben.«

Frank Flohr räuspert sich. »Wir haben keine Anhaltspunkte. Die Waffe ist auch ein antikes Stück. Eine Luger P08 Parabellum, die Standardpistole der Wehrmacht. Kaliber neun Millimeter, acht Schuss, Halbautomatik. Das Ding ist mindestens sechzig Jahre alt. Wahrscheinlich hat er's einfach bei einem Nachlass mitgekauft oder so.«

»Warum schießt ein Trödelhändler auf das SEK, Flohr?« Der Tic an Neuhaus' Schläfe zuckt wie ein verletztes Tier, das nicht sterben will.

»Keine Ahnung, Chef. So weit ist die Gerichtsmedizin leider noch nicht, dass wir im Gehirn die Gedanken sezieren können.« Flohr lacht ein Verlegenheitslachen, aber der Druck auf der Brust bleibt.

»Keine Zeit für Witze, Flohr. Eine Mordkommission wird die Ermittlungen gegen Eisi führen. Das ist Standardprozedur, aber ich will nicht noch einen meiner Männer verlieren. Ich muss dem Staatsanwalt und der Presse was liefern. Flapsigkeit und ›Keine Ahnung‹ ist mir an der Stelle zu wenig, verstehen Sie?« Hannes Neuhaus schiebt seinen Stuhl zurück und steht auf. Flohr schießt das Blut in die Ohren. Mit beiden Händen greift er nach der Akte, die Neuhaus ihm hinhält.

»Sie wissen, was Sie zu tun haben, Flohr. Sprechen Sie mit den Kollegen vom LKA eins. Nehmen Sie sich ein paar Mann und durchleuchten Sie das Umfeld des Toten. Telefonkontakte, Kundenkartei, Kontobewegungen und so weiter. Gehen Sie zu seiner Beerdigung. Nageln Sie jeden fest, der da auftaucht. Da läuft irgendwas. Oder halten Sie den Mann für einen Militariasammler mit spontanem Kontrollverlust?«

It takes two to tango

Karfreitag. Trotz des Feiertages ist Tango-Argentino-Nacht im Ballsaal des »Las Meninas«, wie jeden Freitag. Der Termin ist eine Institution, bekannt aus Funk und Fernsehen und einschlägigen Reiseführern. Für ein paar Stunden nicht daran denken, dass draußen die frühen Knospen kaputtfrieren. Sanders mag die kontrollierten Emotionen, die Sentimentalität der Musik. Die Körper der Tänzer biegen sich im Rhythmus des Bandoneons, die Geige umschmeichelt den Vier-Achtel-Takt wie die hoch geschlitzten Paillettenröcke die Frauenbeine. Absätze knallen aufs Parkett, Köpfe knallen in den Nacken und Herzen ineinander.

Finanzstaatssekretärin Steinberg kommt jede Woche. Sie tanzt nicht, sie schaut nur zu. Das macht Sanders' Job einfacher. Im hellgrauen Nadelstreifenanzug sitzt die Dame an der Bar. Sanders hat sich einen Tisch gegenüber gesucht. In dem antiken Spiegel hinter der Bar kann er Doktor Steinberg auch von vorne sehen. Sie trinkt Fernet con Coca. Sanders hält sich an einem Cafecito fest, scheinbar in ein Buch vertieft. Der Camcorder mit Zoomobjektiv steckt in dem Rucksack neben ihm und läuft.

Doktor Steinberg sieht trotz des Businesslooks heiß aus, ganz objektiv betrachtet. Sie hat das schwarze Haar zu einem lockeren Pferdeschwanz zusammengenommen, ein paar Strähnen fallen ihr ins Gesicht. Ihre weiße Bluse ist gerade weit genug offen, um den Rand eines exquisiten Dessous anzudeuten. Sanders ertappt sich dabei, dass er ihre schlanken Knöchel in den handgenähten Pumps bewundert. Und das ist erst der Anfang des Abends.

Um zwanzig Minuten vor neun betritt eine große, blonde Frau den Gastraum. Oberkellner Franco nimmt ihr ein schwarzes Cape und einen Seidenschal ab. Darunter trägt sie ein hautenges Paillettenkleid, schwarz mit einem scheinbar endlosen Schlitz. Ihre Lippen sind rot und schimmern feucht. Sie teilen sich auf diese Marilyn-Monroe-Art. Als wolle sie ein überraschtes »Oh!« hinhauchen, unschuldig und verrucht zugleich. Some like it hot. Eine Frau, ein Versprechen.

Liberty Vale tut, als suche sie den Raum nach einem bekannten Gesicht ab. Sanders beobachtet sie im Wandspiegel. Sie macht ein enttäuschtes Gesicht, holt ein Smartphone aus der Handtasche und checkt die Zeit. Dann zieht sie sich mit honigfallensüßem Augenaufschlag auf den leeren Barhocker neben der Staatssekretärin. Sanders sieht im Spiegel, wie Doktor Steinberg kurzatmig wird. Die Vale streicht ihre glänzende Haarmähne zurück. Sie schlägt die Beine über. Beine wie in einer Strumpfhosenreklame, nur ohne Strumpfhosen. Glatte, feste Gazellenbeine. Die Fesselriemchen der Tanzschuhe geben Sanders den Rest. Er klammert sich an sein Buch und schlägt die nächste Seite auf, um wieder zu sich zu kommen. Die Vale sieht sich noch einmal im Raum um. Sanders greift sich ans rechte Ohr. Es ist die verabredete Bestätigung für die Schwalbe – sie sitzt neben der richtigen Frau.

Miss Vale bestellt einen Sunset Island. Sie hält sich an die Regeln: kein Alkohol im Job.

Eine professionelle Schwalbe trägt ein winziges Mikro zwischen Brüsten und Wonderbra, aber Sanders hat diesmal darauf verzichtet. Erstens will Jäger nur Fotos. Zweitens ist die Entdeckungsgefahr zu groß, falls die Ladies später noch zur Sache kommen.

Die Honigfalle muss attraktiv, darf aber nicht provokant aussehen. Die Vale hat sich perfekt aufgemacht als Tangotänzerin, deren Date sie sitzenlässt. Außerdem hat Sanders sie angewiesen, reaktiv zu handeln. Eine Dame, die eine vollkommen fremde Frau in einer Bar aggressiv anmacht, ist sofort verdächtig.

Und so wühlt Liberty Vale in ihrer Handtasche und lässt absichtslos ein Paket Taschentücher fallen. Die Staatssekretärin, ganz Gentlewoman, rutscht vom Stuhl und hebt es ihr auf. Dabei kommt sie der Blondmähne und dem Ausschnitt der Vale bedrohlich nahe. Liberty Vale bedankt sich überschwänglich. Sie macht eine hilflose Geste, die den ganzen Raum einschließt. Kann es offensichtlich kaum fassen, dass ihr Partner sie versetzt hat. Sie schüttelt den Kopf, echauffiert sich, nippt an ihrem Drink. Als die Aufmerksamkeit der Staatssekretärin abgleitet, kreuzt sie wieder die Beine. Ein kleiner Seufzer und als Steinbergs Augen zu ihrem Dekolleté wandern, öffnet sie noch einen Knopf an ihrem Kleid. Steinbergs Augen hängen an Vales eleganten Händen, die sanft über den Kleiderstoff streichen. Auch Sanders starrt ihr auf den Brustansatz. Die Frau ist gut. Er ist froh über die vielen Spiegel an den Wänden. Ansonsten wäre er längst enttarnt.

Die Zeit vergeht. Die Damen unterhalten sich angeregt. Liberty Vale legt Doktor Steinberg die Hand auf den Arm, streichelt ihre Schulter. Ab und an schnappt Sanders ein Wort auf. *Finanzpolitik, Jura, Buch, patriarchalische Strukturen, Diskriminierung, Berlin, New York.* Die beiden stecken die Köpfe zusammen, kichern. Liberty Vale probiert den Fernet con Coca der Staatssekretärin. Zuletzt passt kein Blatt Papier mehr zwischen die neuen Freundinnen. Wenn sie skandalfrei zu zweit auf einem Barhocker sitzen könnten, würden sie es tun.

Die Tangotänzer gehen. Liberty Vale und die Staatssekretärin wechseln von der Bar an einen nahen Ecktisch. Ihre Gesichter werden ernst. Die Vale redet, Doktor Steinberg hört aufmerksam zu. Nicht gerade reaktiv, findet Sanders. Die Damen bestellen Tapas und Rosé, pudern sich zusammen die Nase. Als sie zurückkommen, hat die Staatssekretärin rote Bäckchen. Ihre Lippen haben plötzlich dieselbe knallrote Farbe wie die der Vale. Liberty Vale geht hinter ihr, zwinkert Sanders verschwörerisch zu, lässt die Zunge über ihre schneeweißen Schneidezähne gleiten. Sie lächelt zufrieden wie ein satter Vampir.

Es ist nach eins, die Tangomusiker machen Feierabend. Das Restaurant leert sich. Höchste Zeit für Sanders, wenn er nicht auffallen will. Also zahlt er und zieht sich auf seinen Beobachtungsposten in Zimmer acht zurück. Er ist sich sicher, dass er nicht mehr lange auf die Damen warten muss.

Showdown

Kein Alkohol, die Regel hab ich dann doch gebrochen. Der Rosé schmeckt zu gut, das Lachen der schönen Staatssekretärin kiekst mittlerweile wie die höchste Saite eines Klaviers.

»In dem Dorf, wo ich herkomme, wäre dein Dekolleté ein Politikum«, kichert sie, legt mir den Zeigefinger unter das Kinn und lässt ihn an meiner Kehle abwärts wandern wie einen eiskalten Wassertropfen an einem beschlagenen Glas.

Nicht unangenehm. Ich schluck hart. Jetzt will ich's wissen. »Wie hast du gemerkt, dass du auf Frauen stehst?«

»Der Versandhauskatalog«, sagt sie und nippt am Wein. »Als ich auf die Oberschule kam, fing es an. Die Kataloge kamen zweimal im Jahr, die Dessousmodels waren der Traum meiner Jungmädchennächte. Meine Mutter dachte, ich schau mir die Männer an. Sie bestand darauf, dass mein Vater die Männerunterwäscheseiten herausreißt.«

»Ich mochte die Männerseiten«, geb ich zu. »Bis meine Tante mir klargemacht hat, dass die alle 'ne Socke in der Hose haben.«

»Hab ich auch von Mick Jagger gehört.«

Wir prusten los.

Ich bin zufrieden mit mir. Hab die Message rübergebracht und noch dazu stundenlang geplaudert, nach Hausfrauenart. Ich bin so in character wie ein method actor und voller Adrenalin. Wird schon werden.

Heute Mittag hab ich mir den Detektiv Martin Sanders noch mal genau angeschaut. Ich bin natürlich keine Synästhetikerin, aber für mich fühlt sich seine Aura okay an. Überhaupt gilt das Prinzip »Tausend und eine Nacht«: Solange die Show läuft, fällt der Vorhang nicht. Solange ich für schöne Bilder sorg, leb ich. Und jetzt ist es Zeit für einen schnellen Entschluss und einen rasanten Showdown.

»Soll ich dir mal ein paar hübsche Dessous zeigen? Ohne Socken?«, flüster ich in Julias Ohr. »Ich hab hier ein Zimmer. Erster Stock.« Ich denk, sie ist so weit. Tatsächlich. Sie schaut sich kurz um, wir sind die letzten Gäste. »Zeig mir dein Zimmer«, sagt sie. »Und deine Dessous.«

»Ich zeig dir alles, was du willst.«

I mean it. Geht mir überraschend leicht von den Lippen. Ich schieb sie die Treppe hoch, die Hand auf ihrem Hinterteil. Es ist ein schmales, elegantes Hinterteil, das die Anzughose stramm ausfüllt. Ihre Pobacken bewegen sich unter meiner Hand. Julia riecht nach Vanille. Ich weiß, ich werd in den nächsten Minuten eine Todsünde begehen. Es fühlt sich gut an. Ich will die Haut dieser Frau spüren, schimmernde Luxushaut, schwellende Brüste, knallharte Brustwarzen und diese samtweiche Stelle zwischen den Beinen – so, als ob ich mich selbst streichle. Nur das Ganze mit vier Händen. Hände, überall Hände. Mir wird heiß. Nicht wegen der Treppe.

Sanders wird uns zusehen. Ich mag seine Augen. Grünbraune Augen, in denen sich uralte Dinge tun. Machen mich neugierig. Und machen mich an. Er hat mich den ganzen Abend beobachtet. Scheu und doch hoch fokussiert. Mit einem Hauch Ungläubigkeit. Staunend. Bewundernd. Schmeichelt mir. Nicht das übliche Testosterongeglotze aus dem Neolithikum. Sanders ist süß. Irgendwie total geflasht. Dabei soll er doch Julia-Darling im Auge behalten. Scheinbar läuft hier »Blondinen bevorzugt«.

Wir gehen an Zimmer Nummer acht vorbei. Die Tür ist nur angelehnt. Durch den Spalt seh ich ein bläuliches Licht. Sanders wartet. Auf uns. Zwei heiße Frauen, die ihm gleich eine kostenlose Liveshow bieten werden. Ist er schon hart? Oder hat er schon Puls hundertachtzig und Herzrasen, weil er uns gleich nach der letzten Liveshow unseres Lebens das Licht ausblasen wird, wenn Jäger richtig liegt?

Ich öffne die Tür zur sieben. Weil es aussehen soll, als wohn ich hier, hab ich ein paar Sachen im Zimmer verteilt. Nur der große

Garderobenspiegel muss frei bleiben. Dahinter warten eine Kamera, eine Knarre und ein Paar hungriger Männeraugen. Grünbraun wie Waldseen.

Ich weiß, dass ich Angst haben sollte, aber ich fühl mich schön, jung, unverletzlich. Ich zieh die Tür hinter uns zu und fang an, Julia zu küssen. Ihr Mund ist warm und feucht und tief, sie schmeckt nach Rosé, ihre Lippen sind weicher als Männerlippen, geschmeidiger, schmecken nach Talkum. Die Lippenstiftreste schmieren wir genüsslich ineinander.

Julia weiß, was sie tut. Sie zieht den Zipper meines Kleides herunter, der Stoff teilt sich wie das Schilfmeer beim Auszug aus Ägypten. Sie staunt, als wär's 'en Wunder. »Mein Gott«, flüstert sie, »ich liebe deine Titten.«

Klar, mein Körper ist mein Arbeitsanzug und schön sein ist mein Beruf, aber es ist ein Beruf mit verdammt vielen angenehmen Seiten. Julias Fingernagel fährt über meine Wirbelsäule. Meine Kopfhaut kribbelt, meine Nippel stehen wie im Pornofilm. Ich schließ die Augen. Plötzlich spür ich Sanders Blick. Er streichelt mich wie ein warmer Lichtstrahl, mäandert über meinen Körper, wird heißer und schärfer und brennt schließlich, als würde das Licht durch ein Brennglas fallen. Meine Haut, meine Brüste spannen sich schmerzhaft unter diesem Blick. »Come on baby light my fire ...«

Wie muss das sein, da hinter dem Spiegel, und immer nur zuschauen? Der ewige Zuschauer. Schaut anderen Menschen beim Leben zu. Was macht der Zuschauer mit seiner Lust? Sieht nicht aus, als hätt er 'ne Freundin. Ich möcht ihm was bieten, dicke Eier zu Ostern, und lass mich von Julia massieren. In meinem privaten Kopfporno sehe ich einen gutaussehenden, introvertierten Privatdetektiv. Er ist noch zu jung, er kann sich nicht immer nur kontrollieren. Er sitzt auf einem harten Hotelstuhl und starrt auf den Bildschirm seines Laptops. Dort sieht er zwei heiße Frauen, ineinander geknallt wie zwei Taxis auf dem Broadway. Er will das nicht sehen, er ist kein Voyeur. Aber er kann nicht anders. Es ist zu lange her, dass er eine Frau hatte. Er muss einfach hinsehen. Die Frauen bewegen sich so gut, so langsam, so lasziv. Drücken den

Rücken durch, recken sich und schmiegen sich aneinander. Das Geräusch von Haut auf Haut.

Plötzlich spürt er sein Herz schlagen, jeder Schlag härter als der vorige, und sein Herz sagt ihm, dass er Frauen liebt. Dass es okay ist, dass es ein Genuss ist, diesen beiden langgliedrigen Wahnsinnsfrauen zuzusehen. Noch nie hat er bei einer Frau so glänzendes, wildes Haar gesehen wie bei der Blonden. Das Haar streicht über ihre Haut, fällt über ihre Brüste. Er liebt es, wie die Dunkle an den Nippeln der Blonden saugt. Die Blonde presst sich gegen sie, windet sich vor Lust. Die beiden fallen aufs Bett, reiben ihre weichen Körper aneinander, die Augen glasig. Sie stöhnen, verbeißen sich in einander mit ihren warmen feuchten Rosé-Mündern, die Lippen beben, sie keuchen. Ihre Schenkel, ihre Wimpern fliegen vor Gier.

Der Detektiv hasst es, wie sein Körper reagiert. Er muss weiteratmen. Er ist im Dienst, verdammt noch mal. Aber sein Schwanz wird so hart wie seit Jahren nicht. Er reibt sich das Gesicht und versucht, aus dem Fenster zu sehen. Aber das Seufzen, das Rascheln der Bettdecken, er kann das nicht ausblenden. Er wird so heiß, dass plötzlich nichts mehr zählt. Stolz nicht und Würde nicht und Zurückhaltung nicht. Sein Puls rast. Sein Mund ist trocken. Mit einer Hand nimmt er seine glatte, kalte Waffe aus dem Holster, entsichert sie. Er wird die Frauen abknallen. Die Blonde weiß, dass er sie sieht. Sie wird dafür sterben, dass sie ihn so provoziert. Im Augenblick größter Lust wird er ihr seine Kugel ins Herz rammen, ihre schimmernde Haut wird zerplatzen, er wird der Herr über ihren weißen, weichen Körper sein, ein letzter Stoß ins Herz, und sie wird kommen, während sie stirbt.

Oh Gott. Die Geilheit zerreißt seinen Verstand. Mit fliegender Hand fetzt er den Hosenschlitz auf. Die eine Hand hält die Waffe, die andere legt sich zitternd um seinen Schwanz. Der Schwanz ist glatt und stramm und heiß. Er fühlt den Puls der geschwollenen Adern in seiner Handfläche, presst den Daumen unter die Eichel. Unter der Berührung seiner eigenen Hand krümmt er sich vor Lust. Es juckt, es muss gerieben werden, es ist so nötig, er muss es tun, jetzt, er muss sich selbst spüren.

Die Frauen küssen und lecken sich. Er muss auch etwas lecken. Seine Zunge umspielt den Pistolenlauf. Der Stahl schmeckt nach Öl und Blut, kalt, tödlich. Er nimmt den Lauf in den Mund, saugt daran. Dann schiebt er mit dem harten nassen Pistolenlauf sein Hemd beiseite. Der Stahl streicht über seine brennende Brust.

Vor dem Spiegel teilen die eleganten Hände der Blonden die Beine der Schwarzhaarigen. Mit ihren langen Nägeln legt die Blonde Spuren aus rotem Feuer auf die Haut der Staatssekretärin. Die schreit vor Lust und bettelt nach mehr. »Hör nicht auf!«, keucht sie und presst ihre Hüften, ihren ganzen Körper gegen die Hände der Blonden und dann kommt sie, windet sich stöhnend, die Hände in den tropfnassen Schoß gepresst.

Der Detektiv war noch nie im Leben so geil. Job, denkt er, Auftraggeber, scheiß drauf, niemand darf ihn jetzt so sehen, großer Gott, denkt er, gib mir diese paar Minuten Ruhe, um fertig zu werden.

Dann sieht er, die Blonde will geleckt werden. Sie kniet sich über die geschwollenen Lippen der Staatssekretärin, sieht ihm durch den Garderobenspiegel hindurch direkt in die Augen. Dafür wird sie sterben. Später. Der Detektiv schluckt hart, seine Welt zoomt zusammen auf zwei hellblaue, lustblinde Augen. Die Blonde will, dass die Schwarzhaarige ihre Zunge in sie hineinstößt. Sie legt sich die Hände auf die Brüste, ihre Warzen sind rot und hart. Der Detektiv rammt sich den Lauf seiner Pistole in die Brust, um etwas zu spüren. Er weiß, er darf nicht schreien, aber er möchte, fast platzt ihm das Herz vor Lust, er presst seine geschwollenen Eier an die Stuhlkante, verbeißt sich ein bestialisches Stöhnen. Die Blonde reibt ihre Warzen zwischen Daumen und Zeigefinger, er spürt es, als wären es seine eigenen. Sie foltert sie, zieht daran, dreht sie, reißt sie hoch. Das Menschliche verschwindet aus ihrem Gesicht. Sie schreit wie ein Tier.

Der Schrei übertönt das qualvolle Atmen des Detektivs, als sie zusammen kommen.

Türöffner

Die Nacht legt sich kalt wie ein Leichentuch über den Schatten des Mannes auf der Feuertreppe. Das »Las Meninas« hat eine Fluchttür auf jeder Etage. An dem alarmgesicherten Panikschloss blinkt eine rote Leuchtdiode. Der Mann wirft zwei Tabletten ein gegen die Schmerzen im Bein, zieht Latexhandschuhe über. Damit er nicht am Metall festfriert.

Vor der Tür im dritten Stock geht er in die Knie. Eine Taschenlampe braucht er nicht. Man kann in ein Zylinderschloss nicht hineinschauen. Der Mann verlässt sich auf Gehör und Tastsinn. Es sirrt leise. Mit einem schallgedämpften Akkuschrauber bohrt er vier Schrauben auf, hebt den Gehäusedeckel vom Schloss. Den Schaltplan der Alarmvorrichtung hat ihm der Serviceleiter des Türherstellers gemailt. Er ertastet den Auslöser, die Stromeinspeisung. Ein geübter Handgriff, schon erlischt das rote LED. Der Mann atmet durch. Aus einem der Zimmer hört er ein Stöhnen und einen Schrei. Er denkt an anonymen Hotelsex.

Licht aus

»Das war fantastisch«, murmelt Julia. »Nichts als Sex. Ohne vorher, nachher und Verpflichtungen. Sex mit einer Wildfremden kann so wahnsinnig befreiend sein.«

»Liberty. Daher der Name«, seufz ich zustimmend. Mein Schoß ist weich und nass. Ich lieb das, diese Mattigkeit danach.

Und ich schäm mich ein bisschen: Ich hab den Detektiv virtuell sexuell missbraucht. Armer Junge. Aber sein Blick hat mich gestreichelt wie eine Feder und mein Kopfkino hat den Oscar verdient, in einer Kategorie, die es noch gar nicht gibt. Aber unbedingt geben sollte. Es interessiert mich brennend, ob der unfreiwillige Hauptdarsteller meines feuchten Traums wirklich stand wie 'ne Goldstatue. Wenn wir hier lebend rauskommen, werd ich ihn fragen. Jetzt ist aber Zeit für ein bisschen Privatsphäre.

»Wir sollten schlafen«, sag ich bedeutungsschwanger und angle neben dem Bett nach meiner Handtasche. Dann knips ich das Licht aus.

Fünf Minuten später schalt ich es wieder an.

»Ich kann nicht schlafen«, jammer ich theatralisch.

»Ich auch nicht.« Julia klingt ein bisschen irritiert.

»Erzähl mir von deiner Arbeit«, schlag ich vor.

Worauf wartet Sanders? Es ist viertel vor drei. Irgendwo hab ich gelesen, die meisten Menschen sterben um drei Uhr morgens.

Mikromillimeterarbeit

Der Mann schiebt einen Spanner in den unteren Teil des Schlüssellochs. Das Schloss schließt im Uhrzeigersinn, das weiß er vom Hersteller. Er gibt leichten Druck auf den Spanner und hält ihn. Dann drückt er mit der anderen Hand den Pick in den oberen Teil des Schlüssellochs und fühlt die acht Stiftpaare des Zylinderschlosses. Den Stift, der den meisten Widerstand leistet, drückt er zuerst nach oben. Die Stifte sind zweiteilig: unten der Kernstift, oben der Gehäusestift. Der Spanner hat den Zylinder um ein paar Mikromillimeter gedreht. Deshalb setzen sich die oberen Gehäusestifte von hinten nach vorn auf den Zylinder, die unteren Kernstifte fallen zurück in den Zylinder.

Sechzig Sekunden später hat der Mann alle acht Stifte gesetzt. Er dreht den Zylinder mit dem Spanner. Es klickt. Er zieht den Pick, greift nach einem Saugheber, zieht die Tür etwas aus dem Rahmen, hält sie, wechselt den Spanner gegen den Paniktüröffner aus Federstahlblech. Er schiebt das Werkzeug in den Türfalz, die Zwangssteuerung des Öffners fasst die Schlossfalle von hinten, drückt sie ein. Die Tür springt auf.

Vor dem Mann liegt ein leerer, warmer Hotelflur. Er arretiert die Schlossfalle und verstaut seine Werkzeuge am Körper, während sich seine Augen an die Dunkelheit auf dem Flur gewöhnen.

Das Loch

Zimmer Nummer acht liegt näher zum Treppenhaus, Nummer sieben dahinter in einer Ecke. Aus der sieben hört der Mann leise Frauenstimmen. Hoteltüren öffnen nach innen, also muss er den Schnapper blockieren. Er holt eine 4,5-Gramm-Flasche Cyanacrylat aus der Tasche und drückt sie komplett ins Schloss. Dann wartet er zehn Minuten, bis der Sekundenkleber völlig ausgehärtet ist.

Die Tür zu Zimmer Nummer acht steht einen winzigen Spalt breit auf. Durch den Spalt sieht der Mann das bläuliche Licht eines Monitors, hört das Echo der Frauenstimmen aus Zimmer sieben. Lautlos zieht er etwas, das wie eine große Taschenlampe aussieht, und spannt alle Muskeln. Tritt die Tür zur acht auf. Sein Blick fliegt durch den Raum. Links der Schatten eines Mannes vor einem Laptop. Der filmende Schnüffler, er schnellt hoch, die Hand will zum Schulterholster. Zu langsam. Der Eindringling feuert seine Net Gun ab. Ein engmaschiges Wurfnetz schließt sich um den Schnüffler, schnürt ihn bewegungsunfähig ein. Mit drei schnellen Schritten ist der Eindringling bei ihm, knallt ihm eine Injektion in den Oberarm. Lautlos sackt der Schnüffler zusammen. Der Eindringling sieht sich im Zimmer um. An der Wand eine Kamera vor einem zehn mal zehn Zentimeter großen Loch, durch das Licht fällt. Er weiß, auf der anderen Seite, in Zimmer sieben, wird das Loch durch einen teillichtdurchlässigen Spiegel verdeckt. Eine weitere Kamera steht auf dem Fensterbrett und filmt das Geschehen in diesem Zimmer. Der Mann lässt beide Kameras und den Laptop in seinem Rucksack verschwinden. Der Rucksack des Schnüfflers steht in der Ecke. Der

Eindringling findet auch darin die Kamera, steckt sie ein. Dann dreht er den regungslosen Mann am Boden auf den Rücken, schneidet das Netz auf, verstaut es im Rucksack. Er nimmt dem Schnüffler die Waffe ab. Dann ist es soweit.

Durch den Spiegel sieht er zwei Frauenkörper im Bett, die eine blond, die andere schwarzhaarig. Die Blonde ist die Nutte. Der Mann zielt, der Spiegel splittert, Schüsse peitschen, Frauen schreien, Federn fliegen. Er leert das ganze Magazin aus der Knarre des Schnüfflers in das Bett. Bis auf den letzten Schuss. Dann hievt er den Schnüffler vom Boden hoch, zerrt ihn auf den Stuhl, nimmt die schlaffe Hand, praktiziert die warme Waffe hinein, schiebt den Zeigefinger vor den Abzug und drückt ein letztes ungezieltes Mal ab. Dann reißt er die Waffe wieder an sich und rennt. So gut er kann. Im Hotel ist es noch still, als er im Hof auf sein Motorrad springt. Sein Auftraggeber hat ihm nicht die ganze Wahrheit über seine Mission gesagt, denkt der Mann. Er wird mehr Geld verlangen dafür. Von der Spree her hört er schon die Sirenen.

Folge dem weißen Osterhasen

Es knallt, als die rosa Seifenblasen platzen. Eine grüne Welle wogt durch Sanders' Bewusstsein. Seine Magenwände flattern, verkrampfen, drehen sich um. Er reißt die Augen auf, krümmt sich, kotzt auf dem Teppich. Was passiert ist, begreift er erst, als er die Spiegelscherben auf der Hand entdeckt, mit der er sich den Mund abwischen will. Spiegelscherben. Alle Kameras sind weg, der Laptop auch. Und seine Waffe, das Schulterholster ist leer. Auf dem Flur laute Stimmen, Licht, Schritte, die die Treppe hinaufhasten. Sanders muss weg. Er sieht seinen Rucksack nur verschwommen, greif ihn, taumelt gegen die Tür zum Flur. Zwei Männer stehen vor ihm, starren ihn entgeistert an. Sanders stößt sie reflexartig die Treppe hinunter. Da ist noch eine weitere Kamera, im Flur an der Decke, als Rauchmelder getarnt. Halb blind springt Sanders hoch, schlägt mit dem Rucksack nach der Kamera, erwischt sie, sammelt sie auf. Draußen spielen Sirenengeräusche eine spacige Melodie, von der Treppe her singen Männerstimmen a capella. Sanders taumelt den Gang hinunter, reißt die Fluchttür zur Feuertreppe auf. Der Wind schlägt ihm scharf ins Gesicht. Ein Alarm brüllt los. Sanders stürzt die Treppe hinunter, findet seinen Autoschlüssel, sein Wagen parkt fluchtbereit, er weiß, er kann nicht fahren, aber laufen kann er auch nicht. Das Lenkrad ist kalt. Zitternd startet er den Wagen, zieht auf die Straße, eine seltsam elastische lilablaue Straße, mit gelbgrünroten Lichtblasen übergossen, wie Bubble Tea. Sanders kann sich nicht erinnern, dass die Straße früher hier Kurven hatte wie Regenbögen, ein weißer Osterhase hoppelt durch die Regenbögen, Sanders' Gehirn schwimmt lose durch seinen Schädel, er erinnert sich an wenig, instinktiv weiß er, nach Hause kann er nicht. Gut, dass er dem Hasen folgen kann. Denn er hat keine Ahnung, wo zu Hause ist.

Wem die Stunde schlägt

Mit drei Schritten bin ich an der Zimmertür, rüttel daran, aber sie blockiert. Ich seh aus dem Fenster. Ein Mann in Schwarz stürzt zu einem Motorrad, das Motorrad schießt vom Hof. Der Schütze? Irgendwas stimmt nicht an dem Gesamtbild, aber ich kann's nicht festmachen und ehrlich gesagt könnt's mich auch gerade nicht weniger interessieren. Ich will nur weg. Jedenfalls gibt es kein Vordach, keine Regenrinne, über die ich abhauen könnte. Soll ich Susi anrufen? Oder Joachim Jäger?

»Okay«, sag ich und schüttle die Spiegelscherben von meinem Ärmel. »Wir kommen hier nicht raus. Ich ruf die Bullen.«

Julia Steinberg nickt. Sie sitzt mir gegenüber an der Wand, auf der anderen Seite des Garderobenspiegels, und starrt ins Nichts. Sie trägt eins meiner Shirts. »Du hast davon gewusst«, stellt sie fest.

Zeigt auf das zerfetzte Bett. Links eine blonde, rechts eine schwarzhaarige Perücke in den Federn der Kopfkissen. Julia ist heller, als Jäger wahrhaben will.

»Ich – ich – was meinst du?«, stottere ich und weiß doch, das klingt so was von bescheuert. Also wähl ich erstmal 110 und als sich die Notrufzentrale meldet, weiß ich gar nicht mehr, was ich sagen will. Vielleicht: »Hallo, hier ist Liberty Vale, ich habe gedacht, ich kann dem Detektiv vertrauen, aber er hat doch geschossen?«

Als ich kein Wort rausbring, nimmt Julia mir das Telefon weg. Ruhig und sachlich schildert sie, was passiert ist. Zum Schluss sagt sie noch: »Lassen Sie bitte nicht gleich eine Hundertschaft anfahren. Die Gefahr ist vorbei und ich bin eine Person öffentlichen Interesses.«

Wie cool sie ist. Ich hab plötzlich Kopfschmerzen, als hätte ich beim Russisch Roulette verloren. Zieh mich an und will einfach nur weg. Und heulen. Ich schäm mich vor Julia. Die blonde und die schwarze Perücke sammel ich von den Kopfkissen und stopf sie in meine Handtasche. Julia steht an der Tür, mit verschränkten Armen.

»Warum machst du so was?« Sie schüttelt den Kopf. »Wenn das geklappt hätte, wäre es Beihilfe zum Mord.«

»Wenn es geklappt hätte, wär ich so mausetot wie du. Seh ich wie 'ne Selbstmörderin aus?«

»Sind wir gefilmt worden?«, will sie wissen und zeigt auf den kaputten Spiegel. »Was sind das für Leute? Presse? Oder von der Opposition?«

Ich schüttle den Kopf. »Weiß nicht. Kenn keine Leute.«

Sie lacht böse. »Red kein blödes Zeug.« Julia Steinberg holt aus und klebt mir eine. Meine Wange brennt, aber mein Kopf springt an. Der Schock löst sich. Ich kotz mich plötzlich selbst so an, dass ich zum zweiten Mal an diesem Abend beschließe, jemandem zu vertrauen, auch wenn's gerade erst schiefgegangen ist. Ich pack Julia an der Schulter.

»Hör zu«, sag ich, »deine eigenen Parteifreunde haben dich auf die Abschussliste gesetzt. Du sollst interne Daten aus dem Finanzministerium an eine internationale Ratingagentur verkauft haben. Silver & Wolf, sagt dir das was?«

Julia nickt. Jetzt staunt zur Abwechslung mal sie.

»Und außerdem bist du 'ne Frau«, fahr ich fort. »Und du stehst auf Frauen. Das geht nicht in deinem Job. Haben die beschlossen. Steht so nicht in der Bibel.«

Julia schnaubt. »Und darauf steht die Todesstrafe? In Zeiten, in denen ein Ehebrecher Vorsitzender einer christlichen Partei ist?« Sie hält den Kopf so stolz und aufrecht, dass ich in dieser Sekunde weiß, wo ich sie schon einmal gesehen habe: nachts, Händelallee, Tiergarten. Sie steigt im schwarzen Nerz aus einem schwarzen Wagen und verschwindet im Gebüsch. Hat Jäger doch recht?

»Das war wohl der Plan«, sag ich langsam. In meinem Kopf dreht sich alles. Ich weiß nicht, was ich noch glauben kann.

»Und? Der Plan hat dir nicht gefallen?«, fragt Julia.

Ich zieh die Schultern hoch. »Ich mach meine eigenen Pläne«, sag ich. »Ich mochte dein Buch. Und ich mag's, wenn Frauen ihr Ding durchziehen. Und du machst dein Ding wirklich gut.« Plötzlich hab ich vor mir selbst Angst. Meine Gedanken flimmern wie die Südspitze Manhattans bei Nacht. Mein Magen krampft. Ich zwing mich zur Ruhe. »Hör zu, ich hab keine Ahnung, was hier läuft«, geb ich zu. »Mir ist gerade was eingefallen. Ich hab dich schon mal gesehen. Letztes Wochenende. Freitagnacht, so gegen zwölf. Du bist an der Händelallee im Tiergarten verschwunden. Ich geh davon aus, dass du keine Nachtjoggerin bist. Und 'nen Hund hattest du auch nicht dabei. Nur ein teures Auto mit einem komischen Kennzeichen.«

Julia Steinberg denkt, nickt. »Das hier.« Sie macht eine Geste, die das ganze Zimmer umfasst. »Machst du das für Geld?«

Draußen nähern sich Sirenen.

Ich lass mich nicht ablenken. »Ich mach's, um klarzukommen. Und um meine Ruhe zu haben«, sag ich wahrheitsgemäß. »Und wenn du diese spezielle Nummer meinst, die musste ich machen. Ging um meine Familie.« Klingt etwas lahm. »Und was ist deine Entschuldigung?«

»Heute Abend. Wir haben uns wirklich verstanden, oder?«, fragt Julia. Ihr Ton ist plötzlich so nüchtern wie ein Sitzungsprotokoll. »Ich meine, ich mag dich wirklich, Libby. Du hast tolle Augen. Und noch etwas liegt zu deinen Gunsten vor: Du hast mir das Leben gerettet.«

»Ich hab's dir eingebrockt, ich hab's wieder ausgebügelt.« Ich zuck mit den Schultern. »Das Kennzeichen an deinem Auto – BD7. Was heißt das?«

»Ich schlag dir ein Geschäft vor«, sagt Julia Steinberg und tippt sich an die Nase. »Deine letzte Entscheidung heute – das mit dem Ausbügeln – war richtig. Das heißt, du hast dir eine Belohnung verdient.« Steinberg greift nach ihrer Handtasche, holt eine goldene Armbanduhr raus. »Hier. Ich hab wenig Geld dabei. Aber ich will, dass du meine Uhr nimmst. Ist ein besonderes Stück. Pass gut darauf auf. Dafür vergisst du, dass du mich am Tiergarten gesehen hast.«

»Ich will deine Sachen nicht.«

»Keine Diskussion. Ich bestehe darauf.«

Ratlos nehm ich die Uhr und schieb sie über mein Handgelenk. Passt wie angegossen. Die Uhr ist matt golden, klassisch und teuer. »Okay«, sag ich und hab kurz das Gefühl, aufs Kreuz gelegt zu werden. »Wir haben einen Deal. Ich behalt deine Uhr. Zur ewigen Erinnerung an die größte Scheiße, die ich je in meinem Leben gebaut hab.«

Ich brauch gar keine Uhr, ich hab ein Smartphone. Aber das hier ist nicht nur ein Zeitmesser. Es ist ein Schmuckstück. Und zur Not kann ich's versetzen.

Steinberg streicht sich das Haar zurück. »Vielleicht weißt du dann künftig auch, wem die Stunde schlägt.« Sie lächelt geheimnisvoll.

Irgendwas ist hier nicht richtig, aber ich bin so froh, dass sie noch lacht, dass ich mich einlullen lasse. Ich bin auch froh, dass Julia nachts durch die Büsche schleicht und Dreck am Stecken hat, weil ich mich dann nicht ganz so fühl, als hätte ich an Ostern ein Unschuldslamm zur Schlachtbank geführt. Ich krieg feuchte Augen vor Erleichterung und nehm sie in den Arm.

»Wir sehen uns wahrscheinlich nie wieder«, sagt sie kühler als erwartet. »Vergiss mich nicht. Und pass auf die Uhr auf.«

»Versprochen«, nuschle ich. Julias Haar riecht nach Walnussöl.

Dann trifft ein dumpfer Schlag die Tür.

»Polizei!«, schreit eine Stimme. »Sind Sie da drin? Wir kommen jetzt rein, gehen Sie weg von der Tür!«

Julia löst sich von mir. »Warten Sie«, sagt sie laut und bestimmt und nimmt Haltung an. »Wir ziehen uns erst etwas über.«

Erste Hilfe

Ab Kaiserin-Augusta-Allee geht es ihm besser. Sanders biegt am Mierendorffplatz in eine ruhige Seitenstraße ein und parkt den Wagen. Er stellt sein Handy aus, nimmt den Akku heraus. Sein Körper ist schwer und taub. Seine Hände zittern, als er sein Hosenbein hochschiebt und seine zweite Waffe checkt, die in dem Knöchelholster steckt. Gott sei Dank. Auch das Ersatzmagazin ist noch da. Sanders bewegt vorsichtig den Kopf, sein Kreislauf spielt verrückt. Man hat ihm ein Opioid gespritzt und einen Doppelmord angehängt, so viel ist klar. Man? – Jäger. Niemand anderes kannte den Plan. Ob Jäger selbst geschossen hat? Sanders traut es ihm zu. Er hört die Vale »My Baby Just Cares For Me« singen. Was für eine Verschwendung. Seine Augen schmerzen.

Aber jetzt muss er an sich denken. Er muss runter von der Straße. Vermutlich wird gerade sein Handy geortet und sein Auto zur Fahndung ausgeschrieben. Seine Optionen: ein Auto klauen, ein Auto kaufen, ein Auto borgen. Ein Auto klauen oder kaufen sind kurzfristige Lösungen. Ein Auto borgen heißt, einem Menschen vertrauen. Sanders kennt nur einen Menschen, dem er instinktiv vertraut: Christel Eisfeld. Christel ist eine Kollegin. Ehemalige Kollegin, aus seiner Zeit beim LKA. Sie ist noch bei dem Verein, die einzige Frau in der EDV-Abteilung. Hat vielleicht noch zwei Jahre bis zur Pensionierung. Christel mochte ihn immer. Sanders kann es sich nicht erklären, aber er kann es spüren. Sie sind zusammen joggen gegangen, damals. Vorher.

Er steigt aus, findet eine Telefonzelle, zieht Gummihandschuhe über, dann ruft er die Auskunft an und lässt sich verbinden. Es klingelt und klingelt. Dann klickt es doch, und eine verschlafene Stimme sagt: »Eisfeld?«

»Christel, ich bin's, Martin.« Sein Vorname klingt für ihn selbst ungewohnt. Niemand nennt ihn Martin. Warum sollte er sich selbst so nennen?

»Herrje.« Schweigen. »Martin? Sanders? Wie geht's dir? Ist was passiert?«

»Ich erklär's dir später. Jemand will …« Ja, was eigentlich? Sanders schluckt. »Jemand will mich fertigmachen.« Das ist nicht mal die halbe Wahrheit. Aber es muss genügen.

Christel ist still. Er hört sie denken, zögern, in das Dunkel der Telefonleitung hineinfühlen. Seinen Atem abhören wie eine Ärztin. Sanders hat Christel mindestens vier Jahre nicht gesehen. Vielleicht ist sie längst wieder glücklich verheiratet. Er hasst es, für sich selbst um etwas zu bitten. Ihre Gutmütigkeit auszunutzen. Aber er braucht Hilfe. Ein fremdes Gefühl. Er hört seine fremde Stimme betteln: »Christel, du musst mir helfen. Leih mir dein Auto. Jetzt gleich. Ich geb dir tausend Euro bar auf die Hand.«

»Mein – mein Auto? Jetzt? Mitten in der Nacht?«

»Du tankst voll. Dann kommst du zum Parkplatz am Kronprinzessinnenweg. Wo wir uns früher immer zum Laufen getroffen haben.«

Christel seufzt. »Wie heißt das Zauberwort?«

»Schnell.« Sanders legt auf.

Schmetterlinge im Bauch

Zwei Stühle, ein Tisch, darüber bammelt eine Lampe von der Decke. Es ist acht Uhr morgens am 30. März. Ostersamstag. Ich war noch nie in einem Vernehmungsraum. Das ist sicherlich angenehmer, wenn man keinen Dreck am Stecken hat.

Der Kommissar, der sich als Frank Flohr vorgestellt hat, kritzelt in ein Formular und nuckelt an seinem Kaffeebecher. Er hat Augen wie Knopflöcher und eine solche Wampe, dass er sein bestes Stück wahrscheinlich seit Jahren nur noch im Taschenspiegel sieht. Flohr hat nichts gegen mich in der Hand, aber scheinbar alle Zeit der Welt. Ich hab Muskelkater vom wilden Sex und frier in meinem Paillettenkleid. Mein Kopf ist so hohl wie das Geschwafel der letzten sechs Stunden. Ich kann nicht mehr, ich muss es beenden. Angriff ist die beste Verteidigung.

»Darf man hier rauchen?«, frag ich der Form halber und fang schon mal an. Eigentlich rauch ich gar nicht, hab aber immer eine Packung Fluppen dabei, falls ein Kunde das sexy findet. Und außerdem gefällt mir gerade alles, was Ärger macht. Flohr hat eine Akte auf den Tisch gelegt. Ich schnipp meine Asche darauf.

»Hören Sie«, gurr ich und streck meine Beine aus. »Ich möchte jetzt wirklich gerne nach Hause.«

»Das wollnse hier alle. Also, Frau Vale. Sie bleiben dabei, dass Sie keine Ahnung davon hatten, dass Sie aus dem Nebenzimmer gefilmt wurden?«

»Jo. Meinen Sie, das hätt ich einfach so hingenommen? Ich bin doch nicht pervers!« Mit Schwung kleb ich mein Kaugummi vor mir auf die Tischplatte. »War 'n bisschen später geworden, falls Sie verstehen«, seufz ich und leg die rechte Hand auf meine Uschis wie beim Rütlischwur. Flohr verliert den Faden und glotzt mir auf den Frontspoiler. Ich drück den Kaugummi auf dem Tisch breit und pust ihm den Zigarettenrauch in die offene Kinnlade, bis er wieder online ist. Passivrauchen deluxe.

»Die Frau sagt, sie heißt Julia«, erzähl ich weiter. »Gibt Milliarden Julias, und ich hab's nicht so mit der Politik. Wie soll mir da was auffallen. Sie will keinen Tango tanzen, also gut. Wir reden, wir trinken was und dann vaya con dios, ab aufs Zimmer.«

Flohr schiebt mir die *Berlin Post* rüber. Schlagzeile: »Sexfalle: Mordanschlag auf Finanzstaatssekretärin.« Dazu ein Foto: Julia. Sie küsst mich. Wir haben nichts an. Ich nehm mir die Zeitung. Das Blut sackt mir aus dem Kopf in die Wangen. Oh je.

»Für so eine Werbung zahlen andere Leute viel Geld«, stammle ich tapfer. »Ich brauch mich nicht zu verstecken, oder?«

»Wussten Sie, wer Frau Doktor Steinberg ist?«

»Zuerst nicht. Staatssekretärin, das hat sie mir dann erzählt. So what? Ich hab mir nichts dabei gedacht. Politiker haben auch Sex, oder? Manche kriegen sogar Kinder im Amt, besonders Franzosen. Hören Sie, warum fragen Sie nicht mal bei der Zeitung, wo die das Foto herhaben? Dann ist Ihr Fall gelöst«, schlag ich vor, puhl mein Kaugummi von der Tischplatte und steck es wieder in den Mund.

»Das Foto wurde der Zeitung anonym zugespielt.«

»Tja. Ich war's nicht, Columbo.«

Nackt und mit vollem Namen auf Seite eins der auflagenstärksten Zeitung Berlins. Ich brauch dringend was zu trinken, und zwar keinen Matetee. Ich muss Susi in der Agentur anrufen. Die muss den Stundensatz raufsetzen. Ich werd mich vor Aufträgen nicht mehr retten können.

»Die DNA des Täters aus dem Nebenzimmer haben wir schon identifiziert. Wir hatten sie in der Datenbank, denn sie gehört einem ehemaligen Kollegen. Sein Name ist Martin Sanders.« Der Bulle schiebt mir ein Foto rüber. Der hübsche Detektiv, ganz klar. Aber das muss in einem anderen Leben gewesen sein. Sein Gesicht ist voller, seine Augen glänzen. Sein schöner Mund ganz weich. Und jung sieht er aus. Das offene fröhliche Lächeln geht mir durch und durch.

»Sorry. Nie gesehen.« Ich steh auf, tret meine Kippe aus. »Und da ich Ihnen leider nicht weiterhelfen kann, geh ich jetzt nach Hause. Die Zeitung nehme ich mit. Als Souvenir.«

»Warum glaube ich Ihnen nicht?«, fragt Frank Flohr und wälzt sich vom Stuhl hoch. »Warum waren Sie nicht in dem Bett, als es von Kugeln durchsiebt wurde?«

»Oh. Wär das besser für Ihre Ermittlungsarbeiten gewesen, wenn wir draufgegangen wären?«

»Wo waren Sie?«

Ich beschließ, ihn zu schocken. »Wir waren auf dem Boden zugange. Vor dem Spiegel.«

»Möglich«, sagt er ganz teilnahmslos. »Aber unwahrscheinlich.«

»Sie sind wohl 'n Frauenversteher, was?«

»Ich bin verheiratet«, sagt er. »Und Sie? Mal darüber nachgedacht? Eingetragene Partnerschaft oder so?«

Ich öffne die Tür. »Wenn Sie Schmetterlinge im Bauch wollen, stecken Sie sich dann auch Raupen in den Arsch, Herr Flohr?«

Ich zieh die Tür hinter mir zu. Mein Herz rast. Meine Beine sind plötzlich so stabil wie zwei labbrige Scheiben Toast. Ich muss mich zusammenreißen, um nicht den Flur runter zu rennen. Es ist das allerhärteste Geschäft, durchs Leben zu gehen und dabei ein gutes Mädchen zu bleiben.

Madame Q

Der Grunewald liegt dunkel und kalt um den Parkplatz am Kronprinzessinenweg. Auf der Avus huscht dann und wann ein Wagen vorbei, gedämpft, langsam, wegen der Glätte. Im Wald knackt der Frost, ab und an schreit ein Tier. Sanders hat seinen eigenen Wagen auf der anderen Seite der Autobahnbrücke an der Hundekehle in einer Laubenkolonie geparkt, schön dunkel und einsam ist es dort. Christel Eisfeld braucht vierzig Minuten. Ihr Wagen, ein alter Opel Astra Kombi in einem stumpfen Goldton, rollt auf den Parkplatz.

Christel ist eine schmale Frau in Hut, Mantel und Kostüm, mit aschblondem Dutt und einer goldenen Lesebrille an einer goldenen Brillenkette. Sie sieht aus wie eine Lateinlehrerin, aber das ist nur Tarnung. Ihr Atem geht schnell, ihre Wange ist kalt. Sanders ist so erleichtert, Christel zu sehen, dass er stillhält, als sie ihn umarmt.

Er schiebt es auf Nachwirkungen des Opioids. Trotzdem tut es gut, jemandem zu vertrauen. Ihre Atemfahnen mischen sich.

»Was machst du denn für Sachen, Martin?«, murmelt Christel und drückt ihn noch fester. »Meldest dich Jahre nicht, und dann so was, schau dich mal an, ganz dürr bist du geworden, wo warst du denn?«

Martin. Der fremde Vorname aus dem anderen Leben. »Ich wollte allein sein«, flüstert er. »Nach der Sache mit Silke.«

»Du hättest auch bei mir auf dem Sofa allein sein können. Ich hätte dich bekocht. Hühnersuppe ist gut gegen Kummer.«

Er lacht leise. »Ich bin froh, dass du da bist. Alles okay bei dir?«

»Alles beim Alten. Stress im Job, Flaute im Privaten. Laufen geh ich aber immer noch. Hab letztes Jahr meinen ersten Halbmarathon gemacht. Ich bin auf Altersteilzeit und geh ein Jahr früher in Pension. Die Berliner Polizei muss sparen. Und jetzt erzähl du.«

Sanders fasst zusammen, was passiert ist. Er ist Jäger in die Falle gegangen wie ein Berufsanfänger. Den perfekten Sündenbock gibt er ab. Christel verspricht ihm, im LKA 6 Augen und Ohren aufzuhalten. »Bei versuchtem Mord wird eine Mordkommission übernehmen. Was hast du jetzt vor?«, will sie wissen.

»Herausfinden, warum das alles passiert«, sagt er.

»Wie?«

Sanders zögert. Aber er hat schon zu viel erzählt, kann nicht mehr zurück. »Ich hatte noch eine Kamera versteckt, die sie nicht gefunden haben.«

Christel reißt die Augen auf. »Wenn die das merken, bist du tot!«

»Ich weiß.«

»Sei vorsichtig.« Sie hält ihm keinen Vortrag. Christel kennt den Job, Gefahr ist immer relativ. Sie hat ihm einen Weidenkorb mitgebracht, wie bei Rotkäppchen und der Wolf: Wasserflaschen, Stullen, Äpfel, Schokoladenostereier, eine Prepaid-Karte und einen kleinen schwarzen Kasten, etwa so groß wie ein Taschenbuch. Sanders lacht.

»Ein Spot! Du bist wirklich genial!«

Christel drückt ihm die Schulter. »Dachte ich mir, dass du so ein Ding gut gebrauchen kannst. Das ist die neuste Generation. Der Spot verbindet sich über Bluetooth mit deinem Smartphone und dann telefonierst oder surfst du über Satellit. Abhörsicher. Batterien sind drin. Er ist auf die Behörde angemeldet. Wir sollten das Dingelchen testen, aber keiner wird's vermissen.«

»Ist ja wie im Film. Dank dir. Bedeutet mir viel.« Die Dankbarkeit und das Frieren machen ihn müde.

Christel streicht ihm über die Wange. »Na ja, Commander Bond. Würden Sie Madam Q dann jetzt an der U-Bahn Kaiserdamm absetzen?«

Sanders lacht. »Q hätte Bond niemals Ostereier mitgebracht.« Er greift in seine Jackentasche. »Hier. Das Geld.«

»Ich will dein Geld nicht. Du weißt so gut wie ich, dass du es nötiger brauchst.«

Dankbar schweigt er, startet Christels Wagen.

»Meine alte Familienkutsche. Ist scheckheftgepflegt.« Christel streicht über das Armaturenbrett. »Die lässt dich nicht im Stich. Und die Krönung: Sie hat eine Standheizung. Doll ist die Heizleistung nicht, aber bei dem Wetter hilft es. Hier einschalten, und nach dreißig Minuten geht sie automatisch wieder aus. Sonst verbraucht sich die Batterie zu schnell.«

»Ich bring dir das Auto in einem Stück wieder.« Sanders verspricht etwas, von dem er keine Ahnung hat, ob er es halten kann. Nicht seine Art. Nicht sein Tag.

»Ich helfe dir gern, Martin. Hab mich gefreut, dass du an mich gedacht hast«, sagt Christel, als er sie am Kaiserdamm aussteigen lässt. »Meld dich.«

Sanders nickt. »Wenn ich kann.«

Im Moment kann er nicht mehr. Hat keine Ahnung, was das alles bedeutet. Winkt Christel hinterher. Fährt mit letzter Kraft auf dem Stadtring Richtung Norden. Hinter der Stadtgrenze hält er auf dem Rastplatz Stolper Heide, verriegelt den Wagen, stellt die Rücklehne zurück und schläft sofort ein.

Voodoo

Als ich an der Ecke Turmstraße aus dem Taxi steig, weiß ich im Grunde schon ganz genau, dass mein erster Besuch im Vernehmungsraum der Polizei nicht der letzte gewesen sein wird. Nix mit schnell abkassieren und damit einen Strich unter mein Leben als Saftschubse ziehen oder Anwältin der Armen werden. Mir ist flau im Magen. Was, wenn ich mir jetzt selbst was ins Führungszeugnis geschrieben hab, dass sich in meinem Lebenslauf gar nicht gut macht? Was auch nicht mehr weggeht? Ich schmeiß die Autotür zu. Planung ist nicht meine starke Seite.

Süpermarketchef Ümit steht in Daunenjacke und grüner Schürze vor seinem Laden. Sortiert den Spitzkohl.

»'nen Morgen, Ümit«, sag ich.

»Oh.« Er hebt den Kopf. »Bist du gar nicht zu Hause?« Ümit nickt in Richtung meiner Wohnung. »Ich dachte, ich hätte vorhin oben bei dir was gehört. Licht war auch.«

Schon hab ich wieder schwarze Schmetterlinge im Bauch. Ich renn die Treppe hoch. Die Tür ist zu. Will nichts heißen. Ich such hektisch nach dem Schlüssel, find ihn, schließ auf. Horch mit klopfendem Herzen in die Stille der Wohnung. Nichts.

Ich lass meine Tasche fallen, zieh die Tür hinter mir zu. Endlich allein. Endlich keine Kameras.

Es ist warm in der Wohnung. Sehr warm. Vielleicht hab ich vergessen, die Heizung herunterzudrehen? Egal, die Wärme tut gut. Noch auf dem Flur zieh ich mein Kleid aus, kick die Schuhe weg, streif die goldene Uhr ab und stell mich unter die Dusche. Spül den ganzen Dreck ab, mit dem ich zu tun hatte. Spül Julias DNA ab, die Blicke des Detektivs. Denk an den exquisiten Sex. Meine Brustwarzen sind so heiß und rot, dass ich sie kaum berühren kann. In nächster Zeit lass ich an meine Haut nur noch Wasser und CD, schwör ich mir.

Zehn Minuten später fühl ich mich schon viel besser. Aber nur für ein paar Sekunden. Als ich um die Ecke ins Schlafzimmer bieg, seh ich es: Auf dem Bett liegt der Kopf eines Pferdes und grinst mich mit gebleckten Zähnen an. Das Pferd ist tot. Schon lange. Auf seinen Augen und Nüstern klebt ein Geschwader grüner Scheißhausfliegen. Das faule Fleisch stinkt. Das braune Fell hängt in Fetzen vom bleichen Schädel. Also gut. Jemand hat die Heizung hochgedreht, damit sich die Fliegen wohlfühlen. Und jemand hat das Foto von mir als Ponyreiterin aus dem Regal genommen und dem Pferd zwischen die langen Zähne geklemmt.

Scheiß-Jemand. Jäger-Voodoo. Oder die Mafia, wie beim »Paten«.

Ich steh nackt im Türrahmen des Schlafzimmers und kann mich nicht bewegen. Schweiß läuft mir aus dem Haaransatz. Ich muss mich bewegen, muss weg hier. Am besten auf die andere Seite der Welt.

Ich reiß eine Sporttasche aus dem Schrank, schmeiß ein paar Klamotten rein, Pass, Ausweis, alles Bargeld aus dem Versteck unter der Duschtasse. Laptop, Fotoapparat, Taschenmesser, goldene Uhr. Spring in Jeans, Stiefel, Pulli und die gefütterte Lederjacke.

Dann ruf ich Ümit an: »Hör mal, ich muss für ein paar Tage verreisen. Fährst du mich zum Hauptbahnhof?« Meine Stimme klingt okay, aber eine zackige Linie in allen Farben des Regenbogens zittert durch mein rechtes Auge.

Klar fährt Ümit mich. Als ich vor dem Fahrkartenautomaten steh, wirkt der Voodoozauber erst so richtig. Ich hab keine Ahnung, wo ich hinfahren könnte. Paris? London? Und dann? Ich kann das jetzt nicht entscheiden. Ich muss dringend essen, schlafen. Die Sehstörung muss aufhören. Ich brauch ein Zimmer, aber ich hab keine Ahnung, ob ich noch mit meinem eigenen Namen einchecken kann. Also geh ich erstmal wieder.

Hinter dem Bahnhof stinkt es nach einer Mischung aus Scheidenpilzen und lauwarmer Bockwurst. Es ist so kalt, dass ich fast dankbar bin für den Imbisswagenmief. Ich bieg links ab und lauf einfach die Lehrter Straße hinunter. Irgendwo ist hier eine Notunterkunft der Stadtmission, das bleibt mir immer noch. Die Straße macht einen Knick, ich lauf elend lange an der Backsteinfassade des Frauenknasts entlang, rechts auch eine Mauer, dahinter der ehemalige Container-Bahnhof, Lagerhäuser, Bauhöfe. Zonenrandgebiet deluxe. Im Gehen wähl ich die Nummer meiner Mutter. Als sie abhebt, bin ich so erleichtert, dass ich fast in Tränen ausbrech. »Mama, hör zu.«

»Libby? Kommst du nicht doch morgen zum Osterfrühstück? Wir wollen Eier suchen, wie früher. Oder kommst du mit auf den Golfplatz?«

»Immer noch nein«, sag ich.

»Oh, schade. Wie lange musst du denn arbeiten? Komm doch danach vorbei!«

»Nein. Hör mir zu. Gute Neuigkeiten. Ich kann eine Weile nicht anrufen. Ich hab einen neuen Job bei einer anderen Airline bekommen, da muss ich eine Serviceschulung machen. In Frankfurt. Alles sehr streng, da sind Handys verboten.«

»Oh. Eine neue Stellung! Wie schön! Das ist ja ein Ostergeschenk. Da wird sich der Horst aber besonders freuen. Er hat schon wieder gesagt, dass du bloß nicht verwahrlost, wo du so in den Tag hineinlebst. Du bist eben so ganz anders als die Wanja. Horst versteht das nicht, Libby.«

Ich hass den Horst, auch wenn ich im Moment glaub, Mama benutzt ihn nur als eine Art literarisches Ich. Und ich hass es, wie Wanja und er auf Mama abfärben. Eine Premium-Spießerin haben sie aus ihr gemacht in den letzten fünfzehn Jahren. Könnte direkt Vorsitzende bei den Landfrauen werden. Aber deshalb ist und bleibt sie trotzdem meine Mama.

»Noch was«, sag ich. »Ich hab jemanden kennengelernt. Der Mann heißt Joachim Jäger. Schreib dir das auf, Mama.«

»Ja«, sagt sie. »Joachim Jäger. Klingt doch ganz nett, Schatz. Was Ernstes?«

»Nein. Ich hab ihn abblitzen lassen. Er hat mir gedroht. Er wüsste, wo meine Familie wohnt. Und dass euch ganz leicht ein Unfall passieren kann.« Das mit der U-Bahn lass ich aus. Die Wirkung ist auch so fatal.

»Herrgott, Kind. Mit was für Leuten du aber auch verkehrst!«, kreischt Mama. »Da ist man ja seines Lebens nicht mehr sicher!«

»Hör zu. Du rufst jetzt gleich die Polizei an, einen Kriminalhauptkommissar Flohr beim LKA 6. Frank Flohr. Ich gebe dir die

Nummer. Dem erzählst du genau, was ich dir gesagt habe. Du sagst, du willst Polizeischutz. Da ist seine Direktion zuständig. Sei vorsichtig, Mama. Mit Jäger ist nicht zu spaßen. Ich muss jetzt Schluss machen. Ich muss boarden. Ich hab dich lieb.«

Ich hör noch, wie sie tief Luft holt und »Aber …« sagt. Dann leg ich auf. Sie ruft noch zweimal an, ich drück sie weg. Der Blitz in meinem Auge zuckt auf und ab. Ich halt mein rechtes Auge zu à la Piraten-Jenny und lauf einfach weiter, immer weiter an der Mauer des Containerbahnhofs entlang. Meine Füße sind kalt. Endlich taucht ein Gründerzeit-Mietshaus mit Erkern und Giebeln auf, im Erdgeschoss eine Pizzeria, das »Ciao Bella«. Ein blonder Hüne wischt Schneereste von ein paar Tischen.

»Ist die Küche schon offen?«, frag ich.

Der Mann dreht sich um. »Ciao, Bella!« Er pfeift durch die Zähne. »Füa disch iimmaa!«

Ich weiß, ich bin die typische Blondinenwitzblondine, aber die Waffen einer Frau sind in meinem neuen Leben plötzlich so viel wert wie ein Bügelbrett beim Surfen. Während ich dem Gigolokoch in sein gut geheiztes Restaurant folge, hab ich das Gefühl, dass hinter mir ein dunkles Auto viel zu langsam vorbeifährt. Egal. Ich hab nicht viel zuzusetzen. Wenn ich jetzt nichts esse, sterbe ich so oder so.

Der Wirt platziert mich unter einer Holzpergola. An der Wand hängt das Foto einer älteren Dame.

»Deine Mutter?«, frag ich, bloß um nicht unzivilisiert »Gib mir zu essen, Mann, schnell!« hervorzustoßen.

»Klara Franke«, sagt er, plötzlich ganz ohne Touristenfallenakzent. »Sie war so ’ne Art Kiezmutter hier. Der Spielplatz nebenan heißt nach ihr. Was kann ich dir bringen?«

»Was am schnellsten geht.« Ich muss mich zusammenreißen, um nicht vor Vorfreude zu sabbern wie ’n Pawlowscher Hund. Wenn ich mein rechtes Auge herausnehmen könnte, um von hinten daran zu kratzen, würd ich’s tun.

Er bringt mir Eierkuchen mit Apfelmus, nicht gerade italienisch, aber auch nicht gerade schlecht. Und eine Latte. Was mich unangenehm an Jäger erinnert. Eine Latten-Duplizität. Ich werd von Latten verfolgt.

Ich stopf mir Eierkuchen in den Mund. Der blonde Hüne hängt das Bild ab und setzt sich zu mir an den Tisch. Langsam tauen meine Füße wieder auf.

»Schade, dass Klara tot ist«, sagt er. »Sie war ein Glücksfall für die Lehrter Straße. Das war früher eine richtige Prachtstraße. Vierzig Kneipen und vor dem Krieg hat im Poststadion hier Schalke 04 seine erste deutsche Meisterschaft gewonnen. Klara war bei jeder Bürgerinitiative dabei, als hier in den Siebzigern eine Autobahn gebaut werden sollte. Keine müde Mark hat hier einer mehr investiert. Alles stand leer. Als ich mein Restaurant aufgemacht habe, August 95, war's das einzige in der Straße. Klara kam jeden Tag, drei Wochen lang. Dabei mochte sie keine Pizza. Sie dachte aber, mit der Straße geht's wieder aufwärts.« Er lacht. »Scheiß Hoffnung.«

Ich schling das Apfelmus herunter und hör mir noch mehr Kiezgeschichte an: von Walter Speer, der hier für den Bau der Nazi-Hauptstadt Germania das Große Becken plante, einen Kilometer lang und dreihundert Meter breit. Vom Hauptmann von Köpenick, der hier im Zellengefängnis einsaß. Vom Friedhof der Geköpften, über dem jetzt eine Kleingartenkolonie liegt.

Je satter ich werd, desto müder werd ich. Mein Gesicht glüht. Mein Auge ist besser. Die Stimme des blonden Hünen lullt mich ein. Ich schieb den Teller beiseite, murmle »Entschuldigung«, leg den Kopf auf die Arme und schlaf ein.

Etwas rüttelt an meinem Arm.

»Hey.« Der blonde Hüne. »Du hast zwei Stunden geschlafen. Hier. Auf Klaras Platz. Das war mir jetzt doch unheimlich.«

Ich streck mich, gähn: »Warum?«, während meine andere Gehirnhälfte denkt: Gott sei Dank. Meine Tasche ist noch da. Und das Augenflackern ist weg.

»Klara saß da, wo du jetzt sitzt. Am 30. März 1995, genau heute vor achtzehn Jahren. Ich habe die letzte Rechnung hier hinter das Bild geklebt. Sie hatte Filet. Die anderen Gäste dachten, sie wird wohl ein Nickerchen machen. Keiner wollte sie stören.«

Was für ein scheiß Voodoozauber. Mir wird wieder kalt. Ich muss in Bewegung bleiben. Also spring ich auf, will zahlen. Der blonde Hüne geht in die Küche, um sein Wechselgeld zu holen.

Da fliegt mit einem Knall die Hintertür auf. Ein Mann steht vor mir und grinst wie der Joker aus »Batman«. Mittelalt, pockennarbig, Muskelprotz. Kein Hals, dafür ein Colt wie aus »Zwölf Uhr Mittags«. An meinem Körper stellt sich jedes Haar einzeln auf. Jedes.

»Das war's dann, Bella«, sagt der Fleischberg.

Ich heb in Zeitlupe die Hände. Mein Kopf ist leer wie das »Las Meninas« nach dem letzten Tango. Das schwarze Mündungsloch der Knarre zielt direkt auf meine Stirn.

»Was«, stottere ich, »was soll das?«

»Ich nehm dich jetzt mit.«

Ich versuch es mit dem ältesten Trick der Welt. »Du kannst mich nicht mitnehmen. Ich hab immer Glück, weißt du.«

Der Typ lacht. Seine Knarre weist auf meine Tasche. »Schluss mit dem Gequatsche. Tasche mitnehmen. Los jetzt!«

Wenn man bis zum Hals in der Scheiße steckt, soll man bekanntlich auf keinen Fall den Kopf hängenlassen. Also quassle ich einfach los. »Stopp!« Ich heb die Hand. »Hinter dir steht ein riesiger blonder Kerl!«

»Ha, ha, ha.«

»Ein Zwei-Meter-Kerl, Mann«, versichere ich dem Fleischberg. Keine Zeit für politische Korrektheit. »Ein blonder Vandale, Mann. Genau dein Typ!«

»Pass auf, was du sagst, Schlampe!«, zischt der Mann. »Du willst doch nicht, dass deine letzten Worte ›blonder Vandale‹ sind.«

»Ich schwöre, Mann. Vertrau mir. Dreh dich um.«

Der blonde Vandale holt mit der Bratpfanne aus und zieht dem Fleischberg einen über den Scheitel. Der glotzt blöd und sackt zusammen. Meine Knie fühlen sich an wie Raffrollos.

»Ich bin der Mann, wegen dem sie das Aids-Virus erfunden haben!« Der blonde Hüne lacht triumphierend.

Der Typ am Boden grunzt und kommt auf die Beine. Ich tausch einen letzten Blick mit dem Blonden, tipp mir an die Schläfe, knall einen Zehner auf den Tisch, schnapp meine Tasche und renn raus. Rutsch fast in einem Schneehaufen aus.

Vor der Pizzeria steht der dunkle Wagen. Zwei Männer springen raus. Ich renn los, Richtung Hauptbahnhof. Ich bin schnell, aber mit der Tasche nicht schneller als die Typen. Plötzlich schießt von hinten ein rotes Cabrio mit offenem Verdeck heran, zieht mit mir gleich.

»Springen Sie rein!«, schreit eine Männerstimme.

Ich kann's nicht glauben: der Detektiv. Geschniegelt wie immer. Er passt in den Wagen wie die Brooklyn Bridge ans Golden Gate. Mein Atem stolpert. Seitenstechen.

»Kommen Sie schon!«, brüllt er. »Die wollen Sie umlegen!«

In einer Millisekunde treff ich die Entscheidung. Pferdekopf in der Wohnung = Jäger = böse, und bei Sanders weiß ich's noch nicht genau. Nicht hundert Prozent. Fünfundneunzig Prozent vielleicht. Das Seitenstechen gibt den Ausschlag. Ich will lieber noch ein paar Minuten länger leben, schmeiß meine Tasche auf den Rücksitz und spring mit letzter Kraft hinterher. Quietschend drehen die Hinterräder durch. Ich roll auf dem Rücksitz hin und her, klammer mich an den Türgriff. Der Wind ist so kalt, dass ich glaub, ich muss erfrieren. Die Stadt fliegt vorbei, rote Ampeln, Fahrräder, Muttis mit Hackenporsche, hupende Lieferwagen. Auf einer kurzen Geraden schließt Sanders das Verdeck. Es dauert keine zwei Minuten, dann hat der Detektiv den schwarzen Wagen abgehängt. Er parkt das Cabrio, zerrt mich vom Rücksitz.

»Los, raus hier!«

Ich rappel mich auf. »Du fährst ganz gut.«

»Ich weiß. Ist Ihr Handy aus? Gut. Nehmen Sie den Akku raus, sonst kann man's trotzdem orten.«

Ich gehorch. Sanders' Gesicht ist vollkommen zu. Keine Ahnung, was er denkt. Passiert mir selten. Wir laufen durch einen Park zur nächsten Querstraße. Er öffnet einen goldfarbenen Kombi, schiebt mich auf den Beifahrersitz. Wir fahren langsam und gesittet weiter, Richtung Osten, als könnten wir kein Wässerchen trüben. Er greift ins Handschuhfach, zieht ein Basecap raus.

»Aufsetzen«, befiehlt er.

Auf dem Basecap steht »Feuerwehrfest Birkenwerder 2007«. Mechanisch gehorch ich, dreh meine Haare zusammen und stülp die Kappe drüber. »Wo hattest du das Cabrio her?«, frag ich.

»Geklaut«, sagt er ganz selbstverständlich.

»Geklaut, ja? Und das Auto hier? Auch geklaut? Oder hast du den Besitzer erschossen? Warum auch nicht?« Ich lach hysterisch und klammer mich an meiner Tasche fest. »Ist auch nicht schlimmer als Freitagnacht ein paar Frauen zu erschießen. Ein Job wie jeder andere, oder?«

Der Detektiv biegt auf die Frankfurter Allee ein. Auf der Ecke drücken sich ein paar asiatisch aussehende Zigarettenhändler herum. »Gegenfrage«, sagt er. »Warum sind Sie nicht tot?«

Er siezt mich konsequent. Aus Respekt? Oder will er mich provozieren?

»Hab halt so meine Tricks«, weich ich aus. »Und du? Wie hast du mich gefunden?«

»Ich mach das beruflich. Und dass Sie noch leben, habe ich im Radio gehört.«

»Und jetzt? Versuchst du's noch mal?« Ich spür meinen Puls in den eiskalten Fingerspitzen. Leg sie auf die Lüftungsschlitze der Heizung.

Der Detektiv lacht böse. »Das erledigen schon andere für mich.«

»Autofahren kannst du«, sag ich. »Beim Schießen hapert's noch.«

»Ich war das nicht.«

»Nein, natürlich nicht«, sag ich. »Wahrscheinlich warst du bloß mal kurz für Königstiger und da ist halt jemand anders in Zimmer acht hineinmarschiert und – Bumm! Wahrscheinlich war's das Zimmermädchen. Beim Trinkgeld gegeizt? Das rächt sich.«

Sanders schweigt. Er fährt weiter auf der Frankfurter bis hinter Dahlwitz-Hoppegarten. Als es ländlicher wird, biegt er in eine Nebenstraße ab und hält auf einem Aldi-Parkplatz.

Er steigt aus, streift den Trenchcoat ab und steigt wieder ein. Kaum sitzt er hinterm Lenkrad, öffnet er den Knopf an seinem rechten Hemdsärmel. Erst denk ich, jetzt wird's interessant, aber der Ärmel ist blutig. Er krempelt ihn auf bis zum Bizeps. Ein blauvioletter Bluterguss mit einer Einstichstelle in der Mitte ziert seinen Oberarm.

»Jemand hat mir ein Betäubungsmittel gespritzt«, sagt er. »Mir fehlen die entscheidenden Minuten von gestern Abend.«

»Ist ja ein Alibi wie beim ›Tatort‹«, spott ich. Aber nur aus Hilflosigkeit. Der Einstich ist nicht wegzuleugnen. Das Ding hier wird immer verworrener.

»Ich brauche einen Zeugen, der mich entlastet«, sagt Sanders im ruhigen Good-Cop-Tonfall. »Denken Sie nach. Was haben Sie gesehen?«

»Nichts.«

»Wie, nichts? Haben Sie niemanden weglaufen sehen?«

»Du bist witzig, Mann!«, gift ich. »Ich hab mir Augen und Ohren zugehalten, wenn du's genau wissen willst. Schließlich wird man nicht jeden Tag erschossen.«

Sanders schüttelt den Kopf. »Ich muss wissen, was hier läuft.« Er sieht durch mich durch. »Warum sind Sie nicht tot? Leute wie die machen keine Fehler.«

»Die? Wer soll das sein?«

Sanders antwortet nicht. Ich nehm die Schokoladeneier aus dem Korb hinter seinem Sitz und pell die lila Folie ab. Das Stanniolpapier zittert.

»Ich bin nicht tot«, sag ich, »weil ich halt ein knallhartes Bunny bin.«

»Selbstbild und Fremdbild.« Sanders grinst. »Okay, also Sie wollen es mir nicht sagen. Schön. Sieht trotzdem so aus, als hätten Sie was falsch gemacht. Wo wollten Sie denn hin, Miss knallhartes Bunny?« Der Detektiv zeigt auf meine Tasche.

»Keine Ahnung«, geb ich zu. »Einfach weg. Ich komm überall klar.«

»Amerika?«

»Vielleicht.«

»Abhauen ist keine Lösung.«

»Na ja, Mister Berufsklugscheißer, was denn dann? Ich weiß überhaupt nicht, wer hier was abzieht, aber eins weiß ich: Ich will, dass es aufhört! Du kannst dir das vielleicht nicht vorstellen, aber ich hatte ein Leben, das ich ganz okay fand. Das hätte ich gerne zurück.«

»Wir beide wissen, dass Jäger hinter der Nummer steckt«, sagt der Detektiv ruhig. »Zusammen können wir ihn drankriegen.

Alleine nicht. Wenn Aussage gegen Aussage steht, haben wir keine Chance. Ich weiß, wie das läuft.«

»Du warst ja selbst mal bei dem Verein. All cops are bastards. Sagt man das nicht?« Ist das Erste, was mir einfällt.

»Wenn man eine Harley fährt und die Totenkopfjoppe trägt. Damen haben mich immer Herr Schutzmann genannt. Oder Herr Wachtmeister.«

Ich atme tief durch. »Du meinst, wenn ich aussage, dass Jäger uns für die Fotos angeheuert hat, bist du aus dem Schneider?«

»Ja.«

»Jäger wird das auf jeden Fall abstreiten.« Ich beiß mir auf die Lippe. Würd dem Detektiv gerne vertrauen. Find aber keinen logischen Grund. Was, wenn das mit dem Betäubungsmittel wahr ist?

»Sie kennen Jäger ja ziemlich gut.«

»Denk doch, was du willst.«

Er dreht sich zu mir hin. »Ich sag Ihnen, was ich denke. Ich denke, wenn ich das zu Protokoll gebe, sind Sie wegen Beihilfe zu versuchtem Mord dran. Wie oft haben Sie in den vergangenen Wochen mit Jäger telefoniert? Schon mal was von Auswertung der Verbindungsdaten gehört? Haben Sie nicht Jura studiert?«

In meinem Kopf platzt ein Luftballon mit Eiswasser. Blut schießt mir in die Ohren. Willkommen im Hier und Jetzt. »Das machst du doch nicht, oder? Da bist du doch gar nicht der Mensch für. Pass auf, ich mach dir 'n schönen Nachmittag, du lässt mich an der nächsten Autobahnauffahrt raus und wir vergessen das Ganze.«

Sanders' Gesicht wird hart wie Granit. »Lassen Sie den Scheiß. Kapieren Sie nicht? Nur wenn wir zusammenarbeiten, haben wir den Hauch einer Chance! Sie sind doch noch jung. Wo sehen Sie sich in fünf Jahren? Frauengefängnis? Zentralfriedhof?«

»Ecuador«, sag ich. »Die stehen auf Blondinen und liefern nicht aus.«

»Und ist auch nicht so weit, was?« Er schüttelt den Kopf und greift in seine Tasche. »Ist doch was dran an den Blondinensprüchen.«

Tasche – Knarre, denk ich und reiß am Türgriff. Nichts.

»Kindersicherung.« Er grinst und hält mit spitzen Fingern ein Paket Zahnpflegekaugummi hoch. »Also gut, Miss Vale. Logik ist nicht Ihre Stärke und Sie sind auch nicht das hellste Osterfeuer im Land. Warum reißen Sie sich nicht einfach zusammen und lassen mich machen? Geht das? Wenn Sie mir schon nicht helfen wollen, bleiben Sie einfach ruhig sitzen.«

Ich wickle mir noch ein Osterei aus, überlege, ob ich beleidigt sein soll, und geh meine Alternativen durch. Es gibt keine. Ecuador ist weit. Sanders ist nah.

»Ich hab Angst«, geb ich zu, während die Schokolade beruhigend über meine Synapsen fließt. »Du nicht?«

»Doch.«

Ich seufze. Ehrlichkeit. Gute Grundlage für eine Zusammenarbeit. »Wenn du das zu Ende denkst«, sag ich. »Jäger hat doch kein Motiv. Dafür seine Auftraggeber. Wahrscheinlich aus der Regierung, oder? Susi, die Chefin von meiner Agentur, hat mich oft genug für ihn an aufstrebende christsoziale und christdemokratische Finanz- oder Innenpolitiker vermittelt. Bin mir sicher, der hat Verbindungen nach ganz oben. Wir legen uns mit den Bundesministerien an.«

Der Detektiv zieht eine Augenbraue hoch. »Vielleicht sind Sie doch nicht so unbedarft, wie Sie tun.«

»Darauf kannst du deinen niedlichen Arsch verwetten. Und ich finde, wir sollten abhauen, solange wir noch können. Meinetwegen auch zusammen. Ich hab meinen Pass dabei.«

Er schüttelt entschieden den Kopf. Seine Stirn legt sich in Waschbrettfalten. Dann setzt er diesen Blick auf, den ich mittlerweile schon kenn: einen Blick ins Nichts, der die Wahrheit hinter der Wahrheit zu fokussieren scheint. »Ich kann hier nicht weg«, sagt er.

»Wegen deiner Frau?«, rat ich. Zugleich ein Testballon.

Er zuckt mit den Schultern.

»Keine weise Entscheidung.« Ich zieh eine Schnute.

»Aber eine mutige.«

Ich sag ihm nicht, was ich denk: Weisheit und Wagemut schließen sich eigentlich aus. Deshalb sind Eulen auch selten Superhelden und deshalb bin ich auch keine Eule. Ich muss einen Weg finden, mich schnellstens zu verdrücken. »Was machen wir mit dem angebrochenen Tag?«, frag ich unschuldig und reib mir die eiskalten Hände.

»Ich geh einkaufen«, sagt er. »Sie bleiben hier.« Es blitzt silbern, eine Handschelle schnappt um mein Handgelenk und um das Lenkrad.

»Ich glaub's nicht, Sanders!« Fassungslos starr ich ihn an. Er steckt voller Überraschungen.

Er lächelt ganz leicht. »Sehen Sie's als Entscheidungshilfe.«

»Scheiße!« Ich reiß an den Handschellen. »Ich will weg hier! Das dürfen Sie nicht!«

»Rufen Sie doch die Polizei.«

»Warum eigentlich nicht? Ihre Kumpels freuen sich bestimmt, Sie wiederzusehen.«

»Schluss jetzt!« Er schreit.

Ich halt die Luft an. Hab ihn noch nie schreien gehört. Daumen und Zeigefinger seiner rechten Hand legen sich um meinen Kieferknochen wie ein Schraubstock. Er zwingt mich, ihn direkt anzuschauen. Es tut weh.

»Wir machen jetzt zur Abwechslung mal, was ich sage, Miss. Und keine Angst, Sie kommen hier noch früh genug weg. Nachher suche ich uns einen schönen, einsamen Waldsee.« Ich zuck zurück. In seinen Augen brennt ein grünbraunes Triumphfeuerwerk. »Und dann färben Sie sich die Haare. Schwarz. Vielleicht bringt das auch Ihren Denkkasten auf Trab.«

Die Autotür fällt zu. Der Detektiv hat gewonnen. Er geht hinüber zum Supermarkt. Seine Menschenkenntnis ist größer als er selbst. Resigniert lass ich mich gegen die Rückenlehne fallen. Scheißkalt ist mir.

Outdoor

Sanders hat Glück. Bei Aldi ist vor Ostern Outdoor-Woche. Er kauft das komplette Equipment. Decken, Schlafsäcke, Campingkocher,

Dosenravioli, Sonnenbrillen, Zahnbürsten, reduzierte Schokoladenhasen, schwarze Haarfarbe. Schwarzbraun, steht auf der Packung. Schade drum. Die Frau ist zwar komplett verrückt, aber ihre Haare sind sexy. Leider fällt sie damit auf wie Pamela Anderson beim Yule-Brunner-Lookalike-Contest.

Als er auf dem Parkplatz den Kofferraum öffnet, hört er vom Beifahrersitz her tiefes, gleichmäßiges Atmen. Menschlich verständlich. Sanders packt einen Schlafsack aus und nimmt ihn mit nach vorne. Er schließt die Handschellen auf, deckt den Schlafsack über die Frau. Sie wacht nicht auf. Das ist schlecht. Wer auf der Flucht ist, sollte einen leichten Schlaf haben. Wie er.

Sanders lässt den Motor an und fährt weiter nach Osten, raus aus der Stadt, folgt der Ausschilderung Naturpark Märkische Schweiz. Zwischen braunen Hügeln, kargen Wiesen und reifbedeckten Wäldern findet er schnell den einsamen Waldsee.

Die Ränder sind noch zugefroren. Sanders parkt den Wagen nahe der Uferböschung, kontrolliert die Kindersicherung. Er ist ein Checker, Kontrollfreak, ein Handbremsenüberprüfer, Pistolenent- und -verriegler, Bügeleisenein- und -ausschalter. Das hat ihn schon oft gerettet. Sanders schiebt seinen Sitz ein paar Zentimeter zurück, verschränkt die Arme hinter dem Kopf, atmet tief durch. Die kalte Luft kitzelt im Hals. Schwachstrom kriecht über seine kühle Haut. Sanders riecht sich selbst. Keine Ahnung, vor wie vielen Jahren ihm das zum letzten Mal passiert ist. Er hasst es, verschwitzt zu sein. Er hasst es, nicht nach Hause zu können. Stellt sich vor, wie die SpuSi seine Sachen durchwühlt. Seine Festplatten. Sein Leben.

Kaum zu glauben, aber in der Dämmerung wird der Tag plötzlich noch schön. Die Birken am Ufer färben sich knallrot im Licht der untergehenden Sonne. Wolken fließen über die Sonnenscheibe wie flüssiger Stickstoffdampf über roten Veroneser Marmor. Es wird noch kälter. Sanders nimmt sich auch einen Schlafsack, dann einen großen Schluck aus der Wasserflasche. Das Wasser ist eiskalt, kurz vorm Gefrieren. Nichts für seine empfindlichen Zahnhälse, aber es macht einen klaren Kopf.

Er hat einen versuchten Mord und eine große, verhaltensauffällige Blondine am Hals. Die Dame weiß mehr, als sie sagt, und sagt andererseits entschieden mehr, als gut für ihn ist. Er muss allein sein, um nachdenken zu können. Die Frau ist ihm unheimlich. Sie erinnert ihn an die Replikantin aus »Blade Runner«, die Blonde mit den Smokey Eyes, die sterben muss. Pris. Nur ist Liberty Vale so hyperaktiv, dass ihre Lebenszeit unmöglich auf vier Jahre begrenzt sein kann wie bei den Robotern im Film. Die Frau ist so sehr am Leben, ihre hellen Augen leuchten wie LEDs und sie ist da, direkt neben ihm, auf dem Beifahrersitz, nur die Handbremse breit von seinem linken Oberschenkel entfernt. Das ist einfach viel zu nah, um vernünftig denken zu können. Er spürt die Wärme der Frau an seinem Oberschenkel. Wie eine kleine Sonne. Selbstleuchtend. Irgendwas hält Sanders in der Umlaufbahn.

Sanders muss seine Unschuld beweisen, bevor sich das LKA 1 auf ihn einschießt. Er braucht einen PC, um den Film von der Flurkamera herunterzuladen. Er muss Jäger finden. Wenn das der richtige Name des Mannes im gelben Mantel ist.

Sanders lässt die Aufträge Revue passieren, die er von Jäger erhalten hat, kann aber kein Muster erkennen. Oder doch? Auffällig oft hat er sich um ausländischen Staatsbesuch kümmern müssen. Fast immer Beamte oder Politiker aus dem Finanzressort des jeweiligen Landes. Gibt es für Delegationsbesucher nicht eigentlich den Protokollausschuss im Kanzleramt? Keine Ahnung, ob die auf Wunsch auch mit einem durch die Nachtclubs ziehen. Oder haben diese Besuche offiziell gar nicht stattgefunden? Kurz überlegt er noch, was er macht, wenn er Jägers Hintermänner findet. Die Presse aufhetzen? Oder Christel fragen, wem von seinen ehemaligen Kollegen man noch trauen kann?

Er kann nicht mehr klar denken. Das Liegen auf dem Fahrersitz macht ihn fertig. Alle Muskeln sind verspannt. Seine Beine, sein Rücken schmerzt vom Sitzen. Sanders schwitzt und friert zugleich, seine Haut klebt. Der Puls muss runter, er muss schlafen können. Er braucht einen Kick. Sanders schiebt den Schlafsack beiseite. Leise steigt er aus, geht hinunter zum See.

Ich träum, jemand hat mich gefesselt und tätowiert mich von oben bis unten, mit Skelettknochen und Innereien, als sei meine Haut aus Glas. Auch im Gesicht. Mein Körper ist verdorben, verloren. Leben kann ich damit nicht mehr. Unumkehrbar, endgültig vorbei. Da schnappt die Autotür zu. Ich fahr schweißgebadet hoch, knall gegen die Seitenscheibe. Fall keuchend zurück in den Sitz. Ich fühl den Stichen und den Fesseln und dem Schock nach und wart, dass sich mein Herzschlag beruhigt.

Etwas ist anders. Keine Handschelle mehr. Und ich bin allein.

Das Auto parkt an einem Seeufer. Auf der Frontscheibe bilden sich Eisblumen. Es ist schneidend kalt im Auto. Ich hauch mir in die Hände. Keine Ahnung, wie man diese verfluchte Standheizung einschaltet. Die bringt zwar nicht viel, aber auch ein bisschen Wärme ist besser als nichts. Was würde ich geben für einen heißen Tee. Stattdessen finde ich auf meinen Knien einen Schlafsack, der vorhin noch nicht da war. Ich roll ihn aus, klemm ihn zwischen Sitz und Tür und kuschel mich dankbar dagegen. Wo ist Sanders hin? Pinkeln?

Ich kratz die feine Eisschicht ab und seh aus dem Fenster. Raureif bedeckt die Zweige der Trauerweiden. Eine kalte Sonne lässt das träge Wasser glitzern. Und da ist er, der Herr Detektiv. Unten beim Schilf, das am Ufer noch in milchige Eisschollen eingefroren ist. Mein Atem kondensiert. Ich leg eine Hand an die Scheibe. Das Eis zieht sich vor der Wärme meiner Handfläche zurück. Magie. Ein Unsichtbarkeitszauber. Ich schmelz mir ein Guckloch in Handform frei, zieh meinen Schal über die Nase. Hier, mitten in der Wildnis, kann ich auf keinen Fall einfach abhauen, sag ich mir. Ich glaub auch nicht, dass mich meine steif gefrorenen Beine sehr weit tragen würden. Frieren macht müde. Angst haben auch.

Draußen färbt der Sonnenuntergang Himmel und See esoterisch kristallrosa. Ich bin fertig. Möcht einfach mal für ein paar Stunden an nichts denken. Fängt so Erfrieren an, überleg ich gleichgültig.

Aber dann beginnt das Damenprogramm.

Der Detektiv zieht sich aus. Schulterholster, Hemd, Hose. Socken. Schuhe. Unterhose. Alles. Was wird das? Eisbaden? Oder Kälteidiotie? Davon hab ich mal gehört – Leuten, die erfrieren, wird in der letzten Phase wahnsinnig heiß. Sie ziehen sich aus, obwohl sie bereits unrettbar unterkühlt sind.

Aber der Detektiv bewegt sich flüssig, nicht wie ein Wahnsinniger. Er legt seine Sachen sorgfältig zusammen, die Waffe obenauf. Seine Schultern sind schmal und gerade, seine Brust hart und glatt. Das letzte Licht der Eissonne fällt scharf in die Mulde über seinem Schlüsselbein. Er ist nicht sonderlich groß, hat aber die langen Beine und das muskulöse Hinterteil eines Läufers. Der Mann hat einen Körper wie eine italienische Marmorstatue, nur besser ausgestattet untenrum. Seine Haut ist wahnsinnig glatt. Schätze, ich rasier mir öfter die Beine als er.

Der nackte Detektiv macht ein paar Schritte ins Wasser. Es reicht ihm bis an die Hüften. Mit der hohlen Hand schöpft er sich Wasser ins Gesicht, über die Brust, es läuft über seinem Rücken ab wie goldenes Eis. Das Wellenmuster des Sees spiegelt sich auf seiner nassen Haut wie ein Raubtierfell aus Licht. Die Silhouette eines Meeresgottes, der seinem kalten dunklen Reich entsteigt.

Heilige Scheiße.

Das muss die Kälte oder der Schlafentzug sein.

In Normalform würd ich die Szenerie für das erkannt haben, was sie ist: nämlich ein Bild wie von einer Kitschpostkarte vom Eisbaden aus der Taiga. Sex God on Baikalsee beach. Wovon Männer mit Testosteronvergiftung eben so träumen.

Aber dann geht's richtig los: Der Detektiv seift sich ein. Das kalte Wasser lässt seine Brustwarzen stehen wie 'ne Eins. Ich verlier die Distanz als wär's ein 4D-Film. Die Scheiben beschlagen wieder. Hecktisch rubbel ich mir ein Guckloch frei.

Und da, ganz plötzlich, kurz bevor ich mich dem Aquaplaning in meinem Höschen ganz überlass, überrasch ich mich selbst: Mein Verstand ist mir noch nicht vollständig in die Hose gerutscht. Sanders kann nicht der Schütze von gestern Abend gewesen sein. Ausgeschlossen. Die Erkenntnis ist so erleichternd, dass mir die Lider sofort wieder schwer werden. Ich schlaf ein und habe, was man einen feuchten Traum nennt: Ein sibirischer Neptun zeigt mir seinen Dreizack und schwups, schon bin ich keine Meerjungfrau mehr. Enchantment under the sea.

Todesstreifen

Der Mann im schwarzen Overall hat Nachtschicht, er steht an der Terrassenbrüstung im zwanzigsten Stock im nassen Schnee, er raucht, eine Hand auf der durchgeladenen SIG Sauer P6. Es ist kurz vor Mitternacht am Ostersamstag, die Nacht ist frostfrei, zum ersten Mal seit Wochen. Aufwinde jagen die Schatten der winterharten Kübelpalmen über die Dachterrasse des Penthouses. Es riecht nach Spreewind und Kälte. Der Sommer wird kurz werden, denkt der Mann.

Das Hochhaus ist neu und teuer, es steht verloren im Schneematsch des einstigen Todesstreifens, auf der Brache zwischen Invalidenstraße, Spreebogen und Washingtonplatz, zwischen Baugruben und verschneiten Sanddünen, eine Wildnis, ein zivilisationsfreier Raum inmitten der unfertigen Stadt, auch nachts, auch nach über zwanzig Jahren. Ein Ort, den Füchse und Waschbären zurückerobert haben. Wenn der Wind günstig steht, kann der Mann die Waschbären bei den Mülltonnen kreischen hören.

Grenzland ist das hier. Die Berliner Nacht liegt dem Mann im Overall zu Füßen wie ein Gespinst aus Eis und Licht. Der Mann fühlt sich wohler im steinernen Berlin hinter ihm, Richtung Alex, aber linker Hand leuchtet der Mount Fuji des Sony Centers, Ikone des neuen, gläsernen Berlins, rechts davon das Regierungsviertel und direkt vor ihm der neue Hauptbahnhof, durchwimmelt von Reisenden. Liegt da wie eine Designerlampe in einem Ameisenhaufen. Menschen über Menschen. Auf einen mehr oder weniger kommt es nicht an. Ein Gedanke, an den sich Deutschland erst noch gewöhnen muss, aber schließlich will Berlin das neue New York werden, Hell's Kitchen inklusive.

Der Mann schnippt seine Zigarette über die Brüstung. Es klickt hinter ihm, der Bewegungsmelder schaltet die Terrassenbeleuchtung ein. In der Tür entfaltet sich der rauchgraue Seidenmorgenmantel der Staatssekretärin. Sie reibt sich die Oberarme, fröstelt sichtbar.

»Alles ruhig?«, fragt sie.

Der Mann nickt. Alles ist ruhig, nur er nicht. Der Gedanke lässt ihn nicht mehr los, dass er sich auf dem ehemaligen Todesstreifen befindet. Welche Ironie. An der Schwelle zwischen Freiheit und Sicherheit hat sich Berlin für die Freiheit entschieden. Vordergründig zumindest.

»Ich bin froh, dass das LKA mich begleiten lässt«, seufzt die Staatssekretärin. »Das war knapp gestern. Hab wohl in letzter Zeit ein paar Mal zu oft die Wahrheit gesagt.«

»Es ist kalt«, sagt der Mann. »Bleiben Sie lieber drinnen. Und weg vom Fenster.« Im Halbdunkeln zieht er die Pistole aus dem Holster, legt sie auf die Terrassenbrüstung. Kontrolliert seine Weste. Der Schalldämpfer ist an seinem Platz.

Die Staatssekretärin winkt ab. »Ich muss mir mal ordentlich den Kopf durchlüften«, sagt sie. »Ich kann nicht schlafen. Ich muss rauchen. Das beruhigt.«

In Berlin lebt man für den Augenblick, für eine Zigarettenlänge, denkt der Mann. Und im nächsten Augenblick kann man schon tot sein. Sein Blick sucht die Dächer der umliegenden Häuser ab. Alles zu weit weg, der Winkel zu ungünstig. Keine Chance auf einen präzisen Schuss für einen Scharfschützen.

Die Staatssekretärin steht rauchend an der Brüstung. Unten im Hauptbahnhof fährt ein Nachtzug in der Tiefebene ein. Dem Mann scheint es, der Tabak röche nach Bremsstaub und Reisen ohne Wiederkehr. Fast glaubt er, die Luftschleppe des Zugs durch die dunklen Haare der Staatssekretärin wirbeln zu sehen. Niemand bewegt sich.

Da schaltet sich die Terrassenbeleuchtung abrupt aus. Der Mann greift nach seiner Waffe, zwei, drei routinierte Handgriffe bloß, dann ploppt es, als knalle ein Sektkorken. Tatsächlich ist es das Geräusch eines Schlagbolzens, der auf ein Zündhütchen im Hülsenboden schlägt. Die Treibladung in einer Patronenhülse zündet,

Pulver verbrennt. Mit tausendfünfhundert Kilometern pro Stunde schießt ein Projektil aus dem Lauf durch einen Schalldämpfer. Ein Deformationsgeschoss pilzt auf und reißt eine zwanzig Millimeter große Wundhöhle. Ein Negligé färbt sich silberrot. Eine Zigarette fällt aus einem sorbetfarbenen Mund.

Der Mann fängt die Zigarette mit seinem Kevlar-Handschuh auf. Funken sprühen. Er schraubt den Schalldämpfer ab, holstert die SIG.

»Sie müssen keine mehr Angst haben«, sagt er zu der Frau am Boden. »Sie haben's hinter sich.«

Unten im Todesstreifen bellen die Füchse.

Soko Sekretärin

Die Nacht von Samstag auf Ostersonntag. Frank Flohrs Bereitschaftshandy ist aus. Das Privathandy klingt um 4.22 Uhr. Er hat keine Bereitschaft, sie haben noch bis halb zwei mit Schnittchen und Bier auf der Couch gesessen und Boxen im Ersten gesehen. Aber seine Frau ist sofort hellwach.

»Frohe Ostern«, murmelt sie. »Geh ran.« Und steht auf, um Kaffee zu kochen.

Sechzig Minuten später schlurft Flohr mit Schimanski-Parka und verquollenen Augen im zwanzigsten Stock eines Hochhauses am Hauptbahnhof aus dem Fahrstuhl, rennt fast in das rot-weiße Absperrband. Die Kollegen vom Kriminaldauerdienst sind schon da, frieren den Tatort ein. Flohr zeigt seinen Ausweis, kriecht schnaufend unter der Absperrung durch. Kurzatmig hievt er seinen Bauch und den Parka in einen Einmalanzug. Als er auf die Dachterrasse tritt, sieht er aus wie der Michelin-Mann und fühlt sich auch so.

Die Terrasse liegt im frostigen Dämmerlicht. Unten hinter dem Hauptbahnhof geht gerade die Sonne auf. Vor KHK Flohr an der Brüstung liegt Doktor Julia Steinberg, ehemals Staatssekretärin im

Bundesfinanzministerium, in grauem Morgenmantel und schwarzem Blut. Eine schöne Frau – blass, schwarzhaarig, tot. Etwas hat ihr die Brust zerrissen. Die Blutspritzer leuchten im Licht der ultravioletten Tatortleuchte wie fehlfarbene Sommersprossen. Drei Kollegen von der Spurensicherung knien auf den Terrakottafliesen. Mit ihren weißen Schutzanzügen sehen die SpuSis aus wie lebensgroße Osterhasen, die über die Terrasse hoppeln. Sie verteilen gelbe Nummerntafeln, kreisen Zigarettenkippen mit Kreide ein, suchen mit Metalldetektoren nach dem Projektil. Im Mund der Staatssekretärin steckt ein Leichenthermometer wie eine letzte posthume Fluppe. Der Rechtsmediziner klemmt ihre Augenlider mit der Pinzette hoch, seine Assistentin schneidet die Fingernägel in eine Plastiktüte.

»Morgen, Herr Kollege Flohr. Frohe Ostern. Schön, dass Sie es einrichten konnten.« Von der Brüstung her grüßt Flohrs Chef Hannes Neuhaus mit schneidender Ironie. Er steht dort mit dem Staatsanwalt und plaudert angeregt.

Flohr sieht ihre Atemfahnen. Er geht hinüber. »Morgen, Chef. Herr Staatsanwalt. Frohe Ostern. Was machen wir hier?« Er zeigt auf die Leiche. »Delikt am Menschen. Da ist das LKA 1 zuständig. Und ich hatte auch keine Rufbereitschaft.«

Neuhaus zieht seine hohe Stirn kraus. »Menschenskind, Flohr, ich weiß nicht, wie Sie's bei der Berufsethik zum Hauptkommissar bringen konnten. Sie sind der Hauptsachbearbeiter in diesem Fall und für die Frau war seit gestern Abend Personenschutz angeordnet. Gestern hat einer versucht, sie umzubringen, und heute hat er's geschafft. Unter unseren Augen. Wie erklären Sie mir das?«

»Ja. Ist Mist, nee?«, sagt Flohr lahm und katzbuckelt Richtung Staatsanwalt. »Ich hatte halt Wochenende.« Er reibt sich die schweren Augen. »Wer hatte denn Dienst? Wo ist der Wachhabende?«

»Im Krankenhaus«, zischt Neuhaus. »Er lag quer vor der Tür. Keine Lebensgefahr. Nach ersten Erkenntnissen hat man ihm ein hoch wirksames Opioid gespritzt, wahrscheinlich Remifentanil. Ein Betäubungsmittel aus der Intensivmedizin.«

»Ach herrje.« Flohr weiß, sein langes kuscheliges Osterwochenende ist vorbei.

»Wir bilden eine Sonderkommission beim LKA 1«, sagt Neuhaus dann auch erwartungsgemäß. »Ich stelle Sie dafür ab. Sehen Sie sich um, dann holen Sie Ihre Akten und fahren in die Keithstraße. Melden Sie sich bei KHK Hinrich Kaplan, Soko Sekretärin. Er erwartet Sie schon. Nehmen Sie sich die Bordsteinschwalbe von gestern noch mal vor. Und finden Sie Martin Sanders. Das hier trägt die Handschrift von jemandem, der polizeiinternes Wissen hat. Die Presse grillt uns. Sehen Sie zu, dass Sie das wieder hinkriegen, Mann. Oder Ihr nächstes Wochenende könnte länger werden, als Ihnen lieb ist.«

Flohr nickt und wendet sich ab. Er muss seine Frau anrufen, die soll das österliche Kaffeetrinken bei Schwiegermuttern absagen. Selbstgemachte Erdbeertorte sollte es geben, mit Flugerdbeeren aus Chile, zum ersten Mal in diesem Jahr.

Als er zur Tür geht, hört er den Staatsanwalt sagen: »Wo haben Sie denn den Osterhasen her? Personalpool oder Asservatenkammer?«

Guten Morgen, Sonnenschein

Gegen Morgen wird es wärmer, auf klamme, feuchte Art. Der Raureif auf den Autofenstern wird weich. Vorsichtig kurbelt Sanders die Scheibe zwei Zentimeter runter. Das ist so ein Wagen, in dem es noch eine Handkurbel für die Scheibe gibt. Ein Käuzchen ruft. Draußen dämmert es wie am Polarkreis.

Sanders rechte Hand umklammert den Autoschlüssel, der Bart hat einen tiefen Abdruck in seiner Handfläche hinterlassen. Vorsichtig streckt er sich. Es macht ihm nichts aus, länger in einem Auto zu sein, solange er den Schlüssel hat. Miss Blondie neben ihm schnarcht leise und zufrieden vor sich hin. Schön, wenn sie ruhig ist. Schön, wenn er keine Kraft darauf verschwenden muss, gegen ihre verquaste Frauenlogik anzuargumentieren.

Hinter seinen Augäpfeln baut sich der Druck eines gewaltigen Kopfschmerzes auf. Er würde sonst was für einen Caffè americano geben. Eine halbe Stunde zwingt er sich noch zur Ruhe, dann steigt er aus, schließt seinen Mantel, nimmt eine der neuen Zahnbürsten mit. Sanders setzt sich auf einen Ast, der über das Seeufer ragt, hart und glatt vom Frost, und putzt sich gedankenverloren die Zähne. Die Sonne geht auf. Draußen auf dem See gleitet zwischen Eisschollen im Morgennebel ein Schwanenpärchen vorbei. Die ersten Sonnenstrahlen lockern die harten Muskeln in Sanders' Schultern. Ein Zen-Moment. Das Licht berührt ihn, erweckt ihn zum Leben. Die Kopfschmerzen verschwinden.

»Guten Morgen, guten Morgen! Guten Morgen, Sonnenschein!« Der Gesang trifft ihn wie ein Stich ins Rückenmark. »Diese Nacht blieb dir verborgen, doch du darfst nicht traurig sein!«

Die Vale, in dicker Lederjacke und Schal. Sie singt und kommt vom Auto herübergetanzt. Gute Laune am Morgen? Sanders hat keine Ahnung, wie er die Frau noch dreißig Sekunden länger ertragen soll.

Sie robbt neben ihm auf den Ast. Der Ast knarrt und wippt. Augen, Zähne und Goldhaare strahlen mit der Morgensonne um die Wette. Erinnert ihn an Skiurlaub. Geblendet schließt er die Augen. Miss Vale packt ihr Beautycase aus. »Frohe Ostern!«, schmettert sie. »Gut geschlafen?«

»Nein«, sagt er ehrlich. Will sich die Ohren zuhalten und schreien.

»Ja, nur weil du gestern keine so nette sibirische One-Man-Show als Betthupferl hattest wie ich.« Sie tätschelt seine Schulter. »War das Wasser nicht viel zu kalt?«

Sanders fühlt sich nackt. Sein Herz überspringt einen Schlag, sein Gesicht wird heiß und taub. »Oh.« Er weiß nicht, was er sagen soll. Sie muss denken, er hat gewollt, dass sie ihn anschaut. Dabei wollte er nur brennen. Bei einem akuten Kältereiz reagiert der Organismus mit einer Stoffwechselexplosion. Die Energiereserven werden reflexartig zu Körperwärme. Es ist wunderschön. Sein Geist still, sein Körper aus brennendem Eis. »Ich entschuldige mich. Ich dachte wirklich, Sie schlafen.«

Die Vale spritzt sich das Eiswasser ins Gesicht, wackelt mit den Beinen und lacht. »Brauchst nicht rumzustottern, Schutzmann.

Mach dir nichts draus. Ich hab schon ganz anderes gesehen.« Sie grinst. »Schlechteres. Vielleicht nicht bei dieser Witterung, aber doch. Und außerdem hatte ich eine Offenbarung.« Sie dreht eine Goldhaarsträhne um ihren Zeigefinger, zieht eine Augenbraue hoch.

Sanders rutscht auf dem eisigen Ast ein Stück von ihr weg. Nicht, dass sie übergriffig wird.

»Was für eine Offenbarung?«, fragt er. Seine Stimme ist rau, sein Gehirn taub, fischblütig. Zur Not kann er in den See springen. Eisbader, der er ist.

»Du kannst nicht der gewesen sein, der gestern auf uns geschossen hat«, sagt Liberty Vale.

»Nicht?« Der Themenwechsel kommt so plötzlich, dass sein klammes Gehirn mit Verzögerung reagiert. »Haben Sie doch etwas gesehen?«

»Hast du einen Motorradführerschein?«, will sie wissen.

»Den haben alle Personenschützer.«

»Trotzdem.« Ihr Blick vermisst ihn noch mal von oben bis unten. Ein Fluchtreflex spannt seine Muskeln vor. »Ich hab den Typen mit der Karre wegfahren sehen, vom Fenster aus«, sagt sie. »Hatte ich vollkommen vergessen wegen dem Stress. Aber bei deiner Schaumparty gestern Abend ist es mir wieder eingefallen. Der geschossen hat, hat sich komisch bewegt, eckig irgendwie. Und außerdem war das ein richtiger Seebär. Mindestens zwanzig Zentimeter größer als du und Schultern wie 'n Rummelboxer. Mit Männerkörpern kenn ich mich aus.«

»Wirklich?« Das Blut knallt mit so plötzlicher Wucht zurück in Sanders Kopf, dass er fast vom Ast fällt. Sein Schläfenbein summt. Danke, Gott. Gerettet. Nach Hause. Tür zu. Schlafen. »Würden Sie das auch zu Protokoll geben?«, fragt er vorsichtig.

»Klar.« Sie nickt. »Und wenn ich mir nicht die Haare färben muss, dann sag ich deinen Kollegen auch nicht, dass du mir erst die Taiga-Chippendales geben musstest, bis es mir wieder eingefallen ist.«

Sanders will Blondie nur noch loswerden. »Ex-Kollegen«, sagt er. »Das Gute an Ihrer Offenbarung ist, dass wir jetzt zu einem beliebigen Polizeipräsidium fahren können, Sie machen Ihre Aussage und dann müssen wir uns niemals wiedersehen.«

Die Vale dreht sich um und schaut ihn direkt an, schüttelt den Kopf. Ihre Huskyaugen sind hart wie Packeis. Eine steile Falte erscheint inmitten ihrer Stirn. »Schämst du dich etwa wegen gestern Abend, Wachtmeister?«, fragt sie ernst.

Freundschaftlich, mütterlich fast. Ein Röntgentonfall, der Sanders schwindlig macht, als hätte er die Strahlenkrankheit.

»Können Sie nicht einfach noch ein paar Minuten still sein?«

»Ach, Mensch, Sanders! Ist ja jetzt nicht so, als ob ich dich beim Abschütteln beobachtet hätte. Du bist doch 'n hübscher Kerl. Und tough. Ich wär bei der Kälte nicht ins Wasser gegangen.«

Diese Augen. Wahrscheinlich doch ein Replikant. Sexuelle Belästigung. So fühlt sich das an. Plötzliches Verständnis für Milliarden Frauen fliegt Sanders an.

»Hey!« Die Vale kann sich sogar die Zähne putzen und gleichzeitig reden. »Du sprichst mit der Frau, die gestern nackt auf der Titelseite der *Berlin Post* war.«

Ihre Augen suchen sein Gesicht ab. Sanders kann diesem Blick nicht standhalten. Er will nicht daran denken, wie sie ihn gesehen hat. Wie sie ihn jetzt sieht, in die Enge getrieben am Ende eines schwankenden Astes. Er fühlt sich verloren und will das nicht. Ein erwachsener Mann wie er.

»Sag mal, du hast nicht irgendwo noch ein bisschen Resthumor in deinem kalten Fischblut, oder?« Kein Spott in ihrer Stimme, stattdessen sieht sie besorgt aus. »Das ist aber auch nicht normal. In deinem Alter.«

Sanders starrt auf seine Schuhe über dem Wasser. »Wir müssen los.« Er zieht Schuhe und Socken aus, krempelt die Hosen auf, springt in den See, watet hinüber zum Auto.

»Hübsche Waden!«

Er hört die Frau lachen. Sein Gesicht brennt.

Vom Jäger zum Gejagten

Hinrich Kaplan ist Frank Flohr auf den ersten Blick unsympathisch, wie die meisten hart arbeitenden Menschen. Der Leiter der Soko Sekretärin beim LKA 1 ist Mitte dreißig, bleich, untergewichtig, mit Stupsnase, fliehendem Kinn, Zickenbart und schwarzem, langem, ungewaschenem Haar, das er aus der Stirn kämmt. Diese Stirn ist auffallend hoch und viereckig, seine Brauen buschig und gerade. Sein Hemd ehemals weiß, sein Gehrock an den Aufschlägen speckig. Insgesamt sieht er aus wie ein verwahrloster Vampir. Tatsächlich aber sitzt er hinter dem zentralen Schreibtisch im Großraumbüro, das man für die Soko eingerichtet hat. Ein Kollege baut noch die Kaffeemaschine auf, eine Technikerin installiert die Computer.

»Kommen Sie.« Hinrich Kaplan steht auf. Seine Fingernägel sind lang und gelbholzig und legen sich wie Krallen um Flohrs Akten. Ein goldener Siegelring mit einem Rubin prangt an seiner rechten Hand. »Wir nehmen uns diesen Franco Moreno, den Oberkellner aus dem ›Las Meninas‹, noch mal vor.«

Draußen ziehen Schneewolken auf. Sie fahren mit Kaplans Dienstwagen, in dem der Aschenbecher überquillt. Flohr schüttelt sich in dem ganz privaten Teil seines spießbürgerlichen Ichs vor Ekel.

»Was wissen Sie über den ersten Mordanschlag auf Julia Steinberg im ›Las Meninas‹?«, will Kaplan wissen.

Flohr atmet flach und erzählt es ihm. Auch, dass der Oberkellner schon siebenundsechzig ist, ein Argentinier mit deutschem Pass.

Sie klingeln, der alte Mann öffnet sofort, als hätte er hinter der Tür gewartet. Er trägt einen roten Frotteebademantel und Schluppen. Flohr freut sich, dass Moreno sie bereitwillig und formvollendet hereinbittet. Sein Wohnzimmer ist gediegen, sein Kaffee hervorragend.

Kaplan blättert drei Fotos vor Moreno auf den Wohnzimmertisch: Jäger, Sanders, Vale. »Schon mal gesehen?«

Morenos Augen wandern erschrocken von Flohr zu Kaplan zu den Fotos und wieder zurück. Dann sieht Flohr, wie er eine Entscheidung trifft.

»Si, Señor Comisario. Der da«, er tippt auf Jäger, »ist ein sehr guter Gast. Kommt mindestens einmal in der Woche.«

»Name?« Kaplan zündet sich eine Zigarette an, ohne zu fragen.

»Das ist Herr Jäger.« Moreno nickt dienstbeflissen. »Den Vornamen weiß ich nicht.«

»Und die anderen?«

Franco Moreno nickt und wägt offenbar ab zwischen berufsbedingter Diskretion und Respekt vor der Staatsmacht. »Der junge Mann, das ist Herr Sanders. Kommt alle zwei, drei Wochen. Ein feiner junger Herr. Exzellente Manieren.«

Kaplan lacht spöttisch. »So viel zu Ihrer Menschenkenntnis, Moreno. Und die Frau?«

»Die Frau habe ich erst zweimal bei uns gesehen. Einmal am letzten Montag. Sie hat sich mit Herrn Jäger und Herrn Sanders getroffen, sie hatten eine Besprechung. Geheim, vertraulich. Ich musste im großen Saal decken. Die Frau ist Amerikanerin, glaube ich. Warten Sie. Miss Vale. Herr Jäger hatte für Freitag zwei Zimmer auf ihren Namen reserviert, die sieben und die acht. Und am Freitag waren die beiden dann auch wieder da, die Amerikanerin und Herr Sanders.«

»Zwei Zimmer? Hat Sie das nicht stutzig gemacht?«

Der alte Mann schüttelt den Kopf. »Nicht alle, die bei uns Zimmer buchen, sind auch ein Paar. Wenn Sie verstehen.«

»Und waren die beiden ein Paar?«

»Ich glaube nicht, Señor. Miss Vale hat dann am Freitag bei unserem Tango-Abend ... also, sie hat ...« Hilflos sieht der alte Oberkellner von einem zum anderen.

»Ja?« Kaplan legt erwartungsvoll den Kopf schief.

»Sie hat dann ja die andere Frau mit aufs Zimmer genommen«, flüstert Moreno, zuckt gequält mit den Schultern. »Bildhübsche Frau. Wissen Sie, ich hätte nicht gedacht, dass sie *so eine* ist.«

Flohr nickt verständnisvoll. »Da steckt man nich drin.«

Kaplan zieht den Rauch seiner Zigarette ein wie ein 4000-Watt-Staugsauger. »Haben Sie gehört, was gesprochen wurde?«, fragt er und ascht in den Gummibaum. Moreno zuckt zusammen.

»Es gehört nicht zu meinen Aufgaben, die Gäste zu belauschen.« Er setzt sich kerzengerade hin, um seinen Stolz zu betonen.

Kaplan beugt sich vor. »Ich sag Ihnen mal, wie ich das sehe«, schnauzt er und knallt ein Foto von Julia Steinberg auf den Tisch. Auf der Terrasse. Mit Blutlache und allem. Moreno saugt erschrocken die Luft durch die Nase. »Die drei haben am letzten Montag bei einem konspirativen Treffen unter Ihren Augen verabredet, diese Frau zu ermorden. Freitag haben sie es nicht geschafft, gestern hatten sie mehr Erfolg. Keiner von denen ist ein unbeschriebenes Blatt. Sie vermieten ihnen zwei Zimmer und zufällig ist ein Loch in der Wand dazwischen. Was soll das, Mann? Was ist das für ein Schuppen, in dem Sie da arbeiten? Entweder, Sie kooperieren, oder Sie sind wegen Beihilfe dran, mindestens.«

Moreno bricht der Schweiß aus. Er zieht ein Stofftaschentuch aus dem Bademantel, wischt sich das Gesicht ab. »Bitte«, sagt er. »Wenn der Chef herausbekommt, dass ich mit Ihnen gesprochen habe, kündigt er mich sofort.«

»Sie sind doch eh schon im Rentenalter.« Flohr blättert in der Akte.

»Egal.« Moreno schüttelt verzweifelt den Kopf. »Ich bin ganz alleine, verstehen Sie? Meine Frau ist schon zwanzig Jahre tot. Ich muss arbeiten. Ich muss. Sonst werde ich verrückt. An einem Tag wie heute, Feiertag, muss ich arbeiten. Sonst halte ich das nicht aus.«

Der alte Mann zittert. Er tut Flohr leid.

»Sie müssen sich nicht selbst belasten«, sagt er. Kaplan tritt ihm unter dem Tisch in die Wade.

Moreno winkt ab. Seine Augen werden feucht. »Herr Jäger hat gesagt, ich soll das Loch in der Wand machen lassen. Und einen speziellen Spiegel davorhängen. Den Spiegel hat eine Glaserei angeliefert. Wenn ich das nicht getan hätte, hat Herr Jäger gedroht, dem Chef zu sagen, er hätte gesehen, dass ich in die Trinkgeldkasse gegriffen habe.«

»Und, haben Sie?« Flohr interessiert das nur aus sportlichen Gründen.

»Natürlich nicht.« Die Schultern des Alten zucken. »Ich würde auch umsonst arbeiten kommen, verstehen Sie?«

»Name der Glaserei?«, fragt Kaplan.

»Ein blauer Lieferwagen war das. *Ihre Hauptstadt-Glaserei* oder so ähnlich stand da dran«, nuschelt der Alte.

»Kommt Joachim Jäger auch noch mit anderen Leuten ins ›Las Meninas‹?« Flohr ist stolz, dass ihm auch eine Frage eingefallen ist.

Franco Moreno nickt bedrückt. »Er ist oft mit Fräulein Susi da. Das ist seine Freundin.«

»Nachname?«

»Weiß ich leider nicht, Señor Comisario. Aber erkennen würde ich sie.«

Flohr und Kaplan laden Moreno fürs Protokoll vor, stehen auf und gehen.

Auf dem Weg nach unten blättert Kaplan durch die dünne Akte, die Flohr angelegt hat. »Ein interessantes Trio haben wir da. So eine Personalakte wie die von Sanders habe ich überhaupt noch nie gesehen. Und ich war ein paar Jahre bei der Internen.«

»Was ist so besonders daran?«, fragt Flohr.

»Sanders' Personalakte ist geschlossen und stand kurz vor der Vernichtung, als ich sie angefordert habe.« Kaplan zündet sich eine Zigarette an. »Sie war vollkommen leer. Nichts drin. Nur die nötigsten Fortbildungslehrgänge, keine Krankschreibungen. Keine Gespräche mit dem Polizeipsychologen. Keine Abmahnungen, keine Beschwerden.«

»Der Kollege war wohl nicht besonders ehrgeizig.«

Kaplan schüttelt den Kopf. »Einfach total unauffällig. Unglaublich. Und unsere feine amerikanische Dame hat eine Schadenersatzklage ihres ehemaligen Arbeitgebers am Hals. Offenbar hat sie in einem Passagierflugzeug randaliert. Joachim Jäger war schon sechsmal fast dran wegen Nötigung, Erpressung und allen möglichen Steuertricks. Alle Verfahren wurden eingestellt. Beweismangel. Bisschen viel Glück.«

»Protektion?« Flohr horcht auf. Was für Probleme die Leute sich so freiwillig an den Hals holen.

Kaplan tippt sich an die Nase. »Hab ich 'n Riecher für. Warum zum Teufel haben Sie eigentlich die Vale nach der Vernehmung wieder gehen lassen? Sie hat ausgesagt, dass sie Sanders nicht kennt, und das war offensichtlich gelogen.«

»Das wusste ich gestern noch nicht.«

»Die Vale ist 'ne Professionelle. Wir haben gestern Unterwäsche mit ihrer DNA in der Wohnung der Staatssekretärin gefunden. Sie war also an beiden Tatorten.«

Flohr sieht die Vale in scharfer Unterwäsche vor sich. Nichts für ihn. Zu aufregend. Flohr steht mehr auf nette Mollige. Das Schärfste an der Vale ist aus seiner Sicht ihre Zunge. Flohrs Gedanken schweifen ab, Richtung Ehebett.

»Dafür hat jemand der Steinberg die Schmuckschatulle ausgeräumt«, fährt Kaplan fort. »Brieftasche und Geld fehlen auch. Vielleicht gab's Streit ums Honorar.«

Flohr hat eine Idee. »Warum fahren wir nicht hin und fragen Frau Vale? Die wohnt hier gleich um die Ecke.«

Kaplan knallt das Blaulicht aufs Dach und startet durch. Der Rückstoß schleudert die Zigarettenkippen durch den ganzen Wagen.

Aber Liberty Vale ist nicht zu Hause. Unter ihrer Tür hindurch dringt beißender Verwesungsgeruch ins Treppenhaus. Kaplan zwirbelt sich wissend den Zickenbart, dann schickt er Flohr in den türkischen Supermarkt. Flohr hasst es, Treppen zu steigen. Japsend fragt er an der Fleischtheke nach der Hausverwaltung. Ein gewisser Ümit Ehrlich stellt sich als Hausbesitzer vor. Er wird blass, als er von dem Gestank hört. Stürmt die Treppe hinauf, einen dicken Schlüsselbund in der Hand, und öffnet die Tür. Der Gestank wird stärker. Frau Doktor Loch. Lustiges Türschild für eine Professionelle, findet Flohr. Währenddessen stürmt Kaplan mit gezogener Waffe die Wohnung.

»Pfui Deibel!«, schreit er eine Sekunde später.

Ümit Ehrlich und Frank Flohr tauschen einen schockierten Blick, schießen los, schliddern um die Ecke, prallen auf Kaplan, der sich im Schlafzimmer den Jackenärmel auf Mund und Nase presst. Im Bett der Vale liegt ein verwesender Pferdekopf. Er grinst.

Hustend flüchten Flohr, Kaplan und Ehrlich aus der überheizten Wohnung in den Hausflur.

Kaplan fragt, wann Ehrlich Liberty Vale zuletzt gesehen hat. Der gibt an, er hätte sie gestern zum Bahnhof gefahren. Sie müsse für ein paar Tage verreisen, wohin wisse er nicht. Kaplan notiert das und schickt ihn weg. Dann ruft er die Soko an: »Großfahndung nach Liberty Vale.«

Flohr verständigt die Spurensicherung. Während sie auf die Kollegen warten, sagt Kaplan: »Die Vale hat was falsch gemacht. Aber was?«

Flohr zuckt die Schultern. »Gibt nur einen, der uns das sagen kann: Joachim Jäger.«

Killer

Sanders will nur noch weg. Er setzt sich schräg auf den Fahrersitz, um Socken und Schuhe über seine nassen Füße zu zwingen. Routinemäßig schaltet er das Autoradio ein. Die Nachrichten laufen. Die Stimme der Nachrichtensprecherin sagt: »Auf der Dachterrasse ihres Appartements in Berlin-Mitte wurde heute Morgen die Leiche der fünfundvierzigjährigen CDU-Finanzpolitikerin Doktor Julia Steinberg aufgefunden. Nach Polizeiangaben wurde sie Opfer eines Gewaltverbrechens. Erst am gestrigen Freitag war sie nur knapp einem Mordanschlag entkommen und stand seither unter Polizeischutz. Ob es sich um eine Beziehungstat handelt oder ob hinter der Tat ein politisches Motiv steht, ist derzeit noch unklar. Steinberg hatte seit einem Jahr das Amt einer parlamentarischen Staatssekretärin im Bundesfinanzministerium inne. Die Polizei löste eine Großfahndung nach den Hauptverdächtigen aus. Ein ehemaliger Polizeibeamter und eine Prostituierte sind seit dem Mordversuch vom Freitag spurlos verschwunden. Hinweise nimmt jede Polizeidienststelle entgegen. Die Bundeskanzlerin und CDU-Parteivorsitzende Doktor Angela Merkel sprach den Angehörigen ihr Mitgefühl aus. Eine Sonderkommission ermittelt.«

Sanders starrt auf das Radio. Ehemaliger Polizeibeamter. Prostituierte. Großfahndung.

»Und nun das Wetter für Berlin und Brandenburg«, sagt das Radio. »Vereinzelt Schneefall.«

Sanders blinzelt. Versucht, seinen Herzschlag einzufangen. Tot. Hauptverdächtige. Lebenslänglich. Tot. Hauptverdächtige. Lebenslänglich. Die Worte rasen durch seine Hirnwindungen wie eine Stahlkugel durch den Flipperautomaten.

Die Tür geht auf, die Vale wirft sich auf den Beifahrersitz. Sie stutzt. »Was ist? Du bist ganz blass.«

»Julia Steinberg ist tot«, sagt er tonlos. »War gerade in den Nachrichten.«

Er schüttelt den Kopf, reibt sich das Gesicht. Die Bartstoppeln kratzen in den Handflächen. Er hasst es, sich nicht rasieren zu können. Aber er wird sich einen Bart wachsen lassen müssen. Schließlich ist er jetzt in einem gottverdammten heiligen Krieg.

»Julia?« Miss Vale zieht die Nase kraus. »Scheiße.«

Er nickt. »In den Nachrichten sagen sie, ich war's.«

Stille. Draußen leichter Schneegriesel. Einfach hier sitzen bleiben und warten, bis das Auto unter der Schneedecke verschwindet.

»Mach dir keinen Kopf deswegen«, sagt Miss Vale betont zugewandt. »Du hast ein Alibi, du warst doch hier, mit mir.«

»Uninteressant. Sie sind dran wegen Beihilfe.«

Liberty Vale wird knallrot, ihre Augen, schmal wie Schießscharte, schleudern Blitze. »Stopp! Das läuft nicht, Sanders«, zischt sie. »Du wirfst jetzt sofort diese Kiste an, wir fahren zu Jäger und klären die ganze Sache auf. Ich lass mir doch hier nicht mein Leben ruinieren.«

»Jäger?« Sanders schüttelt den Kopf. »Was wissen Sie denn über den Mann? Ich habe jedenfalls keine Ahnung, wo der wohnt oder arbeitet. Ist bisher immer bei mir aufgekreuzt und hat bar bezahlt, ohne Rechnung. Oder wir haben telefoniert. Keine Ahnung, ob der überhaupt Joachim Jäger heißt.«

»Doch. Jäger ist der Freund von Susi. Das ist die Chefin von meiner Agentur. Ich ruf die einfach an.«

»Vergessen Sie's. Freundinnen sind im Allgemeinen auf der Seite ihres Freundes. Die sagt Ihnen die Adresse nicht.«

»Dann ruf ich Jäger einfach an. Jetzt. Die Nummer hab ich. Irgendjemand muss ja was machen. Das geht doch nicht, da läuft doch was total schief.« Sie grabbelt in ihrer Reisetasche nach ihrem Handy und dem Akku, findet sie, will den Akku einsetzen. Sanders nimmt ihn ihr weg.

»Sehen Sie keine Krimis?«, fährt er sie an. Ihm ist kalt, die Knie zittern. Gestrandet im tief verschneiten Wald als Kindergärtner einer ahnungslosen Blondine. Und gleichzeitig soll er noch seinen Hals retten. Er schließt die Augen. »Wenn Sie das Ding anmachen, bricht in zehn Minuten das SEK durch die Büsche.«

Sie starrt ihn verblüfft an. »SEK?« Miss Vale hat die Sorte Gesicht, dem man beim Denken zusehen kann. Und sie denkt viel zu langsam für Sanders' Geschmack.

»Was dachten Sie, machen wir hier? Wintercamping?«, zischt er.

»Aber wir waren es doch nicht«, sagt sie tonlos.

»Na, so ein Glück. Dann wird ja alles gut. Das sagen wir dem Staatsanwalt einfach, der bietet uns dann gleich das Du an und schenkt uns einen Rundflug im Polizeihubschrauber zum Ausgleich für unsere Mühen. Und 'ne Tüte Marshmellows.«

In den feuchten Totensümpfen von Missys Hirn bricht wohl doch noch der Morgen der Wahrheit an. »Warum sollte ich Julia denn …«, stottert sie. »Die … die war doch sehr nett zu mir. Wir haben uns richtig gut unterhalten. Über Politik und so. Hast du das nicht gesehen? Wir haben uns wirklich gut verstanden. Das war doch zu sehen, oder?«

Sanders nickt. Wenn das, was er gesehen hat, ein Gespräch über Politik war, dann wird er sich ab jetzt die Übertragung aller Bundestagsdebatten live anschauen. Blondie senkt den Kopf und schnieft. Das Haar fällt ihr ins Gesicht. Und dann hat auch Sanders plötzlich eine Offenbarung. Ein Zündfunke und sein Bewusstsein brennt lichterloh.

»Was läuft hier eigentlich, hm?« Er fährt herum, packt die Vale am Kragen ihrer Jacke, schüttelt sie. Ihr Hinterkopf knallt gegen das Autofenster, die Augen groß und hell wie Vollmonde. Sanders will ihr plötzlich nur noch wehtun. »Ihre Agenturchefin ist mit Jäger zusammen, ja? Was wissen Sie noch über den Mann? Spucken Sie's aus! Hier hört Sie niemand schreien.«

Frank Flohr, die Katze

Frank Flohr und Hinrich Kaplan halten bei Burger King, kaufen sich Kaffee gegen die Kälte. Als sie wieder im Auto sitzen, liest Flohr Jägers Akte vor: »Jäger, Joachim, Jahrgang 1963, hat ein Büro in der Wilhelmstraße, keine zweihundert Meter hinter dem Bundestag. Hat bei der CSU in Bonn gelernt, danach BWL studiert. Dann war er zehn Jahre an der Wallstreet, für Silver & Wolf. Nach der Wiedervereinigung kommt er zurück nach Berlin, pendelt zwischen hier und Brüssel, arbeitet als Wirtschaftslobbyist, Schwerpunkt internationales Finanzmanagement. Vertritt hauptsächlich die Interessen von MGF, Managing Global Finance. Aber auch ein paar Fondsgesellschaften. Und natürlich Silver & Wolf.«

»MGF? Nie gehört.«

»Muss 'n Riesending sein. Ein Softwarekonzern aus Mitte, steht hier.« Flohr nippt bedächtig am Kaffee, dankbar sowohl für die Tatsache als auch für den Hinweis auf dem Becher, dass das Getränk heiß sei.

»Was machen die so für Software?«, will Kaplan wissen. Er tippt die Wilhelmstraße ins Navi ein.

»Hauptsächlich systemrelevante Applikationen für Finanzverwaltungen. Womit man die Steuergelder vereinnahmt, verwaltet, errechnet, anlegt und so weiter. Weltweit. Und Module für Währungshandel. Na ja. Wenn man so darüber nachdenkt.« Frank Flohr kratzt sich am Kopf und denkt laut: »Braucht man ja auch überall. Sogar in Indien und so.«

»Was dachten Sie denn?« Kaplan sieht ihn fassungslos an. »Dass die in Indien den Staatsetat mit 'nem Rechenschieber aufstellen, oder was?«

Frank Flohr ist klar, dass ihn seine Kollegen für die flachste Flachzange des Reviers halten. Dabei hat er sogar mal ein Buch gelesen, das von TV-Blondchen Daniela »Katze« Katzenberger: *Sei schlau, stell dich dumm.* Flohr weiß das schon seit dreißig Jahren. Aber die Frau ist der Wahnsinn, macht aus Scheiße Geld. Letztens hat er im Baumarkt eine Klobrille mit ihrem Gesicht gesehen. Aufschrift: Katzenklo. Flohr bewundert die Katze. Äußerlich ist sie nicht so weit von Liberty Vale entfernt. Er findet trotzdem, die Katze hat die bessere Karriereentscheidung getroffen. Im Gegensatz zur Katze ist Frank Flohr unabhängig von seinem Äußeren unkündbar. Und im Gegensatz zur Vale kriegt er auch ohne Leistung jeden Monat sein Geld. »Fahren wir zu Jägers Büro«, schlägt er vor.

»Sonntags?«

»Jägers Meldeadresse ist nur zwei Hausnummern weiter.«

Kaplan fährt. Frank Flohr verabschiedet sich endgültig von Erdbeerkuchen und Osterkaffee, schaltet gottergeben das Diensthandy ein. Er hat zehn Anrufe in Abwesenheit, nur eine Nummer davon kennt er nicht. Er hört die Mailbox ab. Ein paar Mal die Soko, dann eine hysterische Frauenstimme, die sich als Brigitte Lustenberger meldet. Sie hat Flohrs Nummer von ihrer Tochter. Ein gewisser Joachim Jäger hat ihre Tochter und sie mit Tätlichkeiten bedroht. »Ich brauche sofort Polizeischutz«, fordert Frau Lustenberger energisch. »Ist Ihnen das klar?« Ihr Mann sei Horst Lustenberger, MdB, der Name würde ja wohl jedem Polizeibeamten etwas sagen?

Bevor sie auflegt, sagt noch eine Männerstimme aus dem Off: »Polizeischutz für dich, Liebling. Zum ersten Mal werden meine Steuergelder *nicht* verschwendet.«

Frank Flohr googelt Lustenberger auf seinem Smartphone. Der Mann ist kein bayerischer Volksmusikstar, sondern sitzt für die CDU im Innenausschuss. Flohr wird trotz des Schneefalls heiß. »Ich habe eine Frau auf der Box«, sagt er. »Frau Lustenberger. Sie sagt, Joachim Jäger hat sie bedroht.«

»Lustenberger?« Kaplan prustet. »Scheißname. Das ist doch die Mutter von unserer Amerikanerin.«

»Komische Mischung. Patchworkfamilie? Und der Vater sitzt im Bundestag?«

»Stiefvater. Jedenfalls wissen wir jetzt genau, dass Miss Vale etwas falsch gemacht hat: Pferdekopf, Familie bedroht. Sollte sie die Steinberg am Freitag umlegen und hat's vermasselt?«

Spontane Selbstentzündung

»Lass den Scheiß!« Miss Vale stößt Sanders vor die Brust, hustet und reibt sich den Hals.

Sanders fällt zurück auf seinen Sitz. Fast schämt er sich. Und schämt sich für seine Scham. Er ist ein Wrack mit dem Drohpotenzial eines Zwerghamsters, aber er plustert sich auf, als sei noch irgendwas zu retten. »Vergessen Sie's«, sagt er. Eine Entschuldigung.

»Wir verstehen uns nicht besonders, was?«, krächzt Liberty Vale.

Er schüttelt resigniert den Kopf. »Vielleicht denken Sie einfach mal nach. Je länger Sie mich anlügen, desto länger dauert es, bis Sie in Ihre Barbie-Welt zurückkönnen.«

»Okay, okay.« Sie schiebt sich an der Beifahrertür hoch. »Ob du's glaubst oder nicht, aber ich bin eigentlich ganz in Ordnung. Mit mir kann man Pferde stehlen, wirklich. Ich hab bloß 'n Schock oder so was.«

»Schock?« Sanders hat's nicht so mit koketten Ausreden. Er merkt, wie er wieder die Fassung verliert. Die Nerven. »Die ganze Zeit machen Sie hier auf knallhartes Bunny und jetzt sind Sie ganz Mädchen und haben einen Schock?«

»Du bist ganz rot im Gesicht«, stellt Liberty Vale fest. Ihre Huskyaugen werden schmal. »Pass bloß auf. Wenn man so 'n Sozialphobiker ist wie du, dann kann es bei zu viel Aufregung zu spontaner Selbstentzündung kommen.«

Sanders umklammert das Lenkrad, damit seine Hände nicht wieder einen Fehler machen. »Hören Sie mir gut zu.« Er betont jedes Wort einzeln. »Sie – müssen – mich – *nicht* – manipulieren! Ich – bin – kein – Kunde. Kapieren Sie das? Lassen Sie's einfach! Machen Sie sich locker. Dann geht auch der Schock weg.«

»Ganz ruhig. Bist nicht verheiratet, was? Glaub mir, die Einsamkeit hat dich psychisch instabil gemacht, Sanders. Da läuft so eine psychosomatische Kettenreaktion ab, der Körper setzt Wasserstoff und Sauerstoff frei, die Mitochondrien explodieren, und dann – bumm! – brennst du lichterloh! Spontane Selbstentzündung nach Heymer.«

Sanders lässt den Kopf gegen das Lenkrad sinken. Er weiß nicht mehr weiter. Hat keine Kraft mehr, dagegenzuhalten. Ein Rezept auch nicht. Und diese Frau kapiert den Ernst der Lage nicht. Andererseits – hat sie das zweite Gesicht? »Ich geb's auf«, murmelt er. »Wir sollten uns stellen. Wenigstens vernehmen die uns dann getrennt.«

Liberty Vale legt ihm die Hand auf die Schulter. Er schüttelt sie ab. Er kann nicht mehr denken. Das Gequatsche der Frau legt sich wie ein falsches Schmiermittel zwischen seine subatomaren Zahnräder und härtet aus.

»Ach, komm. Lass den Kopf nicht hängen.« Aus dem Augenwinkel sieht sie fast ein bisschen verschämt aus. »Pass auf, Sanders. Ich glaub, ich hab Scheiße gebaut. Ich muss dir was sagen. Das wird dir nicht gefallen.«

»Oh. Machen Sie nur. Bisher hat mir noch nichts von dem, was Sie gesagt haben, sonderlich gefallen.«

»Hm. Ich weiß. Aber jetzt mal im Ernst. Jäger war letzten Mittwoch noch mal bei mir. Stand einfach in der Tür, ich hab ihm nie meine Adresse gesagt, die muss er von Susi haben. Dann knallt er mir zehntausend Mücken auf den Tisch und sagt, dafür müsste ich einfach nur leugnen, dass das mit Julia ein abgekartetes Spiel war. Dass ich überhaupt was wusste.«

»So?«

»Und 'ne Latte hatte er auch noch.«

»Großer Gott!« Sanders hält sich die Ohren zu. »Bitte nicht!«

Die Vale lacht. »Latte Macchiato, natürlich.« Sie stößt ihm ihren Zeigefinger in die Seite. »Wollt dich nur 'n bisschen hochnehmen.«

»Lassen Sie das.«

»Okay. Sorry.«

»Es heißt *einen* Latte, nicht eine.« Sanders atmet tief durch. »Warum will Jäger, dass Sie alles abstreiten?«

»*Eine* Latte ist so schön äquivok, Sweety.« Liberty Vale mustert ihn abschätzend. »Ja, warum? Weil dir die Schuld in die Schuhe geschoben werden soll, glaub ich. Weil du halt ein Killer bist. Sagt Jäger. Du hättest nicht nur den Auftrag, die Fotos zu machen. Sondern auch, Julia umzulegen. Angeblich hat sie interne Daten aus dem Finanzministerium an eine internationale Ratingagentur verkauft. Silver & Wolf. Ich glaube, die erpressen jetzt die Regierung oder so, wegen dem Rating. Angeblich hat die Bundesregierung Julia einen Neustart in Argentinien angeboten. Als sie das nicht wollte, hat man dich engagiert. Du sollst sie umlegen. Musst du doch noch wissen.« Sie lacht trocken.

»Und den Mist haben Sie geglaubt?« Jäger hat ihn gelinkt. Sanders ist enttäuscht, aber nicht deshalb. Seine Hände liegen ruhig, ganz ruhig auf dem Lenkrad. An der Daumenwurzel zuckt ein Puls. Jahrelang bleibt er unter dem Radar, ein Mann ohne Eigenschaften, ohne Leidenschaften. Voller peinlichster Sorgfalt in jeder Lebenssituation. Und das Ergebnis? Normale Menschen wie Miss Vale halten ihn für einen Killer.

»Na ja. Hab's nicht wirklich geglaubt.« Liberty Vale winkt ab. »'ne Frau wie ich braucht jede Menge Menschenkenntnis, Sanders. So einer bist du nicht, oder? Ich mein, wir kennen uns ja noch nicht lange, aber du hast so 'n ehrliches Gesicht. Fragil irgendwie. Hübsche Wangenknochen.«

Sanders wischt das Kompliment weg, aber er fühlt sich ein bisschen besser. »Warum haben Sie das Spiel mitgespielt? Das war doch mindestens Beihilfe. Außerdem – wenn ich wirklich ein Killer wäre, hätte ich Sie gleich mit erschossen. Eine Zeugin weniger.«

Die Vale nickt. »Ja. Ich war mir sogar sicher, dass du das tun würdest. Du bist ja nicht doof. Aber Jäger hatte ein Foto dabei. Ein Foto, das sonst auf dem Nachtisch meiner Mutter steht. Er sagte, entweder ich mache mit oder er lässt meine Mutter vor die U-Bahn schmeißen.«

Sanders unterdrückt einen Fluch. Zum ersten Mal hat er so etwas wie Verständnis für Miss World auf dem Beifahrersitz.

»Jedenfalls hab ich gedacht«, fährt sie fort, »solange ich mit Julia Liebe mach, schießt du nicht. Willst ja die Fotos. Und danach hab ich kurz das Licht ausgemacht. Ich hab eine blonde und eine schwarzhaarige Perücke in die Kissen gestopft und die Decken ausgepolstert. Dann haben wir uns in der Dusche versteckt und das Licht wieder angemacht. Und dann – Bumm!«

»Hätte schief gehen können.«

Sanders lässt den Abend Revue passieren. Licht an, Licht aus, Licht an, daran kann er sich erinnern. Danach kommt bloß noch der Knall der Net Gun, er kann sich nicht bewegen, ein Schatten über ihm.

»Ist ja auch schiefgegangen. Gewissermaßen. Aber was soll ich machen, hm? Soll ich Jäger anzeigen? Dann macht er erst recht was mit meiner Mutter. Außerdem: das Geld. Ich brauch das Geld. Ich hab eine Klage am Hals. Schadenersatz.«

»Zu Recht?«

»Oh, yeah.«

Sanders fragt lieber nicht, warum. Noch ein winziges Problemchen mehr und die Kapazität seiner persönlichen Festplatte ist erschöpft. Der emotionale Speicherpuffer läuft längst über. »Woher kennen Sie Jäger?«, fragt er stattdessen. Touché. Sanders ist kein Polizeipsychologe, aber er sieht es in Blondies Gesicht: Die Frage ist ein Volltreffer.

»Als ich noch als Flugbegleiterin gearbeitet hab«, sagt sie langsam. Offenbar sortiert sie, wie viel sie ihm erzählen soll. »Jäger ist oft mit uns geflogen. Vielflieger, immer Business oder First. Nach einem Flug Berlin–London hat er mich angesprochen. Ob ich nicht einen Karrieresprung brauch? Und endlich richtig verdienen will? Er kennt da eine Agentur, nur Begleitung. Sex bei gegenseitiger Sympathie. Na ja. Ich wollt wieder studieren, schon seit Jahren. Also glaub ich ihm und er hat mich an Susi vermittelt.«

»Wann war das?«

»Vor ein paar Monaten. Kurz vor Weihnachten.«

Von langer Hand geplant hat Jäger das Ding. Hat sein Personal rekrutiert wie beim Casting für einen Blockbuster. Aber jetzt eins nach dem anderen. Ganz ruhig und eins nach dem anderen. Und was ist jetzt, was ist immer das Wichtigste?

»Wo ist Jägers Geld?«, fragt er.

»In meiner Tasche.«

Gut. Abtauchen. Zeit gewinnen. Informationen sammeln. Und zwar in dieser Reihenfolge. Geht leider nicht von einem Brandenburgischen Waldsee aus. Und warum muss es ausgerechnet jetzt so kalt sein? »Wir müssen zurück in die Stadt«, sagt er langsam. »Und deshalb werden wir jetzt was mit Ihren Haaren machen.«

Miss Vale schiebt die Unterlippe vor, klappt den Schminkspiegel herunter. »Meine Haare sind toll«, sagt sie. »Findest du nicht?« Ihre Stimme klingt erstickt.

Die Haare der Vale erinnern ihn an die Goldfäden, aus denen die Weberinnen auf dem Bild im Zimmer seiner Mutter den Mantel der Welt weben. Es fällt in großen wilden Wellen über ihren Rücken wie die Mähne eines andalusischen Pferdes. Sanders' Kehle wird eng. Er nickt. »Schön. Sind Sie Organspenderin?«

»Nein.«

»Wenn Sie einer erkannt und erschossen hat, kann ich die Haare an einen Perückenladen verkaufen. Das ist fast wie Organspende. Gut fürs Karma. Und jetzt los. Färben.«

»Widerlicher Zyniker.«

»Geschenkt.« Er drückt ihr die Packung in die Hand. »Beeilen Sie sich. Wir dürfen uns nicht zu lange an einem Ort aufhalten. Bewegliche Ziele sind schwerer zu treffen.«

Die Vale kaut auf ihrer Unterlippe. Eine hübsche Unterlippe, prall und rot wie eine Schnapskirsche. Langsam schüttelt sie den Kopf. Die Huskyaugen laufen ihr über. »Ich färb meine Haare nicht. Soll ich mir etwa mit dem Eiswasser aus dem See die Farbe abspülen?«, flüstert sie. Sie weint. Ihre Wangen glühen wie bei einem trotziger Kind. »Nicht in diesem Leben.«

»Das ist unprofessionell«, sagt Sanders streng. Aber natürlich. Der See ist verdammt kalt. Vor Hilflosigkeit bricht ihm am ganzen Körper Schweiß aus.

»Ich bin ja auch kein Scheiß-Profi«, faucht sie ihn an.

»Hören Sie«, knurrt er in einem letzten, verzweifelten Versuch, gefährlich zu erscheinen. »Ich hab wirklich tiefen Respekt vor menschlichem Leben. Aber wenn's mir im Weg ist …«

Fortune Club

Joachim Jägers Vorzimmer ist auch am Sonntag besetzt. Er sei nicht im Hause, zwitschert es durch die Gegensprechanlage der Jäger Consult. Die Herren Beamten sollten es doch mal im »Fortune Club« versuchen. Frank Flohr googelt.

Das Berlin Hilton, Mohrenstraße 30, beherbergt den Club der sogenannten armen Reichen. Peinlich, aber wahr: Im internationalen Vergleich gibt es in Berlin kaum Leute mit richtigem Geld. Altem oder mächtigem Geld. Geld, das den Aktienmarkt ins Schwanken bringt. Ein paar lausige Mios sind im globalen Vergleich Peanuts.

Flohr und Kaplan zeigen in der Lobby ihre Ausweise. Der Schneematsch schmilzt ihnen von den Schuhen. Die Dame hinter dem Mahagonitresen – Chanelkostüm, Perlenkette, toupiertes Blondhaar – telefoniert aufgeregt. Flohr bewundert das Ambiente. Ein gewaltiges weißes Lilienbukett thront in einer Bodenvase neben dem Tresen, duftet dezent. Die Wand dahinter füllt ein Ölgemälde, darauf eine mittelalterliche märkische Landschaft, am Horizont die Zwillingsstädte Berlin und Cölln. Das überdimensionale Krawattenmuster des Teppichs mag Flohr nicht. Aber teuer war er bestimmt.

Dann hat die Empfangsdame ihre Order. Mit versteinertem Gesicht führt sie Kaplan und Flohr einen Flur herunter. »Bitte. In der Lounge.«

Die Dame schiebt sie hinein. Clubsessel und Coffeetable gruppieren sich um einen Kamin, in dem ein kleines Osterfeuer brennt. Floraler Teppich in bleu, weiße Landhaustäfelung, ein goldener Spiegel über dem Kamin. Die Standuhr schlägt zehn Uhr. Der BDI-Vorstand tagt hier regelmäßig. Das hat Flohr im Internet gelesen.

Als sie die Lounge betreten, schreckt eine Gruppe von vier Personen aus den Clubsesseln hoch. Im ersten Reflex drängt sie sich am Kamin zusammen wie scheue Rehe auf der Waldlichtung. Papiere liegen nicht auf den Tischen. Nur vor einem Beamtentyp in Hemd und Schlips steht ein aufgeklappter Laptop.

Flohr erkennt Joachim Jäger an seiner Glatze. Der Kahlkopf läuft rot an.

»Kriminalpolizei.« Kaplan sagt sein Sprüchlein auf. »Wir möchten Sie nicht lange stören. Mein Kollege nimmt mal eben Ihre Personalien auf.«

Die Frau fängt sich als Erste. »Wer gibt Ihnen das Recht dazu?«, will sie wissen.

Kaplan schießt direkt zurück: »Haben Sie etwas zu verbergen, Frau …?«

»Natürlich nicht. Jung, Viktoria Jung. Aber da ich keine Beamtin bin, habe ich zu arbeiten. Es ist Ostersonntag. Da will man, dass die Besprechung nicht den ganzen Tag dauert. Vielleicht verstehen Sie das.«

Viktoria Jung, notiert Frank Flohr. Den Namen kennt er. »Sie sind die Chefin von MGF?«

»Geschäftsführerin«, korrigiert sie spitz.

»Stellen Sie uns Ihre Kollegen vor?«

Der Beamtentyp klappt den Laptop zu und tritt vor. »Ministerialdirektor Doktor Karl zu Saynheim, Leiter Stabsstelle ›Leitung und Kommunikation‹ im Bundesfinanzministerium.« Er greift in die Brusttasche seines Hemdes und gibt Kaplan eine Karte.

Saynheims Nachbar im Maßanzug tut es ihm nach. Er trägt einen smarten Dreitagebart und Designerbrille. Seine Visitenkarte schimmert mattsilbern. »Doktor Uwe Ricken«, stellt er sich vor. »Silver & Wolf.«

Kaplan dreht die Karte um. Mergers and Acquisitions, Senior Partner Germany, steht da. Silver & Wolf International, Messeturm, Frankfurt. Frank Flohr schämt sich plötzlich für seinen Schimanski-Parka.

»Herrn Jäger kennen wir schon«, sagt er deshalb patziger als nötig.

»Was ist das hier für eine konspirative Sitzung?«, will Kaplan wissen. »Am Ostersonntag?«

»Das ist ein Club.« Karl zu Saynheim macht Anstalten, ihn an der Schulter aus dem Zimmer zu schieben. »In Ihren Kreisen würde man das einen Stammtisch nennen. Sicherlich haben Sie Verständnis dafür, dass wir hier nur vertrauliche Angelegenheiten besprechen«, sagt er geschraubt.

»Eine neue Software zum Beispiel«, springt die Jung ihm bei. »Ständig müssen neue EU-Richtlinien umgesetzt werden. Wir besprechen die Programmierung einer neuen Anwendermaske für das Finanzministerium. Da gibt es viele Abstimmungsfragen. Nichts, was Sie interessieren könnte.«

»Anwendermasken werden auf Chefebene diskutiert, ja? Am Kamin?« Kaplan schüttelt den Kopf, biegt die Silver-&-Wolf-Visitenkarte durch wie eine Spielkarte, lässt sie zurückschnappen. »Wie auch immer. Sie müssen leider ohne Herrn Jäger weitermachen. Das LKA hat auch noch ein paar offene Abstimmungsfragen in der Angelegenheit Julia Steinberg.«

»Schrecklich, das Ganze.« Saynheim schüttelt den Kopf, schlägt betroffen die Augen nieder und faltet die Hände. »So eine junge Frau.«

»Ja, schrecklich. Sie haben mit ihr gearbeitet? Dann lade ich Sie für morgen vor.« Kaplan drückt ihm seine Karte in die Hand. »Keithstraße 30. Und jetzt kommen Sie bitte, Herr Jäger.«

»Befragen Sie ihn als Zeugen oder als Beschuldigten?« Doktor Uwe Ricken hat am längsten gebraucht, um die Schockstarre abzulegen. Irgendetwas bedeutet das, aber Flohr weiß nicht, was.

»Wird sich erst noch herausstellen.« Kaplan legt den Kopf schief. »Höchste Vertraulichkeit. Sie verstehen.«

»Raus hier.« Mit letzter Energie springt Sanders aus dem Wagen. Mit drei Schritten durch den Schneematsch ist er auf der anderen Seite, reißt die Beifahrertür auf. Er weiß, er brennt durch, aber er lässt es geschehen. Zu viel ist zu viel. »Hauen Sie ab!« Er schmeißt ihre Tasche raus in den Schnee, packt die Frau am Arm. »Verschwinden Sie! Auf der Stelle!«

»Hohoho! Jetzt mach mal langsam, Schnüffler!« Liberty Vale richtet sich auf, wischt sich die Tränen aus den Huskyaugen. »Ein Moment der Schwäche, und du verlierst gleich die Nerven? Bist du deshalb kein Bulle mehr?«

Sanders zerrt die Vale vom Sitz hoch. »Sie reißen mich nicht rein mit Ihrem hysterischen Getue«, knurrt er.

Sie wischt sich die Tränen ab. »Brauchst keine Welle schieben, Killer«, seufzt sie. »Ich kann ein totaler Vernunftmensch sein, wenn's darauf ankommt.«

Liberty Vale hält sich den Arm. »Ich krieg mich ja schon wieder ein. Du wolltest doch einen PC, oder? Ich habe einen Laptop dabei. Mit Adapter für den Zigarettenanzünder. Und außerdem: Ich hab dir immer vertraut. Trotz allem, was Jäger mir erzählt hat. Ich hat's im Gefühl, du machst das nicht. Und deshalb vertraust du mir jetzt gefälligst auch. Und du vertraust dir selbst. Du schaffst das. Du haust uns hier raus. Bestimmt hast du doch noch einen Freund aus deiner Zeit bei der Polizei, der uns helfen kann. Oder einen, der dir 'nen Gefallen schuldet.«

»Tatort«-Gequatsche. Die Frau hat keine Ahnung, welchem Apparat sie gegenüberstehen. Und Sanders hat nicht die Kraft, vielleicht auch nicht das Naturell, ihr das klarzumachen. Oder Frauen an zufrierenden Waldseen auszusetzen. Die Vale weiß das. Sie hat ihn im Handumdrehen durchschaut oder glaubt es zumindest. Das passiert ihm oft. Frauen denken in Klischees und Klischees wären ja keine, wenn sie nicht zu mindestens sechzig Prozent zuträfen. Sanders kennt seine Optionen: Entweder in Weißglut geraten über so viel Dummheit. Oder den kleinen Finger ergreifen, den sie ihm hinstreckt. Er entscheidet sich für Kuschelkurs. »Da waren wir doch gerade schon mal weiter«, seufzt er im Pädagogenmodus. »Aufwachen, Miss Vale! Das ist das echte Leben, kein Chandler-Text. Uns hilft hier keiner.«

»Kein Chandler-Text?« Sie schenkt ihm ein Lächeln, das er in seinem Schoß spürt. »Hey, kannst du so gut lesen, wie du Auto fährst, Sanders?«

»Ich kann sogar Gedanken lesen.«

»Was denk ich?«

»Kennen Sie ›Flatliners‹?«

»Scheiße, und das von einem Detektiv, der nicht mal ein Büro hat, in das ich in Trenchcoat, Heels und rotem Lippenstift reinsegeln könnte und flöten: Ich habe gehört, Sie sollen der Beste sein? Finden Sie Joachim Jäger für mich.« Sie kramt in ihrer Tasche. Hält eine Nagelschere hoch. »Pass auf, ich schlag dir was vor. Abschneiden ist besser als färben. Du schneidest mir jetzt die Haare ab«, sagt sie. »Das beruhigt. Dann überlegen wir uns den nächsten Schritt.«

Sanders starrt auf die Nagelschere in seiner Hand. Eine Hand voller Schmauchspuren, da ist er sich sicher. Wem kann er noch vertrauen? »Das kann ich nicht«, protestiert er schwach.

»Ach, come on. No pain, no gain.« Liberty Vale schiebt ihn hinüber zu dem Ast über dem Wasser. »Wenn du die Nerven dafür nicht hast, sollten wir wirklich gleich hinschmeißen.«

Sanders gibt auf. Irritierend, aber er mag es, dass sie ihm die Entscheidung abnimmt. Verzweifelt versucht er, sich an die technischen Details seines letzten Friseurbesuchs zu erinnern. Die ganze Fremd-DNA wird sich in seiner Kleidung festsetzen.

Selbstmord auf Verlangen

Als sie eintreffen, wartet bereits Joachim Jägers Anwalt im Schneetreiben vor dem Präsidium. Und das am Ostersonntag. Der Anwalt ist einer von diesen Digital Natives, kaum dreißig und schon einen Wintermantel nach Maß. Er streicht noch auf seinem i-Pad herum, während sie aussteigen. Flohr kennt ihn nicht und er mag es nicht, wenn Leute jünger und wichtiger sind als er. Aber Kaplan begrüßt den Anwalt als Herrn Doktor Willert. Schlechtes Zeichen.

Willert streckt Flohr seine Visitenkarte entgegen wie ein Skalpiermesser und sagt statt einer Begrüßung: »Ich beantrage Akteneinsicht.«

Flohr steckt die Karte seufzend in die Brusttasche. Die Kanzlei hat einen guten Namen, wenn man nicht gerade Polizist ist. Bluthunde mit Lust auf mehr, die man sogar an Ostern anrufen kann.

Das Gebäude Keithstraße 30 ist ein Bollwerk der Gerechtigkeit. Es steht auf einem Sockel aus Feldsteinen, der Eingang eine schmale Stahltür, flankiert von verwaschenen Knabenputten. Alle neun Mordkommissionen der Berliner Polizei sind in einem finsteren alten Gemäuer zusammengepfercht. Das Haus entspricht dem Tagesgeschäft. Flohr und Kaplan führen Jäger die steinernen Freitreppen hinauf, die Handläufe sind breit und glatt und abgegriffen, die Flure düster. Doktor Willert kennt den Weg. Natürlich will er seinen Mandanten zuerst alleine sprechen. Flohr trinkt einen Kaffee, dann sind sie soweit.

Kaplan schaltet das Diktiergerät ein. »Wir haben einen Zeugen, der Sie mit den mutmaßlichen Tätern zusammen in dem Restaurant gesehen hat, in dem der erste Mordanschlag auf Julia Steinberg verübt wurde. Was sagen Sie dazu?«, fragt er.

»Mein Mandant wird sich zur Sache nicht einlassen«, schnarrt Doktor Willert tonlos.

»Hören Sie.« Kaplan blättert in seinem Schnellhefter. »Ihr Mandant hatte ein konspiratives Treffen mit zwei flüchtigen Mordverdächtigen. Die Akte Ihres Mandanten strotzt vor eingestellten Verfahren – Bestechungsversuche bei Polizei und Ministerien, in den parlamentarischen Ausschüssen, Steuerhinterziehung und Hilfestellung zur Steuerhinterziehung. Bei diesem Stammbuch verwundert es schon, dass Herr Jäger noch nie eingefahren ist. Es wundert einen sogar sehr.«

»Worüber sich die Berliner Polizei wundert, ist für meinem Mandanten irrelevant.«

»Das wird sich ändern.« Flohr nippt an seinem Kaffee. »Wollen Sie auch was trinken? Auf Staatskosten?«

Willert wischt den Anbiederungsversuch weg.

»Herr Jäger, waren Sie am Montag, dem 25. März 2013, ab ungefähr achtzehn Uhr im ›Las Meninas‹, zusammen mit Frau Liberty Vale und Herrn Martin Sanders?« Kaplan raucht und bläst Jäger den Qualm aggressiv ins Gesicht. »Ich empfehle Ihnen, das zuzugeben. Sonst müssen wir eine Gegenüberstellung machen und wie die ausgeht, wissen Sie vermutlich selbst.«

Jäger tauscht einen Blick mit Doktor Willert. »Ich habe jede Woche Besuche von Finanz- und Industriegrößen aus dem In- und Ausland«, sagt er dann. »Da brauche ich ein breit aufgestelltes Netzwerk, mit dem ich alle Wünsche erfüllen kann. Nicht alle Berlin-Besucher wollen mit den Kindern ins Legoland, wenn Sie verstehen.«

»Versteh ich nicht. Soll heißen?«

»Ich brauche jemanden für die Sicherheit der Gäste. Und für spezielle Bedürfnisse, die ich selbst nicht bedienen kann.«

»Für Sex.«

»Wenn Sie so wollen.« Jäger windet sich vor Scham und geheuchelter Diskretion.

»Das heißt, Sie haben Frau Vale für Ihre internationalen Gäste gebucht? Woher kannten Sie sie?«

»Herr Jäger war bei den vereinbarten Dienstleistungen weder Vertragspartei noch hat er davon profitiert«, zischt Doktor Willert. »Das ist weder ausbeuterische noch dirigierende Zuhälterei nach Paragraf hunderteinundachtzig a Absatz eins Nummer eins oder Nummer zwei StGB. Frau Vale wurde Herrn Jäger über eine Agentur vermittelt. Halten Sie sich an die Agentur.«

»Keine Angst. Werden wir.« Kaplan winkt ab. »Geben Sie uns Namen und Telefonnummer der Agentur. Die werden uns ja dann sicherlich auch die Namen aller Gäste sagen, für die Frau Vale gebucht wurde.«

Jäger seufzt. »Die Agentur heißt *Die Berlinerin.*« Er diktiert Kaplan eine Telefonnummer.

Doktor Willert räuspert sich. »Die Chefin der Agentur wird von ihrem Zeugnisverweigerungsrecht Gebrauch machen. Sie ist die Verlobte meines Mandanten.«

»Ah.« Kaplan freut sich. »Das ist also Susi? Na, man wird sehen. Auf Ihren Mandanten kommen allerdings trotzdem große Probleme zu, Doktor Willert.«

»Welcher Art?«

»Er ist zwischen die Fronten geraten. Nicht wahr, Jäger? Irgendjemand hat Sie beauftragt, Julia Steinberg eine Falle zu stellen. Aber es war nicht nur eine Falle für Steinberg. Es war auch eine Falle für die Fallensteller.«

»Wie meinen Sie das?« Jägers Blick flattert von Kaplan zu Willert.

»Sie haben viele Probleme, Herr Jäger. Zum Beispiel steuerlicher Art. Wie Al Capone. Sicherlich haben Sie die Herrschaften Vale und Sanders für ihre Dienste bezahlt. Und das werden Sie nicht aus eigener Tasche getan haben. Wir schauen uns einfach Ihre Bücher an. Wo kommt das Geld her, wo geht es hin? Gibt nur zwei Möglichkeiten: Entweder das ist klar ersichtlich, dann haben wir den Kreis Ihrer möglichen Auftraggeber schnell eingeengt, oder es ist nicht erkennbar. In diesem Fall drucke ich mir Ihre Geschäftspartnerliste aus und dreh jeden einzeln durch den Wolf. Danach sind Sie erledigt, so oder so.«

Es entsteht eine Pause. Doktor Willert denkt.

»Ein Mann wie Sie, Herr Jäger, hat immer einen Auftraggeber.« Kaplan streicht sich das strähnige schwarze Haar zurück. »Ich sag Ihnen, wie das läuft: Sie halten den Kopf hin, der große Unbekannte bezahlt Ihnen einen erstklassigen Anwalt, und nach ein paar Monaten ist Gras über die Sache gewachsen. War's nicht bisher immer so?« Kaplan steht auf. »Nun, ich habe eine Osterüberraschung für Sie: Diesmal läuft's anders. Mord verjährt nicht. Wir haben hier eine Aufklärungsquote von über neunzig Prozent und jetzt können Sie sich ausrechnen, wie Ihre Chancen stehen, aus dem Ding mit heiler Haut rauszukommen. Für irgendetwas kriegen wir Sie diesmal dran:

Bildung einer kriminellen Vereinigung, Nötigung, Beihilfe oder sogar den Mord – es liegt in Ihrer Hand, wofür.«

Doktor Willert räuspert sich. »Gut. Mein Mandant möchte sich doch zur Sache äußern.« Er stößt Jäger den Ellenbogen in die Seite.

»Frau Doktor Steinberg war eine unkonventionelle Frau, Herr Kaplan. Vielleicht haben Sie das Buch gelesen, dass sie geschrieben hat, *Die Macht des Informellen*«, sagt Jäger langsam. »Und Frau Steinberg war ehrgeizig. Sie hat gemerkt, dass man sie in der Partei kaltstellen will. Parlamentarische Staatssekretärin, das ist doch ein Abstellgleis. Doktor Steinberg hat mich selbst engagiert. Die Hälfte der Lobbyarbeit, die ich jeden Tag mache, ist im Grunde PR. Medienarbeit. Julia Steinberg war lesbisch, das wissen Sie wahrscheinlich schon. Sie war überzeugt, dass ihre sexuelle Orientierung ihr größtes Karrierehindernis ist. Sie wollte nicht totgeschwiegen und weggelobt werden. Sie wollte, dass sich ganz Deutschland dafür schämt, dass so etwas heutzutage noch möglich ist. Also hat sie mich engagiert. Sie wollte, dass ich ihr eine tolle Frau und einen ahnungslosen Privatdetektiv besorge. Das Ganze sollte dann anonym an alle Medien gehen, Zeitungen, Fernsehen, Twitter, Facebook und so weiter. Doktor Steinberg wollte mit einem großen Knall von der politischen Bühne abgehen. Sie nannte das einen emanzipatorischen Akt.«

»Und da haben Sie eine Honigfalle inszeniert.« Scheiße, denkt Flohr. Gar keine Hintermänner, das wäre ja lahm. Dann sind wir wieder bei Null.

»Ich habe nur die Anweisungen von Frau Steinberg an zwei Personen weitergegeben, von denen mir bekannt war, dass sie über die Fähigkeiten und die technische Ausrüstung verfügen, das Ergebnis sicherzustellen, das Frau Steinberg wünschte.«

»Politischer Selbstmord auf Verlangen also?« Kaplan lacht. »Originell. Hat sich das Ihr Anwalt ausgedacht?«

Jäger zuckt mit den Schultern. »Glauben Sie es oder beweisen Sie das Gegenteil.«

»Hier geht's nicht um Glaubensfragen, Jäger!« Kaplan steht auf. »Sie müssen das beweisen, was Sie behaupten. Dann können Sie sofort nach Hause gehen und sich der nächsten Schweinerei widmen. Wenn nicht, lass ich Sie dem Haftrichter vorführen.«

»In Deutschland gilt die Unschuldsvermutung, Herr Kaplan.« Doktor Willert zieht eine Augenbraue hoch. »Der unwidersprochene Sachvortrag einer Partei gilt als wahr, da muss ich Sie ja wohl nicht dran erinnern. Ich denke, es wäre an Ihnen, Ihre Verdächtigungen zu beweisen.«

»Aber ich habe ja gar kein Problem damit, meine Aussage zu beweisen«, sagt Jäger. »Ich habe eine E-Mail von Frau Steinberg, mit detaillierten Anweisungen.«

»Wo?«

»Auf meinem Laptop.«

»Nicht digital signiert, wahrscheinlich?«

Jäger schaut erst ratlos, dann nickt er. »Eine normale E-Mail eben.«

»Einfache E-Mails sind keine Urkunden, können also nur nach Paragraf zweihundertsechsundachtzig ZPO gewürdigt werden. Da gilt die Echtheitsvermutung nicht«, sagt Kaplan und zieht eine Grimasse. »Doktor Willert sollte das wissen.«

»Ausgedruckte E-Mails«, schießt Willert zurück. »E-Mails, die noch im Outlook des Empfängers sind, haben eine andere Qualität. Ein Sachverständigengutachten befürworten wir natürlich.«

»In diesem Fall müssen wir Herrn Jägers Laptop bis zum Abschluss der Beweisaufnahme sicherstellen. Mein Kollege Flohr begleitet Sie nachher nach Hause und Sie händigen ihm bitte das Gerät aus. Hoffentlich sind keine Kinderpornos drauf, Mann.«

»Kann mein Mandant jetzt gehen?« Willert wischt auf seinem Smartphone herum, während er die Frage stellt. Vielleicht sucht er Eier mit der Ostersonntags-App, denkt Flohr, der das auch gern tun würde. Irgendwo draußen hört er Kirchenglocken.

Kaplan nickt und wedelt die Herrschaften mit dem Handrücken zur Tür hinaus. Dann kommt ihm noch eine Idee: »Moment noch.« À la Columbo. »Eine Sache ist mir noch unklar: Wie hat Frau Steinberg Sie bezahlt, Herr Jäger – oder bezahlen wollen?«

Jäger bleibt stehen. Er zögert. Dann sagt er: »Frau Doktor Steinberg hatte einen echten Salomé, den ich immer sehr bewundert habe. *Schwimmer und Seerosen.* Sehr schön. Statt einer Bezahlung habe ich mir das Bild erbeten. Sie war von meinem Erfolg überzeugt, hat mir das Bild schon vor ungefähr vierzehn Tagen gegeben. Anlässlich meines Geburtstages. War's das?«

Ja, das war's, denkt Flohr. Fangen wir wieder von vorn an. Und dann fällt ihm ein, dass Sanders auch einer von ihnen ist. Falls er nicht der Täter ist, wird er denken wie ein Polizist: Wenn sie Jäger im Visier haben, wird Sanders die Idee früher oder später auch kommen. Vielleicht war er längst in der Agentur und kennt die Verbindung Jäger–Susi.

»Herr Kaplan«, sagt er. »Wir sollten Jäger nicht aus den Augen lassen. Falls Sanders bei ihm auftaucht.«

»Prima.« Kaplan nickt. »Übernehmen Sie das. Holen Sie den Laptop, und dann bleiben Sie in der Nähe.«

Scheiß-Eigentor, denkt Flohr. Immerhin hatte Kaplans stinkender Dienstwagen eine Standheizung.

Die Schöne mit dem Goldhaar

Der Detektiv ist ein waschechter Zwangsneurotiker. Es hört kurz auf zu schneien, also setz ich mich auf einen halb überfrorenen Stein am Seeufer. Er soll mir bloß die Haare abschneiden. Aber als Mann hat er natürlich 'ne Werkzeugfixierung. Meine Nagelschere reicht ihm nicht. Aus dem Auto holt er die Schere aus dem Erste-Hilfe-Kasten und blaue Müllsäcke. Da schneidet er Löcher für Arme und Kopf hinein. Einen stülpt er mir über die Jacke, einen anderen über seinen Mantel. Gott sei Dank ist der Waldsee wirklich einsam, denn mittlerweile ist es späterer Vormittag am Ostersonntag und ein unbeteiligter Spaziergänger könnt ohne Weiteres auf die Idee kommen, dass wir da im Neuschnee irgendeinen Ritus ausleben, der übers Eiersuchen hinausgeht.

»Geben Sie mir Ihre Haarspangen«, sagt der Detektiv. Ich gehorche. Er dreht meine Haare Strähne für Strähne gekonnt nach oben und klemmt sie fest. Dann arbeitet er sich mit der stumpfen Verbandsschere vor, sammelt die abgeschnittenen Büschel in einer Tüte. Es tut ein bisschen weh. Bye-bye Hollywood-Blondie. Bye-bye Mile-High-Club-Leben.

Sanders hat einen festen, unsentimentalen Griff.

»Du machst das gut«, lobe ich und erlaube mir eine Spekulation: »Du hast entweder mindestens eine Schwester oder du bist verheiratet.«

Stille. Nur das entschlossene Geräusch der Schere. Mir wird silbrig kalt am Hinterkopf.

»Du redest nicht viel, was?«, versuch ich mein Glück noch mal.

»Stattdessen arbeite ich an der Lösung unserer Probleme«, sagt er.

»Lobenswert. Du willst, dass ich nicht rumzicke, dann mach doch mal ein klitzekleines bisschen auf. Bist du nun verheiratet?«

Er atmet hörbar ein und sehr langsam aus. »Ich war verheiratet«, sagt er leise.

Pech. Die Schere zögert. Dann legt sie umso rabiater wieder los, schneidet nicht nur mein Haar, sondern auch seine Gedanken an die Vergangenheit ab. Das Jugendfoto von Sanders fällt mir wieder ein, das mir der Kommissar im Präsidium gezeigt hat. Irgendwo in seiner persönlichen No-go-Area muss der Mann das Strahlen verloren haben, das auf dem Foto noch von ihm ausging. Ich sag einfach nichts, schau den kleinen Wellen dabei zu, wie sie am Ufer lecken, wieder und wieder und wieder bis in alle Ewigkeit.

»Meine Schwester«, sagt er plötzlich. Die Stimme ist ihm ganz tief in die Kehle gerutscht. »Sie ist aufs Französische Gymnasium gegangen, in Tiergarten. Vielleicht kennen Sie das, der ganze Unterricht ist auf Französisch. Mein Vater hat ihr eine Sammlung französischer Märchen geschenkt. Manchmal hat sie mir vorgelesen. Ich musste gerade an *La Belle aux cheveux d'or* denken – die Schöne mit dem Goldhaar.«

Ich halt den Atem an. Sanders hat mehr als einen Satz gesagt! Jetzt bloß nichts versauen. »Und was passiert da?«, frag ich vorsichtig.

Stille. Geschnippel. Dann geschieht das Wunder. »Ein ... ein König schickt einen jungen Mann aus seinem Gefolge zu einer wunderschönen, blonden Prinzessin«, sagt Sanders. Seine Stimme, zuerst unsicher, tastet sich langsam vor. »Der Mann soll für den König um ihre Hand anhalten. Die Prinzessin stellt ihm jede Menge unmöglicher Aufgaben, die er mit links bewältigt. Und dann heiratet sie den König.«

»Oh, wie gemein! Sie hätte den Jungen heiraten sollen.«

»Leistung lohnt sich eben nicht.«

»Was macht deine Schwester jetzt?«, frag ich, obwohl ich die Antwort schon im Gefühl hab. Zu langsam hat er gesprochen, zu tief die Stimme.

»Sie ist lange tot«, sagt er. »Ein Unfall.«

»Oh. Sorry.« Ich schau auf den See hinaus. Keine Schwäne, keine springenden Forellen. Nur ein dunkelgrauer Tümpel, über den der Wind geht. Es gibt weiter nichts zu sagen. Ich sende ein paar warme tröstliche Schwingungen aus und hoffe, er spürt das.

Vorsichtig löst Sanders meine Haarspangen. »Schon gut«, sagt er. Atmet noch mal tief ein. Sortiert meine letzten Locken einen Moment zu lange. Berührt meinen Hals. Es knistert. Ich bin empfindlich am Hals. Wie diese Frauen in den Vampirromanen, die allein durch Küsse auf ihre prallvolle Halsarterie von multiplen Orgasmen geschüttelt werden. Ich lehn mich ein bisschen gegen ihn. Er zuckt zurück.

»Entschuldigung«, sagt er.

Irgendwie hatte ich erwartet, mich bei diesem Friseurtermin wie eine Schaufensterpuppe zu fühlen, die vor dem Dekorateur mit den Nadeln im Mund zittert. Aber seine Sanftheit macht, dass ich immer stärker werde, je mehr Haar fällt. Ich muss an die Notrutsche denken, an Harry Konig. Das Leben und ich, wir stehn in letzter Zeit auf Kriegsfuß. Ich hab nicht vor, auf Dauer das kürzere Streichholz zu ziehen.

»Wir machen das schon«, sag ich und glaub es wirklich, obwohl es dafür keinerlei Anlass gibt. Aber ich wachse an meinen Aufgaben, wie im Fall Harry Konig.

»Wir müssen Jäger finden«, murmelt Sanders. »Vielleicht könnten wir diese Susi beobachten?« Es ist dieses »Wir«, das mir Sicherheit gibt.

»Das kann Tage dauern, bis die sich mit Jäger trifft«, sag ich. Da kommt mir die Idee: Notrutsche. Harry Konig. Joachim Jäger finden ist leicht. »Ich hab's!« Ich box mir triumphierend in den Handteller. Eine Haarsträhne klemmt in der Schere. »Autsch!«, quietsche ich.

Sofort lässt er die Schere los. »Oh Gott. Entschuldigung, ich ...«

»Nicht schlimm«, beruhige ich ihn. »Aber jetzt pass mal auf, ich sag dir, wie's läuft: Wir fragen einfach Harry Konig, wo Jäger wohnt.«

»Konig? Harry Konig, den Schauspieler?«, fragt Sanders ungläubig. »Den Alten, der für ›Kreuzbergsonate‹ den Oscar gekriegt hat? Was hat der mit Jäger zu tun?«

»Das muss sein Freund sein oder so.«

»Und das wissen Sie aus dem *Bunten Blatt*?«

Mir ist klar, dass ich nun meine ganze Pinkel-und-Notrutschen-Affäre gestehen muss. Also tu ich's. Wahrscheinlich kennt Sanders die Geschichte eh aus der Zeitung. »Ich musste das tun«, sag ich zum Schluss. »Pinkelt mir die ganzen Sitze voll, das Schwein. Und letzte Woche dann, als Jäger bei mir war wegen der Honigfalle, da hat er mir gedroht, er kann Harry Konig dazu bringen, mich auch noch wegen Körperverletzung dranzukriegen. Wenn die sich so gut kennen, sollte man doch davon ausgehen, dass Konig Jägers Adresse hat, oder?«

»Und woher wissen Sie, wo so jemand wie Harry Konig wohnt?«

»Am Thielpark in Dahlem. Das steht in meiner Klageschrift.« Ich dreh den Kopf und strahle ihn an.

Sanders hebt eine Augenbraue. »Na, sehen Sie. Kaum ist der Blondielook weg, schon kommen die grauen Zellen in Gang«, lobt er. Er tritt einen Schritt zurück. »Fertig.« Sanders reicht mir den Schminkspiegel aus meiner Kosmetiktasche.

Ich befühl meinen Kopf. Au weia. Es fühlt sich ganz leicht und schutzlos an. Mein Hals ist plötzlich zu lang. Und es zieht an den Ohren. »Ich brauch meinen Schal«, murmle ich.

Sanders streift seinen blauen Müllsack ab. Ich auch. Er packt alles akribisch zusammen, auch die Tüte mit den Haaren, und legt sie ins Auto. »Jetzt sehen Sie fast aus wie ein Mann«, sagt er.

»Du aber auch«, rutscht es mir vor Schreck raus. »So ganz ohne Müllsack.«

Es ist ein Reflex, mein Mund schneller als der Kopf. Aber Sanders sieht nicht nur aus wie ein Mann, er nimmt den Spruch auch wie ein Mann.

»Na, dann«, lächelt er. »Fahren wir, Partner.«

Schlechte Nachrichten

An Ostern liegen Leben und Tod nahe beieinander. Heiko Lorenzo steht auf und schließt seinen Schreibtisch ab. Er wird die Frau und seine Töchter abholen, seinen besten Anzug anziehen und mit der Familie zum Grab seines Bruders fahren. Im Schnee Grablichter aufstellen. Morgen dann traditionell Osterempfang bei seiner Mutter, mit Paloma di Pasque, Torta di Pasquetta und Milchlamm.

Da klingelt sein rotes Telefon. Mit einem unguten Gefühl hebt er ab.

»Boss.«

Der Oberbeck ruft über die sichere Leitung an. Seine Stimme klingt gepresst. Heiko Lorenzo spannt in Erwartung einer Hiobsbotschaft die Bauchmuskeln an, wirft in Gedanken den Osterplan bereits über den Haufen.

»Ich hab Neuigkeiten, Boss. Ist was durchgesickert, das dich interessieren dürfte. Die SpuSi hat im ›Las Meninas‹ Spuren von Klebestreifen an der Decke im Flur gefunden. Sie geht davon aus, dass da noch eine Kamera befestigt war.«

Lorenzo hält die Luft an. »Und wo ist das Scheißding?«, stößt er hervor.

»Wir haben es jedenfalls nicht. Und auf Martin Sanders' Laptop war auch kein Stream. Das heißt, wenn es wirklich noch eine

Kamera gab, dann eine mit eingebautem Speicherchip. Wer sie hat, hat auch den Film. Und da drauf dürfte unser Mann sowohl von hinten als auch von vorne zu sehen sein.«

Lorenzos Hände und Füße werden kalt. »Sanders hat die Kamera. Niemand anderes wusste davon.«

»Seh ich auch so, Boss. Deine Entscheidung?«

Lorenzo hört im Hintergrund, wie eine Pumpgun durchgeladen wird. Dann ist es still. Heiko Lorenzo ist ein geduldiger Mensch, ein Genießer. Sein Plan war, sein Leben lang in süffigem Selbstmitleid zu baden. Mit Sanders zu spielen wie der FC Bayern mit dem Rest der Liga. Ein Sonnenstrahl fällt auf seinen Schreibtisch, direkt auf ein Familienfoto. Er sieht den Staubkörnchen zu, die vor dem Bild in der Sonne tanzen. Es ist ein altes Foto, geschossen auf einer Weihnachtsfeier, sein jüngster Bruder Rocco ist noch mit drauf, steht in der ersten Reihe neben Toni, dabei ist Rocco jetzt schon über fünf Jahre tot.

Lorenzo denkt an Roccos Tod. Damals hat er den Namen Martin Sanders zum ersten Mal gehört. Und Gott sei Dank, jetzt, zu Ostern, ist Lorenzos Frau wieder schwanger. Diesmal wird es ein Junge, endlich, nach drei Mädchen. Lorenzo wird ihn Rocco nennen, nach seinem Bruder. Morgen wird er es seiner Mutter sagen. Sie wird außer sich sein vor Freude. Und noch etwas wird er ihr schenken. Er wird seinen Plan, Sanders noch vierzig, fünzig Jahre leiden zu lassen, ändern. Sanders hat sein Leben verwirkt.

»Findet Sanders, bevor die Polizei ihn erwischt«, befiehlt Lorenzo. »Nehmt ihm die Kamera ab. Dann ruf mich an. Er gehört mir.«

»Gutes Timing, Boss.« Der Oberbeck grinst, Lorenzo hört es an seiner Stimme. »Niemand wird Sanders vermissen. Die Bullen werden denken, er hat sich abgesetzt.«

»Du weißt, was du zu tun hast?«

»Das wird ein scheißkaltes Ostern, Boss.« Der Oberbeck kichert. »Falls Sanders überhaupt noch 'ne Chance hat, dann ist es die beschissene Auferstehung, falls du verstehst, was ich meine.«

Ostermenü

Der Tisch in dem modernen, schlichten Esszimmer ist mit Weidenkätzchen und Märzenbechern dekoriert. LKA-6-Chef Hannes Neuhaus küsst seine Frau und entschuldigt sich dafür, dass er heute Morgen noch in den Dienst musste. Ein Mord an einer Politikerin, Silke würde es nachher in den Nachrichten sehen.

Seine Frau bedauert ihn, nimmt ihm die Jacke ab und serviert die Vorspeise: Saiblingcarpaccio mit Portulaksalat, dazu einen leichten Weißwein. Silke ist eine hervorragende Köchin. Der Fisch zergeht Neuhaus auf der Zunge und lässt ihn alle Morde vergessen. Er versinkt in den Augen seiner Frau. Seit drei Jahren sind sie verheiratet und er wird jeden Tag glücklicher. Er liebt den schönen Bungalow, dessen Inneneinrichtung Silke ausgesucht hat. Auch den Garten hat sie gestaltet, mit Hortensien und Hibiskushecken. Ihre Augen strahlen, wenn er sich freut.

Silke trägt Kalbsmedaillons mit Möhrchenstreifen und Sauce béarnaise auf. Seit er verheiratet ist, hat Hannes Neuhaus fünf Kilo zugelegt. Man sieht es nicht sehr, denn er ist ein hagerer Typ, der gerne Sport treibt. Seine Sportkameraden aus dem Kanuverein sagen, die Liebe steht ihm gut.

Bei Kaffee und Apfelpancakes mit Ahornsirup fällt Neuhaus etwas auf. »Warum hast du gar keinen Weißwein getrunken, Schatz?«, fragt er.

Silke strahlt. »Ich muss dir was sagen, Hannes.«

»Ja?« Eine Ahnung fliegt ihn an, warm und leicht wie die ersehnte Frühlingsbrise.

»Ich war bei Doktor Gruber.« Silke steht auf, kommt um den Tisch herum und legt ihm die Arme um die Schultern. »Ich bin schwanger, Liebling! Im zweiten Monat! Wir bekommen ein Kind!«

Neuhaus ist außer sich vor Freude. Er küsst und umarmt seine Frau. Sie lachen und necken sich wie die Teenager und tanzen durchs ganze Haus.

»Dein Büro wird in eine Ecke des Esszimmers umziehen müssen«, lacht Silke. Neuhaus ist das egal. Aber das Wort Arbeit bringt ihn wieder zurück zu etwas anderem, dass er Silke unbedingt erzählen muss, bevor sie es aus der Abendschau erfährt.

»Der Fall heute Morgen«, sagt er, den Arm noch um die Hüfte seiner Frau gelegt. »Dein Ex ist darin verwickelt. Wir suchen ihn als Tatverdächtigen.«

Silke erstarrt. »Martin? Aber wie …?«

Neuhaus schüttelt den Kopf. »Keine Ahnung. Wir kennen ihn beide lange genug. Ich war immer fair zu ihm, aber manchmal geht er einfach den entscheidenden Schritt zu weit.«

»Martin ist kein Mörder«, sagt Silke bestimmt und schaut über die Terrasse in den Hibiskus. »Das würde ich niemals glauben. Er war immer ein ruhiger Typ und du weißt, wie er sich verändert hat. Ich glaub, ehrlich gesagt, nicht mal, dass er heute noch genug Energie hat, um gegen irgendein Gesetz zu verstoßen.«

»Hier geht es leider nicht darum, was wir glauben oder nicht.« Neuhaus seufzt und küsst Silke aufs Haar. »Die Indizien sprechen gegen ihn. Es wurde mit einer neun Millimeter SIG Sauer geschossen, wie sie auf ihn registriert ist. Und er ist von so vielen Zeugen gesehen worden, dass er da nicht mehr rauskommt.«

»Martin erschießt keine Frau.« Silke ist so blass, dass Neuhaus zum ersten Mal in all den Jahren eifersüchtig wird. Er zuckt hilflos mit den Schultern.

»Vielleicht brauchte er Geld, Silke? Du weißt ja, dass die Unterbringung seiner Mutter ein Vermögen kostet. Jedenfalls haben der oder die Täter in dem Penthouse der Politikerin sämtlichen Schmuck und Bargeld mitgehen lassen. Darunter auch eine goldene Uhr, die Julia Steinberg auf sämtlichen Überwachungsvideos des Bundesfinanzministeriums trägt. Offenbar ihr Lieblingsstück.«

»Das sieht Martin alles nicht ähnlich«, zweifelt Silke.

»Warten wir's ab, Schatz. Ich wollte nur nicht, dass du es aus der Zeitung erfährst.«

Silke verdrückt eine Träne. »Versprich mir eins«, schluchzt sie.

»Alles«, schwört Neuhaus.

»Wir unterstützen unser Kind bei jedem Berufswunsch, den es mal haben sollte. Nur Polizist wird es nicht. Niemals.«

»Natürlich nicht, Schatz«, sagt der Leiter des LKA 6. Das mit den Hormonen fängt ja schon ganz schön früh an, denkt er bei sich.

Stand by Your Man

Sanders schweigt. Der Wagen pflügt durch den Schneematsch auf der Bundesstraße 1, nach Westen, nach Dahlem. Das Heizungsgebläse läuft auf höchsten Touren. Ich nehm den Schal ab. Meine neue Frisur ist cool: oben etwas länger, unten raspelkurz, mit asymmetrischem Scheitel. Ich gefall mir, bin ein ganz neuer Typ: classy, hardboiled und so Fifties, dass meine Wimpern sich plötzlich wie von selbst dramatisch heben und senken wie ein Theatervorhang.

»Wenn dir mal keiner mehr 'nen Job gibt«, sag ich anerkennend zu Sanders, »kannst du immer noch mein Stylist werden.«

Er verpasst mir einen Seitenblick, so leer wie eine Landstraße in Brandenburg. Als Gegenzauber klapp ich den Schminkspiegel runter. Ich mal mir einen knallroten Mund. Dazu wären Rehaugen toll, aber weil's keine weißäugigen Rehe gibt, bekommt der Look meine persönliche Huskynote. Nicht mal meine Mutter würd mich jetzt noch erkennen.

Der Thielpark in Dahlem ist eine ruhige Gegend. Jede Menge verschneite Gärten und reetgedeckte Villen. Nur eine einzige akzeptable Kneipe, »Zum schwarzen Grund«, zwei Hausnummern neben Harry Konigs Adresse.

»Konig säuft«, sag ich. »Ich wette, in der Kneipe ist er Stammgast.«

Sanders parkt. Und richtig, kaum ist der Motor aus, da kommt Konig auch schon durch den Vorgarten, mit Pudelmütze und Trainingshose auf dem Weg zum verspäteten Osterfrühschoppen.

»Lass mich mal machen«, sag ich zu Sanders und bevor er protestieren kann, steig ich aus und steure den »Schwarzen Grund« an.

Schauspieler sind die sagenhafteste Erfindung aller Zeiten, aber ich kann keinem empfehlen, sich näher mit ihnen einzulassen. Sie werden affig, sobald sie alt werden oder ihrem Ego nicht genug geopfert wird, besonders die Männer. Erfolglose Schauspieler sind beim Begleitservice eher selten Kunden, schon wegen der Kosten, und daher Neuland für mich. Dirty old men hingegen sind meine Spezialität.

Harry Konig ist ein Typ um die sechzig, bullige Statur, mit einem Gesicht wie ein aufgekochter Griespudding. Er steht an der Theke und kippt einen Scotch. Scotch, nicht Bier wie damals im Flieger. Ich hab mich total unter Kontrolle. Die beste Retourkutsche ist, wenn er mir jetzt auf den Leim geht. Ich stell mich also so unbeteiligt wie möglich dazu und zieh meine Jacke aus. Konigs Augenbrauen sind buschiger als bei Papa Cartwright aus »Bonanza«, seine Augen erinnern an Aal in Aspik: tot, sämig, ohne jedes Feuer.

»Guter Osterdrink«, sag ich zu ihm und zum Barkeeper: »Für die Lady dasselbe.«

Hinter mir geht die Tür wieder auf. Sanders setzt sich an einen Tisch in der Ecke und bestellt einen Kaffee. Erinnert mich an unseren Abend im »Las Meninas«.

Also mach ich ein bisschen Konversation. »Kultur ist ja nicht so meins«, sag ich. »Wie läuft's denn im Schmierentheater-Business so zur Zeit?«

»Hör mal, Frollein«, sagt Konig. »Keine Ahnung, was du von mir willst.«

Ich lass die Katze aus dem Sack. »Joachim Jäger sagt, du bist 'n Freund.«

»Jäger? Na ja. Wenn Jäger das sagt. Ich kann mich jedenfalls nicht beklagen. Hab ja jetzt 'nen Oscar. Dit is 'n Ritterschlag.« Konig sieht ungefähr so rittermäßig aus wie ein eingewachsener Zehennagel.

»Du?«, lach ich. »Einen Oscar? In LA, so mit rotem Teppich und ›Ich danke Gott und meiner Mama‹?«

»Für die ›Kreuzbergsonate‹«, sagt er und prostet mir zu.

»›Kreuzersonate‹?«, flüster ich, als sei's mir peinlich. »Worum ging's da noch mal?

»Zigaretten«, sagt Konig, »Bier trinken. Pferde. Frauen.«

Okay, das klang für mich nach einem ganz normalen Tag in East Hollywood. »Inspirierend. Was noch?«

»Onanieren«, sagt er. »Beethovens Dritte. Whisky trinken. Und dass die Miete fällig ist.«

Cool. Vielleicht holt Berlin tatsächlich auf, wie Jäger meint. »Ist das autobiografisch?«

Konig glotzt erst verwirrt, dann bröckelt der poröse Sandstein seines Gesichts zu einem schweren, betrunkenen Grinsen. »Das meiste.« Er zündet sich eine Pall Mall an, ascht in die Zigarettenschachtel. »Ich kann nicht immer nur drehen, weisu. Muss den Tag irgendwie rumkriegen. Ich füll die Pausen mit Scotch, Bier und Frauen. Mit Frauen hab ich Pech, also konzentrier ich mich aufs Trinken. Aber heute hab ich ja einen prächtigen Osterhasen an der Angel.« Er tätschelt mir den Heckspoiler.

Drei Scotch später sag ich: »Ich bin neu in der Stadt und such noch 'n Job. Ich hab mal in Brüssel mit Joachim Jäger gefeiert. Er sagt, er könnte mir hier 'nen Einstieg verschaffen.«

»Jäger?« Konig lacht lautlos, Brust und Tränensäcke beben. »Hat nicht viel Glück gehabt in letzter Zeit, der alte Schwanzlutscher. Da bist du bei mir an der besseren Adresse.«

»Muss ein Wahnsinnstrip sein, dieses Schauspielern«, sag ich und beginn rein dienstlich, meinen Spann an seiner Wade zu reiben.

»Nur Trinken ist besser als Schauspielern«, sagt Konig.

Sanders steht auf und geht zur Jukebox, drückt ein paar Tasten. Dann singt Dolly Parton »Stand by Your Man«.

»Tanzt du?«, frag ich und kleb meinen Kaugummi auf die Theke.

Konig schüttelt den Kopf. »Frauen denken immer, wenn einer gut tanzt, ist er auch gut im Bett«, lamentiert er. »Frauen sehen eine Beziehung zwischen Tanzen und Sex.«

»Nur tanzen«, sag ich und rutsch vom Barhocker.

Konig kippt seinen Scotch auf ex.

Ich reib mich ein bisschen an ihm und zeig ihm die wahre Bedeutung von »Stand by Your Man«.

»Ich liebe tanzen«, stellt Konig überrascht fest, nachdem wir ein paar Runden gedreht haben. Und siehe da, beim Infight merk ich, er ist nicht zu besoffen für das Geheimnis von Dollys Erfolg. Er will meine Telefonnummer.

»Kannst mich dann über Jäger buchen«, versprech ich dem alten Schmierenkomödiaten.

Also kramt Konig Jägers Visitenkarte aus seiner Brieftasche, drängt sie mir förmlich auf. Männer sind halt anhänglich. Oscarprämiert oder nicht, sobald die Nabelschnur durchgeschnitten ist, hängen sie sich an irgendwas anderes.

Bauchgefühl

Der Hiker macht Vieles gerne selbst. Schulden bezahlen, zum Beispiel. Er steht nicht gern bei jemandem in der Schuld. Vor der österlichen Familienfeier macht er noch einen Besuch bei Mike Eisfeld. Er will ihn bezahlen für das Blut, das er genommen hat. Und sie müssen die Waffen zurücktauschen.

Eisfeld wohnt in der Knesebeckstraße, einer schönen Ecke von Charlottenburg. Hier in der Innenstadt bleibt der Schnee nicht liegen. Der Hiker zieht die Handschuhe aus und bockt sein Bike auf. Er gehört nicht zur Supersportlerwinterfahrerfraktion, aber die schwere Maschine erfordert bei der Witterung volle Konzentration. Einmal zu viel Gas gegeben und das Hinterrad geht weg. Das lässt sich noch beherrschen, aber wenn das Vorderrad blockiert, kippt die Maschine sofort zur Seite. Als alter Hase hat der Hiker die Verkleidung abgeschraubt, das kommt ihn im Winter günstiger, wenn er sich doch mal langlegt.

Als er gerade seinen Winterhelm absetzen will, kommt Mike Eisfeld mit einem großen Blumenstrauß um die Ecke gehinkt. Einer Eingebung folgend, drückt sich Heiko Lorenzo in den Hauseingang und lässt Eisfeld passieren. Dann heftet er sich an seine Fersen.

Eisfeld klingelt und verschwindet in einem großbürgerlichen Altbau. Der Hiker knackt die robuste Jahrhundertwende-Haustür mit seinem Springermesser.

»Frohe Ostern! Oh, wie schön!«, schallt die Stimme einer Frau durch den Hausflur. »Für mich? Das wär doch nicht … aber komm doch rein, Mikey. Was macht dein Bein? Ein Kaffee? Ich hab auch Kuchen.«

Eine Tür fällt ins Schloss, nahebei, gleich um die Ecke, eine Tür im Hochparterre.

Lorenzo liest das Klingelschild: Christel Eisfeld. Mikes Tante. Wohl nur ein unspannender österlicher Verwandtenbesuch. Aber der Hiker erinnert sich, dass Christel Eisfeld auch beim LKA arbeitet. Computerspezialistin. Und mit Sanders befreundet. Er fragt sich, ob sie Kontakt gehalten hat, nachdem Sanders ausgeschieden ist. Na gut. Ein Kaffee, das kann nicht lange dauern. Der Hiker wird warten und Eisfeld danach abpassen.

Er stellt sein Telefon lautlos, öffnet die Tür zum Hof, sieht sich um.

Es ist ein typischer Berliner Hinterhof. Vorderhaus, Hinterhaus, zwei Seitenflügel. Im Hof sind ein paar Autostellplätze, ansonsten alles voller Schneematsch und blattloser Bäume. Die Balkone der Wohnungen gehen auf den Hof hinaus.

»Ich hatte Osterglocken in den Blumenkästen«, sagt plötzlich Christel Eisfelds Stimme neben ihm. »Aber das kannst du bei dem Wetter natürlich vergessen.«

Lorenzo zuckt zusammen, drückt sich in den Buchs.

»In den Außenbezirken ist der Schnee liegengeblieben«, antwortet Mike Eisfeld. Sie stehen auf dem Balkon der Hochparterrewohnung, etwa einen Meter über dem Hiker, nur durch die Balustrade von ihm getrennt.

»Hey«, sagt Mike Eisfeld. »Dein Stellplatz ist ja leer! Ist dein Auto kaputt?«

»Ja. Leider.«

»Wo ist es denn? Kann ich mir doch mal ansehen. Meist ist das ja bloß eine Kleinigkeit. Dein goldener Astra überlebt uns noch alle.«

»Ja.« Spannungsgeladenes Schweigen. Dann bagatellisiert die Tante: »Bei Gelegenheit vielleicht mal. Aber jetzt erzähl doch mal: Was sagt der Arzt zu deinem Bein?«

»Aber das können wir doch gleich machen.« Mike Eisfeld bleibt beim Thema. »Ich bin noch krankgeschrieben. Und du brauchst dein Auto.«

Christel Eisfeld seufzt, gibt auf. »Ich hab mein Auto verborgt, Mike«, sagt sie.

»Verborgt? An wen denn?«

»An eine Freundin. Ist nicht so ganz … okay.«

»Okay?«

»Legal, meine ich. Sie hat einen Blumenladen und ihr einziger Mitarbeiter ist schon seit Wochen krankgeschrieben. Sie glaubt, dass er nur krankfeiert, und will ihn beobachten, Fotos machen und so. Dazu kann sie natürlich nicht mit ihrem eigenen Wagen vorfahren. Den kennt ihr Mitarbeiter ja.«

»Weiß nicht, ob das eine gute Idee ist, Tante Christel. Deine Freundin ist doch Partei in einem eventuellen Kündigungsschutzprozess. Wenn sie die Fotos selbst macht, ist das nicht gerichtsfest. Da müsste sie wohl einen Privatdetektiv engagieren.«

»Ach so?« Christel Eisfeld klingt eine Idee zu erstaunt, eine Idee zu erfreut. »Na, da ruf ich nachher gleich an und sag ihr das. Danke für den Hinweis, Mikey. Jetzt wird mir aber doch kalt. Komm, wir gehen rein. Noch ein Stück Kranzkuchen?«

Etwas stimmt nicht. Warum hat die Tante gelogen? Der Hiker wäre nicht der Hiker, wenn er nicht auf sein Bauchgefühl hören würde. Christel Eisfeld hat den Ruf, keine Fehler zu machen. Auch nicht im Privaten.

Der Hiker schleicht sich rückwärts aus dem Hausflur. Auf der Straße ruft er vom Prepaid Oberbeck in der Zentrale von Lorenz Secur an. »Ich weiß jetzt, wonach wir suchen«, sagt er. »Besorg dir mal 'ne Kennzeichenabfrage. Ein goldfarbener Astra, Halter Christel Eisfeld. Wenn wir die Karre finden, haben wir Sanders.«

»›Stand by Your Man‹, ja?« Die Vale wirft sich kichernd auf den Beifahrersitz. Hält ihm triumphierend Jägers Visitenkarte unter die Nase. »Wilhelmstraße! Und siehste, er hat mich nicht erkannt!«

Konig hat offenbar wirklich den Großteil seines Verstandes versoffen, wenn er sich nicht mehr an die Protagonistin von Pinkelgate erinnert. Sanders startet den Wagen, fährt nur um die Ecke und parkt wieder. Er braucht noch ein paar Informationen, bevor er Jäger konfrontiert.

»Geben Sie mir Ihren Laptop«, sagt er. »Wir feiern erst, wenn wir etwas zu feiern haben.«

Die Vale schüttelt den Kopf. »Isst du eigentlich nie was? Ich brauch was zu essen. Picknickkorb gegen Laptop.« Sie hat eine ziemliche Fahne.

Sanders schiebt ihr den Picknickkorb rüber. Der Laptop fährt hoch.

»Passwort?«

»Charles.«

»Der Ex? Oder Bukowski?« Sanders weiß selbst nicht, warum er das fragt.

Die Antwort überrascht ihn: »Mein Vater. Charles Vale.«

Der Bildschirmhintergrund ist ein Foto vom Hafen vor Manhattan, im Vordergrund Liberty Island und hinter der Freiheitsstatue nähert sich eine gewaltige Windhose, wie in einem Katastrophenfilm von Ronald Emmerich.

»Hurrican Sandy«, kichert die Vale und beißt in ein pappiges Brötchen. Von dem Geruch nach ranziger Butter zieht sich Sanders' Magen zusammen. Er muss sich konzentrieren, damit dieser Fall nicht damit endet, dass auch seine Freiheit vom Hurrikan verweht wird.

Seine Finger fliegen über die Tastatur. Windows 8, er fühlt sich zu Hause. Ein leiser Signalton, das Fenster mit den Netzwerkverbindungen öffnet sich und zeigt ein paar aktive WLANs in der Umgebung. Sanders will das Fenster gerade wegklicken, als ihm etwas auffällt: ein Bluetooth-Gerät wird angezeigt, meldet sich mit OBDII. Das stärkste Signal von allen.

»Haben Sie hier noch irgendein Gerät an?«, fragt er die Vale. Seine Stimme klingt vor Schreck ganz streng.

»Nee. War ja verboten«, mault sie.

»Vielleicht einen USB-Stick mit Bluetooth-Adapter?«

»Sorry.« Die Vale schließt die Augen. »Mit so was kenn ich mich gar nicht aus.«

Sanders schiebt das Problem beiseite. Er baut den USB-Stick aus der Flur-Videokamera aus. Zwei, drei Klicks, ein Download, der Mediaplayer lädt, dann öffnet sich der Film in einem eigenen Fenster. 0.00 Uhr. Der leere Hotelflur des »Las Meninas«. Sanders schiebt den Regler auf der Zeitleiste nach rechts. 2.15 Uhr. Immer noch nichts als ein leerer Flur. 2.30 Uhr. Plötzlich ist da was an der Fluchttür: der Schatten eines Mannes. Er fummelt im Zeitraffer am Panikschloss. Eine halbe Stunde später: Der Schatten drückt die Tür auf. Er steht aufrecht, ein Bär von einem Mann, der kaum durch die Tür passt. Er manipuliert an der Tür zu Zimmer acht, dann zieht er die Net Gun, dringt in die sieben ein. Eine Staubwolke quillt durch die Türöffnung. Sekunden später stürzt der Mann zurück auf den Flur, rennt unter der Kamera durch. Etwas ist mit seinem Gang, er läuft unrund, kann vor Kraft kaum noch laufen oder so. Die Kamera schwenkt hinterher, der Rucksack des Mannes ist deutlich praller gefüllt als zuvor. Der Bär verschwindet über die Feuertreppe. Eine Minute vergeht. Dann sieht sich Sanders selbst aus dem Zimmer taumeln. Er stößt ein paar Männer die Hoteltreppe hinunter, gar nicht nett war das, dann visiert er die Kamera an, holt mit seinem Rucksack aus, schlägt danach. Das Bild wird schwarz.

»Na, das ist es doch«, freut sich die Vale. »Da sieht man doch deutlich, dass du's nicht warst. Wenn die Bullen das kriegen, bist du raus aus der Sache, oder?«

Sanders atmet tief durch. Schön. Ein erster Schritt. Aber nicht zu früh freuen, erst noch eine Arbeitshypothese checken. Er holt den Spot aus dem Rucksack, das kleine Gerät, das den Laptop mit dem Satelliten koppelt, und schließt ihn an. Der Spot verbindet sich über Bluetooth mit seinem Smartphone und schon ist Sanders im Internet.

Joachim Jäger, tippt er in die Suchmaschine. Als Topranking zeigt sich die Seite von Jägers Firma, Jäger Consult. Firmenmotto: If you want to know how the world works, this is the place to start. Die Seite kennt Sanders schon. Ihm fällt auf, dass Jäger unmittelbar neben seiner Firma wohnt. Dann schaut er sich noch ein bisschen auf www.lobbywatch.de (»Dem Lobbyismus Grenzen setzen«) um. Sanders lädt sich den Lobbybericht 2012 herunter. Jäger Consult kommt nicht gut weg. Statt auf Transparenz legt Jäger Wert auf verdeckten Einfluss. Das Onlinelexikon Lobbylex listet Jägers Kunden auf. Der wichtigste ist eine Softwarefirma namens MGF, Managing Global Finance.

Sanders reibt sich die Augen, schickt MGF durch alle Suchmaschinen, lädt Zeitungsartikel und Internetseiten herunter. Ein Bild formt sich in seinem Kopf. MGF, ein Systemanbieter für die Finanzabwicklungen von Regierungen weltweit, ist in Schwierigkeiten. Man schiebt das auf die Eurokrise, hat sich Wirtschaftsberater ins Haus geholt, Abteilungen aufgelöst, ringt um Sanierung. An der Spitze des Unternehmens eine Frau Mitte vierzig mit messerscharfer Bügelfalte und Botoxstirn: Viktoria Jung.

Sanders vergrößert sich ihr Bild.

Frau Jungs Stirn ist hoch und glatt, ihr Gesicht makellos, es hat etwas maskenhaft Teuflisches. Die gezupften Augenbrauen sitzen über ihren Eisaugen wie ein französischer Akzent. Jung trägt die blonden Haare aus der Stirn, zu einem hohen Pferdeschwanz gebunden. Fast erwartet Sanders, dass sich in ihren Geheimratsecken kleine Hörner zeigen. Er fühlt sich wie hypnotisiert von dem Abyss in den Augen dieser Frau. Okay. Jetzt muss er doch etwas essen. Er nimmt sich einen Apfel. Der Apfel ist eiskalt.

»Wer ist das?«, murmelt Liberty Vale.

»Was glauben Sie?«, fragt er. »Intuitiv.«

»Jemand, der über Leichen geht?«

Sanders nickt. »Die Chefin der Firma, für die Jäger arbeitet. Die haben Probleme, eine Massenentlassung steht an, über fünfzig Leute müssen gehen.«

»Das sind fünfzig Leute, die die Tante da wirklich hassen, was? Oh, oh. Das gibt schlechte Presse. Meinst du, das hängt mit dem Mord zusammen?«

Sanders hat keine Ahnung. Er lässt den Film aus der Flurkamera noch mal ablaufen. Stoppt das Bild. Zoomt auf den Gürtel des Mannes. Auf die Sturmhaube, die Schuhe, den Rucksack, die Net Gun. Das alles ist ihm so verdammt vertraut.

»Den Film kannst du doch einfach als E-Mail an diesen Kommissar Flohr schicken«, schlägt Liberty Vale vor. »Von dem hab ich noch die Karte.«

Sanders schüttelt den Kopf. »So einfach ist es leider nicht«, sagt er langsam.

»Warum nicht?«

»Der Typ auf dem Film. Wie er sich bewegt. Und seine ganze Ausrüstung.«

»Was ist damit?«

»Ich weiß, es klingt absurd. Aber was der anhat, das ist eine original SEK-Einsatzmontur. Der Killer ist Polizist. Keine Ahnung, was hier läuft. Aber zur Polizei können wir damit auf gar keinen Fall.«

Liberty Vale schaut auf Julia Steinbergs goldene Uhr an ihrem Handgelenk. Kurz nach drei.

»Und jetzt?«, fragt sie. »Du bist ja schon wieder ganz blass. Doch Ecuador?«

Sanders schüttelt den Kopf. Sein Blick irrlichtert durch den Thielpark auf der Suche nach einem System, einem Muster. Er kann immer das Muster erkennen. Das ist seine Stärke. Er weiß, das Muster ist da. Aber der Groschen fällt nicht. Noch nicht.

»Hauen wir erst mal hier ab«, sagt er. Dann kappt er die Internetverbindung und schiebt der Vale den Laptop rüber. Er steigt aus und wirft den Apfelgriebsch in den Mülleimer an der Straßenecke. Seine Knie schmerzen vom langen Sitzen. Hände und Füße sind gefühllos vor Kälte. Er startet den Wagen, dankbar für die Heizung. »Wir müssen in Bewegung bleiben«, sagt er. »Wir tun das, was keiner von uns erwartet. Also schauen wir uns diese Firma MGF aus der Nähe an.«

Maulwurf

Hannes Neuhaus summt vor Glück. Das Leben ist perfekt – er liebt seine Frau, sein Haus, seinen Job. Und jetzt das Kind. Es ist ein knallkalter Nachmittag und Hannes telefoniert im Wintergarten mit seiner Mutter in Hamburg. In den Ecken der Fenster wachsen Eisblumen. Der Rasen vor der Terrasse ist weiß. Trotzdem fühlt Neuhaus den Frühling in der Luft. Das Wetter muss, es wird umschlagen. Besser werden. Wie sein Leben.

Seine alte Dame ist außer sich vor Stolz, sie wird Oma, gleich Dienstag wird sie ein Sparbuch eröffnen für das Kleine. Neuhaus hingegen überlegt, ob er Tagebuch schreiben soll, ein schönes Geschenk zum achtzehnten Geburtstag wäre das. Er besteht darauf, ein Foto von Silkes Bauch zu machen. Noch ist absolut nichts von einer Schwangerschaft zu sehen. Nur die gezackte Narbe in ihrer Bikinifalte wirkt etwas röter als sonst. Vielleicht von der Aufregung. Er wirft Sanders nichts vor, aber die Narbe lässt Neuhaus wieder an den Ex-Mann seiner Frau denken. Sanders hat auch eine Mutter und diese Mutter sitzt seit fast dreißig Jahren in der geschlossenen Psychiatrie, irgendwo am Wannsee. Sanders besucht sie alle vierzehn Tage, das weiß er von Silke. Neuhaus fragt sich, was die beiden reden, wenn er seine Mutter besucht. In einer Anstalt erlebt man doch nichts. Und Sanders ist nicht gerade als Plaudertasche bekannt. Immerhin ist er die Zuverlässigkeit in Person, das muss Neuhaus ihm lassen. Eine Eigenschaft, die er auch als Beamter immer an ihm geschätzt hat.

Als Neuhaus gerade das Foto von Silkes Bauch an seine Mutter simst, sieht er einen Mann am Gartentor stehen. Der Mann trägt einen gelben Trenchcoat. Er grüßt und winkt ihn zu sich heraus. Die Zeugen Jehovas oder so, denkt Neuhaus. Er zieht seine Stiefel über und geht nach draußen, um den Mann abzuwimmeln.

»Herr Neuhaus?« Der Mann gibt ihm die Hand. Eine Glatze wie Kojak und der gelbe Mantel wirkt wie der Lolli. »Mein Name ist Joachim Jäger, Jäger Consult«, stellt er sich vor.

»Herr Jäger.« Neuhaus weiß sofort, wen er da vor sich hat. »Was verschafft mir die Ehre bei dem Wetter und noch dazu am Ostersonntag?«

Jäger lächelt. »Heute Vormittag hatte ich das Vergnügen, zwei Ihrer Kollegen kennenlernen zu dürfen.«

»Sie wollen sich beschweren?«

»Oh, nein. Alle haben sich korrekt verhalten.«

»Dann wollen Sie mir nur ein frohes Fest wünschen?«

»Wissen Sie, ich bin kein Beamter wie Sie. Trotzdem bin ich privat versichert. Ich mag das einfach, diese ganze Chefarztbehandlung und alles. Ich finde, man sollte alles im Leben mit einem Gespräch auf Augenhöhe regeln.«

»Nicht mit den Lakaien? Verstehe ich Sie richtig?«

»Man hat einen anderen Gestaltungsspielraum. Mein Job macht so mehr Spaß.«

»Was wollen Sie, Jäger?« Neuhaus hat ein ganz schlechtes Gefühl. Sein Nacken wird kalt. Er schiebt die Hände in die Hosentasche.

»Haben Sie schon einen ersten Fahndungserfolg bei Ihrer Suche nach Martin Sanders und Liberty Vale?« Jägers Glatze ist so blank, das sich die Schneewolken darin spiegeln.

»Sie glauben nicht, dass ich das Ihnen oder irgendjemand anderem Externen erzählen würde, oder?«, faucht Neuhaus ihn an. Wofür hält sich der Mensch eigentlich? »Leute wie Sie erfahren so etwas aus der Abendschau.«

Jäger hebt die Hände. »Ich bin ein guter Staatsbürger, Herr Neuhaus«, säuselt er. »Ich würde Ihnen gern helfen. Aber das ist nicht leicht, dafür brauche ich einfach etwas im Gegenzug. Ihr Wort gegen meines. Und wenn mein Wort nicht reicht, dann finden wir etwas, das Sie überzeugt.«

»Ganz schön direkt, Herr Jäger.« Neuhaus hätte nicht gedacht, dass er mal an seinem Gartentor einen Korruptionsversuch abwehren würde.

»Ich lehne mich hier weit aus dem Fenster«, fährt Jäger fort. »Ich will mir schließlich nicht meine beruflichen Möglichkeiten verbauen.«

»Ich weiß nicht. Meine Erfahrung ist: Jeder Gefallen rächt sich. Und wenn Sie etwas wissen, was Sie mir nicht sagen, kann ich Sie einbuchten lassen.«

»Das, was ich weiß, möchten Sie eigentlich gar nicht wissen.« Jäger beugt sich vertraulich vor. »Vor allem möchten Sie es nicht in der Zeitung lesen. *Berlin Post*, das wäre mein nächster Anruf.«

»Herr Jäger, wollen Sie das Landeskriminalamt erpressen? Zu Ostern?«

»Keineswegs. Helfen will ich.« Hohn glitzert in Jägers schmalen Augen. »Passen Sie auf: Sie haben einen Maulwurf bei Ihrem Verein. An kritischer Stelle.«

Neuhaus' Welt dreht frei. Überfriert. Schwankt. »Aber …?« Er gestikuliert ins Leere, läuft automatisch vor dem Gartentor im Kreis, als würde er in den Schneeresten versinken, sobald er stehen bleibt. Aber es hilft nicht. Er sieht den Staatsanwalt vor sich, die Kollegen, zuletzt Silke, die Raten fürs Haus, das Kind, er braucht seinen Job. Aber auch Zögern hilft nicht. Nur eine Entscheidung hilft. »Na gut«, hört er sich sagen. »Ich werde mich persönlich dafür einsetzen, dass wir Sie aus den Ermittlungen so weit wie irgend möglich heraushalten. Aber Mord ist ein Offizialdelikt. Meine Möglichkeiten sind begrenzt.«

Jäger lacht. »Ihre Möglichkeiten werden sich gleich entscheidend verbessern. Habe ich Ihr Wort?«

Neuhaus nickt. Er sieht seiner Atemfahne hinterher, fühlt sich wie ein Dreckschwein. »Sie haben mein Wort.«

»Ich werde es einfordern«, droht Jäger. »Und denken Sie immer an die *Berlin Post.*«

»Meine Lage ist mir klar, Jäger. Und jetzt raus mit der Sprache.«

»Sie haben bei Ihren EDV-Experten eine Mitarbeiterin namens Christel Eisfeld. Frau Eisfeld und der gesuchte Herr Sanders haben immer gut zusammengearbeitet. Vielleicht sind sie sogar Freunde. In jedem Fall hat Frau Eisfeld Herrn Sanders ihr Auto zur Verfügung gestellt. Finden Sie das Auto und Sie finden Sanders.«

Hannes Neuhaus starrt den Mann im gelben Mantel an. Er kennt Christel Eisfeld seit zwanzig Jahren. Sie ist die Beste. Und ja. Sie war damals die Einzige, die an Sanders noch herankam. Es ist plausibel. Er will es nicht wahrhaben, aber logische Deduktion ist seine Stärke.

»Vergessen Sie mich nicht, Herr Neuhaus.« Joachim Jäger tippt sich an die Stirn. »Und weiterhin frohe Ostern!«

Jäger steigt in seinen Wagen und rauscht ab. Die Rücklichter des Wagens verschwimmen in sprühenden Schneematsch über der Straße. Neuhaus' Kopf ist so leicht und leer wie ein ausgeblasenes Ei. So fragil auch. Seine Hände zittern vor Kälte. Der Schock. Was, wenn die gottverdammte Interne davon Wind bekommt? Er muss handeln. Sofort.

The River

Die MGF-Konzernzentrale steht direkt am Spreeufer, ein viereckiger Klotz allein auf weiter Flur, hinter den bunten Mauerresten der East Side Gallery. Direkt gegenüber liegt das gigantische Raumschiff der O2 World kontextfrei im ehemaligen Mauerstreifen und leuchtet blau.

Sanders parkt den Wagen am Straßenrand neben der Dampferanlegestelle. Liberty Vale schläft. Sie schläft viel und in jeder Lage. Es gibt nur ein besseres Schlafmittel als einen Scotch am Nachmittag und das sind fünf Scotch am Nachmittag. Sie stinkt nach dem Fusel, aber immerhin schnarcht sie nicht. Ihr Kopf lehnt an der Scheibe. Sanders kann einen gewissen Stolz auf ihre neue Frisur nicht verleugnen. Liberty Vale sieht aus wie Andersens Schneekönigin. Cool, souverän. Mit Augen wie Spiegelscherben. Keine Spur mehr von Barbie. Ihr Hals ist lang und elegant, aber viel zu nackt. Bestimmt friert sie. Er schaltet die Standheizung ein, sucht nach dem Schal, findet ihn, legt ihn ihr über den Hals. Das Gefühl geht nicht weg. Er muss es sich eingestehen, er möchte diesen Hals berühren. Sanders denkt das, aber das ist das Undenkbare, und so denkt er gleichzeitig, dass sein Verstand offenbar endgültig zum Teufel ist. Willkommen auf der Metaebene.

Er fährt sich übers Gesicht. Es fühlt sich stoppelig und talgig an. Draußen kündigt eine LED-Wand an der O2 World für heute Abend ein Bruce-Springsteen-Konzert an. Früher hätte ihn so etwas interessiert. Vielleicht hätte er Karten gehabt. Vielleicht hätte er sie zum Geburtstag bekommen.

Sanders steigt aus, geht zum Wasser runter. Der Wind knallt ihm von der Spree her um die Ohren. Trotz seiner Eisbaderei von gestern fühlt er sich schmutzig. Drei Tage dasselbe Hemd. Die saubere Steifigkeit der Baumwolle, die er so liebt, ist weg. Der Stoff ist faltig und schmierig, klebt in den Achselhöhlen und am Revers. Er kann so nicht denken. Kein Wunder, dass ihm nicht einfallen will, wie die Dinge in diesem Fall zusammenhängen.

Er schaut zum MGF-Hochhaus hinüber. Es ist glatt und grau wie ein Hafenterminal. Was macht eine Firma mit fünfzig leeren Schreibtischen, an denen niemand mehr sitzt? Eine Zeile aus einem Springsteen-Song fällt ihm ein: Now I just act like I don't remember.

Er hat das Lied mal gemocht. Sanders kennt den Schmerz, eine Arbeit, die man liebt, nicht mehr tun zu dürfen. Er weiß, es kostet Kraft, so zu tun, als ob einem alles egal ist. Als ob man sich nicht erinnert. Wie seine Mutter.

Is a dream a lie if it doesn't come true or is it something worse?

Ein Traum kann keine Lüge sein, denkt Sanders. Träume sind ein Wert an sich. Komisch, dass Springsteen das nicht weiß. Aber was soll's. Springsteen ist ein alter Mann und muss nicht mehr träumen. Er macht genau den Job, den er immer machen wollte. Hat die Frau, die er immer wollte. Die Kinder, die er wollte. Den Boss nennen sie ihn. Der Boss soll einfach die Klappe halten.

Neben der Dampferanlegestelle findet Sanders eine Würstchenbude und eine City-Toilette. Seine Hände zittern vor Kälte, Hunger und Verlorenheit, als er sein Geld zählt. Er kauft sich eine halb mumifizierte Touristenbratwurst, zum ersten Mal im Leben. Die Wurst dampft, sie ist verkohlt, der Senf mehlig, das Brötchen aus chinesischem Fertigbackteig. Er schlingt alles herunter. Dann holt er sein Waschzeug. Die Vale schläft noch immer. Sanders legt die zweite Mumienwurst auf das Armaturenbrett. Durch den Dampf beschlägt die Frontscheibe.

Sanders steckt ein 50-Cent-Stück in die City-Toilette. Die Tür öffnet sich. Sanfte Musik, gebürsteter Edelstahl. Es ist geheizt und es riecht nicht mal schlecht. So schnell kann man also seine Vorstellungen von Luxus nach unten korrigieren. Er zieht sich aus, wäscht sich, so gut es eben geht. Auch der Spiegel ist aus poliertem Edelstahl. Der Drei-Tage-Bart steht ihm eigentlich nicht schlecht. Er teilt seinen Kopf in zwei Hälften: Die untere, verwegenere Hälfte lacht sogar manchmal.

Sanders überwindet sich, zwingt sich wieder in dasselbe Hemd, in dieselbe Hose. Grauenvoll. Zwanghaft putzt er sich die Zähne, bürstet sich das Trockenfleisch der Bratwurst aus den Zwischenräumen. Wie kann man ohne Zahnseide leben? Das Wasser im Handwaschbecken schmeckt nach Chlor.

Massenentlassungen sind anzeigepflichtig, denkt Sanders und schrubbt seine Backenzähne. Man müsste herausbekommen können, wer davon betroffen ist. Christel müsste das können. Er spuckt die Wurst-Schaum-Speichelbrühe in den Abfluss. Ein Anruf beim Arbeitsamt und Christel würde wissen, wer auf der Liste steht. Aber natürlich nicht am Ostersonntag. Oder Ostermontag.

Knickebein

Es wird langsam dunkel, als Neuhaus seinen Wagen im Hof des Präsidiums Keithstraße 30 parkt. Kaplan und Flohr warten schon auf ihn.

»Kaffee? Sind auch noch Ostereier da.«

Flohr schiebt ihm einen Teller Schokoladeneier vor die Brust. Mechanisch wickelt sich Neuhaus ein Ei aus. Mit Knickebein. Riecht wie Nuttenparfüm, schmeckt wie Hundeschokolade, gefüllt mit vergorener Milch und Spüli. Der rattige Kaffee nimmt den Geschmack zugunsten eines bitteren Films auf Zunge und Zähnen. Kein Wunder, dass nur wenige Kriminalbeamte den offiziellen Ruhestand im aktiven Dienst erreichten. Auch Neuhaus will wieder nach Hause. Er macht es kurz. »Wir haben einen Hinweis zu dem Wagen bekommen, den Sanders fährt. Überprüfen Sie, ob der Wagen von Christel Eisfeld vom LKA 6 an seinem Platz ist. Wenn nicht, schreiben Sie ihn zur Fahndung aus. Das war's eigentlich schon, meine Herren.«

»Einen Hinweis, ja?«

Kaplans bleiches Profil und seine schwarzen Haare lassen Neuhaus an einen untoten Grafen denken. Der untote Graf zündet sich trotz des Rauchverbots im Revier eine Zigarette an und streicht die fettigen Haare zurück. Kaplan ist ein guter Mann. Nur deshalb ignoriert Neuhaus diese Helmut-Schmidt-Nummer. Neuhaus glaubt zu wissen, was Kaplan denkt. Das macht ihm Angst. Ein völlig neues Gefühl.

»Christel Eisfeld? Eine Kollegin?«, fragt Kaplan.

Neuhaus nickt.

»Das heißt Strafvereitelung im Amt?«

»Ich möchte niemanden vorverurteilen«, weicht Neuhaus aus. »Eisfeld ist Chefsache.«

»Darf ich was vorschlagen?« Kaplan stößt den Zigarettenrauch durch seine Adlernase aus wie ein erhitztes Pferd im Novemberregen.

»Bitte.«

»Diese Verbindung Eisfeld–Sanders. Warum machen wir uns das nicht zunutze? Zur Rede stellen können Sie die Frau immer noch. Für den Moment könnten wir ihr eine Vierundzwanzig-Stunden-Überwachung verpassen, ihren Schreibtisch verwanzen und ihr Telefon abhören. Irgendwann nimmt sie mit Sanders Kontakt auf, dann haben wir ihn.«

»Das kann dauern«, sagt Flohr und schaut triefäugig. Sicherlich sieht er sich schon tagelang mit Fotoapparat und Richtmikrofon hinter der Kollegin herfahren.

»Was macht Sanders jetzt in diesem Moment?«, fragt Kaplan und gibt auch gleich selbst die Antwort: »Entweder, er ist unser Mann, dann ist er untergetaucht. Oder er hat's nicht getan. Dann ermittelt er. Er ist Polizist. Er weiß, wie's geht. Er will seine Unschuld beweisen.«

»Okay.« Neuhaus denkt nach. »Zum Ermitteln braucht er Informationen. Dazu braucht er die Eisfeld. Oder wir kürzen das ab. Wir könnten Frau Eisfeld motivieren, Sanders anzurufen.«

»Mit einer gezielten Indiskretion?« Kaplan verzieht das Gesicht.

»Da gibt's ein Problemchen, Chef.« Flohr malt mit dem Finger auf die Tischplatte vor sich. »Wir sind noch keinen Schritt weiter. Wüsste nicht, welches Geheimnis wir verraten könnten.«

»Dann bauen wir mit etwas Privatem Druck auf.« Neuhaus hat eine Idee. »Sanders' Mutter. Wie wär's, wenn wir durchsickern lassen, dass der Haftrichter ihre Entlassung aus der Geschlossenen prüft. Dann ist auch gleich damit zu rechnen, dass Sanders am Wannsee auftaucht. Egal, wo er jetzt ist.«

Kaplan nickt anerkennend. »Sie sind gut, Herr Neuhaus.«

Neuhaus schämt sich für das Lob. Er schämt sich eigentlich auch für die Falle für Sanders. Unfair ist das. Aber was sein muss, muss sein.

»Wir machen alle nur unseren Job«, sagt er. »Und jetzt gehen Sie nach Hause. Vielleicht finden Sie noch jemanden, der mit Ihnen Eier sucht. Ohne Knickebein.«

Schmitt & Müller

Am Spreeufer liegt das MGF-Konzernhochhaus im Dunkeln, nur zwei Fenster sind noch erleuchtet. Auch der Parkplatz davor ist leer bis auf zwei Wagen, einen weißen Seat und einen schwarzen BMW SUV.

Liberty Vale rührt sich auf dem Beifahrersitz.

»Ich erfrier hier«, stöhnt sie. »Ich brauch was zu trinken.«

»Scotch?« Sanders gibt ihr die Wasserflasche.

»In diesem Leben nicht mehr. Ein Tee wär schön.« Sie reibt sich die Augen, verschmiert die Schminke. Sanders drückt ihr die abgekühlte Grillade in die Hand. Sie riecht daran, seufzt. »Für mich? Holzkohle?« Und verschlingt die Wurst. Hunger tut weh, aber einer schönen Frau dabei zuzusehen, wie sie eine prollige Wurst mit Brandschaden herunterwürgt, schmerzt auch. Sanders gibt ihr ein Taschentuch.

Liberty Vale wischt und kaut und staunt. »Schon dunkel. Schau mal. Trotzdem noch Licht bei MGF. Da arbeitet jemand an Ostern.«

»Zwei Leute, genauer gesagt. Was sind das für Leute?«

Die Vale wischt sich die Finger ab, stürzt die halbe Wasserflasche herunter, wirft einen Pfefferminzkaugummi ein. »Wartungstechniker«, sinniert sie. »Putzfrauen. Oder Chefs. Oder jemand, dem ein Termin im Nacken sitzt. Gibt Fälle, da ist das alles dieselbe Person. Kennst du den Multiple Man, aus den Marvel Comics?«

Sanders hat eine Idee. Wer da arbeitet, macht irgendwann Feierabend. Er geht an den Kofferraum, holt Warnweste und Warnblinkleuchte.

»Was machen wir?«, fragt Liberty Vale.

In diesem Moment geht in einem der Büros das Licht aus.

»Ziehen Sie die Warnweste über. Nehmen Sie die Warnblinkleuchte.« Sanders startet den Wagen, fährt hinüber zur Ausfahrt des MGF-Parkplatzes. Er parkt den Wagen so, dass er die Ausfahrt halb blockiert. Drüben geht eine dunkle Gestalt über den Parkplatz, steigt in den kleinen weißen Wagen. Nicht der Chef also, denkt Sanders.

»Stellen Sie die Blinkleuchte aufs Dach«, befiehlt er. »Und halten Sie am besten den Mund. Wir sind eine Zivilstreife. Wir führen eine Fahrzeugkontrolle durch.«

Der Vale steht der Mund offen. »Wir sind was?«

»Bleiben Sie im Hintergrund und genießen Sie die Show«, zischt Sanders.

Im Scheinwerferlicht öffnet sich die Parkplatzschranke.

Sanders tritt vor, die Hand erhoben, winkt den Wagen an die Seite. Eine Frau sitzt am Steuer. Die Frau reagiert sofort auf seine Gesten. Sie hält. Die Seitenscheibe fährt hinunter.

Sanders hält ihr seinen nachgemachten Dienstausweis unter die Nase. »Guten Abend«, sagt er. »Zivilpolizei. Personen- und Fahrzeugkontrolle. Machen Sie bitte den Motor aus. Ihre Papiere bitte – Personalausweis, Führerschein, Fahrzeugpapiere.«

Die Frau greift nach einer hellen Tasche auf dem Beifahrersitz. »Polizei? Habe ich etwas falsch gemacht, Herr ...?«, fragt sie.

»Obermeister Schmitt«, sagt Sanders und zaubert seinen selbstgemachten grünen Dienstausweis der Berliner Schutzpolizei aus der Brusttasche des Hemdes. »Überhaupt nicht. Heute Abend haben wir die Sicherheitskontrollen hier am Ufer routinemäßig verstärkt. Wegen des Springsteen-Konzerts. Dafür bittet die Berliner Polizei um Ihr Verständnis.«

Die Frau lächelt gequält. Sie steigt aus, reicht ihm ihre Papiere. Es ist eine ältere Frau mit einer unmodernen Dauerwelle, einer roten Stoffjacke und O-Beinen unter dem knielangen Rock. Sanders' Blick fällt auf Liberty Vale. Sie steht hinter ihrem Wagen, tut so, als spräche sie in ihr Handy. Die Warnweste macht im Dunkeln einen offiziellen Eindruck.

»Verstanden«, sagt die Vale in das vermeintliche Funkgerät. »BTM-Handel, Widerstand während verweigerter Personalienfeststellung. GESA Süd. Wir sind gleich bei euch. Over und out.«

Wie bei Navi-CIS, aber eindrucksvoll. Dann kommt die Vale plötzlich rüber. Sanders stellen sich die Nackenhaare auf.

»Machst du den Papierkram?«, fragt sie und lächelt. Sie schiebt Sanders sanft in Richtung des Wagens. Sanders zögert. Ihm fällt kein unauffälliges Gegenargument ein, also geht er. Lässt die Tür auf, während er die Daten von den Papieren abschreibt, und bereitet sich innerlich auf eine rasante Flucht vor, falls die Aktion jetzt schiefgehen sollte. Die Frau heißt Jutta Deppe, achtundfünfzig, wohnhaft Alt Moabit 53.

»Guten Abend«, hört er draußen Liberty Vales Stimme. »Polizeiobermeisterin Müller. Haben Sie etwa bis jetzt gearbeitet, Frau Deppe? Am Ostersonntag?«

Sanders hört Jutta Deppe verbittert lachen. »Ja, ja. Na ja. Sie haben ja auch Dienst.«

»Stimmt. Aber dafür haben wir nächste Woche frei. Und Sie? Arbeiten Sie eigentlich bei MGF? Mein Bruder ist auch bei dem Verein.«

»Seit zwanzig Jahren, ja.«

»Haben Sie von den Kündigungen gehört? Mein Bruder sagt, es sind externe Berater im Haus, unter anderem so ein ganz Schlimmer. Wie hieß der noch gleich? Jäger, glaub ich.«

»Joachim Jäger. Richtig. Den kenne ich auch.«

»Mein Bruder sagt, in einigen Abteilungen müssen alle Leute gehen?«

»Das stimmt, ja. In der Finanzbuchhaltung zum Beispiel, wo ich bin. Unsere Arbeit macht demnächst ein Dienstleister auf den Philippinen.«

»Nein!«

Sanders bewundert die schauspielerische Leistung der Vale. Sie klingt dermaßen entsetzt, als wäre sie der MGF-Betriebsrat höchstpersönlich.

»Das kann doch nicht gesund sein, Frau Deppe? Heißt das, Sie sind auch betroffen?«

»Kann man so sagen. Und wissen Sie, ich habe diesem Jäger in den letzten Wochen Unsummen an Honorar überwiesen. Von dem Geld hätte mich MGF zweimal bis zur Rente bezahlen können. Ich hab immer alles gemacht. Und jetzt das. Das ist nicht gerecht.«

»Was machen Sie denn nun? Ich meine, nach zwanzig Jahren?«

»Ich weiß nicht. Vielleicht gehe ich weg aus Berlin. Meine Familie kommt aus dem Sauerland. Vielleicht bin ich zu alt für diese Stadt.«

»Und obwohl Sie gekündigt sind, arbeiten Sie am Feiertag? Sie sind ja eine ganz treue Seele.« Eine Seele, die Liberty Vale gekonnt streichelt.

»Ich muss mein Arbeitszeitkonto noch auf Null bringen«, sagt Jutta Deppe. Bescheidener Augenaufschlag. »Außerdem steht der Quartalsabschluss an. Ich bin so erzogen, wissen Sie. Ich mache meine Arbeit bis zum Schluss.«

Sanders hat genug gehört. Er steigt aus, gibt Jutta Deppe ihre Papiere wieder. »Vielen Dank, Frau Deppe«, sagt er verbindlich. »Gute Fahrt und noch einen schönen Abend für Sie.«

Jutta Deppe nickt und steigt zögernd ein. Sie findet es sichtlich schade, sich nicht weiter mit der netten Beamtin unterhalten zu können. Sie hat ja sonst niemanden, er sieht das. Die Einsamkeit zeichnet die Menschen. Sanders winkt Jutta Deppe mit Schutzmanngestus auf die Straße.

»Na, wie war ich?« Liberty Vale strahlt. Das kurze Haar steht ihr wirklich.

»Die Ansage war: Halten Sie sich zurück«, sagt er und steigt in den Wagen. Aber wenn er vor sich selbst ehrlich ist: Wie viel Subordination hat er erwartet von einer Frau, die auf der Startbahn die Notrutsche eines Passagierflugzeugs auslöst?

»Hey! Ich war super«, protestiert die Vale. »Ich hab ihr alles abgequatscht, was wir wissen wollten. Gibt mindestens fünfzig Leute, die der Bude schaden wollen. Das ist ein Motiv – keine Ahnung, wofür. Aber ein Motiv ist es.« Sie springt auf den Beifahrersitz, knallt die Tür zu. »Und du, Mister Superkorrekt, du hast einen falschen Dienstausweis. Nicht zu fassen. Wie lebst du damit?« Sie strahlt.

»Besser als ohne.« Sanders dreht den Zündschlüssel. »Wir hängen uns an Frau Deppe ran.«

»Warum? Wieso sollte so jemand eine Staatssekretärin abmurksen?«

Sanders kurbelt das Fenster auf seiner Seite herunter. Der Fahrtwind wird ihn wach halten. Er schüttelt den Kopf. »Ich weiß nicht. Es ist komplizierter. Aber irgendwie hängt es zusammen, ich hab das im Gefühl. Finanzbuchhaltung, diese Leute wissen genau, was läuft. Und die Frau ist richtig sauer. Eine stille, zurückhaltende Frau eigentlich. Was glauben Sie wohl, was sie meinte mit ›Ich habe immer alles gemacht‹? Für mich hörte sich das an wie ›Ich habe allen Scheiß mitgemacht, auch die krummen Dinger‹. So jemanden feuert man nicht.«

»Nur, wenn man sehr dumm ist«, nickt Liberty Vale. »Oder sich seiner Sache sehr sicher.«

»Die Frage ist: Was hat MGF mit Julia Steinberg zu tun?«

»Die machen Finanzsoftware. Julia war Finanzstaatssekretärin.«

Sanders nickt. »Schade, dass Sie nicht wirklich einen Bruder haben, der bei MGF arbeitet. Wir brauchen jemanden, der uns genauer sagen kann, was diese Programme machen. Welche Daten man damit sammeln kann.«

»Erpressung?«

»Wer weiß?«

Sanders folgt dem weißen Seat Richtung Ostbahnhof. Der Bahnhof liegt am Ufer wie das leuchtend grüne Gerippe eines Gürteltiers. Als sie an der O2 World vorbeifahren, weht die letzte Strophe von »The River« durchs offene Fenster. Oh down to the river we ride.

Dann setzt die Mundharmonika ein, ein Requiem für ein lang verlorenes Leben.

Turn On The Sun

Jutta Deppe wohnt Alt Moabit 53. Sie parkt und verschwindet im Haus. Kurz darauf geht in der ganzen Wohnung das Licht an, dann wieder aus. Sanders beschließt, dass wir Feierabend haben.

Alt Moabit, genau mein Kiez. Die Nummer 53 ist fast an der Ecke Gotzkowskystraße, eine riesige unübersichtliche Kreuzung in der Nordsüdachse. Früher waren hier ein Puff, ein Nachtclub und eine Kiezkneipe und auf der vierten Ecke ein altes Backstein-Pumpwerk der Wasserbetriebe.

Jetzt ist ein indisches Restaurant auf jeder der vier Ecken. Aus dem Pumpwerk ist die Universal Hall geworden, eine Veranstaltungshalle für Vollkontaktboxen. Der Puff ist einem Trödelhändler gewichen.

Sanders hat am Wikingerufer geparkt, sehr ruhige Wohngegend, alte Häuser, alte Menschen.

»Döner?«, schlag ich vor.

»Ach Gott.« Sanders schaut mich entlang seiner schiefen Nase an, als hätt ich ein Four-Letter-Word benutzt. »Aber holen Sie sich ruhig einen, wenn Sie bei offenem Fenster schlafen möchten.«

»Irgendwas müssen wir essen.« Ich weiß gar nicht, was mit einem Döner nicht stimmen soll.

»Ich hatte heute auch schon eine von diesen äußerst zweifelhaften Bratwürsten. Während Sie Ihren Rausch ausgeschlafen haben.«

»Deine war wenigstens warm.«

Ich grinse, er grinst, aber ich kann ihn nicht dazu bringen, mit mir in ein Restaurant zu gehen. Geht aber nicht anders. Ich bin vollkommen durchgefroren und ich muss mir dringend mal die Nase pudern. So dringend, dass es schmerzt. Nach kurzem Überlegen fällt mir ein Eiscafé in der Gotzkowsky ein, »Eis Rialto«, an der Ecke Zwinglistraße, gleich neben Freddy Lecks Waschsalon. Der Waschsalon ist weltberühmt für seinen Muschi-Service und gestylt wie ein Siebzigerjahre-Tapetenmusterbuch. Der Muschi-Service hat nichts mit einem etwa an meine Profession angrenzenden Aufgabenbereich zu tun, sondern heißt: Man wäscht hier Katzendecken. Ich war noch nie bei Freddy, der in seinem Salon auch ein Café betreibt und es so zu einer veritablen Touristenattraktion gebracht hat. Er lockt Reisebusse voller Japaner auf eine Latte in die Gotzkowskystraße. Man bestaunt die Tapeten und sieht der Wäsche beim Rotieren zu. Die Waschmaschinen haben Namen.

Das »Eis Rialto« nebenan hätte den Kultstatus auch verdient. An der Wand hängen seit dreißig Jahren dieselben ausgeblichenen Farbfotos der Dolomiten mit Louis-Trenker-Charme. Das und die Fünfzigerjahre-Kunstlederstühle haben das Italienbild meiner Kindheit entscheidend geprägt. Außerdem sah die Inhaberin des Eiscafés für mich immer aus wie Sophia Loren in »Hausboot«.

Ich war ewig nicht drin im »Rialto«. Der Besitzer hat gewechselt, außerdem ist es früh im Jahr und spät am Tag. Der schnauzbärtige Türke hinter dem Tresen zeigt auf ein paar angetaute Restsorten. Sanders mustert die verschmierte Scheibe der Vitrine. Wir nehmen einen Coffee to go. Dann gehen wir die Gotzkowsky herunter ans Spreeufer. Wir sitzen auf einer Bank an der Dampferanlegestelle neben der Brücke, gegenüber dem Adrema-Hotel. Die Lichter des Restaurants schraffieren das schwarze Wasser mit Gold. In meinem Kaffee sind Kalkkristalle. Sanders findet ein schwarzes Haar. Also muss ich seinen Becher auch noch trinken.

»Adrema, das heißt ›Adressiere maschinell‹«, sag ich und halt mich an dem warmen Kaffeebecher fest. Nach Genießerart. »Früher war hier eine Maschinenfabrik. Die haben Adressiermaschinen hergestellt, das waren so mit die ersten elektrischen Büromaschinen.

Mit Matritzen haben die zum Beispiel Umschläge adressiert. Der Chef hier, der die Dinger auch erfunden hat, war Jude. Vorm Krieg musste er verkaufen und ist dann abgehauen. Jetzt ist es ein Hotel.«

»Wieso wissen Sie so was?«, will der Detektiv wissen.

»Ich weiß das, weil ich gleich hier um die Ecke groß geworden bin. Im Hansaviertel. Da lernt man so was in der Schule.«

Sanders unterdrückt ein Gähnen. Der Bartschatten macht ihn älter. Seine Augen sind verquollen, die Falten zwischen gebrochener Nase und Mund tief. Ich find das ganz attraktiv, aber ihm würd ich auch zutrauen, dass er Hormocenta zu Hause hat. Sicherlich vermisst er's.

»Wo wohnst du eigentlich?«, frag ich.

»Bundestagsschlange«, sagt er und faltet die Hände hinter dem Kopf. »Ist nicht weit, schräg gegenüber vom Schloss Bellevue.«

»Kenn ich.« Ich nicke. »Wo die ganzen Bonner wohnen. Nur nette Nachbarn, die tagsüber die Republik an die Wand fahren und nachts ihr Geld zählen und dabei laut lachen. Wie kommt man denn drauf, da hinzuziehen?«

Er spitzt ganz leicht die Lippen, als koste er von seiner Antwort. »Es ist sicher«, sagt er. »Es ist ruhig. Es ist anonym.«

Mir fällt auf, dass seine Ohrläppchen angewachsen sind. Ich steh auf Männer mit angewachsenen Ohrläppchen. Das ist eine Genmutation, die hauptsächlich bei Engländern vorkommt. Wenn ich's mir recht überleg, sieht Sanders tatsächlich aus wie ein klassischer Engländer.

»Wär mir zu langweilig«, sag ich.

»Ruhe kann sehr inspirierend sein«, sagt er.

»Inspiriert dich wozu?«

»Oh. Sie würden überrascht sein.« Er legt die Fingerspitzen beider Hände aneinander. Ein Käfig aus Fingern entsteht. Fast kann ich die Energie sehen, die darin oszilliert.

»All right, also was machen wir mit der angebrochenen Nacht?«, frag ich und leg meine Beine auf die Bank. »Trauen wir uns in das Hotel? Oder schlafen wir im Auto?«

Sanders schaut missbilligend auf meine Schuhe auf der Bank. Macht man nicht, sagt sein Blick. »Im Auto«, sagt er zur Strafe.

Ich nehm die Beine wieder runter. »Mir ist kalt«, maul ich. »Vielleicht kannst du mal die Sonne höher drehen?«

»Sie wollten unbedingt Kaffee kaufen. Kalkkaffee mit schwarzen Haaren. Moabiter Spezialität.«

»Ein Hotel, das wär's jetzt. Warm duschen und so. – Meinst du eigentlich, die Polizei war auch in der Agentur, die meine Termine macht?«

»Anzunehmen.«

»Dann werden die ja schon ›Gangsterbraut‹ als neues Feature auf meine Sedcard geschrieben haben.« Vermutlich bin ich arbeitslos. Die Sorte von arbeitslos, für die sich kein Jobcenter der Welt interessiert. Und der schweigsame Herr Sanders?

»Warum hast du bei den Bullen aufgehört? Stell ich mir doch ganz cool vor. Du hast 'ne Knarre und immer recht und ob du arbeitest oder nicht, am Monatsende kommt Geld. War das nichts für dich?«

Die Haut spannt sich über seinen hohen Wangenknochen. Fragil, das ist wirklich das richtige Wort für sein Gesicht. Dann erscheint über der schiefen Nasenwurzel plötzlich eine strenge Kerbe. »Kann nicht jeder amerikanische Botschafterin in Berlin werden«, sagt er.

Ich zucke mit den Schultern und trinke den Rest Kaffee aus. »Was ist dein Traumjob?«

»Polizist«, sagt er.

»Was ging schief?«

Der Ostermond hat einen Hof. Eismond. Er hängt silbern und dreiviertel voll tief über der Spree. Sanders legt den Kopf in den Nacken. Sein leerer Blick wanderte über den Himmel, über den halb gefrorenen Fluss. Er schüttelt den Kopf und das so endgültig, dass ich mich nicht mehr nachzufragen trau.

»Wann war das?«, frag ich stattdessen.

»Vor fünf Jahren.«

»Und seitdem?«

»Seitdem sage ich mir jeden Tag, dass die Vergangenheit keine Macht über die Gegenwart hat. Mal mehr, mal weniger erfolgreich.« Er steht auf. »Gehen wir in den Wagen. Es wird zu kalt.«

Ich werf die Pappbecher in einen Mülleimer. Gibt nichts Schöneres als eine Nacht im Auto mit einem Soziopathen, die Knie unterm Kinn und den Hals im Neunzig-Grad-Winkel auf die Schulter geklappt, bei ungefähr fünf Grad minus. Meine Wohnung ist keine achthundert Meter entfernt von hier. Es ist Sonntagabend. Ich könnt im Bett liegen und »Tatort« gucken, statt »Tatort« zu leben. »Fehlt dir dein altes Leben nicht?«, will ich wissen. »Ich meine, bevor du bei der Polizei aufgehört hast?«

»Mir fehlt mein Rasierapparat. Und meine Ruhe.«

»Sweet land of liberty, of thee I sing«, seufz ich, und dazu plätschert die Spree eine dunkle Melodie in die Nacht an der Gotzkowskybrücke.

Ad Auroram

Sonntagnacht. Sie parken gegenüber einer Kirche. Eine Straßenlaterne scheint ins Auto. Liberty Vale schaltet die Standheizung ein, es wird ein paar Grad wärmer im Wagen, und schon schläft die Frau unter ihrem Schlafsack ein. Sanders dagegen ist hellwach, seine Nase eiskalt. Hinter den Kirchenfenstern scheint Licht. Weil er nicht schlafen kann, durchsucht er das Internet nach MGF-Chefin Viktoria Jung. Wieder wird ihm ein Bluetooth-Gerät namens OBDII angezeigt, das Signal so stark, das es hier irgendwo sein muss. Morgen wird er Miss Vales Sachen durchsuchen. Irgendwo sendet hier etwas.

Das Internet weiß viel über Viktoria Jung. Sie twittert sogar, überwiegend Neuigkeiten und Termine aus ihrer Firma. Sanders meldet sich mit seinem eigenen Account bei Twitter an. Sein Account zeigt Foto und Profil einer gutaussehenden Frau aus Frankfurt am Main, deren Hobby Kräutersammeln ist und die auf Silbermond steht. Viktoria Jung hat über zwanzigtausend Tweets auf der Timeline. Sie folgt 10.786 anderen Tweetybirds und hat selbst 6.923 Follower. Sanders hat so ein kleines, sehr nützliches Analysetool, das Übereinstimmungen zwischen Follower und Gefolgten filtert. Und schon sind es nur noch eine Handvoll Accounts. Einer davon fällt ihm ins Auge: @JuliaSteinberg.

Steinbergs Tweets sind teilweise parteipolitisch, teilweise Links zur Ellen-DeGeneres-Show im Internet oder Bilder von russischen Sportlerinnen, die sich auf dem Siegertreppchen küssen. Einer Eingebung folgend, googelt Sanders Steinberg und Jung zusammen. Und siehe da, auf Seite sechs der Suchergebnisse findet sich eine Liste mit Abiturienten des Tiergartner Adolph-von-Menzel-Gymnasiums, Abiturjahrgang 1986, auf dem die beiden Namen glücklich vereint sind.

Sanders starrt in die spitzbogigen Mosaikfenster der Kirche und versucht ohne Erfolg, der Erkenntnis einen Sinn abzugewinnen. Gegen Morgen fällt er frierend in unruhigen Schlaf. Träumt seinen Traum.

Vision

Ich wach auf, weil sich die Standheizung abgeschaltet hat. Und weil jemand wimmert wie ein kleines Kind. Die Uhr im Armaturenbrett zeigt halb drei. Mein Gesicht ist taub, ein Muskel am Hals krampft. Ich kämpf mich im Schlafsack hoch und dreh mich zu Sanders um. Er schläft, aber sein Gesicht ist schweißnass. Er schlägt den Kopf hin und her, murmelt »Nein« und »Bitte«. Seine linke Hand zuckt in seinem Schoss, seine rechte hat sich um die Handbremse verkrampft. In der Kirche, neben der wir parken, brennt noch immer Licht. Die gotischen Glasfenster sind leuchtend bunt. Sieht schön aus. Das eine Fenster zeigt ein Herz. Ein Speer durchbohrt es. Es ist mit einem Dornenkranz umwickelt und blutet. Das Herz brennt inmitten eines Strahlenkranzes. Darüber schwebt ein Kreuz. Darunter steht: »Der Mensch sieht, was vor Augen ist; Gott aber sieht das Herz an.«

Sanders stöhnt und bewegt sich. Streicht sich mit dem Handrücken über die Stirn. Seine Augenlider zucken. So ein schöner Mund, breit und gütig. Soll ich ihn wecken? Lieber nicht. Zu privat. Nachher ist das ein feuchter Traum und er pellt mir eine. Also zieh ich mir den Schlafsack über den Kopf. Das ist wärmer und dämmt die Albtraumgeräusche. Irgendwann sack ich wieder weg. Ich träum von Sanders. Er lächelt entrückt und knöpft sich das Hemd auf. Da, in der Mitte seiner Brust, hängt das brennende Herz. Scheiße, denk ich selbst im Traum. Hübsch ist er. Und so verloren. Wenn das keine religiöse Vision war.

Tatort

Nein! Sein Arm schnellt hoch und knallt gegen etwas Hartes. Wo ist er? Im Dunkeln. Im Auto. Der Türgriff. Auf und raus. Seine Knie knallen auf nasses Kopfsteinpflaster. Er würgt, Luft, atmen.

»Was? Was? Scheiße!«

Eine Frau schreit in Panik.

Sein Herz fliegt, seine Brust ist schweißnass. Er versucht aufzustehen. Alles schmerzt. Eine Hand packt seinen Oberarm. Die Frau. Sie zieht ihn hoch, weg von der Straße. Er bekommt ein Geländer zu fassen, klammert sich fest. Da unten die Spree. Er brennt nicht. Er ist hier. Er ist draußen. Er lebt.

»Was war das denn?«, flüstert die große blonde Frau. Sie streichelt seinen linken Arm.

Seine rechte Hand lässt langsam das Geländer los, fährt in sein Gesicht, sein Gesicht ist feucht und fremd, aber es ist da. Er hört das Geräusch, das er selbst macht und nicht rechtzeitig einfangen kann. Ein heraufgewürgtes Stöhnen, fast ein Todesschrei. Sanders schwebt über sich, sieht sich in den Sonnenaufgang starren und atmen, einen hilflosen, haltlosen Mann.

Einen toten Mann.

Minuten vergehen.

»Wir steigen besser wieder ein«, sagt die ruhige Stimme neben ihm. Er weiß, die Stimme hat recht. Er nickt und folgt. Er sitzt auf dem Beifahrersitz. Sie fahren ein Stück. Die Frau parkt vor dem Haus Alt Moabit 53. Sanders erinnert sich an die Aufgabe. Nimmt einen Schluck aus der Wasserflasche.

»Es tut mit leid«, sagt er. »Ich hab schlecht geträumt.«

Die Frau nickt und stellt den Motor ab. »Sehr schlecht, oder?«

»So schlecht es geht.« Er versucht ein Lächeln.

»Was hast du geträumt?«

Ihre Huskyaugen sind klar und tief und offen, ein Gefäß für Schmerz und er fällt hinein, sagt ohne nachzudenken: »Ich verbrenne.«

»Oh, heilige Scheiße. Warum …?«

»Schon gut. Lassen Sie mich. Einen Moment.«

Die Morgendämmerung. Die Straßen menschenleer. Der Trödelladen hat ein großes Schaufenster, darin ein paar alte Möbel und Porzellan, darüber ein Schild in Fraktur: »Wohnungsauflösungen und Antiquitäten J. Unvericht«. Und etwas Bekanntes, Unerwartetes über Tür und Türrahmen, ein kleines blaues Siegel mit weißer Schrift: Der Polizeipräsident in Berlin. Wer dieses Siegel beschädigt, ablöst oder unkenntlich macht, sagt eine Stimme in Sanders' Kopf, oder den dadurch bewirkten Verschluss unwirksam werden lässt, macht sich nach § 136 StGB strafbar. Ein Tatort.

Sanders will aussteigen und in das Fenster sehen, er hat den Türgriff schon in der Hand, da öffnet sich die Haustür neben dem Trödelladen. Die Hand der Frau hält ihn zurück. Sie ducken sich weg. Jutta Deppe erscheint und geht zu ihrem weißen Seat, ohne sich umzusehen. Sie trägt einen Weidenkorb mit Henkel, in der anderen Hand ein Spaten. Liberty Vale schaut auf ihre goldene Uhr.

»Kurz nach sieben. Wo zum Teufel will die hin? In die Kirche?«

»Mit Spaten? Fahren Sie los«, krächzt Sanders. »Hinterher.«

Ich schalt runter und lass die Schüssel ausrollen. Wir sind in einer winzigen Nebenstraße in Hermsdorf, rechts und links nichts als Wald, aber am Horizont seh ich das Märkische Viertel. Frau Deppe parkt ungefähr fünfzig Meter vor uns am Straßenrand. Ich halt und werf einen Seitenblick auf Sanders.

»Wieder okay?«

Er nickt. Seine Augen sind unnatürlich groß und starr, aber seine Hand ist ruhig. Er schiebt seine Waffe in den Hosenbund. Gut. Jutta Deppe verschwindet zwischen kahlen Büschen. Sanders und ich gleiten aus dem Wagen, folgen ihr.

Es braucht 'ne Menge natürlicher Eleganz, unsichtbar und lautlos durch Laub und Schneematsch im Unterholz zu schleichen wie Lederstrumpf. Schließlich öffnet sich der Waldstreifen auf ein Seeufer und eine kleine Laubenkolonie. Schon wieder ein einsamer See. Die Bäume, kahl, weiß, lehnen sich weit über das silbrige Wasser. Es ist schneidend kalt und über dem Wasser liegt ein hingehauchter Morgennebel. Das Schilf am Ufer ist schwarz und scharf wie eine Tuschezeichnung.

Ich seh, wie Jutta Deppe das Tor zu einem Laubengrundstück direkt am See aufdrückt. Wir verschmelzen mit den blattlosen Hecken und starren atemlos hindurch, bis die Augen schmerzen. Jutta Deppe stellt ihren Korb ab. Sie hackt mit dem Spaten auf die gefrorene Erde ein. Ich bin mir sicher, das ist kein heidnisches Osterritual.

V. J.

Das Großraumbüro der Soko-Sekretärin ist leer. Jemand hat die Heizung heruntergedreht. Hinrich Kaplan trinkt Kaffee, raucht gegen jede Regel und denkt. Auf dem Smartboard vor ihm die Eckdaten von Julia Steinbergs Lebenslauf. Steinbergs Vergangenheit ist skandalfrei. Ihr Privatleben ist unspektakulär. Allem Anschein nach hatte sie nie eine feste Beziehung. 1984 kommt Steinberg mit ihren Eltern in die große Stadt. Eine Landpomeranze. Wahrscheinlich weiß sie schon, dass sie auf Frauen steht, als sie hierher kommt. Die Mädchen in ihrer neuen Klasse sind aufgestylt und cool. Man raucht mal was und geht ins »Far Out«, eine angesagte Diskothek, die von Bhagwanjüngern in roten Kutten betrieben wird. Man färbt sich die Haare pink und liest *Wir Kinder vom Bahnhof Zoo.*

Kaplan listet Gründe auf, warum Menschen sich nicht binden: die Karriere geht vor, man trauert einer unglücklichen Jugendliebe nach, ist eine Soldatenwitwe, hat ein Kindheitstrauma oder ist geistig behindert. Kaplan hat so eine Ahnung, dass es für die Steinberg doch jemanden gab und zwar deshalb: Auf der dritten Seite ihres Buches *Die Macht des Informellen* steht als Widmung: »Für V. J.« Cherchez la femme! Hinter jeder besonders raffinierten bösen Tat steckt eine Frau, in deren Gegenwart die Männer den Verstand verlieren. Update dieses archaischen Ermittlungsaxioms: in deren Gegenwart Frauen *und* Männer den Verstand verlieren.

Wer ist V-Punkt-J-Punkt? Kaplan hat die Personalliste des Bundesfinanzministeriums durch, die sämtlicher Ausschüsse, die von Steinbergs Fitnessclub. Alles in allem fangen wenig deutsche Vornamen mit V an. Er überlegt kurz, ob es doch ein Kürzel für Liberty Vale ist, vielleicht ein Tippfehler? VJ statt VL? Aber wer vertippt sich bei der Widmung? Er geht die Liste der bisher Vernommenen durch. Und da ist sie: Viktoria Jung. Viktoria Jung, die MGF-Chefin aus dem »Berlin Fortune Club«. Kaplan freut sich, als hätte er ein besonders dickes Osterei gefunden.

Viktoria Jung ist verheiratet mit einem gewissen Guido Lorenzo, der Mann ist etwas jünger als sie, hat mehrere italienische Restaurants, sie haben drei Kinder, anscheinend sind sie glücklich. Das gibt nicht viel her. Aber die MGF steht kurz vor dem Kollaps, Jung hat Leute entlassen, das hat nun wieder Potenzial. Kaplan hat vorgearbeitet und sich eine Kopie der Massenentlassungsanzeige der MGF von der Arbeitsagentur besorgen lassen. Wenn Steinberg zum Beispiel die heimliche Geliebte von Viktoria Jung war, selbst wenn die Zuneigung nur sentimentaler, einseitiger Art gewesen sein sollte, würde sich ein bunter Strauß von Motiven entfalten – Eifersucht, Vertuschung, Rache, sonst was. Kaplan muss mit der Jung sprechen. Gerade sucht er nach der Adresse, als Flohr ins Büro kommt und etwas von einem guten Morgen murmelt. Er hat ein Fax in der Hand.

»Was ist das?«, fragt Kaplan.

»Hat hiermit nichts zu tun«, brubbelt Flohr verschlafen. »Aus der Gerichtsmedizin für den Staatsanwalt. Die Leiche von dem Typen, der letzte Woche bei dem SEK-Einsatz in der Laubenkolonie erschossen wurde, ist zur Bestattung freigegeben. Der Trödelhändler, der den Kollegen erschossen hat. Schnell ging das.«

»Zeigen Sie mal her.«

Juri Unvericht, liest Kaplan, Alt Moabit 53. Sein Blick wandert zurück zu der MGF-Massenentlassungsanzeige. Sein Vorbewusstsein hat das Wort gerade eben gesehen, unter D: Deppe, Jutta. Alt Moabit 53.

Kaplan steht auf, greift sich seine Jacke. »Kommen Sie. Ich schau mir die Laube von dem Unvericht mal an. Vielleicht haben die Kollegen von der SpuSi was übersehen. Danach fahren wir zu Frau Jung.«

Tupperware

Jutta Deppe kämpft im österlichen Morgennebel mit dem Bodenfrost. Sie stöhnt und flucht und hackt einen Knallerbsenstrauch samt Wurzelballen aus der Erde. Sie trägt Stoffjacke und Faltenrock, darunter Strumpfhose, darüber Kniestrümpfe. Die Kniestrümpfe schneiden ihr in die Waden. Kein schöner Anblick. Dann richtet sich die Deppe auf.

Sie hat eine Tupperdose ausgegraben.

Sanders zieht seine Waffe und steht auf. »Los, Frau Polizeimeisterin«, flüstert er.

Ich drück das Tor auf. »Guten Morgen, Frau Deppe. So früh schon am Gärtnern?«, sag ich laut.

Jutta Deppe fährt zusammen, lässt Dose und Schippe fallen, weicht zurück, tritt in ihren Weidenkorb, taumelt.

Sanders bricht mit gezogener Waffe durch die Büsche. »Hinlegen! Polizei!«

Die Deppe springt zurück, schreit vor Schreck, die Dose fällt auf die Kante, der Deckel springt ab, Packen grüner Hunderter purzeln ins Gras. Sie reißt die Augen auf und die Arme hoch, wirft sich lang hin und fängt an zu jammern.

»Hände hoch und weg von dem Geld!«, schrei ich. »Woher haben Sie das?«

»Wir verhaften Sie wegen des Verdachts der Erpressung und Nötigung zum Nachteil Ihres Arbeitgebers MGF«, fängt Sanders an. »Sie haben das Recht, die Aussage zu verweigern. Sie haben das Recht auf einen Rechtsanwalt.«

Aber die Deppe blubbert los. »Der Juri hat mir geholfen«, stöhnt sie in den Grasnabe. Ich geh in die Knie, um die Bonny-and-Clyde-Story besser zu verstehen. »Er war so ein Lieber.« Sie weint. »Wir wollten zusammen weg, neu anfangen. Aber dann hat ihn die Polizei erschossen. Einfach erschossen wie einen kranken Hund.«

»Ist das Geld von MFG?«, schrei ich und pack sie grob an der Schulter.

Sie wackelt mit dem Kopf. »Von Frau Steinberg. Ich habe ihr sämtliche Finanztransaktionsdaten der letzten zehn Jahre …«

In diesem Moment seh ich aus dem Augenwinkel einen Wagen auf der Straße halten, in zweiter Spur. Zwei Männer, einen davon erkenne ich selbst vom Weitem: der dicke Kommissar Flohr. »Müller!«, zisch ich und spring auf. »Die Kollegen kommen!«

Sanders fährt herum, unterdrückt einen Fluch. »Abhauen!«, befiehlt er, steckt die Waffe weg und rennt los.

Wir sind auf sie vorbereitet, sie auf uns nicht. Durch die Büsche seh ich, dass sie direkt am Zugang zur Laubenkolonie parken, nur ein paar Meter vor uns. Wir hocken im feuchten Laub. Meine Knie sind eiskalt. Ich atme so flach, dass es schmerzt.

»Wenn sie aussteigen und in der Kolonie verschwinden, steigen wir ein und fahren ganz langsam weg«, flüstert Sanders.

Ich schau mich nach der Deppe um. Gerade stopft sie sich ein letztes Geldbündel in die Unterwäsche, wuchtet den Knallerbsenstrauch zurück in die Senkrechte. Die Tupperdose segelt ins Wasser. Jutta Deppe verschwindet am Ufer entlang. Keine Ahnung, ob die Bullen sie überhaupt gesehen haben.

Goldstaub

Ein heruntergekommenes Fabrikgelände im Norden Berlins. Eine einzelne, schmale, lange Wolke hängt am Horizont, vom Sonnenaufgang rosa gefärbt, wie ein chinesischer Glücksdrachen.

»Hast du Papiere?«

Der Mann zieht die Nase hoch. Er kratzt sich erst im Schritt, dann am Kopf.

»Ist Feiertag, Bogdan«, sagt er und spuckt grünlich auf den Boden neben seine schweren Bikerstiefel. »Da gelten andere Regeln in Deutschland.«

Der Mann zeigt mit dem Kinn auf den abgewrackten Silotransporter mit der Kennzeichnung SGAV, an dessen Rückseite ein rostiges Schild prangt. Das Schild hat die Form eines auf der Spitze stehenden Vierecks, die untere Hälfte ist rot und zeigt die Nummern 1361. In der oberen Hälfte prangt das Feuerzeichen für »leicht entflammbar«.

»Außerdem fährst du ja nicht weit«, sagt er.

»Wohin?«

»Das Ziel ist im Navi programmiert. Bei Problemen rufst du mich an. Und jetzt fahr los. Sonst wird es zu spät.«

Bogdan setzt den Fuß aufs Trittbrett. »Was ist drin?«, will er noch wissen.

Der Mann kichert. »Goldstaub, mein Freund. Wie immer.«

The Fast and the Furious

Fünf Minuten später. Wir sitzen noch immer im Schneematsch zwischen den Knallerbsensträuchern. Meine Knie spür ich nicht mehr. Die Deppe ist weg, vielleicht will sie zur S-Bahn. Weit ist das nicht. Der Wagen der Zivis parkt noch immer auf der Straße in zweiter Reihe, die beiden sitzen drin, schreiben, telefonieren, rauchen aus dem halboffenen Fenster. Niemand steigt aus. Sanders schaut auf seine Uhr.

»Das dauert zu lange«, flucht er. »Die haben uns gesehen. Oder sie kennen unseren Wagen. Die warten auf Verstärkung.«

»Was jetzt?«

Seine Augen bekommen plötzlich so einen harten, entschlossenen Ausdruck. Verliert er jetzt die Nerven? Sein Körper spannt sich wie bei einem Sprinter im Startblock. »Ich zeig Ihnen ein paar Sachen, die man in der Fahrschule nicht lernt«, sagt er. »Los!«

Ich kämpf mich hoch. Wir sprinten aus dem Wald, Türen auf, rein in den Wagen, der springt an, Sanders knallt den Rückwärtsgang rein, die Reifen heulen und qualmen, der Wagen schleudert durch den Schneematsch, wendet praktisch auf der Stelle, ich rumpel gegen die Tür, sehe Sterne und dazwischen gerade noch, wie auch in das Bullenauto Bewegung kommt.

»Festhalten!«, schreit Sanders. »Beten!«

Ich klammer mich gerade noch am Türgriff fest wie bei »The Fast and the Furious«, Teil 17. Die Tachonadel schnellt hoch. Der Wagen hebt ab und fliegt über einen unbeschrankten Bahnübergang.

»Hey«, schrei ich halb entsetzt, halb begeistert, wie in der Achterbahn. »Bist du 'n Fluchtwagenfahrer oder was?«

»Stopfen Sie alles, was wir noch brauchen können, in eine Tasche!«, schreit er zurück. »Jetzt!«

»Aye aye, Sir!«

Wir rasen mit hundertfünfzig Sachen über den Oraniendamm, stadteinwärts. Meine Zähne schlagen aufeinander. Ich stütz mich am Cockpit ab, sammle den Laptop ein. Den Spot. Das Prepaid. Als ich kurz aufseh, knallen wir gerade über die rote Ampel Ecke Alt

Wittenau. Hinter uns hör ich Sirenen. Ein Glück, die nächste Ampel am Nordgraben zeigt grün.

Dann schlag ich unvermittelt mit der Stirn gegen das Handschuhfach. Sanders steht voll auf der Bremse. Die Räder blockieren. Das Heck des Wagens bricht aus. Ich rutsch vom Sitz, schau hoch, seh in Sanders' Gesicht, dass wir es nicht schaffen werden. Am Seitenfenster vorbei spritzt ein Trupp Fahrradfahrer schreiend auseinander.

Es knallt, oben oder unten, keine Ahnung, Augen zu, Unterarme vors Gesicht und dahinter brodelt es wie in der Hölle. Blech sirrt durch die Luft. Es klingelt, aber das sind keine himmlischen Glocken, sondern eine Fahrradklingel. Glas birst. Regnet über mich. Ein Ruck, dann stehen wir. Dunkel.

Tot tut nicht weh, also bin ich nicht tot. Ich denke noch. Auch meine Augenlider flattern, aber sie sind so schwer, wollen sich nicht heben. Warm ist es. Das ist schön nach all der Kälte. Das Atmen tut weh, aber noch geht es und wenn's nicht mehr geht, na gut, dann nicht. Dann schlafe ich eben. Kann mich ja eh nicht bewegen. Schön warm. Schön dunkel. Schön still.

Ganz von weitem hör ich ein Knarzen. Blech reibt auf Blech. Verbogenes Blech. Es wird heller, kühler, meine Lunge wird größer, so groß, dass ich husten muss. Mein Verstand fliegt auf. Eine Eisenfaust hat mich gepackt, zieht an mir. Ein Schlag trifft mein Gesicht. Ich reiß die Augen auf. Feuer.

»Miss Vale?«, schreit jemand.

Okay, da bin ich wieder. Noch immer im Auto. Das Armaturenbrett schmilzt. Meine Füße klemmen drunter. Ich muss raus hier. Sanders' Gesicht erscheint neben meiner Schulter, er stößt seinen Arm zwischen den Sitz und mich, seine Brust presst sich an meinen Rücken. Sein Herzschlag knallt gegen mein Schulterblatt wie der Stromstoß aus einem Defibrillator. Ich weiß, wenn ich nicht mithelfe, schafft er das nicht. Muss mich hier liegen lassen. Ich spann meine Beinmuskeln an. Es geht. Ich zerre, ein Ruck, Plastik zerplatzt, meine Füße kommen frei, ich tret um mich, stoß mich ab, Sanders reißt an mir. Plötzlich bin ich draußen. Sauerstoff stürzt in meine Lungen. Die Welt dreht sich andersherum. Walzerbahn.

Komischerweise press ich immer noch meine Tasche an meine Brust.

»Können Sie stehen?«, keucht Sanders Stimme an meinem Ohr.

Ich nick, kämpf mich hoch. Rings um uns steht eine Gruppe Fahrradfahrer, die abgestiegen sind und auf etwas Lautes hinter mir starren. Ich dreh mich um. Was ich seh, ist eine Flammenwand, so nicht von dieser Welt, dass es bei mir nicht mal für einen Fluchtreflex reicht. Ich strauchle, Sanders fängt mich auf. Unser Wagen steckt unter einem Tanklaster wie ein Grillanzünder unter 'nem Holzscheit. Beide brennen. Der Fahrer des Tanklasters rennt kopflos an uns vorbei, Richtung Nordgraben, schaut über die Schulter, ich kann nur das Weiße in seinen Augen sehen. Panik pur.

»Aber ...?«

Sanders lässt mich los. Meine Knie geben nach, ich fang mich. Sanders macht drei Schritte auf einen der Gaffer zu, stößt ihn vom Fahrrad. Der Gaffer taumelt, klammert sich schreiend ans Rückrad. Sanders knallt ihm die Pedale vors Kinn, das Rad kommt frei. Sanders springt auf. »Auf den Gepäckträger!«, schreit er über die Schulter. »Festhalten!«

Mit letzter Kraft werf ich mich auf den Gepäckträger, klemm die Tasche zwischen Bauch und Sattel ein. Von rechts und links stürzen die anderen Fahrradfahrer auf uns los. Panisch schieb ich das Fahrrad mit den Füßen an als wär's 'n Olympiabob. Sanders steht im Sattel, tritt wie ein Irrer in die Pedale. Das Rad schießt vorwärts, am Tanklaster vorbei, Richtung Schumacher-Platz. Die Flammenwand brüllt uns an, greift nach uns, mit einer Hand klammer ich mich an den Sattel, mit dem anderen Arm schütz ich mein Gesicht vor der Hitze. Kaum sind wir an dem Tank vorbei, da explodiert irgendetwas hinter uns. Menschen schreien. Eine warme Woge erwischt mich im Rücken, spült uns vorwärts, mehr Sirenen, und dann ein Stoß: Ein Radfahrer verfolgt uns, zieht gleich, rammt uns.

»Anhalten!«, schreit er. »Rad her, du Wichser!«

Das Rad schlingert. Sanders steuert gegen. Sonst haben die scheiß Deutschen nie Zivilcourage, schauen sogar dabei zu, wenn Leute in der U-Bahn totgetrampelt werden. Aber wir müssen einen erwischen, der sich als Sheriff aufspielt, obwohl er auf seinem Osterfahrradausflug ist. Der Typ holt wieder aus. Sanders duckt sich unter dem nächsten Stoß weg, bremst ihn aus, fast verliert er mich und das Gleichgewicht. Ich brauch mehr Halt, schling einen Arm um seine Hüfte. Mit der anderen Hand wühl ich in Panik in meiner Tasche. Such irgendwas zum Zuschlagen. Im Film finden sie immer ihre Knarre, ich find meine Haarbürste.

Da ist der Radfahrer auch schon wieder, greift rüber, packt Sanders am Mantelkragen, zieht, Sanders knallt ihm den Handrücken ins Gesicht, der Typ lässt los, ich ramm ihm die Haarbürste in die Speichen. Er schreit und überschlägt sich wie beim Doppelaxel.

»Ja!« Mit der freien Hand mach ich 'ne Becker-Faust.

Wir rasen stadteinwärts, ich halt mich an Sanders fest, der das Rad vorwärts peitscht mit einer Kraft und Zähigkeit, die ich seinem schmalen Körper gar nicht zugetraut hätte. Sein Mantel hat am Rücken einen Riss, ist feucht und dreckig. Ich hab keine Ahnung, was sein Plan ist. Irgendwo gibt's hier 'ne U-Bahnstation. S-Bahn auch. Und gleich kommt Bonnies Ranch, die größte Klapse der Stadt. Maßregelvollzug. Wenn die uns kriegen, rücken wir da ein. Aber dann ist auch schon rechts der U-Bahneingang, ein paar Meter weiter geht's hoch zum S-Bahnhof. Und über uns, rechts auf dem Bahndamm, seh ich auch schon aus Richtung Norden einen colabraunen Zug kommen.

Sanders bremst abrupt. Ich stütz uns mit den Beinen. »Abspringen!«, schreit er.

Ich tu's, er nimmt den Schwung der Fahrt auf und schleudert das Rad den U-Bahneingang hinunter. Ich will hinterher, aber Sanders reißt mich zurück, hinter sich her Richtung S-Bahn, wir stolpern und schwanken die Treppe zum Bahnhof hinauf, der Zug steht schon da, ich höre »Zurückbleiben!«, wir hechten ins Abteil, die Türen knallen zu, Sanders' Mantel wird eingeklemmt, er reißt daran, kommt frei, der Zug ruckt an.

Geschafft.

Japsend lass ich mich gegen eine Trennwand fallen, der Zug fährt ab, meine Ohren sind zu, meine Seiten stechen, ich tänzle auf der Stelle, um wieder klar im Kopf zu werden. Meine Hände zittern so, dass ich mich kaum festhalten kann.

»Sind Sie okay?«, keucht Sanders.

»Glaub schon«, sag ich und seh an mir runter. Ich hab einen langen Schlitz im Hosenbein, aber ich hab noch immer die Tasche. Braves Mädchen.

Sanders' Gesicht wird plötzlich leer und spitz. Er tastet hinter sich nach einer Bank, setzt sich ganz langsam. Streckt vorsichtig den Rücken. Lehnt sich aber nicht an.

»Du hast Reinickendorf geschrottet«, sag ich anerkennend. Mein Hals schmerzt von dem Qualm, den ich im Auto eingeatmet habe.

Sanders nickt fahrig. Sein Blick sucht nach irgendetwas an der Decke, vielleicht einer Überwachungskamera. Aber da ist keine. Vielleicht ist Jutta Deppe auch im Zug, denk ich. Irgendwie wünsch ich's ihr. Die hatte diesen Juri wirklich lieb.

Inzwischen haben wir natürlich die volle Aufmerksamkeit aller Fahrgäste. Der Wagon ist ziemlich leer, aber nicht ganz. Müde Nachtschichtler mustern uns interessiert. Ja, das ist mal was anderes als Andenindianer, die mit dem Klingelbeutel »El Condor Pasa« flöten. In Berlin muss man allerdings immer damit rechnen, dass jeder zweite ein Blogger ist, der einen gleich filmt und an Twitter posted, und – bumm! – schon bist du das neue Gesicht eines nicht tot zu kriegenden Berlin-Klischees: kuriose Irre, die mit den Öffentlichen fahren. So kurz hinter Bonnies Ranch quasi selbstevident.

»Ich geb uns maximal drei Stationen«, sagt Sanders heiser. Er starrt auf den Streckenplan. »Wollankstraße. Gut.«

»Drei Stationen bis was?«

»Bis die Bahnpolizei auf uns wartet.«

Ich seh aus dem Fenster. Ein Güterbahnhof fliegt vorbei. Bahnpolizei? Aber ich hab doch gar nichts gemacht, denk ich reflexartig. Was man eben so denkt, wenn man jahrelang eine unbescholtene Bürgerin war. Zeit für ein Persönlichkeits-Update.

Wir wechseln den Wagon am Bahnhof Alt-Reinickendorf und Schönholz, um dem Angestarrtwerden zu entgehen. Im Fenster des Zuges seh ich, dass ich etwas Dunkles an der Wange hab. Ich spucke in ein Taschentuch und wisch's ab. Blut. Keine Ahnung, woher. Sanders sitzt nur da und atmet, den Rücken gerade wie 'n Yogameister.

Er sieht völlig unversehrt aus. Nur seine Nasenflügel zittern. Seine Augen sind irgendwie größer. Und blass ist er.

Wollankstraße steigen wir aus, verlassen den Bahnhof so unauffällig schlendernd wie es eben nach einem Autounfall mit anschließender Fahrerflucht halt geht. Pankow also. Hier war ich noch nie. Berlin kennt man niemals ganz, deshalb bleibt es immer aufregend. Der Bahnhof ist hübsch, sieht aus wie ein gelbes Backsteinschlösschen. Sanders schaut nach rechts und links. Ich hab das Gefühl, dass wir uns dringend einen Moment sammeln müssen.

»Zum Bürgerpark?«, schlag ich deshalb vor und zeig auf ein Hinweisschild.

Er schüttelt den Kopf und zeigt die Straße hinunter. »Da drüben. Auf den Friedhof.«

Wir überqueren die Straße. »Kirchhof von St. Elisabeth« steht auf einem Schild über einem schmiedeeisernen Tor. Daneben ein hübsches Backsteinhäuschen, ein Blumenladen. Idyllisch genug für eine Zuflucht. Wie betäubt hink ich neben Sanders her wie Käthe Kollwitz auf der Flucht. Aber Friedhofsreife hab ich noch nicht. Wir taumeln durchs Tor. Und zack ist es schlagartig still. Hier liegt noch großflächig nasser Schnee. Ringeltauben gurren. Morgenwind geht durch Birken. Und weit und breit keine Menschenseele. Wir gehen ein Stück, suchen uns einen Platz hinter einem verfallenden Mausoleum, zwischen Buchsbäumen und Eiben. Da steht ein steinerner Engel, in sich versunken, die Hände gefaltet. Das Ganze hier hat den poetischen Charme eines versunkenen Gartens im Morgenlicht. Schön eigentlich. Ich fühl mich sicher, das und das ewige Frieren macht unendlich müde.

Wir finden zwei moosige Steinbänke, die sich rechts und links des betenden Engels gegenüberstehen. Ich wisch sie mit einem Taschentuch trocken. Sanders stützt die Ellenbogen auf die Knie und das Gesicht in die Hände. Ich lass die Tasche fallen und untersuch mein verschrammtes Schienbein. Meine Stiefel sind angesengt, haben meine Füße aber vor Schlimmerem bewahrt. Das Genick tut mir weh. Ich schau zu Sanders rüber. Die Schlagader an seinem Hals fliegt.

»Ich dachte immer, Autos explodieren nicht«, sag ich, nur um meine Stimme ein bisschen zu bewegen. »Ich dachte immer, so was gibt's nur im Film.«

»Der Benzinschlauch muss gerissen sein.« Sanders' Stimme klingt matt. »Oder in dem Tankwagen war was Explosives.«

»Du hattest Grün«, sag ich. »Und der Typ kam von links.«

»Ich weiß.«

»Ist ja noch mal gut gegangen.« Ich zieh mein Hosenbein hoch. Am Knie hab ich eine Brandblase. »Jedenfalls danke, dass du mich da rausgeholt hast.«

»Das Vergnügen war vollkommen auf meiner Seite.«

»Na, wer's glaubt.« Ich lach bitter. »Du hättest dein Gesicht sehen sollen. Hattest ganz schön Angst, was?«

Er schlägt die Augen auf. Gibt mir genau den Blick, den man sich halt so einfängt, wenn man einem Mann eine menschliche Regung unterstellt. »Ich kann es beherrschen«, sagt er, die eisige Stimme triefend vor Stolz.

Ich lach. Na ja, bin halt nur ein Mädchen. »Vielleicht solltest du Guru werden oder so«, schlag ich vor. »Was ist dein Trick?«

Ich erwart keine Antwort, aber Sanders atmet tief durch. »Ich frage mich«, sagt er, »gibt es etwas Wichtigeres als die Angst? Und glauben Sie mir – es gibt immer etwas Wichtigeres.«

»Oh.« Ich halt ein bisschen die Luft an. »Und was war das in diesem Fall?«, frag ich, spekulier auf was Romantisches.

Aber: »Sie hatten die Tasche«, stößt er ruppig hervor. Dann wird sein Mund hart und schmal. Seine Augenlider zucken.

Eine böse Ahnung fliegt mich an. »Hast du dir weh getan?«

Er nickt, Resignation und Erschöpfung im leeren Blick.

»Wollen wir mal unter deinen Mantel schauen?«, sag ich in meinem besten beruhigenden Frau-Doktor-macht-das-schon-Tonfall. Ich steh auf.

Sanders quält sich auf die Beine, öffnet seinen Mantel. Nichts zu sehen. Ich helfe ihm beim Ausziehen. Rechte Ärmel, linker Ärmel. Sanders unterdrückt einen Schrei. Der Rücken des Mantels ist feucht.

Ich leg ihm die Hand auf die Schulter und dreh ihn vorsichtig um. Der Rücken seines schwarzen Hemdes ist nass. Meine Finger färben sich rot, kleben. In Sanders' linkem Schulterblatt steckt eine Glasscherbe von der Größe eines Messerklinge.

»Scheiße! Oh Gott!« Ich drück ihn runter auf die Bank. »Du hast dir das halbe Autofenster in die Schulter gerammt.«

Er klammert sich an die Bank. »Ziehen Sie's raus«, sagt er.

Na klar. Nichts leichter als das. Ich seh mir die Sache an. Was, wenn die Hälfte drinbleibt? Was, wenn er mir verblutet?

»Machen Sie's einfach«, sagt er. Sanders ist vollkommen ruhig. Von irgendwo her höre ich die Sirene eines Rettungswagens. Mein innerer Notarzt schaltet auf Autopilot. Ich greif mir meine Tasche, die wichtiger ist als die Angst. Mit meiner Nagelschere zerschneid ich Sanders' Hemd. Er hält still, aber es ist die bebende Stille eines Wildtiers, das man aus der Falle befreit. Ich reiß ein Ersatzshirt aus der Tasche in Bahnen, bereit einen Druckverband vor. Find meine kleine Sprühflasche mit Sagrotan, die mir meine Mutter vor Jahren aufgenötigt hat. Bestimmt über'm Verfallsdatum. Aber besser als nichts.

Ich schieb meinen rechten Arm unter seiner Achsel durch und fixier ihn. »Ready?«, frag ich.

Er wendet den Kopf. Wir schauen uns in die Augen. Sanders senkt die Augenlider. Das blutige Glas hebt und senkt sich im Rhythmus seines Atems. Ich wart, bis sich sein Schulterblatt beim Ausatmen senkt. Meine bebenden Fingerspitzen legen sich um die Scherbe. Ich zieh. Sanders zuckt zusammen. Mein Arm hält ihn. Schmatzend gibt seine Haut das Glas frei. Er schnappt nach Luft. Lehnt sich schwer gegen mich, krümmt sich. Ich halt ihn, leg die Scherbe auf die Bank. Greif mit der anderen Hand nach dem Sagrotan, sprüh's auf die Wunde, press das zerrissene Shirt drauf.

Sanders keucht, weicht dem Druck meiner Hand aus, rutscht von der Bank auf die Knie. Blut sickert ihm über den Rücken. Ich will ihm aufhelfen, greif nach seinem Arm.

»Nicht. Anfassen.« Er stößt mich mit rechts beiseite. Kniet da und atmet und hält sich selbst wie ein Engel, dem man die Flügel ausgerissen hat. Irgendwo ruft ein Kuckuck. Mir wird plötzlich ganz flau. Was, wenn er stirbt? Oder den Arm nicht mehr bewegen kann? Urplötzlich seh ich Sternchen. Ich setze mich erst mal hin.

»Und jetzt?«, murmele ich. »Das muss sich ein Arzt ansehen, Mann. Du blutest wie 'n Schwein. Lass uns abhauen. Irgendwo in Ecuador gibt es bestimmt eine Klinik mit 'ner Notaufnahme.«

Sanders' Rücken bewegt sich auf und ab. »Lassen Sie mich einfach kurz in Ruhe, bitte«, presst er hervor. »Gehen Sie spazieren. Geht gleich wieder.«

Wie in Trance steh ich auf und lauf einfach los. Total auf Autopilot. Über einen Friedhof, groß wie ein Park. Die Gräber sind regelrechte Tempel, moosig und mindestens hundert Jahre alt. Wahrscheinlich Massengräber oder so. Ich folg den Eichhörnchen und find einen halb zugefrorenen Brunnen, ein Gestell mit Gießkannen. Ich leih mir eine aus.

Als ich wieder zurückfind hinter unsere Familiengruft, zieht Sanders gerade den Rest seines Hemdes aus. Seine Wunde blutet nur noch wenig. Er dreht sich um, als er meine Schritte hört. Sein Oberkörper dampft in der Kälte.

Ich stell die Gießkanne ab. »Ich hab Wasser mitgebracht«, sag ich und mach einen Fetzen von meinem zerrissenen Shirt nass. »Wart mal, ich ...«

Sanders steht genau vor mir, Abstand vielleicht zwanzig Zentimeter, und er hat obenrum nichts an außer dem Blut auf seinem Körper. Es ist ein kalter Frühlingsmorgen, zwei Grad maximal. Seine Haut glüht. Plötzlich bin ich mir dieser Wärme sehr bewusst.

Ich heb die Hand mit dem feuchten Stoff. Sanders' Schultermuskeln spannen sich. Zwischen seinen Brauen erscheint eine tiefe Furche. Hände weg. Die Warnung könnt nicht deutlicher sein, stünde sie als riesiges Tattoo quer über seinem Herzen.

Ich wär nicht ich, wenn ich's nicht trotzdem täte.

Ich dreh ihn um und wisch ihm das Blut vom Rücken, vorsichtig wie Daktari bei einem verwundeten Löwen. Ich tu's so sanft, dass es sich fast gut anfühlt. Fast zärtlich. Fast nicht mehr rein medizinisch. Die Haut auf Sanders' Rücken ist makellos glatt mit einem bräunlichen Unterton. Bis auf den hässlichen Schnitt und eine alte Narbe am Oberarm ist sein Körper völlig unversehrt – wie der eines sehr jungen Mannes. Ich spül das Blut aus dem Stoff, wasch ihm auch noch die Brust. Er schaut an mir vorbei, lässt es geschehen.

Über seine Brust verteilen sich ein paar sehr sexy Leberflecke wie Sternbilder am Himmel. Es ist genau die Haut für ein seidenes Halstuch im offenen Hemdkragen. Für einen Kaschmirschal. Ich vergesse, warum ich an ihm herumreibe. Beobachte fasziniert, wie sich die perfekten hellbraunen Nippel auf seiner harten Brust aufstellen.

»Es reicht«, sagt er heiser. Er sieht mich direkt an, wartet auf die eine falsche Bewegung. Auf den Übergriff. Auf den Grund, mir eine zu scheuern.

»Sorry«, flüster ich ehrlich enttäuscht. »Da ist noch Blut. Ich versuch's nur abzuwaschen.«

Seine Hand fährt mir ans Handgelenk. Fixiert es wie eine Eisenspange. »Genug«, sagt er entschieden. »Leihen Sie mir eins von Ihren Shirts.«

Ich schluck und nick und schüttle den Wahn des Augenblicks ab. Ich lass den blutigen Lumpen fallen. Das letzte saubere Shirt in meiner Tasche ist schwarz. So weit so gut. Ich geb's ihm, er zieht es vorsichtig an. Es steht ihm.

»Siehst aus wie 'n Hipster: Bart, Anzughose und alles«, kicher ich.

Vorne auf dem Shirt steht in großen roten Strasslettern: LOVE.

Sanders' Gesicht verschließt sich. Er legt sich mühsam seinen Mantel um die Schultern, fröstelt, setzt sich wieder auf die moosige Bank neben dem Engel. Der Kuckuck ruft noch immer. Ein paar Krähen wackeln durch die Trauerweiden.

In diesem Moment macht es in meiner Tasche laut und vernehmlich »Pling!«

Schlimme Geschichten

Feiertag: das heißt, man hält besser beim Türkenbäcker, denn in der Kantine gibt es nur pappige belegte Schrippen vom Vortag. Und bunt gefärbte harte Eier aus Käfighaltung. Aber der Kaffee ist gut. Ein paar Diensthabende sitzen deshalb verteilt an den Siebzigerjahre-Tischen und schweigen frierend unter staubigen Yuccapalmen.

Frank Flohr hat schon einen harten Morgen hinter sich. Bei der Verfolgungsjagd hat er sich fast in die Hose gemacht, und dann der ganze Papierkram. Das Schlimmste: Zwar war Sanders zu schnell, aber er hatte auch noch grün. Das heißt, der Tanklastertyp hat mindestens eine Teilschuld. Und keine Ausnahme vom Feiertagsfahrverbot.

Fast noch schlimmer: Sanders und dieses Flittchen müssen in Juri Unverichts Laube irgendwas unter einem Busch ausgegraben haben. Was? Keine Ahnung. Saudumm gelaufen. Die beiden sind ihnen immer so haarscharf voraus, dass es selbst Flohr bei seiner Polizistenehre packt.

Und jetzt muss er auch noch eine gezielte Desinformation platzieren. Er sieht Christel Eisfeld sofort. Sie hat ihre randlose Lesebrille auf und liest die *Berlin Post*. Der Fall Steinberg hält sich nun schon drei Tage in Folge auf Seite eins: »Tote Politikerin: Streit ums Liebeshonorar« heißt es heute. Und wieder ein schockierendes Nacktfoto. Na ja. Schockierend scharf. Die Schockwelle erreicht Flohrs Hosenstall, bevor er sich's versieht.

Ein paar Minuten muss er ruhig atmen und an seine Schwiegermutter denken, dann kann er wieder aufstehen. Flohr fokussiert sich, geht rüber zur Eisfeld an den Tisch. Sie kennen sich nur vom Sehen. Was die Dame wohl sagen würde, wenn sie wüsste, dass Dank ihres lieben Freundes Sanders an ihrem Wagen seit zwei Stunden ein technischer und wirtschaftlicher Totalschaden vorliegt?

»Darf man?«

Sie nickt. Er setzt sich, packt sein Hühnerbrustbaguette aus.

»Schlimme Geschichte, das mit dem Kollegen«, sagt Frank Flohr und beißt hinein. »Glaubt man immer gar nicht, dass einer zu so was fähig ist. Obwohl, was man so von Martin Sanders hört … Kannten Sie ihn, als er noch hier war?«

Frau Eisfeld sieht auf. »Ja«, sagt sie. »Das ist eigentlich ein netter Junge, der Martin. Hat bisher nicht viel Glück gehabt im Leben. Aber Polizist mit Leib und Seele.«

»Die beim polizeiärztlichen Dienst kriegen jetzt richtig Ärger, hab ich gehört«, sagt Flohr. »Der soll ja von Kindheit an traumatisiert gewesen sein. Den hätten die gar nicht erst einstellen, geschweige denn zum LKA holen dürfen.« Er schüttelt bedauernd den Kopf. »Ist doch klar, dass so einer irgendwann mal durchdreht. Eine Gefahr für die Kollegen, so einer.«

Frau Eisfeld legt die Zeitung beiseite, setzt die Brille ab und wird sehr gerade. »Der Martin hat die Aufnahmeprüfungen mit Bravour bestanden«, sagt sie mit Nachdruck. »Und er war einer von dreien in seinem Jahrgang, die auch den Lehrgang bestanden haben. Unser Leiter Spezialeinheiten hat ihn immer für einen sehr guten Mann gehalten.«

»Ja, aber dieser Psychostress mit den Lorenzos? Wenn nur die Hälfte davon wahr ist, was man so hört ...« Flohr legt den Kopf schief.

»Stimmt alles«, sagt Christel Eisfeld. »Martin hat Rocco Lorenzo erschossen, aber es war ein Unfall. Trotzdem ist er nie drüber hinweggekommen. Stellen Sie sich mal vor, Sie erschießen ein Kind.«

»Schlimm. Aber dann hat sich der ältere Bruder von Rocco die Frau von dem Sanders geschnappt?«

»Das ist wirklich eine entsetzliche Geschichte. Nachweisen konnte man ihm nie etwas.« Christel seufzt. »Ja, Martin hat's nicht leicht gehabt. Auch das mit seiner Mutter. Trotzdem hat er sie immer besucht und sich immer gekümmert. Er ist wirklich eine treue Seele.«

Flohr reibt sich die Stirn und nickt in seinem Kaffee. »Die Mutter? Ja, in der Angelegenheit kommt auch noch Ärger auf Sanders zu. Das Heim hat vorhin angerufen und gefragt, ob wir wissen, wie man ihn erreichen kann. Die Mutter kann sich angeblich plötzlich an den gesamten erweiterten Suizid erinnern. Stellen Sie sich mal den Schock vor. Nach dreißig Jahren!«

»Oh je.« Christel Eisfeld schlägt die Hand vor den Mund. »Wer hat angerufen? Frau Doktor Arnhold?«

»Ach?« Frank Flohr tut erstaunt. »Sie kennen die Leute von der Geschlossenen?«

»Ich war mal mit Martin da.«

»Offenbar haben die in der Psychiatrie der guten Frau Sanders dreißig Jahre lang nicht gesagt, dass sie zwei von ihren drei Kindern auf dem Gewissen hat. Nun sind die Ärzte natürlich in Panik. Wollen mit Sanders sprechen wegen eines neuen Therapieansatzes. Die Mutter mussten sie im Bett fixieren. Lebensbedrohlicher Bluthochdruck und sie wollte aufs Pflegepersonal losgehen. Aber fixieren geht auf Dauer nur mit Einwilligung ihres Sohnes. Er ist ja ihr Vormund. Na, der hat seine eigenen Sorgen. Vielleicht ist er längst schon nicht mehr im Land.«

Christel Eisfeld nickt versunken und fummelt an ihrer goldenen Brillenkette. Als sie aufsteht und ihm abwesend einen schönen Feiertag wünscht, weiß Frank Flohr, er hat sie.

Passwort gesucht

Das Geräusch in meiner Tasche geht mir durch und durch.

»Was war das?«, fragt Sanders scharf. »Haben Sie doch irgendein Gerät an?«

Ich schüttle hilflos den Kopf und kipp meine Tasche auf der Steinbank aus. Der Laptop blinkt zaghaft.

»Von wegen ich«, prust ich. »*Du* hast meinen Laptop nicht richtig ausgemacht!«

Ich klapp ihn auf. Das WiFi-Fenster erscheint auf dem Bildschirm und meldet ein Bluetooth-Gerät: OBDII. »Was zum Teufel ist das? Hab ich noch nie gesehen.«

Sanders steht auf und schaut mir über die Schulter. »Das wird jetzt schon zum dritten Mal angezeigt«, sagt er. »Warten Sie mal. Es muss etwas sein, dass Sie bei sich tragen. Denn es hat sich jetzt erst angemeldet, nachdem Sie vom Spaziergang wiedergekommen sind. Alle anderen Sachen waren ja die ganze Zeit über hier.« Sein Blick sucht meinen Körper ab wie ein Nacktscanner.

»Hast du mich verwanzt, oder was?« Ich schau hilflos an mir herunter.

»Ich nicht.« Er greift nach meinem linken Unterarm. »Die Uhr. Wo haben Sie die her?«

Ich reiß mich los. »Familienerbstück. Geht dich nichts an.«

Er lacht heiser. »Schöner Versuch. Ich zeige Ihnen jetzt mal was.« Er macht meinen Laptop auf. Mit ein paar Klicks öffnet er ein Foto von Julia Steinberg. Sie lächelt und sie trägt meine Uhr.

»Scheiße«, flüster ich.

»Ich höre«, befiehlt er.

Also erzähl ich's ihm.

»Zeigen Sie das Ding mal her.«

Ich zieh die Uhr ab. Sie sieht aus wie normale moderne Uhr, find ich. Sanders dreht sie von rechts auf links. Dann greift er in die Jackentasche und holt eine Sicherheitsnadel raus. »Nicht kaputtmachen«, protestier ich.

Er schenkt mir einen vernichtenden Blick. Dann drückt er die Spitze der Sicherheitsnadel in ein winziges Loch. Es klackt leise, aus der Uhr fährt ein USB-Stecker. Ich starr erst die Uhr und dann Sanders mit offenem Mund an. »Hello? Was ist das denn?«

»Das«, sagt Sanders triumphierend, »ist ein USB-Stick mit Bluetoothadapter, der wie eine teure goldene Uhr aussieht.«

»So was gibt's?« Ich bin echt platt.

Er nickt und greift den Laptop. »Schauen wir nach, was Frau Doktor Steinberg Ihnen wirklich vermacht hat.«

Die Uhr wird als »Gerät mit Wechselmedium« angezeigt. Sie hat nur ein einziges Verzeichnis: 130322.

»Ein Datum«, sagt Sanders. »Freitag vor einer Woche.«

In dem Verzeichnis gibt es nur eine Datei: DTAUS130322.accdb

Sanders klickt die Datei an. Ein sanft blau leuchtendes Fensterchen erscheint und fordert ein Kennwort.

»Versuch's mit *Juri*«, schlag ich vor.

Aber *Juri* ist es nicht. Sanders hat noch ein paar Tricks auf Lager, versucht, die Datei in eine andere Datei zu importieren, sie als offenes Format zu speichern, als xml- oder txt-Dokument. Nichts funktioniert.

»Julia Steinberg hat MGF erpresst«, stellt er fest. »Die Frage ist bloß, womit.«

»Das kann dir nur ein Hacker sagen«, sag ich. »Oder Jutta Deppe.«

Aus meiner Tasche ertönt erneut ein Geräusch, diesmal ein beharrliches Schnurren. Langsam glaub ich echt, hier spukt's.

Erpressung

»Warum arbeiten Sie nicht mit uns zusammen, Frau Jung?«

Kaplan schämt sich für Flohr, der sichtlich beeindruckt ist von Viktoria Jungs schickem Chefbüro. Wie hypnotisiert starrt er durch die raumhohen Fenster auf die Spree. Kaplan selbst fixiert die Eiskönigin hinter ihrem blankpolierten Schreibtisch, der ungefähr so groß ist wie sein Wohnzimmer.

»Wenden Sie sich an unsere Sicherheitsberater, wenn Sie noch Fragen haben«, schnarrt sie.

»Wir möchten eigentlich nur wissen, in welchem Verhältnis Sie zu Julia Steinberg standen. Und sagen Sie jetzt nicht, Sie kannten sie nicht oder einen vergleichbaren Blödsinn.«

Das Telefon auf dem Schreibtisch beginnt zu klingeln. Frau Jung zuckt fast unmerklich zusammen. Ihr Blick huscht über das Display.

»Gehen Sie ruhig ran«, sagt Kaplan, der sonst was dafür geben würde, das Display auch lesen zu können. Aber es ist zu weit weg.

Frau Jung schüttelt knapp den Kopf. »Kann warten.« Aber ihre Stimme schwankt, als sie aufsteht. Es klingelt und klingelt. »So, meine Herren. Mit Julia Steinberg war ich in einer Schulklasse, aber das wissen Sie sicherlich bereits. Das ist fast dreißig Jahre her. Und jetzt darf ich Sie hinaus bitten. Ich habe in ein paar Minuten eine Telefonkonferenz mit Italien.«

»Eins noch«, sagt Kaplan ruhig. Es klingelt und klingelt und klingelt.

»Was denn?«, faucht Viktoria Jung gereizt.

»Erstens, wir wissen, dass Sie aktuell Kontakt hatten. Vielleicht haben Sie ihr bei den Recherchen für ihr Buch geholfen?«

»Keine Ahnung, wie Sie darauf kommen.«

»Die Widmung. Und zweitens: Wird MGF erpresst oder hat es jemals in der Vergangenheit einen Erpressungsversuch gegeben? Vielleicht aus dem Kreis Ihrer Mitarbeiter?«

Es klingelt und klingelt und klingelt. Viktoria Jung starrt Kaplan an, weiß offensichtlich keine Antwort, wird erst kalkweiß, dann knallrot und schiebt die Männer zur Tür heraus.

»Eine Frechheit!«, kreischt sie. »Was wollen Sie uns da anhängen? Wir haben keine Sicherheitsprobleme, hören Sie? Bei uns arbeiten nur langjährige, loyale Mitarbeiter!«

Die Tür knallt dermaßen hinter ihnen zu, dass die Empfangssekretärin fast vom Stuhl fällt.

»Treffer«, sagt Kaplan zu Flohr auf dem Weg zum Auto. »Jetzt brennt da drin die Luft. Wir bleiben in der Nähe und schauen, was sie als Nächstes tut.«

Lunedì dell'Angelo

Heiko Lorenzos Mutter ist auf Hundertachtzig. Es ist Ostern und da muss Viktoria Jung, die verhasste Frau von Heikos Bruder Guido, arbeiten? Die ganze Familie sitzt in Signora Lorenzos Wohnzimmer um eine Kaffeetafel, aber die Deutsche muss arbeiten? Am Lunedì dell'Angelo, dem Montag des Engels? Diese Gottlose lässt den armen Jungen mit den Kindern allein. Noch nicht einmal ans Telefon geht sie, wenn ihr Mann sie anruft. Jeder Hund ist bei sich zu Hause ein Löwe, aber bei Guido reicht es nicht einmal dazu. Und überhaupt, wieso arbeitet eine Frau so viel? Das ist nicht recht. Die Mutter der Signora hat immer gesagt: Such dir Frau und Ochsen in deinem Dorf. Mama mia, dieses Unglück! Sie ringt die Hände. Guido Lorenzo lässt die Vorwürfe schweigend über sich ergehen. Als Mann und Sohn hat er versagt. Seine Ohren glühen.

Heiko Lorenzo trinkt einen Espresso. Er weiß, er ist der gute Sohn. Seine Mutter besteht darauf, dass der Fernseher läuft. Sie liebt die Panorama-Sendung auf RAI Uno über die Auferstehung. Gerade sieht man einen Bericht über Ostern auf den Philippinen. Junge Männer laufen mit entblößtem Oberkörper durch die Straßen Manilas und schlagen sich mit Metallruten den Rücken blutig. Dreißig Männer und eine Frau werden mit fünfzehn Zentimeter langen Nägeln jeweils an ein Kreuz geschlagen. Dazu zitiert der Kommentator den Engel aus dem Matthäus-Evangelium: »Fürchtet euch nicht! Ich weiß, ihr sucht Jesus, den Gekreuzigten. Er ist nicht hier; denn er ist auferstanden.«

Lorenzos Mutter streichelt Heiko mit Tränen in den Augen die Wangen. Ihr guter, braver Junge. Seine Frau ist wieder schwanger. Er wird die Signora wieder zur Großmutter machen.

Un miracolo.

In diesem Moment klingelt Heiko Lorenzos abhörsicheres Handy. Viktorias Nummer.

»Geschäftlich«, murmelt Heiko, steht auf und geht in den Flur. »Ja?«

»Lass dir was einfallen, Heiko«, zischt Viktoria. »Die Polizei war hier. Die wissen von der Erpressung. Und jetzt sitzen sie da unten gegenüber vom Parkplatz in ihrem Auto und warten auf mich.«

Lorenzos Handflächen werden feucht. »Geh in die Tiefgarage. Ich schick dir den Oberbeck mit einem Kastenwagen. Wir holen dich da raus.«

Privat

Das Prepaid-Handy klingelt. Die Vale will schon wieder losplappern, aber Sanders hebt die Hand, bringt sie zum Schweigen, nimmt ihr das Handy weg und das Gespräch an.

»Ich bin's«, hört er Christels Stimme.

»Was gibt's?« Sofort hat er ein schlechtes Gewissen wegen des Autos.

»Pass auf, Martin, ich habe es gerade in der Kantine gehört«, sagt sie. »Die Klinik sucht dich. Angeblich ist deine Mutter so ausgerastet, dass sie sie fixieren mussten.«

Sanders macht ein dumpfes Geräusch. Er hört, was Christel sagt, aber das kann nicht sein. Nicht jetzt. Das darf nicht sein. Er muss da hin. Er kann da nicht hin. Aber er muss doch.

»Die haben hier angerufen, weil sie dich suchen, Martin. Deine Mutter erinnert sich wieder. Sie weiß jetzt, dass du ihr jahrelang Geschichten erzählt hast.«

»Nein. Aber … nein! Das waren doch keine Geschichten, das war doch …« Sein Leben? Kann er so weit gehen? Auf jeden Fall sind es mehr als nur *Geschichten*. Ein gewebtes Leben, etwas, das in ihm drin ist. Das wahr ist, weil er es sagt. Er braucht die Geschichten. Er liebt sie. Irgendetwas muss er ja lieben.

»Ich hätte mich nicht gemeldet, wenn's nicht dringend wäre«, sagt Christel in die Stille. »Martin? Bist du noch da?«

»Ja.« Gerade mal so eben ist er noch da. Aber er wird verschwinden, so wie seine Geschichten. Wie sein Leben.

»Wirf die Karte weg, wenn wir aufgelegt haben, Martin.«

Sanders Gehirn springt wieder an. Seine Mutter wird dieses eine Mal hinter seinem eigenen Leben zurückstehen müssen. »Wir müssen uns treffen«, sagt er. »Du musst mir helfen. Bitte. Ich brauche jemanden, der mir eine verschlüsselte Datei aufmacht. Eine Datenbank wahrscheinlich. Jetzt.«

»Eine Datei? Was machst du da bloß?« Christel seufzt. »Wie wichtig ist es?«

»Es ist ein Riesending«, sagt Sanders. »Wie groß, wissen wir, wenn wir die Datei offen haben.«

»So'ne Art Watergate«, ruft die Vale aus dem Hintergrund.

»Du bist nicht allein?« Christels Stimme klingt plötzlich gewollt neutral.

Sanders seufzt. Frauen. »Ich hatte das Vergnügen, Miss Liberty Vale kennen zu lernen.« Er tränkt das Wort »Vergnügen« mit genügend Sarkasmus für eine ganze Kompanie Zyniker.

»Keine Sorge!«, schreit die Vale aus dem Off. »Er ist viel zu alt für mich!«

Sanders schließt gequält die Augen. »Du kennst sie auch«, sagt er zu Christel. »Sie ist jeden Tag auf dem Titel der *Berlin Post*.«

»Nein!« Christel kichert. »Oh Gott! Die? In der Zeitung stand, ihr Mundwerk ist mindestens so groß wie ihre …«

»Die Untertreibung des Jahres.«

»Du Ärmster. Genau dein Typ, was?«

»Du musst mich hier rausholen, Christel.« Sanders legt alles an Heiratsschwindler-Timbre in seine Stimme, was sein geschundener Körper noch hergibt.

»Also gut. Weil du's bist. Heute nach dem Dienst. Wo treffen wir uns? Ein öffentlicher Ort. Wo man gut verschwinden kann, wenn nötig.«

Alles in Sanders frohlockt. Christel kann die Datei aufmachen, sie ist ein EDV-Genie. Noch ein paar Stunden, dann ist dieser Albtraum vorbei.

»Alexanderplatz«, sagt er. »Bei den Straßenbahnen. Um vier. Und bring bitte irgendetwas mit, das eine Datei verschicken kann.« Er legt auf, fasst sich, dreht sich um. Schämt sich ein bisschen, weil er Miss Vale als Monsterweib hingestellt hat. Die ständigen Provokationen nagen an seinen Manieren. »Was soll das immer, hm?«, schnauzt er sie an.

Die Amerikanerin sitzt ihm ganz entspannt auf der Steinbank gegenüber und grinst. »Deine Freundin?«, fragt sie und zieht die Augenbraue hoch wie eine Kriegsflagge.

Sanders puhlt die Prepaid-Karte aus dem Handy und schmeißt sie in die Büsche. »Die Frau soll uns helfen«, sagt er, die Stimme ruhiger als er selbst. »Eine ehemalige Kollegin aus der EDV-Abteilung vom LKA. Die macht uns die Datei auf.«

»Siehst du, Schnüffler, ich wusste es. Jeder Ex-Bulle kennt einen von früher, der ihm noch einen Gefallen schuldet.«

Sanders schüttelt den Kopf. »Das mag vielleicht in Ihrer Sonntagabend-Tatort-Welt so sein«, sagt er. »Das hier eben, das war die Frau, deren Auto ich zu Schrott gefahren habe. Ich habe keine Ahnung, wie ich sie dafür entschädigen soll. Wenn hier also überhaupt jemand etwas schuldig ist, dann bin ich das. Und jetzt halten Sie einfach mal für ein paar Minuten den Mund.«

»Aber – warum hat sie eigentlich angerufen? Was war das am Anfang? Was für Geschichten? Und was ist mit ›Nein!‹?«

»Das ist …« Schlimm. Schrecklich. Schmerzhaft. Sanders sucht das richtige Wort. »Privat.«

Die Vale lacht kurz und trocken. »Privat, ja? Mann, hoffentlich haben sie im Knast 'ne Einzelzelle für dich, da kannst du dann fünfzehn Jahre schweigen wie im indischen Aschram! Scheiße!« Sie springt auf, ihre Fassung ist weg, sie tritt eine Konifere krumm, ihre Augen schleudern Eisblitze. »Idiot! Was glaubst du eigentlich, wer du bist, dass du hier auf Mister Obergeheimniskrämer machst? Ich hätte dich jeden Tag zehnmal verpfeifen können, wenn ich gewollt hätte. Oder nackt am See aussetzen. Oder mit der Autoscheibe im Rücken krepieren lassen. Was muss ich noch alles machen, damit du locker wirst, hm?«

Sanders starrt die Frau an. Ihre seltsam fehlfarbenen Augen leuchten ihm in den Kopf wie zwei Stabtaschenlampen. »Lassen Sie mich einfach in Ruhe, bitte«, sagt er, die Stimme viel zu hilflos für einen erwachsenen Mann. Er bringt nichts zustande als eine höfliche Bitte. Sanders schämt sich für seine Unkonzentriertheit. Seine Feigheit. Er sieht seine Mutter vor sich, mit Händen und Füßen an ein Bettgestell gefesselt. Sie ist eine alte Dame, das können die doch nicht machen! Aber was auch immer er jetzt tun würde – es wäre falsch. Soll er ins Heim fahren? Vermutlich warten sie da schon auf ihn. Oder Frau Doktor Arnhold anrufen? Soll er seinen Vater bitten, hinzugehen? Den Mann, der seine Frau in dreißig Jahren nicht besucht hat? Sinnlos. Sanders' Gedanken jagen hier hin und dort hin wie Ratten im Labyrinth. Ausweglos. Er hat verloren. Sein blutiger Mantel klebt an ihm, stinkt nach Kupfer. Sein Schulterblatt schmerzt, seine Haut juckt. Er gibt auf. Will seine Ruhe. Eine Dusche und saubere Sachen.

»Ich bin auf deiner Seite, Mann. Kapierst du das nicht?«, faucht Liberty Vale ihn an. Sie schlägt mit der flachen Hand auf einen Grabstein, schüttelt den Kopf. »Ich will dir helfen.«

Die Frau weiß nicht, wovon sie spricht, aber das kann er ihr so nicht sagen. Sonst geht sie total aus dem Kleister. Die Vale ist ihm vertraut geworden, ihr besonderes Temperament, vielleicht ist es auch nur ihr Bluthochdruck, Sanders fehlt die Kraft, es herauszufinden. Er schaut sie gern an, auch wenn er dabei das Gefühl ertragen muss, sich zu nah an eine Hochspannungsleitung gewagt zu haben. Miss Vale ist hübsch, wenn sie wütend ist. So hübsch wie eine punkige Feenkönigin auf Speed. Eine Feenkönigin, die fest entschlossen ist, ihn in ihr Reich zu entführen. Aber er, der Sterbliche, weiß, dass dort tausend Jahre vergehen wie ein Tag.

»Sie helfen mir am meisten, wenn Sie mich nachdenken lassen«, sagt er. »Bitte.« Er hält dem spöttischen Blick stand. Ihre Augen glitzern wie Aquamarine in der Morgensonne. Es ist dieser sehr amerikanische Come-On-Look. Sanders weiß, er wird seine Auszeit nicht bekommen.

»Um vier am Alexanderplatz?«, sagt sie. »Da haben wir ja noch ein paar Stunden. Okay, du willst mir nichts erzählen. Dann erzähl ich dir was. Ein Märchen.«

Was Größeres

Kaplan und Flohr sitzen im Wagen vor dem MGF-Hochhaus und warten. Worauf, weiß Kaplan nicht genau. Er hat das Gefühl, eine Reaktion provoziert zu haben. Aber bei Viktoria Jung tut sich nichts. Nur der Kastenwagen eines Reinigungsunternehmens mit zwei Männern fährt über den Parkplatz in die Tiefgarage. Kaplan raucht und schaut auf die Uhr. Bald Mittag. Er hasst es, tatenlos herumzusitzen. In diesem Moment klingelt sein Telefon. Der Innendienst.

»Frau Eisfeld hat mit der Zielperson telefoniert«, meldet der Kollege aus der Zentrale. »Treffpunkt sechzehnhundert, Bahnhof Alexanderplatz.«

Kaplan drückt die Zigarette aus und flucht. Zu unübersichtlich. Zu viele Touristen. Er wird eine Hundertschaft in Zivil brauchen, um Sanders und Vale einigermaßen gefahrlos dingfest machen zu können. Er übergibt das Telefon an Flohr. »Bestellen Sie das SEK«, befiehlt er. »Und rufen Sie die Sicherheitszentrale der Bahn an. Die sollen's der Bahnpolizei durchgeben. Ich hab so das Gefühl, das wird was Größeres.«

Flohr nickt und regelt die Details. Hundertschaft ist nicht. Die Kollegen müssen Ostermärkte, Osterkonzerte und Osterfeuer in allen Bezirken schützen. Aber ein SEK bekommt er.

Kaplan startet den Wagen. »Fahren wir zum Alexanderplatz und schauen uns um.« Er hat noch nicht richtig ausgeparkt, da klingelt sein Handy schon wieder. Die Analyse von Joachim Jägers Laptop ist da. Mit spannenden Ergebnissen, was die von Frau Steinberg empfangene E-Mail angeht. Kaplan freut sich und tauscht noch ein paar Nettigkeiten aus. Dabei entgeht ihm der unauffällige Werkstattwagen eines Reinigungsunternehmens, der vom MGF-Parkplatz biegt und sich an ihn dranhängt.

Der tapfere Zinnsoldat

Irritierte Amseln singen in den schwarzgrauen Schatten zwischen den Grabsteinen. Von den kahlen Alleebäumen weht ein Geruch nach Neuschnee, Sauerstoff und feuchtem Laub herüber. Armdicke Winden alten Efeus klettern am rostigen Schmiedeeisen zwischen den Gräbern. Ich sitz auf der Steinbank, hab die Beine angezogen und untergeschlagen. So werden meine Schuhe nicht nass, und ich kann die Jacke fast bis über die Knie ziehen. Meine Kiefermuskeln sind klamm vor Kälte. Sprechen ist zäh, Silben rutschen mir zusammen, aber meinen Text kann ich, ganz automatisch, als würd ich ihn von einem Blatt in meinem Kopf ablesen. Dabei hör ich die Stimme meines Vaters und beweg nur die Lippen dazu. Sanders fixiert mich seit ein paar Minuten zuerst genervt, dann misstrauisch. Dann wird sein Gesicht immer weicher.

»Plötzlich nahm der Junge den tapferen Zinnsoldaten und warf ihn in den Ofen«, sag ich. »Er stand ganz beleuchtet da und fühlte diese schreckliche Hitze. Aber ob sie von dem wirklichen Feuer herrührte oder von der Liebe, das wusste er nicht. Er sah die niedliche kleine Tänzerin an, sie blickte ihn an und er fühlte, dass er schmolz. Aber noch stand er standhaft mit dem Gewehr im Arm. Da ging eine Tür auf, der Wind ergriff die Tänzerin und sie flog, einer Sylphide gleich, gerade in den Ofen zum Zinnsoldaten, loderte in den Flammen auf und war verschwunden. Da schmolz der Zinnsoldat zu einem Klumpen. Und als die Dienstmagd am nächsten Morgen die Asche herausnahm, fand sie ihn als ein kleines Zinnherz, von der Tänzerin hingegen war nur noch der Stern da und der war kohlschwarz gebrannt.« Ich hol tief Luft. Meine Augen sind trocken von der Kälte, brennen ein bisschen. »Schön, was? Sylphide. Das sagt heute keiner mehr.«

»Wieso kennen Sie das auswendig?«

»Mein Vater hat mir immer vorgelesen, als ich noch klein war. Als er noch bei uns gewohnt hat. Mit seinem amerikanischen Akzent hat es sich noch schöner angehört. Fast wie Gesang.«

Sanders lächelt nur mit den Augen. So leicht, dass das Lächeln es nicht bis in die Mundwinkel schafft. Er lässt mich quasi wissen, dass er ein Lächeln in sich hat, aber zeigen kann er es nicht mehr. Keine Kraft. Seine Augen sind von einem feinen Netz aus Fältchen umgeben. Er sieht müde aus, fertig, besiegt. »Hätte ich Ihnen gar nicht zugetraut«, sagt er heiser, fährt sich übers Gesicht.

»Du hörst eigentlich ganz gern 'ne gute Geschichte, was?«, frag ich in meiner dezenten Art.

Er nickt, reibt sich die Augen. Ich steh auf, geh zu ihm rüber, setz mich neben ihn und leg ihm den Arm um die Hüfte. Sein Mantel ist warm. Das tut gut. Sanders hält still, aber die Bitterkeit hängt sich plötzlich schwer in seine Mundwinkel.

»Und du weißt auch genau, wie sich der Zinnsoldat fühlt, was?«, flüstere ich in Richtung unserer Füße. Ich drück ihn ein bisschen, vorsichtig, wegen der Schulter.

Sein Gesicht leuchtet auf eine zaghafte, leise Art. Er streckt sich, probiert seine Schulter. »Wird schon wieder«, sagt er. »Nur einen Moment ausruhen.«

»Erzähl mir deine Geschichte«, sag ich.

In der Eisesstille klingt's wie ein Befehl. Ist als Bitte gemeint. Der Friedhof hält den nasskalten Atem an. Sanders ist ein Telepath. Die

Haare an meinen Armen stellen sich auf und erstarren. Er denkt so laut, dass ich seine Stimme in meinem Kopf hör, obwohl er mich eigentlich nur anschaut mit seiner sanften Müdigkeit in den waldlichtungsfarbenen Augen. Seine Stimme in meinem Kopf sagt: Jeder, der eine Geschichte hört, übernimmt eine Verantwortung. Mein Kiefer klappt runter, ich kann nur nicken.

»Wir sind in Zivil unterwegs in Moabit, Beusselkiez«, beginnt Sanders. Zum ersten Mal fällt mir auf, dass er eine schöne Stimme hat: ein heller Tenor, jungenhaft, aber nicht lässig. Hochdeutsch mit scharfer Artikulation, wie ein Nachrichtensprecher. »Es ist schon nach Mitternacht, als die Meldung über Funk kommt: Kneipenschlägerei im ›Salto Mortale‹, schmierige Pizzeria, Inhaber ein gewisser Heiko Lorenzo. Ich kenn Lorenzo von verschiedenen Einsätzen. Gibt immer wieder Ärger wegen nächtlichen Lärms von seinem Straßenausschank. Diesmal sollen wir die Streife vor Ort unterstützen. Mein Kollege steigt aus und geht ins Restaurant, als plötzlich irgendwas in die Heckscheibe des Streifenwagens knallt. Ein Junge rennt weg, ich hinterher. Er um die Ecke, dunkle Seitenstraße, ich zieh meine Waffe. Da knallt mir aus dem Nichts etwas an die Schläfe. Ich fall auf die Knie, ein Tritt in die Rippen, mir wird schwarz vor Augen, jemand steht auf meiner Hand, ich lass die Pistole los, sie rutscht in eine Pfütze. Vor mir steht Heiko Lorenzo. Er ruft dem Jungen zu: ›Hol seine Waffe, Rocco!‹ Ich seh unscharf. Lorenzo schwingt einen Fleischklopfer, das zackige Profil blutig, mein Blut vielleicht. Lorenzo schreit was von Polizeistaat und dass er Hackfleisch aus mir machen will. Ich rappel mich auf, meine Seite schmerzt, ich kann nicht gerade stehen, krieg kaum Luft. Drei Rippen gebrochen. ›Ich schlag dich tot‹, schreit Lorenzo. Aber ich schaffe es irgendwie, dem Fleischklopfer auszuweichen, verpass Lorenzo einen Aufwärtshaken. Der lässt seinen Schnitzelklopfer fallen, ich fang ihn auf und schlag zu, Lorenzo klappt zusammen, gurgelt: ›Erschieß den Scheißbullen, Rocco! Mach schon!‹ Ich leg ihm Handschellen an, schrei, er soll den Mund halten. Dann dreh ich mich zu Rocco um. Der Junge ist höchstens zwölf, schmal, blass, steht da, hat die Hose voll. Meine Dienstwaffe sieht in seinen Kinderhänden lächerlich groß aus. Er hat auf mich angelegt. Die Mündung zittert. ›Gib mir die Waffe‹, sage ich. Ich bilde mir damals ein, immer zu wissen, wenn einer es ernst meint. Man sieht es in den Augen. Rocco meint es nicht ernst. Noch nicht.«

Er stockt und ich weiß nicht, wohin ich gucken soll.

»›Erschieß ihn, Schlappschwanz!‹, schreit Lorenzo. Ich versetz ihm einen Tritt, dann gehe ich auf Rocco zu und nehme ihm meine Waffe einfach wieder weg. Rocco heult. Er ist Heikos kleiner Bruder. Heiko hat ihm versprochen, wenn er uns die Heckscheibe einschmeißt, kauft er ihm einen Hund. ›Das kannst du jetzt knicken, du kleiner Wichser!‹, brüllt Lorenzo.«

»Scheißspiel.« Ich schüttel mich. Drüben unter den Eiben huschen im Schnee zwei Eichhörnchen zwischen Grabsteinen hin und her. Braun – weiß – braun – weiß und dann sind sie weg. »Was für 'n Arsch, dieser Heiko. Sagt man Wichser zu seinem Bruder?«

Sanders hebt die Schulter. »Normal in dem Kiez. Heiko Lorenzo sieht sich als Geschäftsmann, Kiezkönig. Entgrenzter Machismo. Heiko hat 'ne Testosteronvergiftung und will es den Bullen mal so richtig zeigen. Dreht vor seinem Bruder so richtig auf. Und Rocco hat er die Autoscheibe einschmeißen lassen, weil der noch nicht strafmündig ist. Das ist Tagesgeschäft auf Streife. BTM-Handel und Typen, die sich profilieren wollen. Oder müssen.«

»Mann, oh, Mann.«

Natürlich lügt Sanders nicht. Der Mann, dessen Geschichte er erzählt, ist seinem heutigen Selbst bloß so extrem unähnlich, dass ich ahne: Die überraschende Wendung kommt noch. Und nicht zum Besseren.

»Warum hast du eigentlich keinen anständigen Beruf gelernt, so wie ich?«, seufz ich.

Osterausflug

Der Osterausflug führt auf den verschneiten Friedhof. Heiko Lorenzos Mutter will am Grab ihres Sohnes ein neues Licht anzünden.

Guido hat es ihr gekauft, ein elektrisches Grablicht. Ein elektrischer Wegweiser für die Seelen der Toten. Egal. Licht ist Hoffnung in diesem verfluchten Eisfrühling.

Heikos Mutter, die Signora, hat sich wegen Viktorias Abwesenheit noch immer nicht beruhigt. »Natale con i tuoi, pasqua con chi vuoi«, zischelt sie mit einem Sarkasmus, der ihrem Alter nicht gerecht wird. »Weihnachten wird mit der Familie gefeiert und Ostern mit wem man will.« Dicke Luft.

Heiko Lorenzo ist deshalb ganz froh, als der Oberbeck ihn anruft.

»Ich hab die Chefin, Boss«, sagt er. »Sollen wir zum Friedhof kommen?«

»Aber pronto.«

»Halt mal. Boss? Die Bullen. Ich sehe gerade, die ziehen ab. Schichtwechsel? Was meinst du?«

Lorenzo bleibt stehen. »Glaub ich nicht. So blöd sind die nicht. Die haben was Wichtigeres vor. Häng dich dran. Viktoria soll sich ein Taxi nehmen. Und wenn du weißt, was die Bullen vorhaben, rufst du mich wieder an. Wenn's spannend wird, komm ich sofort zu dir.«

Rocco

»Ein paar Wochen später, ich bin gerade wieder gesund geschrieben, halten wir am Saatwinkler Damm ein Auto an, das Schlangenlinien fährt«, erzählt Sanders weiter. »Rocco sitzt am Steuer, Heiko daneben. Hat dem kleinen Bruder eine Fahrstunde gegeben. Wir fordern sie zum Aussteigen auf. Heikos Hand will an seine Hüfte. Mein Partner stößt ihn gegen den Wagen, tastet ihn ab. Findet eine 44er Magnum im Hosenbund. ›Hau ab, Rocco!‹, brüllt Heiko los. Rocco springt aus dem Wagen, stolpert, fällt hin, ich schreie: ›Liegenbleiben und Hände hoch!‹ Er liegt auf dem Bauch, keucht, dann dreht er sich plötzlich auf die Seite, reißt seine Jacke auf, seine Hand schnellt rein.«

Mein Herz schlägt einmal, zweimal, dreimal in die Leere nach Sanders' Worten. Hat keinen Sinn, die Wahrheit länger hinauszuzögern. »Du hast geschossen«, sag ich.

»Können Sie nicht machen bei einer Verhaftung. Nicht so eine Bewegung.« Er streicht sich mit beiden Händen das dunkle Haar zurück. Seine Finger sind totenbleich, genau wie sein Gesicht. »Es ist ein Reflex. Ich drehe Rocco auf den Rücken. Keinen Puls. In seiner Jacke steckt keine Waffe. Sondern ein Pitbull-Welpe.«

Der Wind hebt ein zerfrorenes Blatt von den Gräbern, schaukelt es hoch und immer höher, bis in die Baumkronen. Die Eichhörnchen huschen hinterher. Ein totes Kind. Eine verpasste Chance. Eine grenzenlose Schuld. Ich weiß, Sanders spürt das jeden Tag. Jede Nacht. Jede Sekunde.

Ich rück näher an ihn heran. Mechanisch streichle ich seinen Rücken mit meinem Daumen. Ich spür seinen Körper neben mir wärmer und wärmer werden, als würd ein Fieber in ihm brennen. Ich streichel ihn und hör den Amseln zu. Sanders holt ein Stofftaschentuch hervor und putzt sich die Nase. Da ist wieder dieses über die Augen gehauchte Lächeln. Plötzlich bricht es weg. Eine einzelne Träne löst sich von seinem Unterlid, zuckt ihm über die Wangenknochen, verläuft sich im Mundwinkel.

Ich wart, bis er sich wieder fängt. Sanders steht auf, klopft die Hose ab.

»Entschuldigen Sie«, sagt er heiser, setzt sich wieder neben mich. »Ich kann das nicht vergessen. Ich wünsch mir oft, ich wäre so wie Sie. Ich glaub nicht, dass zwei Menschen verschiedener sein können als wir.« Er atmet tief durch und schaut auf die Uhr. »Halb elf. Noch sehr viel Zeit. Vielleicht sollten wir versuchen, ein bisschen zu schlafen.«

Ein seltener Moment: Ich weiß nicht, was ich sagen soll. Natürlich könnte ich einen Spruch machen, zum Beispiel: Na klar, sind wir verschieden, mein Herz ist aus Gold und deines ist aus Zinn. Ein Herz aus Zinn ist Murks für einen Detektiv. Viel zu schwer und gleichzeitig viel zu weich für den Job. Ich mach aber keinen Spruch. Ich nehm seine eiskalte Hand, drück sie vorsichtig an meine Lippen und halt den Mund.

Berlin Alexanderplatz

Es nieselt Stecknadeln aus Eis. Liberty Vale läuft neben ihm her die Osloer Straße hinunter zum U-Bahnhof. Die Frau bewegt sich wie ein lebendes Ausrufezeichen. Er ist sich ihrer Ausstrahlung schmerzhaft bewusst. Unauffällig kann sie nicht. Nicht ihre Natur.

Sie steigen in die U8 Richtung Alexanderplatz. Der Bahnsteiggeruch nach Bremsstaub und nassen Menschen erscheint Sanders wie eine Art »Spiel mir das Lied von Tod« für die Nase. Er fühlt sich trotzdem überraschend gut. Tatsächlich hat er schlafen können in der Kälte hinter dem Mausoleum. Miss Vale hat ihn gehalten, der Wärme wegen. Seine Schulter spannt, aber er kann sie gut bewegen. Auch die Vale sieht ausgeruht und fokussiert aus. Sanders ist dankbar, dass sie ihn wegen seiner Geschichte nicht mit Fragen löchert. Er steigt neben ihr in die U-Bahn. Zu den Menschen, die an Ostern die Oma besuchen, einen Ausflug machen, aus der Kirche kommen. Oder vom Schlittenfahren.

Obwohl Sanders Liberty Vales Haar geschnitten hat, heben sich noch immer die Köpfe aller Männer, sobald sie den Zug betritt. Na klar. Sie trägt selbst das kurze Haar stolz wie eine Kappe aus Hermelinfell. Beim Laufen setzt sie die Füße schnurgerade voreinander wie ein Model auf dem Catwalk, ganz weich in den Hüften. Er glaubt nicht, dass sie das mit Absicht macht, aber sie fällt auf wie eine Zuckerstange in einem Zigarrenladen. Sanders wechselt mehrfach den Wagon, den Zug. Bemüht sich, nicht auf die anderen Passagiere oder in die Überwachungskameras zu starren. Es riecht im Abteil: Osterschnaps, nasse Mäntel, kalter Rauch, Deos, die versagt haben. Widerlich, einerseits. Andererseits ehrlich: Diese Stadt stinkt wie ein Raubtierkäfig. Dennoch kann sich Sanders nicht vorstellen, woanders zu leben. Dafür muss er sich diesen Fall vom Hals schaffen. Diese Stadt ist zu klein für ihn und die Lorenzos.

Liberty Vale stößt ihn an und zeigt auf ein Plakat. *Wir sind das Gewissen der Stadt,* wirbt die Kirche. Sanders fragt sich, ob er die Frau jemals wiedersehen wird, wenn das hier vorbei ist.

Die U8 fährt am Alexanderplatz ein. Sanders schaut sich um auf dem grün-blau gekachelten Bahnhof, findet den Wegweiser Richtung Straßenbahnen, Fernsehturm, Berliner Rathaus. Er schiebt Liberty Vale vor sich her, dirigiert sie die Treppen hinauf. Sie fühlt sich gut an. Es ist zehn Minuten vor vier.

Mordverdacht

Hinterausgang Bahnhof Berlin-Alexanderplatz. Eine zugige Straßenschlucht, halb Fußgängerzone, halb Straßenbahnhaltestelle. Vor McDonald's stehen schon die Sonnenschirme auf der Straße. Gegenüber prangt am Cinestar die Werbung für »Shootout« mit Sylvester Stallone. Der schaut rachsüchtig und photogeshopt vom Plakat mit seiner dicken Lippe und ebenso dicken Knarre. Ich muss an die selbstverständliche Bewegung denken, mit der sich Sanders vorhin seine Waffe eingesteckt hat. Aber hey, wir sind in Downtown Berlin. Da kann man nicht erwarten, dass man an Altersschwäche stirbt oder sich zu Tode langweilt.

»Kommen Sie.« Sanders packt mich am Arm und zieht mich hinter sich her auf die andere Straßenseite. Wir stellen uns zu den Touristen und warten und schauen unseren Atemfahnen hinterher.

Eine gelbe Tram der Linie M4 kommt angesummt, quietscht, hält, die Türen zischen auf. Menschen steigen aus. Eine Frau Ende fünfzig, blond, Dutt, taillierter Kamelhaarmantel, sieht sich auffällig um. Das muss sie sein, diese Christel. Sanders stellt mit einem kurzen Blickkontakt sicher, dass sie uns auch gesehen hat. Dann geht er langsam los, weg vom Bahnhof, vorbei an Dutzenden Velo-Taxen, die auf Passagiere warten, Richtung Eingang Fernsehturm. Bleibt nach ein paar Metern neben einer Bank stehen, den Goldene-Uhr-Stick bereits in der Hand. Der Eingang zum Fernsehturm sieht aus wie ein Mars-Roover und genauso unwirklich kommt mir unsere ganze Mission hier vor. Eine Dame im Achtzigerjahre-Look soll die schärfste Hackerin vom LKA sein?

Die Frau schließt zu uns auf, nickt zur Begrüßung so konspirativ wie in einer Szene aus »Der Spion, der aus der Kälte kam«. Sehr old school, aber was dann kommt, flashed mich wirklich. Sie holt einen Tablet-PC aus der Handtasche, hockt sich auf die Bank. Nimmt den Goldene-Uhr-Stick, schließt ihn an. Setzt eine randlose Lesebrille auf, findet sofort die Datei DTAUS130322.accdb. Dann fliegen ihre Finger über die Tastatur, Fenster öffnen sich, explodieren mit Zahlenkolonnen. Schließlich erscheint für einen Sekundenbruchteil wieder das sanft blau leuchtende Fensterchen und fordert das Kennwort, das Kennwort erscheint und – zack: Offen ist die Datei. Keine Minute hat das gedauert.

»Wow!«, mach ich und rubbel Christel anerkennend über die Kamelhaar-Schulterpolster. »Was ist das?« Christel hält Sanders das Tablet hin.

»Eine Buchungsliste«, sagt er. »Das sind Zahlungen von MGF. Riesen Softwarebude, die kennst du sicher, Christel. Und die Empfänger werden mit Klarnamen genannt. Da ist auch noch für jede Zahlung der Buchungsbeleg verlinkt. Und hier, da steht: Bearbeiter Deppe, Jutta.« Sanders scrollt die Liste herunter, schüttelt den Kopf. »Das ist Sprengstoff, Christel. Das gibt Neuwahlen und insgesamt mindestens hundert Jahre Knast, niedrig geschätzt. Kannst du das an irgendeinen sicheren Account mailen, jetzt gleich?«

Christel nickt und nimmt das Gerät, um die WLAN-Hotspots in der Nähe zu checken. »Übrigens«, sagt sie. »Weil ich da gerade Jutta Deppe lese. Ich hatte einen Auftrag von der Soko Sekretärin. Ich sollte die Buchungssysteme von ein paar Fluggesellschaften abfragen. Und eine Jutta Deppe ist für morgen früh um 8.30 Uhr ab Tegel gebucht ist. Erster Klasse mit Lufthansa nach Miami, dann weiter nach Asunción. Paraguay.«

Ich atme tief durch. Respekt. Die Deppe mit ihren Hunnis und ihren Strumpfbeinen ab nach Südamerika. »In der Pampa hat man doch auch nichts von seinem Geld«, plapper ich. »Und außerdem sprechen alle Spanisch.«

Christel hackt noch immer auf den Tasten des Tablets herum. »Fünf bis sieben Prozent der paraguayischen Bevölkerung sind Einwanderer deutscher Herkunft«, sagt sie abwesend. »Ich habe das mit

Frau Deppe noch niemandem gesagt, Martin. Falls dir das hilft, mach ich's auch nicht.«

Sanders nickt dankbar.

»Mist.« Christel Eisfeld flucht ganz undamenhaft. »Dreißig Netzwerk-SSIDs, aber ich kann mich nirgendwo authentifizieren. Was ist hier los?«

In diesem Moment erhebt sich eine Gruppe von drei Männern neben uns, die wie Touristen aussehen. Sind aber keine.

»Polizei«, sagt der eine und zeigt uns einen Ausweis. »Herr Sanders? Frau Vale? Bitte bleiben Sie ruhig. Ich nehme Sie fest wegen des dringenden Verdachts des Mordes an …«

Weiter kommt er nicht. Sanders greif sich das Tablet, tritt den einen Mann beiseite, duckt sich unter dem Arm des anderen durch und rennt Richtung Fernsehturm. Der dritte Typ hält mich fest. Ich reiß mich los und renn ebenfalls, nur in die andere Richtung, zurück zum Bahnhof. Aus dem Augenwinkel seh ich noch, wie sich weitere unauffällige Männer hinter Sanders hermachen. Zwei davon steigen aus dem Van eines Reinigungsunternehmens. Dann tackelt mich ein Polizist wie beim Rugby. Ich knall aufs Pflaster. Mach ein riesen Geschrei und schlag um mich. Schließlich halten mich fünf Männer fest. Ich wehr mich noch immer, aber sie legen mir Handschellen an. Ein hagerer Vampirtyp tritt vor.

»Kaplan, LKA 1«, sagt er. »Entspannen Sie sich, Frau Vale. Das Spiel ist aus.«

A Long Way Down

Sanders stopft das Tablet samt Stick in die Innentasche seines Mantels. Polizisten von rechts und links, also bleibt ihm nur die Mitte: der Hintereingang zum Fernsehturm. Davor ist ein kleiner Parkplatz abgezäunt. Sanders krallt sich in den Zaun, klettert drüber. Eine Treppe führt hoch zu einer Glasbrücke Richtung Turm. Ein Mann im Arbeitskittel mit Schiebermütze, mittelalt, kräftig, Glatze, steht in der offenen Tür. Sanders sprintet über den Parkplatz, die Treppe hoch, zieht die Pistole.

Der Mann an der Tür ist knallrot im Gesicht. Er gestikuliert wild, schreit in sein Handy: »Wenn det hier so weiterjeht, könnt ihr den Job alleene machn!«

Dann sieht er Sanders' Waffe, erstarrt mit offenem Mund. Sanders rammt ihm die SIG in die Seite, schiebt ihn in das Gebäude, zieht die Tür hinter sich zu.

»Auflegen«, zischt er. Der Mann gehorcht sofort. Sanders reißt ihm das Handy aus der Hand, steckt es in die Hosentasche. Er sieht sich um. Sie stehen in einem runden Flur im Fuß des Turms, von dem verschiedene Türen sternförmig abgehen. Die Wände sind aus rohem Beton. »Was ist das hier?«, fragt er.

»Haustechnik«, sagt der Mann, hebt die Hände und macht zwei Schritte rückwärts. »Verwaltung. Büros halt. Hören Sie – ick hab Familie …«

»Geschenkt. Wie komm ich hier wieder raus?«

Der Mann schüttelt den Kopf. »Wie Se rinjekommen sind. Von hieraus jeht's nur noch ruff.« Er zeigt auf einen Fahrstuhl.

Sanders kann sich dunkel an einen Schulausflug zum Fernsehturm erinnern, über zwanzig Jahre muss das her sein. Oben sind Aussichtsetage und Restaurant, darüber Techniketagen für die Fernsehübertragung. Eine Mausefalle. Aber egal. An Ostern ist alles voller Touristen. Und er muss in Bewegung bleiben. »Wie viele Fahrstühle haben Sie?«

»Drei. Den hier und zwee fürs Publikum.«

»Fahren Sie mich rauf.«

Der Mann zieht einen Technikschlüssel aus der Tasche und holt den Fahrstuhl. Hinter ihnen bummern Zivilpolizisten an die gläserne Eingangstür. Der Fahrstuhl kommt. Sanders schiebt den Haustechniker rein. Als sich die Fahrstuhltür gerade schließt, birst das Glas der Eingangstür.

Sanders atmet durch. Das Tableau des Fahrstuhls zeigt neun Haltestellen, eine davon »Aussichtsplattform + 203 m«, darüber »Restaurant + 207 m«.

»Aussichtsplattform«, befiehlt er.

Der Glatzenmann drückt den Knopf. Dann sagt er mit Blick auf die Waffe: »Keene Ahnung, wat Se vorhaben. Aber oben wartet Security. Und jetze an Ostern dreihundertzwanzig Besucher. Sie haben doch auch bestimmt jemanden, der um Sie weenen tut, wenn's vorbei is.«

Sogar die Hausmeister sind heute schon in Gesprächstaktik geschult. Sanders sieht ihn sich genauer an. Nicht unsympathisch. Berliner sind Anarchisten und deshalb gibt Sanders dem Mann eine Kurzfassung der Lage, zeigt ihm die Datei auf dem Tablet.

Der Hausmeister schaut ihm tief in die Augen. »Verschwörungstheoretika, wa?«

Sanders schüttelt den Kopf. »Hellseher. Was halten Sie von unserem Außenminister? Oder vom Wirtschaftsminister?«

Der Mann legt den Kopf schief. »Der eene ist 'ne profillose Flachzange. Der andere een jungscher Schnösel. Die kennen doch die Lebenswirklichkeit in Deutschland jar nich!«

»Okay.« Sanders nickt. »Sie helfen mir jetzt ein bisschen und ich verspreche Ihnen, die beiden sind innerhalb eines halben Jahres Geschichte. Die und ihre ganze Partei. Niemand kommt zu Schaden. Ich muss hier nur wieder raus.«

Der Fahrstuhl erreicht die Aussichtsebene.

Der Mann kneift die Augen zusammen und drückt auf den Knopf, der die Tür zuhält. »Wat meinen Se mit helfen?«

»Ich meine: Sie sind doch hier auch nicht zufrieden. Zeigen Sie's denen. Rufen Sie nicht gleich die Polizei. Geben Sie mir ein paar Minuten Vorsprung. Außerdem Ihren Schlüssel, Ihren Kittel und Ihre Kappe. Wo ist der Eingang zum Treppenhaus? Kommen Sie schon, Sie können ja sagen, ich hätte Sie mit Waffengewalt gezwungen.«

Der Mann grinst schief. Zögert kurz, zieht seinen Kittel aus. »Haben Se ja auch«, sagt er, nickt in Richtung der SIG und setzt Sanders seine Kappe auf.

Sanders steckt die Waffe in sein Schulterholster, zieht den XL-Kittel über seinen Mantel. Die Fahrstuhltür fährt auf.

»Zur Treppe jeht's da drüben. Diesa Schüssel.« Der Hausmeister gibt ihm den Schlüsselbund. »Sind neunhundert Stufen bis unten. Da geht keener zu Fuß hoch.«

»Danke.« Sanders klopft ihm auf die Schulter, tritt aus dem Fahrstuhl in den runden Raum der Aussichtsplattform. Stimmengewirr. Verbrauchte Luft. Es ist warm und überall Menschen. Familien mit Kindern. Gruppen von Jugendlichen. Während Sanders den Schlüssel in die Tür zum Treppenhaus steckt, kommt hinter ihm einer der Besucherfahrstühle an. Die Tür öffnet sich, kurzes Handgemenge, Schreie, dann stolpern die Leute aus der Kabine. Sanders duckt sich gegen die Wand, schaut vorsichtig über die Schulter. Verdammt. Der Hiker. Trägt eine Uniform von LorenzSecur. Mit einen Kollegen treibt er die Leute mit seiner Waffe aus dem Fahrstuhl wie Schafe. Lorenzos Leute müssen ihnen gefolgt sein.

Zwei Leute von der Turm-Security nehmen Kurs auf den Hiker. Gott sei Dank sind sie von der Konkurrenz. Sanders entscheidet sich gegen das Nottreppenhaus. In der allgemeinen Aufregung achtet niemand auf ihn. Die Security diskutiert mit dem Hiker, der schreit plötzlich los: »Alle hinlegen, Sicherheitsdienst! Amoklauf! Bewaffneter Terrorist!«

Niemand legt sich hin. Stattdessen stürzen die Menschen kreischend zu den Fahrstühlen. Keiner bewacht mehr die Treppe, die von der Aussichtsebene hinauf führt zum vier Meter darüber gelegenen Restaurant. Sanders läuft hoch, so gelassen wie möglich.

Oben hat noch keiner was mitgekriegt von der Panik auf der Aussichtsplattform. Es herrscht Osteridylle. Die vollbesetzten Restauranttische stehen auf einer Drehscheibe, die sich einmal pro Stunde um den Turm dreht. 360-Grad-Panoramablick beim Essen. Misstrauisch beäugt ein Kellner Sanders in seinem Hausmeisterkittel. Die Gäste an den Tischen beginnen zu tuscheln. Sanders sucht den Eingang zur Küche. Hier muss es doch auch irgendwo ins Treppenhaus gehen.

In diesem Moment stürzt der Hiker mit seinem Kollegen die Treppe hinauf ins Restaurant, einen Trommelrevolver im Anschlag wie in einem Jason-Statham-Film. Die Menschen schreien, springen auf. Sanders duckt sich hinter einen Büfett-Tresen.

»Schnauze halten!«, schreit der Hiker. »Sitzen bleiben!« Die Touristen werden klein hinter ihren Tischen, verstummen, Kinder weinen leise, klammern sich an ihre Eltern.

»Du rechts lang, Oberbeck, ich andersrum«, befiehlt der Hiker lauthals. »Er sitzt in der Falle!«

Sanders sieht das exakt genauso. Das kreisrunde Restaurant hat vielleicht einen Durchmesser von dreißig Metern, in der Mitte der Küchenblock und die Vitrine, hinter der er gerade hockt. Hiker und Oberbeck trennen sich, Meter für Meter durchsuchen sie den Ring des Restaurant, schauen unter die Tische, kommen immer näher, brutal langsam und in Schusshaltung, die Arme lang und entspannt. Der Hiker ist ein bulliges Vieh, Oberbeck ein älterer, drahtiger Rothaariger. Sanders hat noch Sekunden für eine brillante Idee. Er setzt die Kappe des Haustechnikers ab, klemmt sie in den Hosenbund.

Vor einem Panoramafenster schräg gegenüber hängt von außen ein Stahlgerüst, wahrscheinlich zum Reinigen der Fenster. Sanders sieht nur den oberen Teil von dem Ding, es geht nach unten weiter wie eine Leiter, schmiegt sich an die Außenhülle der Aussichtskugel. Er könnte hier oben auf das Gerüst steigen und entlang der Außenseite der Kugel eine Etage tiefer wieder in den Turm einsteigen. Charmanter Plan. Wenn alle Fenster offen wären. Wenn man keine Höhenangst hat. Hat Sanders nicht. Oft genug hat er sich abgeseilt, Geiselbefreiung, Heli-drop-off. Okay. Natürlich ging's da nie zweihundert Meter runter.

Von Sanders' Versteck sind es fünf Meter bis zum Fenster, vor dem das Gerüst hängt. Dazwischen ein sich drehender Ring mit verängstigen Berlin-Touristen.

Sanders entsichert seine Waffe. Zielt, durchlöchert die Decke rund um einen Brandmelder. Das Ding jault auf, Panik bricht aus, Menschen schreien, der Hiker und Oberbeck entdecken ihn, stürzen auf ihn zu. Sanders greif sich einen Feuerlöscher, zieht den Sicherungsstift, drückt den Hebel, der Schaum schießt heraus und klatscht den beiden aus nächster Nähe ins Gesicht. Gurgelnd taumeln sie rückwärts.

Sanders lässt den Löscher fallen, zieht wieder die SIG, legt an und lehrt das halbe Magazin kreisrund in die Fensterscheibe, hinter der die Putzanlage hängt. Rauf auf den Restauranttisch, den Rest des Glases raustreten. Sanders schiebt ein Bein durch den Fensterrahmen und ist schon halb draußen.

Da legt sich ein Unterarm um seinen Hals, dick und schwer wie ein Python. Glitschig vom Löschschaum. Ein scharfer Geruch nach Schweiß und Leder. Kaltes Metall bohrt sich in Sanders' Hinterkopf. Neben seinem Ohr spannt sich ein Revolverhahn.

»Game over, Sanders«, sagt die gepresste Stimme des Hikers.

Alles oder nichts. Sanders holt aus und knallt den Ellenbogen an seiner Flanke vorbei in den Magen des Hikers. Ein Schlag wie in Beton. Aber für Sekundenbruchteile lockert sich der Würgegriff. Der Hiker hat keinen Grip, der Löschschaum macht seine Hände rutschig. Sanders reißt sich los, wirbelt herum, schlägt dem Hiker die SIG unters Kinn. Es knackt. Der Hiker verdreht die Augen und schaltet sich aus. Sanders fängt ihn reflexartig auf. Ein Projektil jault an seinem Kopf vorbei. Oberbeck. Na gut. Weg hier. Sanders wirft den Körper des Hikers in Oberbecks Richtung. Als der ihn automatisch auffängt, ist Sanders weg. Er flankt durchs Fenster auf die Ausstiegsplattform des Fassadengerüstes.

Oh. Gott. Nein.

Der Wind trifft ihn mit seiner Eisfaust. Das Gerüst schwankt, unter ihm sind zweihundertsieben Meter Berliner Luft.

Am Ende der Plattform führt eine Leiter auf eine Ebene vier Meter unter ihm, auf Höhe der Aussichtsplattform. Sein Magen wickelt sich ums Herz, krampft. Instinktiv hockt er sich hin. Kalter Schweiß schießt ihm aus allen Poren.

Oberbeck erscheint im Fensterrahmen, zeigt mit der Mündung seiner Waffe auf Sanders' Stirn. »Waffe weg«, schreit er an gegen das Heulen des Windes. Ein bisschen wacklig in der Stimme. »Runter da!«

Sanders denkt nicht daran. Er denkt gar nicht mehr. Schiebt die Waffe ins Holster, rollt aus der Hocke Richtung Leiter. Es knallt und gleich darauf noch mal, eine Kugel zerfetzt den Ärmel seines Hausmeisterkittels, eine sein Hosenbein. Sanders fällt auf die Leiter, klettert nach unten, Hand über Hand, Fuß über Fuß, vom Wind gebeutelt, seine Hände eiskalt, sein Herz noch kälter.

Endlich ist er unten, raus aus Oberbecks Schussfeld. Sanders steht vor den Scheiben der Aussichtsplattform. Nur noch ein dünnes Riffelblech trennt ihn vom freien Fall. Sanders' Körper fliegt im

Rhythmus seines absurd jagenden Herzschlags. Höhenangst. Nein. Reine Hysterie, er hatte das nie. Wie jetzt weiter? Implosion im Kopf. Mattscheibe. Sanders' Verstand hängt fest. Repeat-Until-Modus. Er muss in den Turm, aber er kann die Scheibe hier unten nicht einschießen. Zu viele Menschen. Andererseits: C'est la vie. Alternativlos. Hinter dem Glas Turm-Security, dazu Polizisten in Uniform.

»Kommen Sie da runter! Sofort!«, liest er einem Beamten von den Lippen ab.

Über ihm schickt sich Oberbeck an, ebenfalls die Fassadenleiter herunter zu steigen. Gut. Sanders' Kopf wird leicht, springt wieder an. Während der Mann klettert, kann er nicht schießen. Mit beiden Händen packt Sanders Oberbecks Fußknöchel, hebt ihn ein Stück hoch, dann zieht er. Oberbeck knallt auf das Riffelblech, die Anlage bebt und schwankt, Sanders tritt ihm in den Magen. Oberbeck gurgelt, klappt zusammen, nur seine Knarre, die presst er in seine Magengrube. Unerreichbar für Sanders. Was soll's. Sein Blick fliegt über die Fensterputzanlage. In einer Ecke eine Seilwinde. Das Seil verschwindet durch ein Loch nach unten. Wohin? Im Bodenblech sind Klappen. Er reißt eine auf. Darunter: nichts, nur der Wind und zweihundert Meter tiefer Menschengewimmel, ameisengroß. Sanders' Magen krempelt sich auf, schlägt hinter sein Brustbein.

Mit dem letzten bisschen klaren Verstand realisiert er ein paar Meter unter sich zwei Betonringe um den Turmschaft. Balkone. Er hat es auf dem Bedientableau des Fahrstuhls gesehen: +191 Meter der oberste Balkon, also zwölf Meter unter ihm. Der Wind fährt ihm ins Gesicht. Seine Augen tränen. Das Seil? Es läuft über ein Rolle und hängt dann unter der Plattform, am Ende ein Karabinerhaken. Sanders hat die offene Bodenklappe noch in der Hand, als sich Oberbeck plötzlich wieder aufrappelt, die Waffe hochreißt und feuert. Sanders duckt sich hinter die Bodenklappe. Das Projektil prallt ab, pfeift ins Nichts. Oberbeck lacht. Steht auf. Sanders weiß: Jetzt hat er ihn.

Aber der Schlitten der Halbautomatik bleibt hinten. Magazin leer. Oberbeck wirft es aus, das neue schon in der Hand. Sanders wickelt sich das Seil um den Unterarm. Nachladen dauert zwei

Sekunden und der menschliche Körper fällt mit fünfundfünfzig Metern pro Sekunde. So oder so, in maximal vier Sekunden ist es vorbei.

Er stößt sich von der Plattform ab Richtung Turm, springt ins Nichts. Das Seil schießt nahezu ungebremst aus der Winde. Sanders knallt gegen die gezackten Edelstahlbleche der Aussichtskugel, wird zurückgeschleudert, pendelt weg vom Turm, verliert die Orientierung, hört von irgendwo einen Schuss, weiß, er darf nicht zu tief kommen, muss wieder Richtung Turmschaft schwingen, tut es, das Plastikseil schneidet ihm fast den Arm ab, rutscht über seine Handknochen, er spreizt die Finger, vergeblich und dann, plötzlich, schlägt er gegen den Beton des Turms, lässt los, fällt, knallt auf die Brüstung der obersten Evakuierungsplattform, krallt sich fest, zieht sich nach innen.

Sanders rappelt sich auf, presst den Rücken gegen den Turm, sein Atem pfeift, er atmet den Schock weg. Kann sein Glück nicht fassen. Da knallt es schon wieder. Beton spritzt. Oberbeck. Der Verrückte schießt noch immer auf ihn, jetzt durch die geöffnete Bodenklappe der Fensterreinigungsanlage zwölf Meter über ihm.

Sanders' adrenalingesteuertes Gehirn schaltet auf Instinktmodus. Reflexkette. Wie tausend Mal trainiert, federt er auf die Knie, absichtslos, seine Hand zieht die Waffe, sein Auge loggt das Ziel ein, sein Zeigefinger zieht durch. Oberbeck schreit auf, taumelt, greift nach dem Geländer, greift ins Leere. Tritt ins Leere. Hängt noch einen verzweifelten Moment am Bodenblech – dann fliegt er an Sanders vorbei wie ein Base Jumper ohne Fallschirm, zweihundertdrei Meter Richtung Berlin Alexanderplatz.

Sanders sieht nicht hin. Keine Zeit für Triumph oder Trauer. Er muss weg. Springt auf, rennt um den Turm bis zur nächsten Tür. Reißt sie auf, taumelt hinein. Die Erleichterung, den Abgrund nicht mehr sehen zu müssen, prügelt ihm fast die Knie weg. Er stolpert ins Treppenhaus. Neunhundert Stufen bis null Meter. Über ihm hört er Stimmen und Schritte auf der stählernen Wendeltreppe. Sanders rennt runter, das Adrenalin rast durch seinen Körper und trägt ihn. Aber die letzten Windungen der Treppe fällt, stürzt rutscht er mehr herunter, als dass er läuft. Seine Oberschenkel pochen, die Lunge schmerzt, die Ohren rauschen. Er knallt von innen gegen die Ausgangstür am Fuß der Treppe, bleibt einfach liegen, hustet, giert nach Luft, spürt seinen Herzschlag in Schläfen, Augen, Fingerspitzen.

Er gibt sich eine knappe Minute, dann zwingt er sich auf die zitternden Beine. Steckt die Waffe weg, wischt sich den Schweiß aus dem Gesicht, richtet seinen Hausmeisterkittel, setzt seine Hausmeistermütze auf. Macht sich unsichtbar. Forsch tritt er aus dem Treppenhaus. Er steht auf demselben Technikflur, durch den er den Turm betreten hat. Hier ist die Hölle los. Der Turm wird evakuiert. Polizei, Feuerwehr, Krankenwagen, THW parken auf dem kleinen Parkplatz vor dem Ausgang, davor Hunderte Schaulustige. Beamte rennen durcheinander. Funkgeräte knistern.

Sanders läuft einfach los. Ein Schritt, noch einer. Er ist ein Hausmeister. Er darf hier sein. Zwingt sich, durch die Tür zu gehen, durch die er gekommen ist, ruhig und langsam. Schweiß läuft ihm über den Nacken. Seine Nerven brennen. Seine Rückenmuskeln zucken, als würden ihm die Schulterblätter bei lebendigem Leibe streifenweise gehäutet.

Rechts liegt das, was von Oberbeck übrig ist, unter einem weißen Tuch in einem Blutsee. Drumherum eine Traube von Ärzten, Polizisten, Sanitätern. Oberbeck hat die volle Aufmerksamkeit des ganzen Alexanderplatzes.

Der unsichtbare Herr Hausmeister Sanders hingegen geht bebenden Herzens zwischen Kranken- und Polizeiwagen über den Parkplatz, taucht unter dem weißroten Absperrband hindurch. Er grüßt die Beamten, lächelt, sieht auf die Uhr. 16.25 Uhr. Schnell ist er gewesen. Er tastet seinen Mantel ab. Der Tablet-Computer ist noch da.

Seine fiebrige Selbstbeherrschung reicht noch genau bis auf den S-Bahnhof. Er schmeißt Hausmeisterkittel und Mütze in einen Mülleimer, nimmt den Akku aus dem Handy des Turmtechnikers. Dann steigt er, vor Erschöpfung wankend, in die S5 Richtung Bellevue. Vier Stationen nur, aber er muss sitzen, seine Beine tragen ihn nicht mehr. Am Bahnhof Bellevue geht er zum Holsteiner Ufer an die Spree, fällt auf eine Bank. Vergräbt das Gesicht in den Händen.

Tränen. Leere. Was hat er getan? Was soll er jetzt tun? Er weiß, er muss sich ein WLAN suchen und die Datei wegschicken. Aber wohin und wozu noch? Er kann seinen zerschlagenen Körper nicht dazu bringen. Soll doch die ganze Welt zum Teufel gehen.

Kollabiert

Sie haben mich auf die Rückbank eines fensterlosen Vans verfrachtet, mit Handschellen und allem. Da bricht plötzlich draußen die Hölle los: Menschenauflauf, Sirenen, Einsatzwagen, Geschrei. Ich weiß nicht, was los ist, aber ich weiß, ich muss es nutzen. Ich bummer mit beiden Fäusten an die Schiebetür des Vans, schrei: »Bitte, machen Sie auf! Mir ist schlecht, ich krieg keine Luft, bitte, helfen Sie mir!«

Als sich die Schiebetür öffnet, rutsch ich bewusstlos vom Sitz. Denken die. Jedenfalls schüttelt mich einer, klebt mir eine, ich reagier nicht, dann großes Geschrei: »Notarzt! Sanitäter! Die kollabiert uns hier!«

Die Handschellen verschwinden. Sie heben mich hoch, ziehen mich aus dem Wagen. Dann eine Krankentrage, ein Krankenwagen. Jemand leuchtet mir ins Auge, ich zwinker nicht, er hört mich ab. Stülpt mir eine Sauerstoffmaske über. Ich bleib einfach liegen, ohne Reaktion. Es wird noch eine Weile an mir herumgefummelt. Meine Ohren summen. Draußen wird das Chaos immer schlimmer. Ich schätz, dass ich mit zwei Sanitätern allein bin in diesem Krankenwagen.

»Wir fahren sie in die Charité«, beschließt der eine. »Ich geh schnell zur Einsatzleitung und lass uns einen Uniformierten beistellen, der auf die Dame aufpasst.« Seine Schritte entfernen sich. Ich schau vorsichtig durch die Wimpern. Neben mir an der Wand hängt ein etwa aktenkoffergroßes Notfallbeatmungsgerät. Und neben meiner Trage steht zu meiner großen Überraschung meine Sporttasche. Ich schnell hoch, reiß das Beatmungsgerät an mich, knall es dem völlig perplexen Sanitäter vor den Kopf. Der gurgelt, kippt um. Dann spring ich von der Trage, greif meine Tasche und raus durch die Hecktür. Der Alex ist schwarz vor Menschen, Gaffer, und sie zeigen hoch zur Kuppel des Fernsehturms, dann auf die Einsatzfahrzeuge von Bullen und Feuerwehr. Ich renn einfach los und tauch unter im Gewimmel. Zweihundert Meter weiter klau ich einem vom Spektakel gebannten Fahrer sein Velotaxi. Ich spurt die Linden runter à la Tour de France, und dann über die Friedrichstraße. Am S-Bahnhof lass ich das Rad stehn. Gott sei Dank ist meine Jacke in meiner Tasche. Ich muss runter von der Straße. Einfach in ein Hotel? Wo ist Sanders mit der Datei hin? Wahrscheinlich haben die Bullen ihn geschnappt. Was sonst sollte das ganze Theater da eben bedeutet haben. Wenn nicht, dann wird er seiner Linie treu bleiben: ständig in Bewegung und immer das tun, was niemand erwartet. Plötzlich hab ich eine sehr spannende Idee. Ich steig in die S-Bahn zum Hauptbahnhof.

Als ich da aussteig und durch die große Halle geh, läuft auf einem Bildschirm ntv. Ich seh hinter dem Nachrichtensprecher den Fernsehturm. »Soeben hören wir von unserem Hauptstadtkorrespondenten, dass nach einer Schießerei ein Mann vom Fernsehturm am Alexanderplatz zweihundert Meter tief in den Tod gestürzt ist.«

Mein Verstand krallt sich an das Fernsehbild. Bitte. Gott. Nein.

»Nach Polizeiangaben soll es sich bei dem Toten um den fünfzigjährigen Mitarbeiter eines privaten Sicherheitsdienstes handeln. Offenbar stürzte der Mann ab, als er einen Mann auf der Fensterreinigungsanlage des Turms festnehmen wollte. Wie der Mann dort hingelangte, ist noch unklar. Die Polizei kann einen terroristischen Hintergrund zum jetzigen Zeitpunkt nicht ausschließen.«

Ausatmen. Danke, Gott. Weitergehen. Unauffällig. Ruhig. Stetig. Raus hier. Weg. Richtung Spreeufer. Dieser Scheißtag will und will einfach nicht enden.

Ostermontagabend. Kaplan hockt noch immer im Großraumbüro der Soko Sekretärin. Der Shitstorm von Chef und Staatsanwalt ist über ihn hinweggezogen. Nicht so schlimm, redet er sich ein. Die Vale und Sanders sind ihnen durch die Finger geschlüpft. Schlimmer. Aber die sind zur Fahndung ausgeschrieben und können nicht weit kommen. Er muss nur noch warten. Peinlich wird es morgen, wenn er und seine Leute wieder mal auf Seite eins der *Berlin Post* als Deppen der Nation dastehen. In die Kantine kann er morgen nicht. Schlafen kann er auch nicht. Also arbeitet er den Papierkram auf.

Kaplan raucht und liest das Sachverständigengutachten zum Laptop von Joachim Jäger. Hier streitgegenständlich: eine E-Mail. Mutmaßlicher Absender: Doktor Julia Steinberg, Staatssekretärin. Inhalt: detaillierte Anweisungen für eine Honigfalle, mit der sie das Ende ihrer politischen Karriere inszenieren wolle. Eine normale E-Mail, unsigniert, von ihrem Privat-Laptop an Joachim Jäger geschickt.

Der Sachverständige hat die E-Mail analysiert.

»Unsigniert, § 371a ZPO findet keine Anwendung. Der elektronische Echtheitsanschein«, liest Kaplan, »ist nach Ergebnis der Beweiswürdigung durch Augenschein: Die Versendung der E-Mail erfolgte nicht vom vorliegenden Laptop der Julia Steinberg. Stattdessen erfolgte die Versendung der E-Mail manuell mittels Telnet-Client-Sitzung über einen SMTp-Server. Hierbei wurde die Absenderadresse der Julia Steinberg im ›Mail from‹ (Envelop-From)-Kommando und ›From‹-Mailheader gewählt, eine Authentifizierung fand nicht statt. Als ›HELO-Kommando‹ wurde willkürlich das des Providers der Julia Steinberg gewählt. Diese Parameter wurden ebenfalls nicht überprüft, sodass Rückschlüsse auf den manuellen Absender der E-Mail nicht gezogen werden können.«

Kaplan drückt seine Zigarette aus und schaut hinaus auf die dunkle Keithstraße. Er fühlt sich besser. Jäger hat ihn belogen. Noch ein Indiz: Der Inhaber der Hauptstadt-Glaserei hat Joachim Jäger auf einem Foto als den Mann identifiziert, der den halb transparenten Spiegel bestellt hat. Anweisungsgemäß habe man ihn später ins Hotel und Restaurant »Las Meninas« geliefert. Vielleicht, denkt Kaplan, sind ihm die Bösen doch nicht am Alexanderplatz entkommen, sondern machen sich gerade einen schönen Abend irgendwo in einem Penthouse mit Blick aufs Brandenburger Tor. Er streckt sich, steht auf. Vielleicht kann er doch noch schlafen.

Graue Wände, weißes Licht

Ich muss eingeschlafen sein. Die Wärme im Hausflur. Jemand sagt meinen Namen. Mein Hintern ist taub. Ich heb den Kopf von der Tasche auf meinen Knien, die ich als Kissen benutzt hab. Unscharf seh ich einen Mann vor mir stehen, dahinter eine Neonröhre. Ich blinzel den Schlaf weg.

»Sanders. Gott sei Dank.«

Er streckt mir die Hand hin, zieht mich auf die Beine. Bleich ist er. Seine Klamotten zerrissen, seine Hand zittert, sein Blick flattert. Er ist fertig. Ich trau mich nicht zu fragen, was genau passiert ist. An der Tür zu seinem Appartement klebt ein Tatortsiegel. Es reißt, als Sanders die Tür aufschließt.

»Schön, dass Sie da sind«, sagt er. Sarkasmus pur. »Kommen Sie doch rein.«

Die Tapete im Flur ist dunkelgrau mit hellgrauen Streifen. Sehr modern, sehr beruhigend. Sanders nimmt mir die Jacke ab, hängt sie an die Flurgarderobe. »Sie können sich nicht verlaufen«, sagt er. »Es gibt nur ein Zimmer.«

Unschlüssig bleib ich auf dem Flur stehen. Links geht die Küche ab. »Wollen wir was trinken?« frag ich und zeig auf den Kühlschrank.

»Bedienen Sie sich«, sagt er und lässt mich stehen. »Entschuldigung. Muss duschen.« Sanders verschwindet im Badezimmer.

Die Küche ist steril wie ein Labor. Ich öffne eine Schranktür: zwei Tassen, zwei Teller. Auf der leeren Arbeitsplatte ein Messerset. Zwei Wassergläser, ein großes, ein kleines. In der Schublade unter dem Herd Töpfe in allen Größen. Einige Sachen zu viel, einige zu wenig – ein Scheidungshaushalt. Auch der Kühlschrank ist im Ungleichgewicht. Er ist leer bis auf ein Glas westindische Zitronengraspaste und eine sehr kleine, exklusiv aussehende Flasche Aceto Balsamico Traditionale. Ich hatte Margarine und Pizzareste erwartet.

»In deinem Kühlschrank ist nur weißes Licht«, ruf ich über die Schulter. Keine Antwort. Dafür rauscht Wasser.

Ich füll das große und das kleine Glas mit Leitungswasser. Dann geh ich ins Zimmer. Eine Stehlampe brennt. Das Zimmer ist sehr groß, sehr ordentlich und sieht überhaupt nicht durchsucht aus. In der einen Ecke stehen ein Bett und ein Schrankkoffer, in der anderen ein Regal, ein Schreibtisch. Am Fenster ein Sofa. Keine Bilder. Kein Fernseher. Auch in diesem Zimmer ist die Tapete kaum heller als Schwarz. Die ganze Wohnung eine unbunte Höhle in der Farbe des Märzhimmels über Berlin. Aber es hat etwas Meditatives.

Nur am Fenster steht etwas Wunderbares. Ein Karussellpferdchen, weiß wie Schnee, mit seelenvollen Augen, stolzem Hals, goldenem Geschirr. Blumenranken auf der Satteldecke.

»Hey«, sag ich und streich dem Pferdchen verzückt über die leuchtend roten Nüstern. Ich muss an das Karussell im Central Park denken, das auch im *Fänger im Roggen* vorkommt. Mit fünfzehn bin ich zum ersten Mal damit gefahren. Geregnet hat es, und das Karussell hat »Smoke Gets in Your Eyes« gespielt.

Ich stell die Wassergläser auf das Fensterbrett und leg mich auf das Sofa. Schlaf sofort wieder ein. Wach erst auf, als sich das Sofa bewegt. Sanders hat sich ans Fußende gesetzt. Bademantel, nasse Haare, frisch rasiert. Riecht wie der Wind am Meer. Dazu nackte Waden, sehnige Knöchel, schmale Füße mit langen Zehen. Bestimmt geht er zur Fußpflege. Ich setz mich auf.

»Hier finden die uns nie, was?«, sag ich und streich mein Haar zurecht.

Er hebt die Schultern. »Manchmal muss man zocken. Wie sind Sie draufgekommen?«

»Weibliche Intuition. Die Straße wusst ich ja. Hab einfach die Klingelschilder abgesucht.«

»Warum sind Sie nicht im Knast?«

»Warum bist du nicht tot?«

Wir trinken Wasser und erzählen uns gegenseitig unsere Geschichte. Ich glaub seine nicht. Sanders sieht für mich nicht nach Actionheld aus. Er guckt, als könnt's ihm nicht egaler sein, was ich denk. Dann schiebt er doch den Ärmel seines Bademantels hoch. Das Plastikseil hat eine spiralförmige Brandspur um seinen Unterarm gelegt. »Nicht alles, was ich bei der Polizei gelernt habe, hab ich wieder vergessen.«

»Mission impossible? Hätt ich dir nicht zugetraut«, sag ich anerkennend. »Du steckst voller Überraschungen, Sanders. Hast du die Datei schon weggeschickt?«

Er schüttelt den Kopf. »Ich hab's mir anders überlegt. Morgen früh fahren wir zum Flughafen Tegel und fangen Jutta Deppe ab, wenn sie nach Miami eincheckt. Dann haben wir die Story erstens exklusiv und zweitens auch gleich noch eine Zeugin, die MGF auffliegen lassen kann. Mit der Deppe fahren wir zum Landeskriminalamt. Da gehen wir direkt zum Leiter LKA6, ich kenne den Mann. Die Ebene dürfte hoch genug angesiedelt sein. Ich glaube nicht, dass so ein hoher Beamter einen Mord deckt. Dafür steht er zu sehr in der Öffentlichkeit. Bei dem Senator bin ich mir nicht sicher. Politiker lügen jeden Tag, da stellt sich schnell Routine ein. Und die Zeugin brauchen wir auch, um den Staatsanwalt milde zu stimmen.«

Mein Jurastudentinnenhirn macht eine kurze Liste von Sanders' Delikten. Von A wie Autounfall über M wie Mord bis S wie Sachbeschädigung. Bei mir war's nur Beihilfe, red ich mir ein. »Wenn's schiefgeht, besuch ich dich im Knast«, versprech ich ihm. »Ist auch 'ne Chance. Kannst ein Fernstudium machen oder so. Was würde dich interessieren?«

Sanders nimmt einen Schluck Wasser. »Waldorfpädagogik«, sagt er grimmig.

Ich weiß, wir sollten ein paar Stunden schlafen. Aber ich bin so voller Adrenalin, dass mir die Ohren klingeln. Außerdem sitzt ein

Mann im Bademantel neben mir auf dem Sofa. Mit sexy nackten Füssen.

»Wo hast du das Karussellpferdchen her, Sanders?«, frag ich konversationshalber, um mich selbst abzulenken. »Das ist echt wunderschön.«

Sanders nickt. »Ich hab's beim Trödler gekauft und restauriert. Für meinen Jungen, wissen Sie.«

Er sitzt vollkommen still, die Ellenbogen auf den Oberschenkeln, das Kinn auf den gefalteten Händen. Draußen wälzt sich die Spree langsam durch die Nacht, wie schwarze Lava. Sanders' Augen schauen aufmerksam ins Nichts vor dem Fenster. Der Mond spiegelt sich in seinem Wasserglas. Sanders sieht den Lavastrom der Spree nicht. Er sieht jemanden auf der dunklen Seite des Mondes – einen kleinen Jungen, schätz ich. Dabei ist Sanders hellwach und Lichtjahre weit weg, so weit, dass mich eine Gänsehaut schüttelt. Vielleicht führt er ein Zwiegespräch. Was der Junge wohl denken würd, wenn er seinen Papa so sehen könnte? Ich hab den Verdacht, dass sich Sanders vor seinem Kleinen schämt. Ich wüsst schon, was ich dem Jungen sagen würd: Dein Vater hat Stil. Haltung. Er tut, was getan werden muss. Er ist ein Held, Kleiner. Sag deiner Mutter, ich kapier nicht, wie man einen Mann verlassen kann, der für sein Kind ein Karussellpferdchen restauriert.

Da bricht die Trance. Sanders lächelt verlegen und nimmt einen Schluck Wasser. Er sieht verloren aus. Sicher wäre er jetzt lieber woanders. Bei jemand anderem. Ich bin keine große Trösterin, aber ich beug mich vor und küss ihn. Auf die Schläfe. Ein Reflex. Keine Ahnung, was mich da anfliegt.

Sanders wendet langsam den Kopf. Jetzt schmeißt er mich raus, denk ich. Aber stattdessen erscheinen winzige Fältchen in seinen Augenwinkeln, wie Sonnenstrahlen.

»Vermisst du dein altes Leben?«, frag ich.

Er nickt. »Die Pläne, die wir hatten«, sagt er und schüttelt lächelnd den Kopf. »Jetzt, als hartgesottener Detektiv, habe ich statt der alten bürgerlichen Träume natürlich eine zynisch-pessimistische Weltsicht. Im Kampf gegen eine korrupte Gesellschaft, Verschwörungen und Gewalt bin ich auf mich allein gestellt. Ich bin selbstverständlich starker Raucher und steh auf harte Drinks. One-Night-Stands sind bei mir an der Tagesordnung, ich verachte aber alle Frauen, die sich mit mir einlassen.«

»Kühle Ironie ist das Mindeste in deinem Job«, sag ich. Ich steh auf und zieh mich vorsichtig auf das Karussellpferdchen. Hör die Musik aus dem Central Park spielen: »When your heart's on fire, you must realize smoke gets in your eyes.«

»One-Night-Stands sind bei dir an der Tagesordnung?« Ich lächle. »Das hast du aber gut kaschiert in den letzten Tagen.«

Sanders seufzt. »Entspreche ich etwa nicht Ihrem Klischee eines Privatdetektivs?«

»Entsprech ich deinem Klischee einer Blondine?« Ich mach eine umfassende Handbewegung. »Wie lange geht das hier schon so?«

»Vier Jahre, drei Monate.«

»Sie hat dich verlassen, mit dem Kind?« Ich bin mir irgendwie sicher. Sanders verlässt niemanden. Treu wie Gold, der Mann.

»Kann man so sagen.« Er schaut mich an mit seinen Nachtaugen, die Trostlosigkeit schwer in den Mundwinkeln.

Ich kann das nicht tatenlos mit ansehen. Das Herz ist mir in den Schoß gerutscht und klopft ganz aufgeregt. »Ist zu lange her«, stell ich fest.

»Was?«, fragt er.

»Dass jemand dich berührt hat. Glaub mir. Ich seh's dir an.«

Er schlägt die Augen nieder. »Willst du das?«, fragt er leise. »Mich berühren?«

Das *Du* kommt mit einer Mikrosekunde Verzögerung. Es überrascht mich fast mehr als die Frage. Und mehr als meine Antwort: Ich nicke. Das war definitiv zu einfach. Aber mir nimmt sowieso keiner ab, wenn ich hard to get spiel. Ich muss das jetzt machen – endlich mal wieder etwas, das ich vollkommen versteh und das ich gut kann. Sex gegen Verlorensein.

Wagemut huscht durch Sanders' grünbraune Augen. Plötzlich sieht er jung aus, warm, unsagbar zerbrechlich. Er stellt die Gläser weg. Sanders ist nur ein bisschen größer als ich. Trotzdem hebt er mich mühelos von dem Pferdchen, trägt mich die paar Meter zum Bett. Er riecht nach Sauerstoff und frisch gewaschener Baumwolle.

Vorsichtig legt er mich ab. Lächelt sanft, fragt: »Willst du erst duschen?«

Autsch. Ich zuck zurück wie ein Schnecke, der man an den Fühler tippt.

»Habe ich was Falsches gesagt?«, fragt er.

Die erschrockene Offenheit seines Gesichts geht mir durch und durch. Er weiß nicht, dass mich diese Frage an meinen Job erinnert. Aber er weiß, dass er mich getroffen hat, und es tut ihm leid. Irgendwo in meinem Kopf zerbricht eine Glasampulle mit einem Schönheitsserum. Es läuft über mein Stammhirn und glättet alle Wogen, alle Falten in der für Sanders zuständigen Eiweißkette.

»Nimm mich einfach, Sanders«, sag ich und streck mich. Breit meinen ganzen langen Körper vor ihm aus wie ein Büfett. Friss mich. Jetzt. »Entspann dich, Mann. Quatsch nich. Komm.«

Ich nehm seine Hand und leg sie auf meine Brust. Er schluckt. Seine Wimpern sind lang und dicht und beben. Er öffnet den obersten Knopf meiner Bluse.

»Wirklich okay?« Seine Stimme kratzt.

»Mehr als okay«, sag ich, halt seinen Blick fest.

Sanders hat schöne Hände, schmal und feinnervig, und damit packt er mich aus, vorsichtig, schmerzhaft zärtlich, geduldig, wie ein Geschenk. Ich lieb es, wie der Stoff über meine Haut rutscht, die Spitzen meiner Brüste streift, lockende, beißende Lust. Sanders lässt sich Zeit. Er legt die Sachen, die er mir ausgezogen hat, besser zusammen als der Chinese von der Expressreinigung. Meine Chance, ein Kondom aus der Tasche zu ziehen. Die Wohnung ist warm, die Bettwäsche kühl und frisch. Schön, nackt zu sein. Meine Haut prickelt wie mit Brennnesseln gepeitscht. Ich werf mich in Pin-up-Pose, Schmollmund und alles, wackle mit meinen rosa lackierten Zehen.

»Zieh dich aus«, hauch ich und press mir eine Hand zwischen die Beine. Da pocht es so laut, dass Sanders es hören müsste. Hm. Gott. »Ich will dich anschauen.«

Er hält meinen Blick fest, stolz, hart, offen, während er den Bademantel abstreift. Seine Schultern sind schmal und gerade, seine Brust perfekt bemuskelt, glatt und so heiß, dass ich sofort knallnass werd. Sein Körper ist von Schrammen und Blutergüssen bedeckt. An der linken Schulter seh ich eine alte Brandnarbe. Ansonsten hat Sanders so makellos zarte Haut, dass ich ein bisschen von der Dynamik der Entwicklung weggetragen werd. Jedenfalls sag ich »Du bist schön« und mein es auch so. So schön, dass es schmerzt. An einer Stelle, wo man den Schmerz nur durch Handauflegen heilen kann.

Sanders weiß das. Ich seh's in seinem hingehauchten Lächeln: Eitelkeit, gebrochen von Einsamkeit, Müdigkeit, Hunger. Er kommt zu mir ins Bett als wär's 'ne Rettungsinsel. Ich helf ihm mit dem Kondom. Er zieht scharf die Luft ein, bedankt sich. Das ist mir noch nie passiert. Ganz heiß wird mir vor Rührung. Und vor Wonne. Seine Hände sind leicht und warm und überall. Er erkundet mich. Er lässt sich führen. Er fragt, was mir gefällt. »Du«, sag ich. »Du gefällst mir so wahnsinnig gut. Hm. Ja. Mach das noch mal ...« Er ist zärtlich, er ist ruhig, er ist sanft. Er spielt mich wie eine Stradivari. Ich vergess Berlin und die ganze Welt, verlier die Selbstkontrolle, ziehe ihn an mich und in mich hinein. Sanders' Derrière ist Freiwild für meine Hände. Seine Seidenhaut auf meiner, diese Wärme, diese Glätte. Ich brauche ihn, ich nehme ihn mir. Er ist genau da, wo er sein muss. Er hilft mir und dann implodiert mein Schoß wie ein sterbender Stern. Ich glaub, ich schreie.

Sanders hält mich, bis ich wieder bei mir bin. Er, der sich nie vergisst, bewegt sich langsam in mir, unendlich sanft, vorsichtig, konzentriert. Seine Augenlider flattern, die Wimpern zittern vor mühsam beherrschter Gier. Sein harter Körper spannt sich wie eine Feder. Aber er verliert sich nicht und selbst als er kommt, macht er nur ein sehr leises Geräusch, so jung und unschuldig, dass mir die Tränen kommen. Er sieht es sofort, hat aber keine Idee, was los ist.

Ein hartes Schlucken, drei tiefe Atemzüge, schon ist Sanders wieder Herr seiner selbst. Er streicht mir das Haar aus der Stirn. »Was?«, flüstert er sanft.

»Es war schön«, seufz ich. »Das ist nur die Rührung.«

»Oh.« Ein Frauenkenner ist er nicht. Er weiß offenbar nicht, was er davon halten soll. »Das Badezimmer«, sagt er hilflos, »ist vorne rechts.«

Aber ich will nicht aufstehen. Mein Puls ist in den Unterbauch gerutscht und pumpt von dort Wellen angenehmer Mattigkeit durch meinen Körper. Ich will den schönen Mann berühren, der neben mir liegt, seine glatte Haut spüren und nackt mit ihm einschlafen. Ich bin satt. Ein tiefer Hunger gestillt. Was aber wirklich echt der Hammer ist: Ich vertrau diesem Mann. Keine Ahnung warum. Ein Instinkt.

»Warum wolltest du mich nicht duzen?«, flüster ich.

Er räuspert sich. »Entschuldige. Das hat für mich mit Respekt zu tun. Und mit Vertrauen. Das muss wachsen.«

»Ich bin doch nun wirklich ein offener Typ, oder?«

»Aber ich nicht«, sagt er. »Vertrauen ist immer ein Vabanquespiel. Freunde fürs Leben oder Lektion fürs Leben.«

Offenbar ist mein Gehirn durchblutungsmäßig ein wenig unterversorgt, denn als Nächstes frag ich: »Warum bist du allein, schöner Mann? Du gibst doch einen erstklassigen Ehemann ab. Du bist treu, höflich, sauber, gut im Bett und dein Hintern – wow«

Ich kneif ihn. Er lächelt. Zögert. »Ich bin zufrieden, so wie es ist.«

Kurze Lüge, lange Pause.

Ich bin schon am Wegdämmern, da sagt er leise, fast zärtlich: »Und du?«

»Ich verlieb mich nicht oft«, lüg ich frech zurück. »Holding Out for a Hero, du weißt schon.« Ich schau in das graue Licht der Stehlampe, spür der Absurdität dieses Abwehrzaubers nach.

Erst viel später, im Bad, legt sich die Wirkung des Schönheitsserums im meinem Stammhirn ein wenig. Der Sex war schön, aber Sanders hat mich nicht mal geküsst. Ich weiß, sein Vorname ist Martin. Ich überleg, wie es wäre, ihn so zu nennen: Martin. Sehr privat wär das. Sozusagen der zweite Level des Du. Es passt nicht, nicht jetzt, nicht in dieser Stadt. Im Alibert sehe ich eine Frau mit einem verstrubbelten Gesicht. Sie ist auf der Flucht. Sie heult. Die Nerven.

Strafvereitlung im Amt

Neuhaus ruft Kaplan an, es ist 21 Uhr. Kaplan denkt, der Leiter LKA 6 will ihn noch mal einfalten. Aber nein. Er will, dass sie zusammen die Kollegin Christel Eisfeld vernehmen. Seit ein paar Stunden sitzt sie im Vernehmungsraum. Ohne Rechtsbeistand. Das ist ein Spielchen. Sie soll sich der Ausweglosigkeit ihrer Situation bewusst werden. Kaplan weiß, dass sie die Kollegin wahrscheinlich nach ihrer Aussage gehen lassen müssen. Kein Haftgrund. Sie ist vollkommen unbescholten, kurz vor der Pensionierung, hat sowohl Familie als auch festen Wohnsitz.

Christel Eisfeld ist eine Frau mit Stil. Sie trägt ein Kostüm und hat trotz der langen Wartezeit nicht die Fassung verloren. Kaplan und Neuhaus nehmen ihr gegenüber Platz. Kaplan wirft das Tonband an.

»Frau Eisfeld, Sie werden beschuldigt«, sagt er, »dem mutmaßlichen Straftäter Martin Sanders Ihr privates Kfz als Fluchtwagen zur Verfügung gestellt zu haben. Außerdem haben Sie Sanders Dienstgeheimnisse zum Nachteil der Soko verraten, nachdem wir ihn bereits zur Fahndung ausgeschrieben hatten. Das ist Strafvereitelung im Amt. Was haben Sie dazu zu sagen?«

Christel Eisfeld rückt sich den blonden Dutt zurecht. Jetzt sagt sie, ich will einen Anwalt, denkt Kaplan. Aber nein.

»Sie haben Ihre Arbeit nicht richtig gemacht«, sagt sie. »Martin hat niemanden umgebracht. Sie kennen ihn nicht, aber ich. Und du doch auch, Hannes. Warst doch jahrelang sein Vorgesetzter. Martin ist ein korrekter Mensch.«

Kaplan notiert sich mental, dass Neuhaus die Augen niederschlägt.

»Und deshalb haben Sie ihm geholfen, aus privater Verbundenheit?«, hakte er nach. »Das heißt, Sie räumen die Delikte ein?«

»Ach, Herrgott, ja. Nennen Sie's, wie Sie wollen. Sie haben mich gelinkt, Kaplan. Sie haben mein Diensttelefon verwanzt. Hoffentlich hatten Sie dafür einen richterlichen Beschluss.«

»Wenn Sie kooperieren, Frau Eisfeld, nehme ich jetzt Ihre Aussage zu Protokoll und dann können Sie gehen.« Kaplan steht auf.

Neuhaus greift über den Tisch nach Christel Eisfelds Hand. »Warum hast du das gemacht, Christel? Ich meine, all die Jahre sind wir auf derselben Seite und du so kurz vor der Pensionierung?«

Eisfeld richtet sich auf ihrem Vierhörstuhl auf. »Lassen Sie das Band ruhig weiterlaufen, Herr Kaplan. Ja, am Anfang war es vielleicht private Verbundenheit. Martin hat alles verloren in den letzten Jahren. Nur seine Würde nicht. Er braucht Hilfe, aber nicht weil er schuldig ist. Schuldig sind ganz andere. Martin hat mir eine Datei mit Überweisungsdaten gezeigt, dagegen sind alle Schweizer Steuer-CDs der letzten Jahre Bagatelldelikte. Er glaubt, beweisen zu können, dass mehrere hochrangige Regierungsmitglieder und Beamte unrechtmäßig Provisionszahlungen angenommen haben. Wofür und warum – keine Ahnung. Aber wenn man darüber nachdenkt – warum hat der Bundesrat das Steuerabkommen Deutschland-Schweiz abgelehnt? Wirklich nur, um Steuerhinterziehungen nicht nachträglich zu legalisieren? Oder nicht vielleicht doch aus Eigeninteresse? Finden Sie das heraus, Kollege Kaplan. Hier geht's um mehr als um Lesbensex und dieses absurde Flittchen, hinter dem Sie da herhecheln. Es ist ja geradezu peinlich, wie leicht sich unsere Behörde aufs Glatteis führen lässt. So viel Dummheit, mein lieber Hannes, grenzt auch an Strafvereitlung im Amt.«

»Sie haben die Datei gesehen?«, fragt Kaplan und ringt um Fassung und Sachlichkeit. »Ist Ihnen daran etwas aufgefallen?«

»Wer das Ding verschlüsselt hat, versteht sein Handwerk«, sagt Christel Eisfeld. »Kein Wunder, denn der Absender aller Zahlungen war eine Firma namens MGF. Sagt Ihnen das was oder soll ich das auch noch für Sie recherchieren?« Dann nennt sie ihm noch die Namen von ein paar Zahlungsempfängern, die Kaplan das Blut in den Adern gefrieren lassen.

Der Morgen danach

Ich wach davon auf, dass sich das warme kompakte Stück Männerfleisch an meinem Rücken im Schlaf bewegt. Vor dem Fenster geht die Sonne auf über der Stadt. Ich dreh mich um. Sanders hat sich auf dem Bauch gedreht, umarmt das Kopfkissen. Die Schnittwunde in seinem Schulterblatt ist gut verschorft. Das Haar hängt ihm unordentlich in sein selbstvergessenes Gesicht. Er lächelt ganz leicht im Traum, sieht so jung und glücklich aus, dass mein Herz aufglüht wie der Heizfaden eines Toasters. Fast noch besser als seine Selbstvergessenheit gefällt mir allerdings sein perfekter Jeans-Hintern. Ich heb die Hand und streich ihm vorsichtig über die Flanke abwärts. Er fährt zusammen, die grünbraunen Augen fliegen auf.

Ich lass meine Hand liegen. »Weltklasse«, flüstere ich und gebe ihm einen Klaps auf Le Derrière. »Guten Morgen, mein Schöner.«

Fasziniert seh ich zu, wie der Schlaf aus seinem Blick weicht und er sich fokussiert. Es ist, als würde sich der Morgennebel von einer Waldlichtung heben und die Sonne durch das Grünbraun der Zweige fallen. Würd mein lyrisches Ich sagen. Halt. Stopp. Vermutlich steck ich bis über beide Herzkammern in der Scheiße.

»Guten Morgen«, murmelt Sanders. Dreht sich auf den Rücken.

»Hast du was Schönes geträumt?«, frag ich. »Sah so aus.«

»Von einem kleinen Jungen«, sagt er, die Stimme rau vom Schlaf. »Er findet in der Buddelkiste einen Schatz – eine Handvoll Taler in Goldfolie. Er packt einen aus, es ist Schokolade drin. Er lacht und zeigt mir die Schokolade.«

Oh je. »Wo war das?«, frag ich und dreh mich auf den Rücken, damit ich ihm nicht in die Augen sehen muss. »Hattet ihr ein Haus?«

Er nickt. »In Borgsdorf. Aber der Junge hat es nicht kennengelernt.«

»Wie alt ist er?«, frag ich.

»Er wäre jetzt bald sechs. Käm im Herbst in die Schule.« Mist. Konjunktiv. So leicht dahin geplaudert als wär's das Wetter.

»Wir wollten ihn Luca nennen«, schiebt Sanders gedankenverloren nach. Verschränkt die Hände unter dem Hinterkopf.

Mir bricht am ganzen Körper der Schweiß aus. Ich weiß, ich muss fragen, aber ich weiß auch: Was er dir jetzt erzählt, bricht dir das Herz. Ich nehm meinen ganzen Mumm zusammen und sag: »Ich dachte, deine Frau hat dich mit dem Kind verlassen?«

»Kann man sagen.« Er spricht weiter, wie im Trance, die Stimme roh wie Steak Tartare. »Es war an dem Tag, an dem ich Rocco Lorenzo erschossen habe. Ich komme nach Hause, vollkommen fertig, aber das Haus ist leer, die Terrassentür offen. Silke ist schwanger, neunter Monat. Zuerst denke ich, das Kind kommt. Ich fahre ins Krankenhaus, Fehlanzeige, zu ihren Eltern, nichts, ruf alle Freunde an. Nichts. Ich löse eine Großfahndung aus, lass alle Lorenzos festnehmen – ohne Erfolg. Auch ein Erpresser meldet sich nicht. Die Nacht vergeht. Um 4.56 Uhr morgens klingelt mein Telefon. Das Krankenhaus. Sie haben Silke vor der Notaufnahme gefunden. Ich hin. Sie ist im Schockraum, ihre Kleider, ihr Bauch nur noch blutige Fetzen. Die Entführer haben sie aufgeschnitten. Haben ihr das Kind aus dem Körper geschnitten.«

Ich seh sein Gesicht im Profil. An seiner Schläfe pulsiert eine Ader. Sanders blinzelt nicht. In seinem Augenwinkel hat sich still ein Tränensee gesammelt, der überläuft und ihm ins Ohr rinnt. Er lässt es geschehen.

Auge um Auge. Dass Menschen so etwas tun können. Sind das denn überhaupt Menschen?

»Heiko Lorenzo hat deine Frau und dein Kind umbringen lassen?«, flüster ich.

Auge um Auge und die ganze Welt wird blind sein. Das soll Gandhi gesagt haben. Weiß nicht, warum mir das gerade einfällt. Mein Gehirn greift hilflos ins Leere. Die Luft um uns wird schwer und warm vor Trauer.

»Nein. Das war ich ganz allein.« Sanders fixiert die Decke. »Lorenzo hat bloß reagiert, wie ein Tier. Instinktgesteuert. Reiz – Reaktion. Ich hätte es wissen müssen. Ahnen müssen. Wie auch immer. Silke hat überlebt. Meinen Job hat sie dann nicht mehr ausgehalten. Ich auch nicht.«

»Kann ich verstehen«, sag ich automatisch. Eine große schwarze Leere breitet sich in meinem Kopf aus.

Wie kann man damit leben?, denk ich. Wie kann man aufstehen und ertragen, dass es immer wieder und wieder und wieder Tag wird?

»Ist schon ein paar Jahre her. Man lebt weiter. Man … funktioniert.«

Da lieg ich nun neben einem Mann im Bett, der vor Trauer bebt. Was sagt man? »Gott, Sanders«, stotter ich. »Das ist so tapfer von dir, dass du überhaupt klarkommst.«

Mir ist ganz heiß vor Mitleid. Umarmen trau ich mich nicht. Ich dreh mich zur Seite und streich mit der Fingerspitze über das Feuchte unter seinen Augen. Spür, wie seine Kiefermuskeln zittern. »Du weißt ja«, sag ich. »Es sieht immer nur so aus, als würde das Traurige und Böse mehr Gewicht haben im Leben als das Schöne. Glaub mir. Ist so. Denk daran, wie du deine Frau kennengelernt hast. Hochzeit, Hausbau und so. Das war doch bestimmt schön. Das hat doch bestimmt auch – deine Seele berührt.«

Er wendet den Kopf. »Keine Sorge«, sagt er. »Ich …« Verlorenes Lächeln.

Da ist noch mehr, viel mehr. Ich spür's einfach. Aber Zeit haben wir dafür keine. »Du was?«

Seine Brust hebt und senkt sich schwer. »Oh. Ich lebe mit meinen Toten, Miss Liberty. Und was sie für mich waren, im Guten wie im Schlechten, das sind sie immer noch. Ich trag sie bei mir, meine Toten. Ich spreche mit ihnen. Ich träume ihr Leben. Ihre Geschichten gehen weiter. Bis ich selbst sterbe. Und jetzt mach dich fertig. Wir müssen los.«

Ein Unfall

Dienstagmorgen nach Ostern, 7.00 Uhr: KHK Kaplan sitzt schon wieder an seinem Schreibtisch im Großraumbüro der Soko Sekretärin. Er ist noch allein und er ist ratlos. Der Kaffee schmeckt bitter, das Büro ist kalt. Das Telefon klingelt.

»Schäfer, Rechtsmedizin.«

»Hmhm?«, macht Kaplan wage interessiert.

»Ich habe hier den Herrn Oberbeck auf dem Tisch, der gestern vom Turm gefallen ist. Was von ihm übrig ist. Multiple Frakturen.« Doktor Schäfer kichert. Hat Spaß bei der Arbeit. »Platt wie 'ne Briefmarke.«

»Und?«, fragt Kaplan. »Welches Kaliber?«

Für ihn ist klar, dass Sanders den Typen vom Turm geschossen hat. Kein Verlust für die Menschheit, aber ein klarer Fall.

»Fehlanzeige, Herr Kollege«, hört er die Stimme des Docs sagen. »Keine Schussverletzung. Wie auch immer der Mann vom Turm gefallen ist, wenn Sanders ihn nicht runtergeschmissen hat, dann war's ein Unfall.«

Kaplans Hals wird trocken. Er bedankt sich und legt auf. Kann denn nicht einmal irgendetwas ganz einfach sein? Sieht so aus, als macht dieser beschissene Sanders keinen einzigen Fehler.

TXL

Ein Herr ist vor allem Herr über sich selbst. Sanders legt vor dem Spiegel das Schulterholster an. Er spürt seinen Körper an vielen Stellen, das Schulterblatt und den Unterarm vor allem, aber auch die Adduktoren. Sex. Absurd. Schön. Nicht mehr Teil seines Universums. Aber nützlich, denn der Mensch, selbst ein Mensch wie Sanders, schüttet dabei Endorphine aus. Opiumähnliche Substanzen, die das Schmerzempfinden um bis zu siebzig Prozent herabsetzen. Sanders glaubt, dass er nur deshalb noch stehen kann.

Er schiebt ein neues Stangenmagazin in die SIG Sauer P225, holstert die Waffe auf der linken Seite. Die SIG verschwindet in der hohlen Stelle, wo früher sein Herz war. Sakko drüber und fertig. Eines seiner Outfits hat er der Dame geliehen. Sie sieht hinreißend aus in Anzughose, Hemd und Lambswoolpullover. Sanders fühlt sich bestätigt in seiner Strategie, immer alle Kleidungsstücke dreifach zu kaufen: eines hat man am Körper, eines im Schrank und eines in der Reinigung. Deshalb ist es kein Problem, sie beide mit identischen schwarzen Stoffmänteln, Maßanfertigung, Zweireiher, tailliert, auszustatten. Dressed to kill. Draußen ist es bedeckt, vier Grad.

Aus der Flurgarderobe holt Sanders drei Paar mattschwarzer Smith & Wesson Handschellen und steckt sie ein. Der Tablet-Computer und das Handy des Hausmeisters vom Fernsehturm verschwinden rechts und links in der Innentasche seines Mantels. Dann schultert er Libertys Sporttasche auf der unverletzten Schulter.

Sie gehen am Spreeufer entlang zum Kleinen Tiergarten. Es ist 6.30 Uhr. Jogger und Hundeausführer mischen sich unter die Masse der Berufstätigen. An der Stromstraße warten sie auf den X-Bus zum Flughafen Tegel. In der Glastür des Busses sieht Sanders, dass sie auch ohne Sonnenbrillen wie eine Abordnung der Men in Black rüberkommen. The good guys dress in black remember that. Zu spät für den Neutralisator.

Um fünf vor sieben betreten sie die Haupthalle des Flughafens durch eine Drehtür. Alles ist gelb und grau hier, sehr Seventies, erinnert Sanders an die Brücke von Raumschiff Enterprise, erste Staffel.

»Kaffee?«, fragt er.

Liberty nickt. Sie ist still, blass. Sanders stellt sie und ihre Sporttasche an einem Stehtisch vor Leysieffer in der Haupthalle ab. Kauft an der Selbstbedienungstheke zwei Café Crema, überwindet seine Abscheu gegen Systemgastronomie und nimmt noch zwei Wraps, appetitlich gemacht und teuer.

»Danke.« Liberty hält den Kaffeebecher in beiden Händen, trinkt in kleinen Schlucken. Schaut ihm so entrückt und nervös nicht in die Augen, dass Sanders weiß: Sie will ihm etwas sagen, traut sich aber nicht. Man muss kein Genie sein, um zu erraten, was es ist. Vielleicht ist es ihr peinlich. Vielleicht fühlt sie sich verpflichtet. Nur das nicht. Sanders hilft ihr. Damit es vorbei ist.

»Liberty«, sagt er und greift über den Tisch nach ihrer Hand. »Wegen gestern Nacht. Wir brauchten es beide. Es war wundervoll.«

»Aber?« Liberty stellt ihren Kaffee betont vorsichtig auf den Stehtisch. Ihre Kristallaugen überfrieren. Sie zieht ihre Hand weg.

»Ich will nicht, dass du dich verpflichtet fühlst. Ich entschuldige mich. Falls ich dich verunsichert habe. Wir sind beide erwachsene Menschen.«

»Klar.« Sie schluckt und lächelt und nickt tapfer. »Ich weiß. Ich hab dich nur benutzt, schöner Mann.«

Sanders hält sich am Tisch fest. Sex als Brückentechnologie zwischen Einsamkeit und Shootout. Was er fühlt, hat eine Menge mit Scham und Angina Pectoris zu tun. Aber was sein muss, muss sein.

»War trotzdem schön, Philip Marlowe. Alles cool. Ist ein riesen Trip, das Ganze«, sagt Liberty. Lächelt dabei ziemlich echt und gar nicht zynisch. Plappert weiter, schon fast wieder ganz die Alte: »Seit ein paar Tagen überrasch ich mich immer wieder mal selbst. Oder hättest du gedacht, dass ich einen Sani umhau und die Bullen austrickse? Ziemlich sportlich. Als du mich zuerst gesehen hast, hast du wahrscheinlich gedacht, das Sportlichste an mir ist mein Eisprung.«

Sanders schüttelt den Kopf. »Als ich dich zum ersten Mal gesehen habe, habe ich gedacht: eine Wahnsinnsstimme. Das hab ich gedacht. Old Harlem charm. Aber ich – um bei Philip Marlowe zu bleiben – ich konnte dir das nicht sagen. Ich war so müde und leer wie die Nacht zwischen den Sternen.«

Sie lacht. »Hübsch gesagt.«

»Frei nach Chandler.«

Die Spannung ist weg. Sie essen. Sanders kann sich nicht erinnern, wann er das letzte Mal etwas gegessen hat. Er kaut und schluckt und kann augenblicklich klarer denken. Sanders hält Ausschau nach dem Wegweiser zur Senator-Lounge der Lufthansa. Wenn Jutta Deppe schon erster Klasse fliegt, wird sie sich das nicht entgehen lassen.

»Die Lounge ist da oben im zweiten Stock auf der Galerie, gegenüber vom ›Red Baron Restaurant‹.« Liberty zeigt nach oben. Natürlich. Als Flugbegleiterin weiß sie das. »Da die Treppe hinauf. Die Lounge ist riesig, geht über die ganze Länge der Haupthalle. Allerdings nicht besonders breit. Eher so schlauchförmig. Loungesessel, ein Snackbereich mit Esstischen, dann dahinter noch ein Bereich mit Computerarbeitsplätzen. Gehen wir hoch oder wolltest du die Dame ausrufen lassen?«

Gut. Die Lounge liegt am entgegengesetzten Ende der Haupthalle, weit genug von der Flughafenwache Abschnitt 11 entfernt. Das verschafft ihm zusätzlich ein paar wertvolle Sekunden Zeit, falls es doch schiefgeht. Sanders greift in die Innentasche seines Mantels und zieht den gefälschten grünen Dienstausweis hervor.

»Wir gehen in die Lounge«, sagt er, »schnappen sie uns, schlendern unauffällig raus zum Taxistand und lassen uns dann zur LKA-Zentrale am Tempelhofer Damm fahren.«

»Jedermann-Festnahmerecht nach Paragraf hundertsiebenundzwanzig Absatz eins Strafprozessordnung«, nick ich.

»Wenn das so heißt«, nickt Sanders. »Jutta Deppe ist eine ältere Dame. Kann so schwer nicht sein.«

Brotmesser

Dienstagmorgen nach Ostern, 7.30 Uhr: KHK Kaplan steht fassungslos in der Tür einer Altbauwohnung in der Knesebeckstraße, Berlin-Charlottenburg. Vor ihm zwischen Sofa und Couchtisch liegen zwei tote Kollegen mit durchgeschnittenen Kehlen: Christel Eisfeld, 62, auf der einen, ihr Neffe Mike, 30, vormals SEK, auf der anderen Seite des Tisches. Das blutige Brotmesser steckt bis zum Heft im beigen Sofa. Eine Hinrichtung.

»Wann ist das passiert?«, fragt Kaplan hilflos den bereits anwesenden Rechtsmediziner.

Schäfer zieht mit seiner Plastikhandschuhhand an Christel Eisfelds Augenlid. »Noch kaum rigor mortis«, sagt er. »Und hier ist ziemlich gut geheizt. Kann nicht länger als zwei Stunden her sein.«

Kaplan reibt sich die Stirn, will unbedingt rauchen, unbedingt. Was ist hier nur los? Er tappt völlig im Dunkeln. »Todesursache?«, fragt er ohnmächtig.

»Halsschlagader durch, Hirnschlag bei dem jungen Mann, würde ich sagen. Der ist vollkommen ausgelaufen. Die Kollegin – da ist die Halsschlagader nur verletzt, aber die Luftröhre durchtrennt. Ist an ihrem Blut erstickt, tipp ich. Hat länger gedauert als bei ihrem Neffen.« Der Mann sagt das so, wie man von einem Wochenendausflug erzählen würde.

»Ich hab die Christel gestern Abend noch vernommen.« Kaplans Stimme ist rau wie Schleifpapier. Hätte er etwas ahnen müssen? Kaplan schwirrt der Kopf. Er geht raus, schickt eine Streife, die Jäger festsetzen soll, dann raucht er, als gäbe es kein Morgen. Als er wieder ins Wohnzimmer tritt, winkt ihn der Rechtsmediziner auf die andere Seite des Couchtisches. Auf Christels Seite. Er hebt ein Kissen hoch, das neben der Leiche liegt. »830 TXL«, steht da, geschrieben in Blut.

»Kapieren Sie das?«, fragt ihn der Arzt.

Kaplan sieht auf die Uhr. Kurz vor acht. Verdammt wenig Zeit.

»Ach, und noch was.«

Kaplan bremst seinen Finger auf halben Weg zum Kurzwahlbutton für die Einsatzzentrale.

»Der tote Kollege hat einen sauberen Durchschuss im linken Gastrocnemius. Unterschenkel. Mindestens eine Woche alt. Hat nichts mit heute zu tun.«

Kaplan fühlt sich wie im »Tatort« aus Münster. Dass die KT sich nicht auf die Fakten beschränken kann und immer die Analyse mitliefern muss. Scheiße. Keine Zeit für diese Spielchen. Er drückt die Kurzwahl, rennt los. »Dringende Personenfahndung!«, schreit er in sein Handy. »Alle verfügbaren Kräfte sofort zum Flughafen Tegel!«

Senator Lounge

Komisch. Kaum haben wir mal ein paar Tage in des Teufels Küche zusammen Kaffee gekocht, schon bild ich mir ein, Sanders' Gesicht ist für mich aus Glas. Schlecht für einen Detektiv, wenn dir dein mentales Innenleben über die Stirn wandert wie Laufbandwerbung am Times Square. Jedenfalls brauch ich keinen Rückspiegel, als sich hinter uns was tut. Ich seh's in seinen Augen.

»Fertig?«, zischt er. »Dann los.«

Als ich mich umdreh, seh ich links, vor ein paar Check-in-Automaten, eine Gruppe Polizisten in Uniform und Flughafen-Security im Kreis stehen. Ein Bulle teilt Fahndungsfotos aus.

Sanders legt seinen Arm um meine Schulter. Wir gehen an den Läden vorbei rechts runter zur Betontreppe. Unauffällig schiebt er mich in den ersten Stock. Überpflegte Businessmänner – teure Anzüge, Markengepäck – kommen uns entgegen. Typen, zu denen ich in meinen Flugbegleiterzeiten wie 'ne Mutter war. Ich kapier überhaupt nicht mehr, wie ich mich so verbiegen konnte.

Als wir auf der Galerie ankommen, liegt die Haupthalle unter uns. Ich seh die Polizisten mit den Fotos, wie sie Leute befragen. Genug Leute gibt es ja in der hoffnungslos überlasteten Halle. Sie kaufen Berlin-Bären oder Kaffee. Direkt vor mir hängt der gelbgrüne Siebzigerjahre-Leuchtwegweiser. Parkhaus hier lang, Toilette da lang. Gate 0 bis 8 nach links, 9 bis 15 nach rechts. Links lang achttausendfünfhundertneunundneunzig Kilometer nach Bangkok, rechts lang sechstausenddreihundertsiebenundachtzig nach New York. Ein Flughafen kann so schön sein, wenn man nicht gerade in einer Senator-Lounge eine Straftat begehen will. § 127 StPO setzt nämlich voraus, dass man den Täter auf frischer Tat ertappt. Ich sag das Sanders nicht. Seinen Plan ändert es nicht. Unsere Optionen auch nicht.

Vor uns öffnet ein Bewegungsmelder die weiß-gelbe Glaslamellentür zur Senator-Lounge. Ein leger gekleidetes asiatisches Pärchen schlendert heraus. Hinter uns kommt mit einem dezenten »Pling« der Fahrstuhl an. Sanders schiebt mich in die Lounge und nach rechts auf einen Empfangstresen zu. Modernes, teures Ambiente. Es riecht nach Essen und Boss Bottled.

Eine meiner Ex-Kolleginnen steht dort hinter Computerbildschirmen, Gardemaß, exquisites Make-up, eingefrorenes Lächeln, dunkelgraue Hose, Weste, hellgraue Bluse. Perfekter Blend aus Gouvernante und »Come Fly with Me«. Nonstop you. Scheißjob.

»Sir?« Die Puppe pitcht ihre Stimme hoch, das soll kompetenter wirken. Ich könnt ihr eine klatschen.

»Polizei Berlin«, sagt Sanders. Hält ihr seinen grünen Ausweis hin. »Mein Name ist Schmitt, meine Kollegin Müller.«

»Herr ... Schmitt?« Sie mustert den Ausweis kurz, aber gründlich. »Wie können wir Ihnen helfen?«

»Ist eine Frau Deppe, Jutta hier bei Ihnen? Deppe mit Doppel-P. Wir müssen dringend mit ihr sprechen.«

Miss World Service Agent Customer Care blinkert mit ihren Botox-Augen und wirft den Rechner an. »Ja, Herr Schmitt«, schmettert sie mit Stepford-Wives-Fröhlichkeit. »Frau Deppe hat vor einer Stunde eingecheckt. Gehen Sie doch nach hinten durch zu den Snackangeboten. Die meisten Gäste nehmen sich einen Kaffee. Und seien Sie diskret, bitte.«

Sanders nickt, steckt den Ausweis ein. In diesem Moment wuscht hinter uns wieder die Eingangstür auf. Es ratscht wie im klassischen Western.

»Alles hinlegen!«, schreit eine Stimme. »Ganz ruhig! Auf den Boden und Fresse halten, dann passiert niemandem was!«

Sanders und ich frieren mit erhobenen Händen ein. Tauschen einen Blick. Sanders' Augen sind plötzlich schmal und hart. Langsam gehen wir in die Knie.

»Wird's bald? Die Tussen da hinterm Tresen, Sie auch und Sie blockieren mal sofort die Eingangstür. Hände weg vom Telefon, Herrschaften, wenn Sie auf Ihre Hände Wert legen. Ganz ruhig, dann sind wir alle zum Abendessen zu Hause!«

Sanders weiß, wer da hinter uns steht. Ich auch. Es ist derselbe Typ, der mich in der Ciao-Bella-Pizzeria kidnappen wollte. Er hat einen ganz großen Showauftritt. Der Typ ist vollkommen bei sich selbst und hat uns noch nicht gecheckt. Wir legen uns also erst mal auf den Bauch.

Der Mann geht an uns vorbei. Ein Stier in Bikerstiefeln, Lederjacke und Lederkutte. Schwenkt seinen Colt Peacemaker wie Clint Eastwood. Sanders drückt sein Gesicht in den Teppich. Als der Typ an uns vorbei ist, hebt er den Kopf. Spannen, zielen, abdrücken, seh ich ihn denken. Er hat was vor. Sicherlich kein Nickerchen.

»Frau Deppe?«, schreit der Stier durch die Lounge. »Kommen Sie raus! Ich find Sie auch so!«

Die arme Jutta. Nicht ihr Glückstag heute. Steht auf zu vielen Wunschlisten gleichzeitig. Mittlerweile baut sich der Muskelmann etwa drei Meter vor uns auf, dreht uns noch immer den Rücken zu. Alle Businessmänner liegen am Boden wie havarierte Pinguine. Es ist ganz still plötzlich. Von den Flachbildschirmen an der Wand kommt die Stimme eine Nachrichtensprecherin: »Die virtuelle Währung Bitcoin ist erstmals mehr als einhundert Dollar wert. Der Clou: Banken und Politiker haben keinen Zugriff auf das Geld. In Krisenländern erfreuen sich die Coins deshalb hoher Beliebtheit.«

Plötzlich wirbelt neben mir irgendetwas durch die Luft, ein silberner Blitz. Sanders zieht. Wham. Und der Stier hat keine Kniescheibe mehr. Er schreit, geht runter wie 'ne Bahnschranke. Umklammert sein Bein. Sofort ist Sanders über ihm, tritt ihm den Revolver aus der Hand.

»Sanders!«, brüllt der Stier. »Scheißkerl! Mein Knie! Ich kill dich!«

»Überraschung, Lorenzo«, zischt Sanders. »Kein Backup? Anfänger!«

Die Luft zwischen den beiden brennt. Der Fleischberg, das ist also Heiko Lorenzo. Ich steh auf. Nichts wie raus aus der Schusslinie.

Eine Frau in einem beigefarbenen Kostüm robbt hinter einem Loungesessel hervor. Derangierte Fönfrisur, hochgerutschter Rock, runtergerutschte Kniestrümpfe.

»Frau Müller?«, quietscht Jutta Deppe. Ich check's erst nicht, aber sie meint mich. »Von der Polizei? Das sind Sie doch, oder?«

Sie kriecht auf mich zu wie eine Ertrinkende auf einen Rettungsring.

»Okay.« Sanders hebt den Colt auf, steht plötzlich da, in jeder Hand eine Knarre, eine richtige Rockstarnummer. Gar nicht mehr Sanders. Auf einmal hat er so eine Präsenz. Zum ersten Mal kann ich ihn mir als Cop vorstellen. Als bösen Cop. Er stellt sicher, dass jeder im Raum seine Waffen sieht.

»Planänderung! Ganz ruhig und alle bleiben liegen«, befiehlt er klar und hart. »Die Damen von der Rezeption machen uns jetzt bitte die Tür wieder auf und dann verlassen Sie einer nach dem anderen die Lounge. Immer nur der steht auf und geht, auf den ich zeige. Ich will alle Hände sehen. Niemand telefoniert oder fotografiert. Nur Herr Lorenzo und Frau Deppe bleiben hier bei uns.«

Das dauert. Es sind bestimmt fünfzig Leute in der Lounge. Ich nehme Jutta Deppe in den Arm. Sie riecht nach 4711 Echt Kölnisch Wasser, wie meine Mama-Oma. Lorenzo rollt hin und her, blutet den Teppich voll und flucht ausdauernd. Ab und an tritt ihm Sanders beiläufig gegen sein blutiges Knie. Das muss nicht sein. Ist mir unheimlich. Mir ist auf einmal wie nachts in der Wüste: kalt, allein und ich kann den Feind nicht mehr sehen.

»Dafür verpassen wir dir ein Halsband!«, verspricht Lorenzo Sanders. Ich war oft genug in Südafrika, um zu wissen, dass ein Halsband ein mit Benzin getränkter Autoreifen ist, der dem Opfer um den Hals gehängt und angezündet wird. Lynchjustiz für Verräter. Das brennende Gummi schmilzt in den Körper ein, kann nicht mehr gelöscht werden. Zwanzig Minuten Todeskampf bei vollem Bewusstsein. Ich muss daran denken, wie Sanders geträumt hat, er würde verbrennen. Hab mich nicht getraut zu fragen, aber vielleicht weiß er schon, wie das ist.

Die Schiebetür öffnet und schließt sich. Die Businessmänner gehen, schauen ängstlich über die Schulter. Wenn die Tür auffährt, kann ich sehen, wie dahinter auf der Treppe Polizisten in Schutzkleidung in Stellung gehen. SEK.

Sanders hat das alles total im Griff. Er ist ruhig und konzentriert. Er arbeitet diese Typen ab, entschieden, höflich, Herr der Lage. Eiskalt komplementiert er zuletzt die Service-Hostessen aus der Lounge. Übrig sind nur noch Lorenzo, Jutta Deppe, er und ich. Die Downlights hängen über uns wie tote Sterne am Wüstenhimmel.

»So, Miss Vale. Sie machen sich jetzt mal ein bisschen nützlich, damit ich Sie nicht umsonst die ganze Zeit mit herumgeschleppt habe.«

Ich seh auf. Spricht Sanders mit mir? Tatsächlich. Ich starr auf seine Stirn. Kein Leuchtreklameband. Kein Signal. Überfrorene

Augen. Na schön. Bin ich wohl tatsächlich allein. Wenig Sachen im Leben ändern sich wirklich.

»Vorwärts, Lorenzo.« Sanders tritt ihm in die Nieren. »Rüber zum Büfett. Sie versauen ja hier den ganzen Fußboden.«

Lorenzo gurgelt. Sanders schießt ihm ansatzlos noch mal ins Hosenbein. Der Mann brüllt auf vor Schreck.

Sanders brüllt zurück: »Ruhe! Los jetzt. Bewegung, sonst gebe ich Ihnen einen Grund zum Schreien.«

»Fick dich!«, jault Lorenzo, kriecht aber los.

Jutta Deppe weint und zittert. Sie ist so verkrampft, sie kann kaum aufrecht stehen. »Jetzt ist es aus«, flüstert sie mir ins Ohr. Das Leben, meint sie.

Vor dem Büfett steht ein eleganter halbrunder Edelstahltresen mit einem soliden Rohr als Fußleiste. Sanders zeigt drauf, gibt mir zwei Paar Handschellen. »Festmachen«, befiehlt er. »Frau Deppe auf der einen, Lorenzo auf der anderen Seite.«

Jutta Deppe hat Todesangst. Sie ist ganz glitschig vor kaltem Schweiß. Sie fragt mich flüsternd, ob ich doch nicht von der Polizei bin. Ich weiß nicht, was ich sagen soll und murmele: »Alles wird gut, Frau Deppe.«

Lorenzo wehrt sich. Er hat einen Arm wie 'n Schinkeneisbein.

»Lassen Sie das«, befiehlt Sanders. »Ein Cyborg-Knie haben Sie sicher. Wenn's zwei sind, fahren Sie nie wieder Custombike.«

Lorenzo spuckt Gift und Galle.

»Miss Vale, verdammt noch mal!« Sanders' Blick schockfrostet die Luft zwischen uns. Er tippt meinen Hinterkopf mit dem Colt an. »Sie werden doch einem Mann Handschellen anlegen können. Bei Ihrer Berufserfahrung?«

Keine Zeit für Diskussionen. Ich setz mich fast auf Lorenzos Oberarm, dann krieg ich ihn irgendwie angeschnallt.

Schwitzend atme ich auf und tret einen Schritt zurück. Werf Sanders einen Blick zu – stolz, trotzig, hoff ich.

Aber Sanders packt meinen Oberarm, nicht freundschaftlich, sondern ein Griff wie ein Pferdekuss. Dreht meinen Arm gestreckt auf den Rücken. Ich weich dem Schmerz aus, lieg plötzlich am Boden.

»Hey!«, protestier ich. Gar nicht nett. Und – ratsch, schon häng ich auch am Edelstahlbüfett. Direkt neben Jutta. Schlagartig muss ich pinkeln. Psychosomatisch, ich muss sofort an Pinkelgate denken. Nur hab ich diesmal keine Notrutsche.

Jutta Deppe weint. Mir tut die Handschelle am Handgelenk weh. Ich kann nicht fassen, dass ich die Sachen von dem Mann anhabe, der mich hier gerade wie 'ne Ameise behandelt. Ich zieh die Nase hoch und die Knie unter den Körper. Früher hab ich immer was von einem Menschenkenner gehabt, aber momentan hab ich eher was von Ray Charles – ich blick hier einfach nicht mehr durch. Ich kann durch die Scheiben der Lounge in die Haupthalle sehen. Kein einziger Zivilist mehr. Dafür schwarze Helme, Präzisionswaffen. Wenn wir zu dritt an diesem Tresen ziehen, überleg ich, können wir das Ding umkippen? Okay. Dann würden wir an einem umgekippten Tresen hängen. Keine wirklich verbesserte Lage. Aber ich will, ich muss irgendwas tun. Ich bin nicht so der fight-flight-freeze-Typ.

Sanders legt den Colt auf den Tresen. Es ist ruhig draußen. So ruhig ist es im Krimi immer nur, wenn das SEK in Stellung geht.

An der Wand hängen ein paar Fernseher, auf denen ein Nachrichtensender läuft. Close-up auf einen fetten Typen, der laut Bildunterschrift Karl zu Saynheim heißt, Ministerialdirektor und Stabschef im Bundesfinanzministerium. Der sagt in die Kamera, dass er das Internet für die größte Veränderung seit der Französischen Revolution hält, selbst aber künftig weniger twittern will.

»Ich brauch 'nen Arzt«, krächzt Lorenzo.

»Jeden Arzt, der sich Ihnen nähert, leg ich sofort um«, verspricht ihm Sanders.

In diesem Moment klingelt das Wandtelefon neben dem Büfett. Sanders zögert kurz, dann hebt er ab. »Ja?«

Was auch immer ihm gesagt wird, Sanders hört es sich ausdruckslos an. Nur unter seinem Auge zuckt ein Nerv. »Spar dir das.« Er schaut auf die Uhr an der Wand. »Du kennst mich, Hannes. Acht Uhr. Ich erkläre dir jetzt, worum es geht. Ich sage die Wahrheit. Ich habe hier den Beweis dafür, dass durch das deutsche Softwarehaus MGF in Zusammenarbeit mit hochrangigen Regierungsmitgliedern, Regierungsbeamten und Ratingagenturen weltweit Finanzsysteme von souveränen Staaten manipuliert wurden.« Sanders zieht den kleinen Computer aus der Innentasche seines Mantels und öffnet die Datei. »Dazu haben Regierungsmitglieder ihre weltweiten Kontakte genutzt, um das Programmmodul MGF State zu vertreiben – gegen Provision, wie Handelsvertreter. Eine Zeugin habe ich auch, Frau Jutta Deppe aus der Buchhaltung von MGF.«

»Haben Sie gehört?«, flüster ich Frau Deppe zu. »Er braucht Sie.«

»Du musst dir das wie die Starfighter-Affäre vorstellen«, fährt Sanders fort, »bei der in den Sechzigern von einem amerikanischen Rüstungskonzern ein paar Millionen Dollar an Verteidigungsminister Strauß und die CSU für den Kauf von neunhundert Starfighter-Jets gezahlt worden sein sollen. Ich lese dir jetzt ein paar Namen vor, für die mir die Provisionszahlungsdaten vorliegen.«

Sanders tut's. Jutta Deppes Kopf fängt an, nervös zu wackeln. Sie sieht ihr neues Leben den Bach runtergehen. Aber hey, da ist sie weder die Erste noch die Einzige. Sogar Heiko Lorenzo wird ganz still, als er die Namen hört. Sanders macht eine Kunstpause. Ich zerr und fummel an meiner Handschelle herum. Die klassische Haarnadel hab ich nicht.

Dann stellt Sanders seine Forderung: »Du hast eine Stunde, um die Bundeskanzlerin hierher zu schaffen. Und die Presse. Ich spreche nur mit der Kanzlerin, keine Polizeipsychologen, keine SEK-Einsatzleiter. Ich übergebe mein Material und meine Zeugin nur an die Kanzlerin. Danach können die Geiseln gehen und du kannst mit mir machen, was du willst. Ich wehre mich nicht. Aktuell habe ich allerdings hier diesen Tablet-Computer und ich habe den Finger auf dem ›Senden‹-Button. Wenn die Frau hier nicht erscheint, oder wenn ihr versucht zuzugreifen, schicke ich mein Material stattdessen an den Spiegel, dpa, AFP und Reuters. Also: eine Stunde. Die Zeit läuft, Hannes.«

Durchgeknallt. Größenwahnsinnig. Die Bundeskanzlerin, oder was? Scheinbar denkt Sanders' Telefongesprächspartner dasselbe und versucht, ihm das auszureden. Perfide Taktik, Sanders ausgerechnet von seinem ehemaligen Chef Hannes Neuhaus anrufen zu lassen.

Sanders nimmt sich ein Glas, trinkt einen Schluck Wasser. Dann tritt er Lorenzo mit Schwung vors Knie. »Arrgh!«, blubbert der. Der richtige Soundtrack für ein wichtiges Telefonat.

»Ich habe eine Geisel, die einen Arzt braucht. Kommt die Kanzlerin nicht in einer Stunde«, sagt Sanders, »schieße ich den anderen auch noch die Kniescheiben weg. Jede halbe Stunde eine. Dann die Ellenbogen. Wenn das nicht reicht«, seine Stimme ist beiläufig, seine Stirn hart und böse, »stirbt eine Geisel.« Mit links telefoniert er, seine rechte Hand krallt sich in mein Haar. Er zwingt mich, vor ihm zu knien. Entsichert seine Waffe, rammt mir die Mündung in den Nacken.

»Und mit Blondie fang ich an«, zischt er.

Ich schreie.

Sanders legt auf.

Ich atme, zähl die Schlingen im Teppich. Mein Puls dröhnt wie eine Taikotrommel. Scheiße. Ich glaub ihm jedes Wort.

As soon as possible

8.20 Uhr. LKA-6-Leiter Hannes Neuhaus und Kommissar Kaplan sitzen im Wagen der Einsatzleitung vor der Haupthalle, zusammen mit MGF-Chefentwickler Marlon Griebnitz und Viktoria Jung. Dahinter, in sicherer Entfernung, bauen Fernsehsender ihre Kameras auf.

»Sie sind hier wegen MGF State«, sagt Kaplan. »Wir haben da drin eine Lage mit Freiheitsberaubung und Geiselnahme und der Geiselnehmer sagt, Sie hätten mit State die halbe Welt manipuliert. Erklären Sie's uns.«

»Wenden Sie sich an die Rechtsabteilung.« Griebnitz bohrt in der Nase und schnipst den Grünling auf Kaplans Schuhe.

»Kommen Sie. Keine Zeit für Sprüche.«

Griebnitz schießt einen Seitenblick auf die Jung ab. Over to you. Jung nickt kurz und würdevoll wie eine Madonna.

»Sie haben doch sicher so eine Art Amtsschweigepflicht, oder?«, fragt sie.

»Wir dürfen keine Informationen aus laufenden Verfahren an Unberechtigte weitergeben, falls Sie das meinen«, sagt Kaplan und klappt seinen Notizblock auf.

Jung atmet durch. »MGF State ist ein Tradingmodul«, sagt sie. »Es handelt, vereinfacht gesagt, mit Devisen. Euro gegen Dollar, Yen gegen Dollar und so weiter. Währungshandel ist der größte Finanzmarkt der Welt. Jeden Tag werden da international Summen von etwa fünf Billionen Dollar hin und her getauscht. Schreiben Sie das mal auf, Herr Kommissar. Eine Zahl mit zwölf Nullen.«

»Was läuft schief?«

»State ist ein Algorithmus, Herr Kaplan. Der tut nur das, wofür er programmiert wurde.«

»Ich hab ein bisschen recherchiert.« Neuhaus tippt auf eine Akte vor sich auf dem Tisch. »Von 2005 bis heute haben Sie, Frau Jung, an neunundzwanzig Sitzungen eines unauffälligen Unterausschusses der Deutschen Bundesbank teilgenommen. Gemeinsam mit dem Who is Who der Chefdevisenhändler aller europäischen Notenbanken. Devisen-Fixing – nie gehört, Frau Jung? Da gibt es Sitzungsprotokolle, in denen kann man nachlesen, dass der exquisite Kreis offen über Preissprünge und etwaige Manipulationen im Kassa-Devisenhandel spekuliert. Niemand wollte die Ermittlungsbehörden einschalten. Stattdessen lese ich hier, der Firma MGF sei von einem Banker der Zentralbank mit auf den Weg gegeben worden, ›dass es nicht im Interesse der Kunden sei, wenn der Markt von der Position wegbewegt wird, an der er sich eigentlich befinden sollte‹. Was heißt das im Klartext, Frau Jung?«

»Das bezieht sich auf Hedgefonds.« Die Stimme der Jung raspelt hörbar. »Durch eine einzige große Transaktion können die alle Devisenkurse durcheinanderbringen.«

»So.« Kaplan lehnt sich zurück. »Wir haben uns mit einem Analysten von Silver & Wolf unterhalten. Herrn Doktor Uwe Ricken. Auch ein Geschäftspartner von Ihnen. Kann sich plötzlich an wenig erinnern, verweist auch an seine Rechtsabteilung. Aber seine Analyse lautet, dass viele große deutsche Banken aus dem schwelenden Skandal hohe Rechtsrisiken haben. Was glauben Sie, hat es eine Gruppe von Insidern in internationalen Banken über Jahre mithilfe Ihres Programms geschafft, die Währungspreise zu manipulieren? Und Julia Steinberg stand kurz davor, die Sache öffentlich zu machen?«

Jung zuckt die Achseln. »Ihr Job, das herauszufinden.«

»Läuft schon«, Kaplan nickt. »Damit sind die Aufsichtsbehörden wohl noch ein paar Jahre beschäftigt. Ich hab hier aber nur eine Stunde. Ich brauch den kurzfristigen Erfolg. Dieser Verrückte da drin«, er zeigt über die Schulter auf das Flughafengebäude, »hat Ihren Schwager angeschossen, Frau Jung. Der Mann will die Kanzlerin persönlich sprechen. Ist das bloß ein Wichtigtuer? Was meinen Sie, was wollte Heiko Lorenzo hier?« Kaplan steht auf. »Aus der Nummer kommen Sie nicht mehr raus.«

Viktoria Jung tauscht einen langen Blick mit ihrem Chefprogrammierer. Halb erwartet Kaplan, dass sie jetzt auch die Kanzlerin sprechen will. Aber nein. »Das ganze Ding hier ist eine Nummer zu groß für Sie, Herr Kommissar«, sagt sie. »Ein deutsches Finanzinstitut hat drei Milliarden Euro für Rechtsstreitigkeiten in diesem Fall zurückgestellt. Wenn Sie meinen Rat wollen, schaffen Sie die Kanzlerin her. Dazu vielleicht Ministerialdirektor Karl zu Saynheim aus dem Stab des Finanzministers. Aber a.s.a.p.«

Kaplan sieht irritiert von seinem Notizblock auf.

Jung verdreht die Augen. »Hopp, hopp. Pronto. As soon as possible. Wenn der Mann sein Material an die Presse schickt, kann das einen historischen Prestigeverlust für Deutschland bedeuten. Dass wir den Zweiten Weltkrieg angefangen haben, ist dagegen ein Bagatelldelikt. Wenn das an die Öffentlichkeit kommt, sollten wir freiwillig aus der EU austreten und eine Wirtschaftsunion mit den Marshallinseln gründen. Und jetzt los.«

Sanders macht nur seinen Job. Sein Kopf ist leicht, seine Hände ruhig. Alle Neuronen feuern highspeed Serotonin. Das hier hat alles nichts mit ihm zu tun. Keine Affekthandlungen, keine emotionale Valenz. Er hat die Kontrolle. Die Macht. Libertys Nacken ist warm, der Lauf der SIG kalt.

Jutta Deppe hustet und schluchzt vor sich hin. Sie macht ein schwerkraftaffines Opfergesicht. Sanders weiß genau, wie sich dieses Gesicht von innen anfühlt.

»Sie können mich nicht erschießen«, greint sie. »Ich bin eine wichtige Zeugin!«

»Oberbeck war mein bester Kumpel«, zischelt Lorenzo plötzlich etwas off topic. Diese plötzliche Geschwätzigkeit lenkt Sanders mehr ab als alle SEK-Scharfschützen da draußen. »Frau, zwei Kinder, der Oberbeck. Vom Turm geschossen wie Vieh hast du den. Wie meinen Bruder. Zweimal dem Hiker wehgetan, das rächt sich. Blut für Blut. Wirst sehn. Ich leg alle deine Freunde um. Ich mach dir Bilder im Kopf, die du erst wieder loswirst, wenn du dir das Stammhirn rauspustest. Und das wirst du. Ich mach dich fertig.«

Stammhirn? Sanders spürt ein spitzes, silbriges Kitzeln an der Schädelbasis. »Ich hab keine Freunde«, sagt er.

Lorenzo lacht böse. »Nicht mehr. Nee.«

Piep-piep-piep-piiiiiiiiiieeeeep, macht es in Sanders' Kopf. Flatline. »Du Drecksau, woher wusstest du, wo und wann du Frau Deppe abfangen kannst?«, fragt er und wundert sich über seine klare, sichere Stimme.

»Du musst nicht dreimal raten, stimmt's, Klugscheißer?«, höhnt Lorenzo.

»Was hast du mit Christel gemacht?«, fragt Sanders.

»Lies morgen Zeitung.«

Sanders schaut an seinem ausgestreckten Arm entlang auf die Waffe in seiner Hand und weiter auf Lorenzo, der auf dem Rücken liegt wie ein blutender Käfer. Als er vorhin auf ihn geschossen hat, war es Nothilfe. Jetzt wäre es Mord. Selbstmord auch. Que sera. Die Welt wird unscharf. Sanders' Finger krümmt sich. Ready to go.

»Ist doch jetzt unwichtig, Herr Sanders!« Libertys Stimme. Sie redet und redet, es ist wie automatisches Schreiben und er hört ihre Stimme plätschern. Automatisches Hören. »Was ist Ihre oberste Priorität? Hallo?« Sanders hört diese Worte. Nicht. Nur Geräusche. »Sanders? Hirn an, Mensch! Was ist Nummero uno auf Ihrer To-do-Liste?« Sanders sieht Lorenzo. Als wäre er ein Ding. Mit Händen vorm Gesicht. Sanders tagträumt, dass er gestorben ist und tagträumt. Das Dunkel klebt sich an seine Synapsen wie ein Gecko an eine warme Hauswand.

Priorität Nummer eins: Rache. Falsch.

»Ich will ja wissen, wie das hier ausgeht«, plappert Liberty. »Ich interessier mich immer für die Zukunft. Was ist mit Ihnen, Herr Sanders?«

Die Zukunft ist ein Vlies, gewoben aus goldenen Fäden. Eine magische mögliche Welt. Ist Sanders ein Killer, der einen Detektiv spielt, oder ein Killer, der mal ein Detektiv war, oder ein Detektiv, der einen Killer spielt, oder ein Detektiv, der mal ein Killer war? Oder ein tapferer Zinnsoldat? Bezieht sich die Zukunft im Leben auf die Intentionen der Lebenden? Find's raus, Sanders.

Sanders schiebt den Entspannungshebel der SIG nach vorn. Lorenzos Brustkorb fällt ein. Fundamental falsch, aber es ist, wie es ist. Ein Mobile, dieses Scheißleben. Die Schönheit der Symmetrie. Ein Nylonfaden an zitterndem Drahtsteg: Auf der einen Seite hängt Sanders, auf der anderen Seite die westliche Zivilisation in Gestalt Heiko Lorenzos. Knall ihn ab, Sanders. Lass die Bestie frei. Keine Regeln mehr, kein Rhythmus, kein System. Keine Maniküre. Kein Besuch bei Mama. Warum noch die Fahne hochhalten? Für wen?

Das Tablet macht leise »pling«. Automatisch tippt Sanders mit der freien Hand auf den Bildschirm. Kein WLAN mehr. Überhaupt kein Netz. Bye-bye, Plan B. Kein guter Tag für Deutschland. Aber okay. Hannes nimmt ihn ernst.

Sanders sieht aus dem Fenster in die Haupthalle. Das Ding hier hat ein Eigenleben entwickelt, eine ganz eigene Intelligenz. Drüben auf der anderen Seite der Galerie, im evakuierten Starbucks, sitzt eine schmale Frau im Kostüm, mit aschblondem Dutt und einer goldenen Lesebrille an goldener Brillenkette. Christel. Sie schaut ihn an, lächelt wie Frau Buddha. Kannst deine wahre Natur nicht leugnen, Sanders. Du bist der Typ, der Karussellpferdchen restauriert.

Es ist halb neun. Sanders weiß erst mal nicht weiter. Überlegt, ob da jetzt irgendjemand durch ein Zielfernrohr die Falten auf seiner Stirn zählt.

»Jetzt beendest du diesen Scheiß hier«, sagt Lorenzo bestimmt. »Dein Leben ist im Arsch. Kannst es nicht rumreißen. Wenn die wieder anrufen, sagst du, ich geb auf, ich komm jetzt raus, alles klar. Die Presse ist eh längst da. Du hast deine Show gehabt. Man soll aufhören, wenn's am Schönsten ist. Wär doch auch scheiße, wenn dich das SEK erledigt. Du gehörst mir, Mann.«

Sanders fährt herum. Tippt ihm ganz leicht mit der Fußspitze ans Knie. Nur so, weil er's kann. Lorenzo schreit und krümmt sich.

»Bis jetzt«, zischt Sanders ihn an, »hab ich jede Minute genossen.«

»Warum tun Sie dem Mann immerzu weh?«, fragt Liberty.

»Er hat Christel getötet«, hört sich Sanders sagen. Fakt. Kein Zweifel.

Das Wandtelefon klingelt wieder. Sanders hebt ab.

»Martin?« Eine Stimme direkt aus dem Olymp. »Du bist krank, mein Sohn. Wie deine Mutter. Machst mir Schande. Gib auf.«

Sanders knallt den Hörer in die Schale. Fühlt sich dreckig. Beschmutzt. Seine Haut zuckt und platzt, fängt Feuer. Parasiten fressen Gänge durch sein Herz. Wasser. Er muss sich waschen, Herrgott noch mal. Sich die Haut abschälen. Saugt verzweifelt die neutralisierte Flughafenluft ein, bis seine Lunge nicht mehr weiter werden kann. Ruhig. Kein Affekt.

»Wer war das?«, fragt Liberty Vale.

»Mein Vater.« Sanders sieht das Mitgefühl in Liberty Vales Gesicht. Empathie, auf der Metaebene die Message: du arme Wurst. Er war noch nicht radikal genug zu dieser Frau. Muss das noch eskalieren.

Lorenzo lacht. »Die spielen ihr Spielchen mit dir!«

Sanders bewundert Lorenzos Mut. Er tritt ihm noch mal vors Knie. Der Hiker kreischt.

Das Telefon klingelt wieder. Wie die Pausenglocke in Theater. Sanders hat keine Wahl. Vorhang auf. Er meldet sich. Diesmal ist es Neuhaus. Hat einen Fehler gemacht. Will ihm jetzt erklären, warum er mehr Zeit braucht, um die Kanzlerin heranzuschaffen. Scheißtaktik. Nichts Neues unter der Sonne. Sanders weiß, die Kernforderung von Geiselnehmern wird nie erfüllt. Nie. Deshalb hat er sie gestellt. Shoot for the moon.

»Ihr habt das Netz abgeschaltet. Gefällt mir nicht«, unterbricht er Neuhaus. Und während er spricht, kickt er den Hiker hin und her wie einen Fußball. Der jault und winselt. »Du warst am Zug, Hannes. Müsstest du nicht versuchen, mein Vertrauen zu gewinnen? Mein Drecksvater? Hast aufs falsche Pferd gesetzt. – Nein, mehr Zeit gibt es nicht.«

Sanders nimmt seine Waffe und drückt ab. Der Tresen wackelt. Lorenzo brüllt wie ein Stier.

»In zehn Minuten mache ich das hier mit Miss Vale. Die ist Amerikanerin. Denk an die internationalen Verwicklungen. München '72. Schreckliche Vorstellung.«

Sanders legt auf. Wer hat die Macht hier? Richtig. Noch fünf Minuten auf der Uhr. Sanders spielt die Zeit runter. Der Colt Peacemaker, das Waffenäquivalent zum Dodge Ram Pickup, reizt ihn. Sechs Schuss, single action. Keine Waffe für einen, der es ernst meint. Sanders spannt den Hahn und bläst den beiden Flachbildschirm-Fernsehern an der Wand das Licht aus. Es macht »Fup!« und weg ist die Welt. Yes, I can. Das Leben im Hier und Jetzt beginnt.

Punkt neun.

Die SIG mit rechts nehmen, mit links Liberty Vale in den Nacken greifen, Daumen und Zeigefinger auf der Schädelbasis. Das tut weh. Sie sieht hoch, der Blick eine rotglühende Nadel in seiner Herzscheidewand. Dann schlägt sie seine Hand weg, schüttelt sich, tritt nach seinen Schienenbeinen. Sie trommelt mit den Füßen, reißt an der Handschelle. Schreit immerzu: »Arschloch! Arschloch! Psychopath! Wichser!«

Mach sie aus, Sanders. Schalt das Kreischen aus. Arrivederci, Barbie. Es macht die Sache einfacher, dass er das Weib gerade jetzt ein bisschen hasst. Wahrheit tut manchmal weh. An der Kniescheibe und sonst wo. Sein rechter Zeigefinger ist steif und geschwollen. Er kann nicht mehr gewinnen. Ihre hellen Augen sind groß vor Frust. Sie schlägt mit der freien Hand nach ihm, faucht, spuckt. Angst hat sie keine Sekunde.

Sanders kann hier keine richtige Entscheidung mehr treffen. Er kann nur noch eine Entscheidung treffen. Den meisten Schlägen und Tritten weicht er aus. Die, denen er nicht ausweichen kann, steckt er ein. Zorn kann er nicht empfinden. Nur den Schmerz aushalten. Das kann er. »Stillhalten«, rät er, schüttelt ihren Nacken. »Sonst tut es nur noch mehr weh.«

Der lange Lauf des Peacemakers rückt die Sache weit genug von ihm weg. Nicht seine Waffe, nicht sein Stil. Aber was sein muss, muss sein.

Die Lounge-Tür fährt auf. Neuhaus mit Schutzweste, die Hände auf Schulterhöhe. Daneben Ministerialrat Karl zu Saynheim. Ein jovialer Mann, fett, Glatze, ein Gesicht wie ein Leberwurstknödel. Lächelt freundlich. Man sagt ihm nach, er koche liebevoll und sei ein Kommunikationsgenie.

»Hallo, Martin«, sagt er. »Ich darf Sie doch Martin nennen?«

Sanders lässt die Vale los. Lieben heißt loslassen. Liberty tritt ihm en passant noch mal in die Wade. Sanders nimmt den Finger vom Abzug.

»Spielt keine Rolle«, sagt Sanders. »Wo ist die Kanzlerin?«

»Im Urlaub«, lächelt der Dicke. »Auf Ischia. Bitte versuchen Sie, das zu verstehen. Herr Neuhaus hat Sie am Telefon nicht belogen. Aber ich bin gekommen, um Sie zu einer Videokonferenz abzuholen. Wir sind sehr an Ihren Informationen interessiert, Martin. Deutschland braucht Menschen wie Sie. Aufrechte Demokraten.«

»Geschenkt. Hat Hannes Ihnen erzählt, dass ich ein gutmütiger Trottel bin, dem bei ein paar Nettigkeiten der Verstand aussetzt?«

Neuhaus schüttelt den Kopf. Das Wandtelefon klingelt. »Geh ran.«

Hyperreal. Sanders hört eine Stimme. Bekannt aus Film und Fernsehen. Er hört zu. »Warum sollte ich Ihnen trauen?«, fragt er schließlich.

»Schauen Sie, das mit Ihrem Vater bedauere ich zu tiefst. Das Bundeskanzleramt hat Sie unterschätzt, Herr Sanders. Sie sind ein rationaler Mensch. Ein Pragmatiker. Da sind wir uns ähnlich. Meine Regierung ist die erfolgreichste Bundesregierung seit der Wiedervereinigung. Weil ich mich wirklich für die Probleme der Bürger interessiere.«

»Das hier ist *Ihr* Problem.«

»Richtig. Und sehen Sie, damit Sie mir glauben, habe ich Ihnen das WLAN wieder anschalten lassen.«

»Pling.« Diese Durchdringung der Realität von ganz oben. Das kleine Fächersymbol ist wieder da. Geht in der linken Ecke des Tablets auf wie die vier Säulen des Himmelsgewölbes. Sanders hat eine echte Option. Seine Magenwände flattern.

»Herr Sanders, stellen Sie sich die Frage: Wollen Sie Ihrem Land nützen oder schaden?«

Sanders muss lächeln. »Meinem Land? Egal. Ich bin nicht korrupt.«

»Das wird sich zeigen.«

»Ich habe einen Fall gelöst und ich will, dass sich das jemand anhört. Ich habe niemanden umgebracht und ich kann es beweisen.«

»Ich sichere Ihnen zu, dass wir das unvoreingenommen prüfen werden. Geben Sie Ihre Waffen dem Kollegen und gehen Sie mit dem Herrn zu Saynheim. Er hat Anweisung, Sie in mein Büro zu bringen. Da reden wir weiter. Das ist politische Entscheidungspraxis. Ihre Unterstützung ist mir in diesem Fall besonders wertvoll, Herr Sanders. Sie sind doch ein junger Mann. Haben das Leben noch vor sich. Und wir haben ja beide dasselbe Interesse. Wenn Sie kooperieren, bei Ihrer Tapferkeit, da kann ich gar nicht anders als Sie für das Große Verdienstkreuz vorzuschlagen. Mit Stern und Schulterband.«

Sanders' Pistolenarm beginnt zu zittern. »Ich will nur Gerechtigkeit«, sagt er, plötzlich gar nicht mehr beherrscht. Zum Heulen ist ihm. »Ich geb hier nicht freiwillig das Bauernopfer. Ich nicht. Und wenn ich die ganze Bundesrepublik mit reinreite. Mir egal. Mit mir nicht, hören Sie?«

»Niemand versteht Sie so gut wie ich, Herr Sanders.« Routiniertes Atmen am anderen Ende der Leitung. Die Spiegelneuronen dieser Frau feuern wie Stalinorgeln. »Natürlich habe ich das aufgenommen und werde mich persönlich um die Angelegenheit kümmern. Und dafür erlauben Sie mir auch eine persönliche Bitte. Werfen Sie Ihr Leben nicht weg, junger Mann. Ich kenne Ihren Vater seit vielen Jahren. Ein hervorragender Mann und ein ausgezeichneter Jurist, dessen Rat ich sehr schätze. Die Familie Sanders hat Deutschland schon viele Dienste erwiesen. Und Ihr Herr Vater sagt mir nun, Sie sind etwas ganz Besonderes für ihn. Er glaubt an Sie. Ihr Vater hat mich gebeten, Ihnen auszurichten, dass er weiß, Sie werden die richtige Entscheidung treffen. Ich vertraue seinem Urteil. Er wäre sehr stolz auf Sie, Herr Sanders, wenn Sie jetzt Stärke zeigen. Und sind wir doch mal ganz ehrlich, was ist denn die Alternative?«

»Was?«

»Ich erteile Feuerbefehl und Ihr Kopf platzt.«

Sieben Leben

Donnerstag, 4. April 2013, 14.23 Uhr. Anwesend ein Tisch, zwei Stühle, ein Telefon, eine Schreibtischlampe, ein ausgeschaltetes Diktiergerät sowie Martin Sanders, dessen ganzer Körper vor Müdigkeit fliegt, und Hannes Neuhaus, Leiter LKA 6.

»Ich weiß nicht, was ich sagen soll, Martin.« Neuhaus reibt sich die Augen. Das Diktiergerät bleibt aus.

»Wie wär's mit: gute Arbeit«, schlägt Sanders vor.

Neuhaus grinst. »Wirst du eine Aussage machen, wenn es zur Anklage gegen MGF kommt?«

»Was bietet mir das LKA dafür an?«

»Wir sind großzügig. Kein Verfahren wegen Urkundenfälschung, Freiheitsberaubung, Körperverletzung mit Todesfolge oder Sachbeschädigung. Schließlich hast du den Fernsehturm und die Senator-Lounge zerlegt. Nur deinen selbst gemachten Dienstausweis, den muss ich einziehen.«

»Sachbeschädigung ist Zivilrecht. Dafür könnt ihr mich nicht in U-Haft behalten.«

»Du warst immer ein heller Kopf, Martin. Ein guter Beamter. Aber für Sachbeschädigung in der Größenordnung, bei der mal eben ein Berliner Wahrzeichen demoliert wird, da gibt's 'ne saftige Amtshaftungsklage von den Geschädigten, wenn die Behörde nicht einspringt, mein Lieber. Und das LKA wird sich an dich halten. Aber natürlich könnte man sich auf den Standpunkt stellen, du hättest deinem Land einen Dienst erwiesen.«

»Ansichtssache.«

»Dein Glück, dass du Oberbeck nicht vom Turm geschossen hast. Wenn du kooperierst, bekommst du mit etwas Glück dein altes Leben zurück. Das Landeskriminalamt hat beim Ausschuss für Immunitätsangelegenheiten die Genehmigung eines strafrechtlichen Ermittlungsverfahren gegen den Innen- und den Außenminister sowie mehrere Bundestagsabgeordnete wegen einer strafrechtlichen Verfolgungsmaßnahme beantragt.«

»Na, das freut mich aber. Und was ist für mich persönlich drin?«

»Du darfst deine Knarre behalten.« Neuhaus schiebt ihm die SIG über den Tisch. Sanders steckt sie ins Schulterholster.

»Die Frau?«, fragt er.

»Oh? Okay. Wenn dir das wichtig ist. Wir versuchen, sie rauszuhalten.«

»Polizeischutz braucht sie. Ihre Mutter auch.«

»Ich werd sehn, was ich tun kann.«

»Gut. Dann werd ich sehn, ob ich aussage. Mit retrograden Amnesien kenn ich mich ja aus.«

Ein Schatten geht über Neuhaus' Gesicht. »Das mit deiner Mutter tut mir leid, Martin. Ich weiß, das war nicht fair.«

»Entschuldige, dass ich widerspreche. Das war eine ausgesprochene Scheißidee. Heiko Lorenzo wäre nie auf Christel und Eisi gekommen, wenn Christel mich nicht angerufen hätte.«

»Deine Schuld. Du wolltest sie unbedingt treffen.«

Sanders muss das eingestehen, auch vor sich selbst. Ein bisschen schwindelig ist ihm. Also noch zwei Leute mehr, die er auf dem Gewissen hat: seine beiden Geschwister, Rocco, seinen Sohn, Oberbeck, Eisi und Christel. Die sieben Unsterblichen.

Sanders kann einfach nicht mehr. Seine Augen schmerzen zu sehr, um sie offen zu halten. Er verschränkt die Arme auf der Tischplatte, legt den Kopf ab. Nur ein paar Sekunden Ruhe. Aber sein Bewusstsein rutscht ihm weg und schon fällt ihn ein Traum an, unvermittelt, brutal, wie ein wildes Tier: Der Brustkorb reißt ihm auf und sein Herz quillt schlagend und zuckend nach draußen. Dann tritt jeder der sieben Unsterblichen einzeln vor und rammt ihm sein verlorenes Leben wie ein Stilett durch das pulsierende Herz.

Sanders brüllt vor Schmerz. Zitternd greift er nach seinem Herzen, reißt die Stähle wieder raus, da glüht sein Herz auf, fängt Feuer, platzt, die Fleischfetzen klatschen ihm ins Gesicht wie Blutegel, seine Hände sind leer, verbrannte Knochenfinger, aber kein Herz mehr, denkt er, und doch lebe ich, ich denke doch, ich atme, er würgt, er kotzt Blut, er …

Eine harte Hand schüttelt ihn.

»Martin! Martin, was ist?«

Neuhaus' Stimme. Eingeschlafen ist er, das ist. Er schluckt, reibt sich das Gesicht. Sein Puls fliegt. »Kann ich jetzt gehen?«

»Wer wird dich verteidigen?«, fragt Neuhaus. »Dein Vater?«

Sanders schüttelt den Kopf, damit sich das bleiche Gespensterbild des großen Juristen verflüchtigt. Vorwürfe, Schmerzen, Verachtung. Kein Mensch, an den man sich mit einem Leid wenden würde. Überhaupt kein Mensch. Sanders schwitzt, er muss duschen. Mühsam steht er auf.

Neuhaus klopft ihm auf die Schulter. »Wird schon werden. Schlaf dich erst mal aus.«

An der Tür fällt Sanders noch etwas ein. Etwas, das zwischen Neuhaus und ihm noch offen ist. Wo er vielleicht nicht der ewige

Verlierer ist, jedenfalls nicht auf moralischer Ebene. »Wie geht's Silke?«, fragt er. Eine Provokation, mit Unschuld vorgetragen. Der siebeneinhalbste Mensch auf Sanders' Gewissensliste.

Neuhaus wird das Gesicht ganz weich. Sanders mag ihn, hat ihn schon immer gemocht. Neuhaus ist ein guter Mann. Er kann nichts dafür, dass Silke ihn verlassen hat. Das geht auf Lorenzos Rechnung. Und damit letztendlich auf ihn selbst. Das Glück und ich, wir passen einfach nicht zueinander, denkt Sanders. Dabei hat er immer davon geträumt, mal einen Menschen zu lieben.

»Hör zu, Martin«, sagt Neuhaus. Er ringt die Hände und fixiert den Linoleumboden. »Das tut mir alles wahnsinnig leid. Ich wollte das nicht. Silke – sie konnte das nicht verwinden.«

»Brauchst dich nicht entschuldigen, Hannes.« Fast tut es Sanders leid, dass er gefragt hat. Aber die Erschöpfung senkt seine Hemmschwelle, dann wieder dieser plötzliche Schmerz, corazón espinado, so heftig jetzt, dass ihn weder seine anerzogene Haltung noch seine natürliche Sanftheit vollständig unterdrücken können. »Ich kann ja schließlich nicht von ihr erwarten«, sagt er eine Spur zu scharf, »dass sie zu mir hält, in guten wie in schlechten Zeiten, nicht wahr? Wenn man das so dahinplappert, wie kann man da ahnen, dass tatsächlich mal schlechte Zeiten kommen?«

»Herrgott, Martin!« Neuhaus ist mit drei Schritten bei ihm, packt seine Schultern. »Die haben sie aufgeschnitten, verdammt noch mal, da kann man schon mal ein bisschen aus dem Tritt kommen! Hier geht's nicht nur um dich und deine egomanische Trauershow. Silke ist ein guter Mensch. Du weißt das!«

Sanders' Kehle ist plötzlich zu eng, seine Brust glüht. Ich ersticke, denkt er. Ich verbrenne bei lebendigem Leib.

»Silke«, faucht Neuhaus, »hat sich jedenfalls nicht in einem Mausoleum verkrochen und sich selbst dort aufgebahrt wie du, wie so 'n einbalsamierter Lenin oder so 'n Dreck!«

Sanders rammt Neuhaus die Faust in den Magen. Neuhaus schlägt sofort zurück, kurz, hart, trocken. Sanders rutscht mit brennendem Solarplexus an der Wand runter, das Kinn knallt ihm auf die Knie. Sein Gesicht ist plötzlich so nass. Er weiß gar nichts mehr. Hustet, kämpft sich auf die Beine.

Neuhaus starrt ihn an wie ein sterbendes Rehkitz.

Okay. Er hat einen Fehler gemacht. Sanders hebt die Hand. »Tut mir leid, Hannes. Ich … wollte wirklich nur wissen, ob's Silke gut geht.«

Der Leiter LKA 6 nickt. »Geht dich nichts an«, sagt er. »Aber, ja. Super geht's uns. Super. Wir haben ein schönes Haus.« Er stößt Sanders vor die Brust. Sein Hinterkopf schlägt gegen die Wand. »Ein großes Haus. Größer als deine Hundehütte damals. Und wir lieben uns, Martin, kapiert? Liebe, falls du weißt, was das ist, Mann! Silke ist glücklich! So glücklich, dass sie wieder schwanger geworden ist. Wir werden eine Familie sein. F-a-m-i-l-i-e, geht das rein in deinen Schädel?«

Schwanger – schwanger – schwanger, das Wort knallt durch die Leere zwischen Sanders' Ohren wie eine über Bande gespielte Billardkugel.

»So. Jetzt weißt du's und jetzt hau ab und verkriech dich wieder und feier dich selbst als Märtyrer, du pathetischer Wichser!« Neuhaus dreht ihn um, stößt ihn aus der Tür. »Schade um dich, Mann! Ein richtiger guter Cop bist du gewesen, du Idiot!«

Sanders sieht Neuhaus doppelt. Neuhaus weint. Sein Mund ist ein Schlitz, sein Kinn hart wie ein Gärtnerspaten. Sanders dreht sich um und geht. Ein Schritt, noch einer. Er lebt. Familie – schwanger – Familie – schwanger. Es tut weh, also lebt er. Sanders schlägt den Kragen seines Mantels hoch. Allein sein. Duschen. Dazu einen Royal Lochnagar, im Muskatellerfass gereift. Und morgen den nächsten Fall. Und noch einen und noch einen. Die Probleme anderer Leute lösen, dann wieder waschen, den ganzen Dreck abwaschen und schweigen. Komisch, wie man doch an seinem Leben als pathetischer Wichser hängt, wenn man kein anderes hat.

Der Auftrag

Ich sitz auf meinem Balkon und genieß die milde Luft. Endlich ist der Wetterumschwung da. Bye-bye Märzwinter. Bye-bye Wetter- und sonstige Singularitäten. Vorhang auf für den Frühling. Endlich besessenes Vogelgezwitscher, Blutpflaumenblüten und Birkenpollen. Endlich wieder atmen, ohne dunklen Druck auf den Bronchien. Ich bin dankbar für die Sonne im Gesicht. Und die Frühlingsfrisur hab ich ja schon.

Ein neues Bett muss ich kaufen, Matratze und alles, wegen des Pferdeschädels. Das beschäftigt mich ein paar Tage und dann, als es wieder ruhiger wird, stell ich fest: Ich weiß nicht, wohin mit meinem Leben. An der Uni startet am 14. April das Sommersemester. Wieder hingehen oder noch ein paar Jahre bei Susis *Berlinerin* einlegen? Wie lange geh ich noch als Twen durch? Fünf Jahre? Wenn mein Prozess vorbei ist, könnt ich vielleicht mehr arbeiten, doch mal anblasen und auf eine Eigentumswohnung sparen? Studieren kann ich immer noch, da gibt's keine Altersgrenze.

Also.

Was macht eine amerikanische Dame in Nöten? Sie ruft einen Privatdetektiv an.

Ich kenn nur einen und der hat bei unserer letzten Begegnung versucht, mir die Kniescheibe wegzuballern. Zu meinem eigenen Besten, vermutlich. Aber glauben heißt nicht wissen.

Also versuch ich seit einiger Zeit, Sanders anzurufen. Ich will das klären. Einerseits. Andererseits komm ich immer nur bis zur vorletzten Nummer. Krieg dann zweite Gedanken und komm mir albern vor. Der Mann hat einen verdammt großen Schlamassel elegant aufgelöst. Keine Mordanklage gegen ihn oder mich, dafür gegen Heiko Lorenzo und Viktoria Jung. Krachendes Verfahren wegen Vorteilsnahme und Täuschung seines Dienstherrn gegen Ministerialdirektor Karl zu Saynheim und weitere hochrangige Staatsdiener. Auch Joachim Jäger wird wohl kein Schlupfloch und keine schützende Hand mehr finden. Aber wer weiß. Und was ich niemandem sagen darf und auch nicht beweisen kann, aber glauben will: Man wird die bevorstehenden Wahlen im Herbst nutzen, um in Politikerkreisen aufzuräumen. Time is on our side.

Sanders hat also reichlich Sorgen, da soll ich ihm auch noch meine aufhalsen? Andererseits – er ist Profi. Kennt sich aus mit Sorgen. Konsequent ist er, entscheidungssicher. Und seine Stimme will ich auch hören. Heute schaff ich es doch, die ganze Nummer zu wählen. Mailbox. »Sanders. Nachrichten nach dem Signal.«

Ich atme tief durch und sprech ihm drauf: »Sanders, hör mal, ruf mich doch mal an, ja? Ich wollt dich was fragen. Geheime Kommandosache.«

Enttäuscht mach ich mir ’ne Latte. Als der Schaum gerade fertig ist, klingelt mein Handy. Er. Verdammt schneller Rückruf für so einen reservierten Typen. Mit feuchten Handflächen nehm ich das Gespräch an.

»Martin Sanders«, sagt seine Stimme. Fließt mir ruhig und aufmerksam über die Ovarien wie geschmolzenes Karamell. Mein Schoß wird warm.

»Hey.« Plötzlich weiß ich nicht mehr, was ich sagen wollte. Wünsch mir, ich würd rauchen. Dann könnt ich die peinliche Pause sinnvoll überbrücken und mir eine anzünden. So atme ich nur in die Stille. Ratlos. Halt mich an meiner warmen Latte fest.

»Hey, Miss Vale.« Ich hör ihn lächeln. »Wie geht’s dir?«

Also sag ich einfach, was ich denk: »Ich brauch dringend einen guten Privatdetektiv, Sanders. Und ich hab gehört, du bist der beste in der ganzen Stadt.«

»Schon möglich.«

»Ich hab einen Auftrag für dich«, sag ich.

Er seufzt. »Okay. Erzähl mir einfach alles von Anfang an.«

»Du musst jemanden für mich finden.«

»Wen?«

»Mich selbst.«

»Das wird teuer.«

»Geld spielt keine Rolle. Du weißt doch, ich hab noch die Knete von Jäger.«

»Schön. Wo soll ich anfangen? Wann hast du dich zuletzt gesehen?«

Ich seh hinunter in meinen Hinterhof. »Stell dir mal was vor, Sanders«, sinnier ich. »Stell dir ein Türschild vor, Messing poliert mit Gravur: Liberty Vale, Rechtsanwältin. Beraten – entscheiden – durchsetzen. Stell dir mich in schwarzer Robe bei Gericht vor, Merinowolle mit Seidenbesatz. Sehr leicht, sehr weich, dezente Eleganz. Die Haare kämme ich mir streng zurück, Pferdeschwanz, kaum Make-up. Ich trag eine Lesebrille und kenn meine Akten in- und auswendig. Ich halt Plädoyers und stell Strafanträge. – Na? Wie sieht's aus? Kannst du das visualisieren?«

»Klar und deutlich.«

»Und jetzt stell dir ein Partyluder vor, das sich an Lothar Matthäus ranwirft. Oder an Bohlen. Blitzlichtgewitter, Highheels, rosa Paillettenkleid, Kunstpelz. Schlauchbootlippen, Katalogfrauen-Make-up. Das Luder kann ganz gut singen. Erst nimmt es ein Album auf, dann eine eigene Kolumne in der BZ, ein Jahr später eigne RTL-Show: Deutschland sucht den Pornostar. Hast du das?«

»Ja.«

»Dann sag mal an: Wo soll ich mich suchen, Sanders?«

»Schwieriger Fall. Ich brauch auf jeden Fall einen Vorschuss.«

»Wie viel? Fünfhundert Euro?«

»Ver.Trauens.Vor.Schuss.«

»Du bist gut drauf«, stell ich fest. »Fast könnte man sagen: witzig. Heute schon einer Frau die Waffe ans Knie gehalten, oder wie kommt's?«

Stille. Dann: »Ich entschuldige mich dafür, Libby. Du weißt, dass ich das tun musste. Sonst wärst du drangewesen wegen Beihilfe.«

»'ne ernstgemeinte Entschuldigung klingt anders.«

»Ein traumatisiertes Opfer auch.«

»Ich hab jetzt nicht so direkt Stockholm-Syndrom, Sweety. Nicht ganz akut, zumindest. Aber falls du dich doch noch *richtig* entschuldigen willst … Ich mein, wie wär's mit einem kostenlosen Beratungsgespräch?«

»Du brauchst keinen Detektiv, Liberty«, sagt er. »Du brauchst eine Herausforderung. Geh wieder zur Schule. Und wenn du einen Ferienjob willst – jederzeit. Ich habe mein Portfolio erweitert. Honigfallen mach ich jetzt auch.«

Ich lach. »Danke, Sanders. Du bist echt der Beste. In der ganzen Stadt. Und ich mein das wirklich.«

In Hintergrund knallt es plötzlich gewaltig. Ich hör, wie Sanders scharf die Luft einzieht. »Ich muss Schluss machen, Libby.« Seine Stimme klingt gepresst. »Bin da an einer Sache dran.«

»Sanders? Bist du okay?«

»Beratungsgespräch morgen, zwanzig Uhr, ›Las Meninas‹?«

»Ja, aber bist du …?«

Das Gespräch ist weg. Ich versuch's noch mal. Mailbox. Meine Magenwände flattern plötzlich nervös. Und das nicht aus Vorfreude. Als ich meinen Laptop rausholen will, um mich per Internet zu immatrikulieren, rutscht er mir aus der Hand. Knallt auf den Couchtisch aus Glas. Das Glas zerspringt in tausend Teile. Kein gutes Omen.

Beton

Sanders sitzt in der Geschlossenen bei seiner Mutter und spinnt wieder die Geschichten seiner Toten. Seine kostbare magische Anderswelt aus Goldfäden. Fast wie in Trance erzählt er von seinem Bruder in Amerika, der geht mit dem neuen Hund zum Personal Trainer. Seine Schwester auf Sylt hat Masern, hat sich bei den Kindern angesteckt. Während er spricht, denkt er an das Karussellpferdchen in seiner Wohnung. Silke, lügt er, hat den kleinen Luca zu einem Reitkurs angemeldet.

Seine Mutter seufzt glücklich und greift nach Sanders' Hand. »Es ist mein einziger Trost im Leben, dass es euch Kindern gut geht«, sagt sie und schaut wässerig. »Dass ihr alle in geordneten Verhältnissen lebt.«

»Sicher, Mutter«, sagt er und denkt: Mutter! Er denkt es so laut, dass er sicher ist, sie muss ihn einfach hören können. So, wie Liberty ihn hören kann. Mutter, denkt er, Mutter, ich habe jemanden kennengelernt. Eine Wahnsinnsfrau: groß, laut, witzig. Sie weiß es nicht, aber sie ist die schönste Frau der Welt. Besonders von innen.

»Dass du mir anständig bleibst, mein Junge«, sagt seine Mutter und drückt seine Hand. »Immer sauber, immer korrekt gekleidet. Auch da drunter. Du weißt, in deinem Beruf kann man jederzeit ins Krankenhaus kommen.«

»Natürlich, Mutter«, sagt er und denkt für einen Sekundenbruchteil daran, wie er die schönste Frau geliebt hat mit all der Zärtlichkeit, die ihm noch geblieben ist. Die Sehnsucht trifft ihn hart in die Brust wie ein Schlag aus einem Elektroschocker. Fährt ihm durch den ganzen Körper. Sanders krümmt sich, tut so, als kontrolliere er den Sitz seiner Schnürsenkel.

»Tut dir etwas weh?«, fragt seine Mutter. »Junge, seit Jahren sage ich, du musst dir die Nase richten lassen. Das sieht so billig aus. Dass Silke dir das durchgehen lässt. Dein Vater hätte das nie geduldet.«

Einmal loslassen. Verreisen, nach Ischia vielleicht, wie die Bundeskanzlerin. Beim Skypen im Kanzleramt hat er durch das Fenster hinter ihr eine blaue Bucht voller Fischerboote gesehen. Oder last minute nach Rio. Tanzen oder betrunken Auto fahren. Oder die Schöne in einer Blumenwiese lieben, mit dem Sommerwind auf der Haut.

Schwachheiten.

»Ich weiß, Mutter«, sagt Sanders. »Natürlich, Mutter.«

Es geht nicht, dass er träumt. Er wird hier gebraucht, hier und jetzt. Also gießt er die Erinnerung an die Schöne in Beton und versenkt sie an der tiefsten Stelle seines Herzens. Das Herz pumpt den Beton in jede Ader. Jede Faser seiner Brust wird hart und taub. Ganz langsam, ganz verknappt muss sein Herz schlagen. Kalt und klein werden. Beton brennt nicht. Es tropfen noch nicht einmal brennende Fragmente von Sanders' Herzen ab, die das Feuer wieder anfachen könnten.

Jägers Mann

Der Sektionssaal der Gerichtsmedizin ist lichtdurchflutet. Hohe Fenster, gelbrote Fliesen, fünf steinerne Obduktionstische. Auf der einen Seite des Tisches zündet sich KHK Kaplan eine neue Zigarette an der alten an.

»Dreist, hier zu rauchen.« Hannes Neuhaus atmet durch die Nase.

Kaplan zeigt auf den Tisch. »Den stört's nicht mehr.«

Neuhaus starrt in das wächserne Gesicht von Mike Eisfeld, genannt Eisi, der nackt vor ihnen liegt. Eisfelds Körper ist imposant. Ein Kerl wie ein Baum, mit einer Y-Naht auf der Brust und einem rosa Loch in der Wade.

»Frau Vale hat gestern ausgesagt, dass der Killer aus dem ›Las Meninas‹ gehinkt hat. Und auf dem Film aus der Flurkamera sieht man es eindeutig.« Kaplan macht ein Gesicht wie ein melancholischer Vampir. Aber Neuhaus hat im Moment nur diesen Kollegen mit seinem Saat-des-Bösen-Charme. Frank Flohr hat sich krankschreiben lassen. Hat sich verabschiedet aus der ganzen Nummer, genau wie Eisi.

»Eisi ist angeschossen worden«, sagt Neuhaus und zeigt auf das rosa Loch in der Wade. »Bei demselben SEK-Einsatz vor zwei Wochen, bei dem Juri Unvericht den Kollegen Marius Schulze erschossen hat.« Sein Kopf wackelt, es muss senil aussehen, aber es ist nur der Schock über den Kontrollverlust. Das Ausmaß der Dinge, die hier schief laufen. Niemand darf das erfahren.

Kaplan, der Kopfschütteln mit Ratlosigkeit verwechselt, murmelt zwischen zwei Zügen: »Weiß nicht. Klingt irgendwie nicht schlüssig. Ein Antiquar erschießt einen Kollegen?« Er spuckt ein paar Tabakkrümel auf die Fliesen. »Das würde ich mir ganz genau anschauen. Aber ich will Ihnen natürlich nicht erklären, wie Sie Ihren Job zu machen haben. Und tauschen möcht ich auch nicht mit Ihnen. Schätze, Sie haben bald die Kollegen von der Internen am Hals. Ich meine, das stinkt doch. Ist doch kein Zufall, dass

LorenzSecur einen Killer braucht, und wo wird Lorenzo fündig? Beim SEK.«

Neuhaus weiß selbst, wie verrückt das klingt. »Ich kenne Eisi seit fünfzehn Jahren.« Er windet sich vor Unbehagen. »Sein Vater war Polizist, seine Tante auch. Der kommt aus einer richtigen Polizistenfamilie. Der hätte das niemals gemacht.«

Kaplans bleiche Blutsaugernase zittert, als er den Zigarettenrauch durch die Nasenlöcher ausstößt. »Ein Polizist ist die einzige Person, die zu der Steinberg auf die Dachterrasse kommen konnte, vorbei an dem Wachhabenden. Gestern habe ich Eisfelds Freundin vernommen. Sie ist Krankenschwester, arbeitet in einer Praxis, in der ambulante Operationen durchgeführt werden. Daher das Betäubungsmittel und die Spritzen. Passt alles. Und damit Eisfeld nicht singen kann, hat Lorenzo ihn zu guter Letzt auch noch abgestochen.«

»Das müssen Sie beweisen.«

»Mach ich schon, Kollege. Und das Erste, was ich suche, ist das Motiv. Lorenzo hatte ihn irgendwie in der Hand. Wir müssen mit den Kollegen sprechen.«

Neuhaus nickt und denkt an Robert Kämmerer, genannt Bob. Klar, Bob fährt ein Custombike, wie Lorenzo. Und wie Eisi. Was beweist das schon?

»Da stimmt was nicht, Herr Neuhaus«, drängt Kaplan, beugt sich vor und tippt mit seinem gelben Zigarettenfinger auf Eisis kalte Brust.

Neuhaus denkt das zu Ende: Aufräumen müsste er in seinem Saustall. Im Geiste lässt er das ganze SEK von der Internen vernehmen. Er lässt Schulle exhumieren. Er findet heraus, Lorenzo hat Bob manipuliert. Lorenzo ist Joachim Jägers Mann. »Vergessen Sie mich nicht«, hört er Joachim Jäger sagen. Neuhaus hat keine Wahl mehr. Silke. Das Kind. Das Haus. Neuhaus ist auch Jägers Mann. Passend, dass er ausgerechnet in einem Obduktionssaal spürt, wie er innerlich abstirbt. Sich selbst verrät. »Wir haben viel Arbeit, Kaplan«, sagt er und zieht das Laken über Eisis wächsernes Gesicht. »Machen wir es uns nicht schwerer als nötig.«

Vorabendprogramm

Sanders observiert seit einer Woche eine leitende Konzernangestellte, deren Vorgesetzter davon überzeugt ist, dass sie nebenbei für die Konkurrenz arbeitet. Jetzt ist es Abend und die Frau verschwindet im »Lorenz Adlon Esszimmer«. Sanders macht Feierabend. Er steigt in seinen Wagen, sieht auf die Uhr. Er ist knapp dran, wird lieber direkt ins »Las Meninas« fahren. Sanders hasst es, nicht mehr vorher duschen und sich umziehen zu können. Nüchtern betrachtet – wozu duschen? Er freut sich auf diesen Abend mit Libby. Und die will nicht an ihm riechen, sie will über sich sprechen. Sie spricht viel über sich. Das macht ihm nichts. Sanders hört ihr gerne zu. Er mag ihre Stimme. Er schaut sie gerne an. Während er den Wagen startet, fragt sich Sanders, wie sie sich entscheiden wird. Gibt nicht viele Leute, die tatsächlich das Talent für zwei so unterschiedliche Laufbahnen haben wie Libby.

Es nieselt. Sanders fährt über die Scheidemannstraße Richtung Kanzleramt. Rechts liegt der Reichstag, dahinter leuchten Paul-Löbe- und Marie-Elisabeth-Lüders-Haus wie Flughafenterminals. Hinter der Kreuzung Yitzhak-Rabin-Straße rollt Sanders' Wagen durch die Ausläufer des Tiergartens. Schlagartig ist es dunkel und einsam, keine fünfhundert Meter hinter dem Kanzleramt, und man fühlt sich plötzlich wie in der dichtesten Waldwildnis. Rechts schimmern die Lichter des Veranstaltungszeltes »Tipi« durch die Bäume, dann spiegelt sich die Silhouette des Hauses der Kulturen der Welt in dem Wasserbecken neben der Straße wie ein erstaunt geöffneter brennender Mund.

Sanders sieht es zuerst nur im Augenwinkel. Rechts bewegt sich etwas am Straßenrand, zwischen den Baumschatten. Ein Autoreifen springt auf die Straße, rollt ihm vor den Wagen. Sanders bremst scharf. Falsch. Natürlich. Lorenzo. Flughafen. Das Halsband, das er ihm versprochen hat. Er will das Gaspedal durchtreten. Aber zu spät. Scheinwerfer flammen auf. Motoren blubbern in den Büschen rechts und links der Straße. Schwere Motorräder ziehen auf die Straße. Sanders ist fast blind vom Scheinwerferlicht. Keine Chance zu beschleunigen. Um sich herum sieht er Helme mit schwarzem Visier, Lederkutten, Umrisse von 260er-Hinterreifen. Gummi radiert über Asphalt. Mindestens zwanzig Maschinen blockieren vor und hinter ihm die Straße. Er kann nicht einfach in die Menge fahren. Er hat nicht das Herz. Auch wenn das seine einzige Chance wäre. Die Biker geben Standgas. Stehen ihm gegenüber, eine Wand aus Xenonlicht. Die Welt hinter dem Licht trägt Schwarz. Sanders Hand tastet nach seiner Waffe.

Mailbox

Um kurz nach acht bestell ich den ersten Rosé. Sanders ist nie unpünktlich. Aber hey, kann immer mal was sein. Nach zehn Minuten wähl ich seine Nummer. Mailbox. Franco kommt an meinen Tisch, empfiehlt frischen Fisch mit Palmherzen, Tigermilch und Koriander. Ich frag ihn, ob Señor Sanders vielleicht angerufen hat? Nein. Leider. Kurz darauf hab ich sämtliche Mailboxen mehrfach besprochen. Ich geh auf die Toilette, dann vor die Tür. Schau die Straße auf und ab. Was, wenn er einfach nicht kommt? Weil er nicht kommen kann? Weil er nicht kommen will? Sanders, was soll das? Was ist mit dir?

Auf den Knien

Sanders sitzt hinter dem Steuer und wartet. Schlimmer kann seine Situation nicht mehr werden. Ein bulliger Typ stellt sein Bike ab, reißt Sanders' Wagentür auf.

»Raus«, befiehlt er.

Sanders lässt die Waffe, wo sie ist. Es sind ohnehin zu viele. Er hebt die Hände auf Schulterhöhe, steigt langsam aus. Der Bulle stößt ihn vorwärts. Sanders steht vor seiner eigenen Motorhaube. Aus dem Nichts tritt ihm einer in die Magengrube. Hart. Sanders geht die Luft aus. Seine Knie geben nach. Er knallt auf den Asphalt. Was immer auch passieren wird, sie können ihn nur einmal töten. Und wenn es jetzt sein soll, dann soll es eben jetzt sein. Da teilen sich die Reihen der schweren Motorräder.

Sternenzeit

Es ist ein windiger regnerischer Abend, aber zwischen den Wolkenfetzen zeigt sich immer mal wieder ein dunkelblauer Sternenhimmel. Mein Bauch fühlt sich an wie mit heißem Blei ausgegossen. Es wäre leicht, jetzt beleidigt zu sein. Er hat mich versetzt, nicht wahr? Aber nein. Sanders versetzt mich nicht. Weiß nicht, warum ich das glaube, aber ich würde mein Leben darauf verwetten. Ich starr die Sterne und die Sturmwolken an und warte. Für jeden Stern eine Minute. Eine Stunde. Ein Jahr.

Rache

Sanders hebt mühsam den Kopf. Zwischen den Motorrädern erkennt er die Silhouette einer Frau. Sie kommt auf ihn zu. Bleibt vor ihm stehen. Eine grauhaarige Frau in einem schwarzen Trenchcoat. Schmale Lippen. Er kennt die Frau. Bei Gericht ist sie gewesen. Fünf Jahre her, aber in seinem Kopf sieht er ihr Gesicht jeden Tag.

»Signora Lorenzo?« Sanders' Stimme ist nur ein heiseres Keuchen.

Die Motoren heulen auf. Eine Gerichtsverhandlung. Sanders wartet auf das Urteil der Richterin.

Sie ohrfeigt ihn. Sanders' Gehirn knallt gegen seinen Schädelknochen. Das Gesicht wird taub.

»Du hast mir zwei Söhne genommen«, sagt die Signora.

Sanders hält ihren Blick fest. »Sie hatten Ihre Rache«, sagt er.

Sie nickt. »Du hast mir zwei Söhne genommen. Ich dir nur einen. Wir stehen im Blut, ich und du. Die Familie wird dein Blut nehmen. Nicht heute. Aber irgendwann. Es kann jeden Tag sein. Es kann passieren, wenn du arbeitest. Oder wenn du schläfst. Wenn du feierst oder wenn du isst. Aber passieren wird es.«

Plötzlich sind die Scheinwerfer aus. Sanders sieht nur noch Lichtkreise im Schwarz. Die Motoren heulen wie eine Wolfsmeute, die Biker drehen auf, verschwinden knatternd Richtung Schloss Bellevue. Auch die Signora ist verschwunden. Sanders findet sich auf den Knien wieder. Der Asphalt vor seinem Wagen ist nass. Irgendwo im Tiergarten bellt ein Hund, langgezogen. Eine Klage. Sanders steht auf. Seine Kniescheiben pochen. Sein Wangenknochen, den ihm die Signora mit dem Siegelring poliert hat, schwillt an. Nun gut. Er ist ein toter Mann. Aber heute Abend noch nicht.

Sanders quält sich zurück hinters Steuer. Der Schock sitzt so tief, dass er ihn nicht spürt. Noch nicht. Sogar ein gewisses Verständnis hat er für die Alte. Wenn ich anstelle der Signora wäre, denkt er, würde ich nicht dasselbe tun? Und dann fällt ihm auf, dass er ja an ihrer Stelle ist. Dass er nicht dasselbe tut. Dass er stattdessen mal wieder einen auf normal machen wollte. Einen schönen Abend hatte er sich machen wollen. Sanders fährt den Wagen rechts ran. Sein Kopf fällt auf das Lenkrad. Er will weinen, schreien. Warum ich, warum bloß? Und warum hilft mir denn keiner? Aber die Leere in seinem Kopf ist größer als die Verzweiflung. Vielleicht bin ich schon tot, denkt er. Und dann füllt sich zum ersten Mal in seinem Leben seine innere Leere mit Trotz. Brennender, fanatischer Trotz. Er wird leben, was auch immer die alte Frau sagt. Hier. Jetzt. Dazu braucht er dringend eine Herzmassage. Und wo er die bekommt, weiß er.

Ich frier. Franco platziert mich an einem Tisch bei der Tür und bringt mir einen heißen Rotwein. Meine Wangen glühen, mein Kopf fängt an zu schwimmen. »Sicher kommt der Señor gleich«, flüstert Franco und drückt meinen Arm. Und ich will so sehr, dass Franco recht hat, dass ich sogar mal wieder kurz an Gott denk. Wenn Sanders einfach nicht mehr kommt, was mach ich dann? Ich hab keinerlei Rechte. Ich kann noch nicht mal in einem Krankenhaus fragen, wie's ihm geht. Und seinen fürchterlichen Vater, den staatstragenden Rechtsanwalt, vor dem hab ich jetzt schon Angst. Sanders hat mir von ihm erzählt. Ein hundert Prozent korrekter Mensch, der nicht glaubt, dass andere überhaupt etwas fühlen können. Plötzlich seh ich mich an Sanders' Grab stehn, nur ich und sein Vater.

Der Vater: »Was suchen Sie hier?«

Ich: »Ich …«

Der Vater zeigt auf den Sarg in dem Grab: »Ich mache Sie dafür verantwortlich!«

Ich: »Ich hab ihn geliebt, wissen Sie?«

Der Vater: »Sie verwechseln mich mit jemandem, den das interessiert!«

Da geht die Tür auf und der Abendwind weht eine schlanke Gestalt herein. Ich spring auf und werf den Stuhl um. Sichert uns die Aufmerksamkeit des ganzen Restaurants.

Sanders' Trenchcoat flattert hinter ihm wie ein Cape und mein Herz flattert auch, kurz vor Erleichterung, dann vor Freude. Ich steh nur so da und seh ihn an. Erinner mich gerade noch rechtzeitig, dass ich ihm nicht um den Hals fall. Gehört sich nicht. Franco nimmt ihm den Mantel ab. Sanders richtet seine Krawatte, die Augen dunkel vor unterdrückter Wut. Die Knie seiner Hose sind dreckig. Gar nicht sein Stil.

»Entschuldige«, sagt er, knöpft sein Sakko auf und setzt sich. »Wichtiges Meeting. Bin nicht rausgekommen.« Er zeigt auf sein Jochbein, wo sich ein rotblaues Mal bildet.

»Mensch, Sanders.« Ich atme tief durch und streich mein langsam nachwachsendes Blondhaar zurück. »Ich war so kurz davor, deine Kumpels beim LKA anzurufen. Du hast ja mit mehr Arschlöchern zu tun als 'n Proktologe.«

Er lächelt sein verlorenes Lächeln. Schätzt mich aus den Augenwinkeln ab. »Man gewöhnt sich dran«, sagt er. »Der Job ist nur in den ersten dreißig Jahren eine Zumutung.«

Gut sieht er aus, selbst jetzt noch, wo er ein bisschen derangiert ist. Ich schätz mal, die Frauen in meiner Familie würden ihn mögen. Meine Mutter wegen seiner Maßanzüge, seiner gebrochenen Nase und seinem melancholischen Mund. Und Wanja? Wahrscheinlich wünscht sie sich eh seit Jahren, dass ich in ein Becken mit Piranhas fall, während ich meine Tage hab.

Franco kommt. Wir bestellen den Fisch und mehr Wein. Sanders' Atem beruhigt sich langsam.

»Ich bin froh, dass ich noch kommen konnte.« Er drückt meine Hand. »Worüber wolltest du mit mir sprechen?«

Ich lehn mich zurück und knips mein Barbie-Programm an. Unauffällig noch einen Blusenknopf aufgenestelt und dann sag ich: »Ich bin nicht mehr sauer, okay? Wegen der Nummer in der Lounge.«

»Schlaues Mädchen. Ich hab dir deine Optionen erhalten. Die lassen dich nicht zu als Rechtsanwältin, wenn du vorbestraft bist. Ich entschuldige mich, falls ich dir wehgetan habe.«

Hat er. Allerdings nicht in der Senator-Lounge, sondern davor mit seinem Spruch bei Leysieffer am Stehtisch, von wegen wir sind erwachsene Leute und so. Aber das sag ich ihm nicht. Feigheit vorm Feind. »Ach, vergiss es, Sanders«, wink ich ab. »Ich hab einen Auftrag, glaube ich. Weißt du noch, in der Osternacht, als wir vor der Kirche übernachtet haben? Wo du geträumt hast, dass du verbrennst?«

Er nickt.

»Da hatt ich auch einen Traum. Eine Vision oder so was. Du hast dein Hemd aufgeknöpft und mir dein Herz gezeigt. Das sah aus wie 'ne katholische Reliquie. Und es stand in Flammen. Was sagst du nun?«

»Bin kein Traumdeuter.«

»Pass mal auf, Sanders. Jetzt sag ich dir mal was. Das ist ein Auftrag. Von ganz oben. Via Unterbewusstsein. Ich soll mich um dich kümmern.«

»Was redest du da?« Sanders grinst amüsiert, locker fast. »Du bist ja verrückter als ich, Libby. Kenne ich sonst nur von Herz-Jesu-Mystikern. Oder von Mola Ram. Du weißt schon, Indiana Jones II. ›Kali Ma, Shakti Deh!‹«

Find ich gar nicht lustig. »Schau dich doch mal an. Du brauchst einen Freund«, sag ich trotzig. Ziemlich unerwachsen. »Und ich übrigens auch. Meinst du, ich steh das allein durch, den Prozess, die Presse, die Leute? Ist einfacher, wenn wir zusammenhalten.«

»Ich weiß.« Da ist etwas Lauerndes in seiner Stimme. Dumm ist er nicht. Vielleicht weiß er bloß nicht, wie er mir auf höflich sagen soll, dass ich ein unsensibles, dreistes Weib bin, das immer wieder angekrochen kommt, obwohl doch alles klar sein müsste. »Du kennst Hunderte von Leuten, Liberty. Da wird doch wohl ein Freund dabei sein.«

»Ja, klar.« Nichts ist klar. Ich hab plötzlich so ein kindisches Kratzen im Hals, gegen das ich einfach anreden muss. »Ich kenn Hunderte von Leuten, mit denen ich irgendwas machen könnte«, sag ich. »Party, essen gehen, tanzen, Kino – kein Problem. Aber was ich mein, ich kenn niemanden, mit dem ich nichts machen kann«, sag ich.

»Nichts?« Er schaut mich an, als hätt ich ihm einen Heiratsantrag gemacht.

»Nichts. Du weißt schon. Einfach mal nur so bei Scheißkälte im Auto sitzen und rumfahren. Vor der Polizei abhauen. Sich gegenseitig die Haare schneiden. In zugefrorenen Seen baden. Auf Friedhöfen übernachten. Leute vom Fernsehturm schmeißen. Zusammen lachen. So was. Alltag eben.«

Sanders lächelt.

»Ich red Quatsch. Wir haben noch nie zusammen gelacht, was?«, schieb ich nach.

Sanders schweigt. Franco serviert. Der Fisch sieht wunderbar aus. Ich stocher darin herum. Kann mich nicht konzentrieren. Das läuft hier gar nicht nach Plan. Sanders ist ein Herr, aber ich bin keine Dame. Wir haben noch nicht einmal ein Gesprächsthema. Ich verlier ihn. Er sieht durch mich durch mit diesem hingehauchten Blick und reibt sich seine schiefe Nase.

»Einsamkeit ist schlimm«, sagt er. »Sich in einem Menschen irren, ist schlimmer.«

Es ist eine Warnung, aber ich check sie nicht. »Das Risiko geh ich ein«, sag ich. Meine Stimme klingt fremd, fern. Sanders tupft sich mit der Stoffserviette formvollendet die Lippen ab.

»Ich nicht«, sagt er.

Okay. Dann nicht. Wofür hält sich dieser Typ? Ich schieb meinen Teller beiseite und steh auf. »Sorry. Das ist mir jetzt zu blöd. Hab's nur gut gemeint.«

Ich erwarte jetzt natürlich, dass er auch aufspringt und mich zurückhält und so was sagt wie: »Hab's nicht so gemeint, Libby. Ja, und vielen Dank auch, dass du dich mit einem Sozialphobiker wie mir abgibst. Ziehst du bei mir ein?« – À la Pilcher halt. Passiert natürlich nicht. Ich funkel ihn noch mal böse an aus meinen Huskyaugen, schmeiß einen Zwanziger auf den Tisch und dann stöckel ich zur Garderobe. Scheiße, warum bin ich bloß so enttäuscht? Und wütend? Ja, Sanders hat recht. Sich in einem Menschen zu täuschen, tut weh.

Ich tret auf die Straße. Es ist dunkel, immer noch zu kalt und es regnet. Ich renn ein paar Meter, um das Adrenalin loszuwerden. Dann hol ich mein Telefon aus der Tasche und scroll durch meine Kontakte. Agentur *Die Berlinerin*. Ich brauch dringend einen Kunden, jetzt gleich. Jemanden, der Champagner aus meinen Schuhen trinken will und mir Komplimente über meine Uschis macht. Was man halt so braucht. Ich bleib stehen und wart auf das erste Klingeln.

Da greift etwas nach mir, warm, schnell, elegant, packt mich an der Schulter. Eine schmale Hand reißt mir das Handy vom Ohr. Ich schlag die Hand weg, mach drei Schritte rückwärts. Da steht Sanders im Nieselregen unter der Straßenlaterne, die Schultern hochgezogen, verloren, wie der ruhelose Geist von James Dean auf dem Foto am Times Square. Sein Atem geht stoßweise. Mein Handy ruft noch immer bei Susis Agentur an.

»Was?«, schrei ich ihn an.

Er schüttelt langsam den Kopf, hebt die Hand. »Bitte«, sagt er. »Hier geht's doch nicht nur um dich und mich.«

»Ne, hier geht's offenbar um zwei Idioten. Ich bin so blöd, dir hinterherzurennen, und du bist so blöd, nicht zu erkennen, dass das für die nächsten zwanzig Jahre deine letzte Chance auf zwischenmenschliche Wärme ist!«

Er lacht. Hart, bitter, zeigt in die Nacht. »Da draußen«, keucht er, »warten jede Menge Leute nur darauf, dass ich …«

»Ach Gott, jetzt wieder dieser Spruch. Was ist das, Sanders? Legendenbildung? Verfolgungswahn? Scheiße, Mann!« Mein Telefon klingelt noch immer. In der Agentur springt der Anrufbeantworter an. Genervt leg ich auf. Der kalte Regen läuft mir über den Kragen in die Jacke. Ich hab 'ne Gänsehaut wie 'ne Küchenreibe und meine neuen rosa Wildlederpumps werden nass. Meine Augen brennen. »Warum steh ich eigentlich hier rum und hör mir dein Film-Noir-Gequatsche an?«

»Du hast keine Ahnung«, sagt er leise. Sein Gesicht wird schwer und wahrhaftig. Die Angst zündet in meinem Kopf wie ein Schweißbrenner. Vor Schreck schrei ich ihn an: »Keine Ahnung, ja? Dann red mit mir, Gutmensch!« Ich schubs ihn.

Er nimmt den Schwung auf, taumelt rückwärts. Verbaler Dammbruch. »Du willst mir keine Probleme machen, ja?«, schrei ich. »Okay, danke vielmals, aber ich liebe Probleme! Du willst keine Probleme, Sanders, das ist es doch! Schöner Ansatz. Prima, vielleicht sind da draußen Hundertschaften von Mördern und Killern und Schlachtern und was weiß ich nicht alles für Typen mit deinem Namen aufm Zettel. Die wollen dir wehtun, das check ich ja noch, aber was ich nicht check: Warum tust du dir selbst weh?«

Sanders will etwas sagen. Zögert. Sein grünbrauner Blick wird groß und rund. »Andere ritzen sich mit Rasierklingen«, sagt er dann doch.

Seine Lippen sehen so weich aus. Ich hab wirklich ein gewaltiges Beschützerding laufen hier.

»Das hier ist keins von den Märchen, die dir dein Vater erzählt hat«, fährt er fort, ganz ruhig und sanft. »Ich bin ein autoaggressiver

Verlierer, Libby. Du kannst mich so oft gegen die Wand knallen wie du willst, ich werd kein anderer.«

»Scheiße. Ich will nicht, dass du dich veränderst. Ich will, dass du mich mitspielen lässt, du Froschkönig!«

»Weißt du, was das Beste an einem Verlierer ist?«, fragt er mit seinem gläsernen Lächeln.

»Er hat den Ruhepuls einer Klapperschlange, sagen wir so fünfundvierzig, und die Aura einer Wärmesuchrakete?«, schlag ich vor.

Das Lächeln bricht in seinen Augen. In den Scherben schimmert Mondlicht. »Ein Verlierer weiß, wann er verloren hat«, sagt er. Streckt die Hand aus.

Sanders' Hand ist schmal, hart, warm. Der Mann ist mir plötzlich vollkommen klar. »Du bist entsetzt von dir selbst«, stell ich fest. »Du weißt, wozu du fähig bist. Du hast dich einmal geöffnet und das hat dich fast umgebracht. Jetzt hast du Angst, wieder die Kontrolle zu verlieren.«

Sanders bleibt stehen. »Ich hab Angst, die Kontrolle zu verlieren, wenn ich mich öffne. Du hast Angst, die Kontrolle zu verlieren, wenn du dich auch nur einen Mikromillimeter zurücknimmst.«

»Du liest mich wie ein Buch, Schutzmann.«

»Mit Angststörungen kenn ich mich aus. Und jetzt komm. Deine Schuhe werden nass.«

Der Fisch ist noch nicht ganz kalt, als wir uns wieder an unseren Tisch setzen. Nach ein paar Happen fühl ich mich ein bisschen besser, aber nur ein ganz kleines bisschen. »Ich brauch einen harten Drink«, sag ich zu Sanders. »Ich brauch eine höhere Lebensversicherung, ich brauch Urlaub, ich brauch ein Haus auf dem Land.«

Sanders lächelt. »Ich hab nur einen Mantel, einen Wagen und eine Waffe.«

»Gut«, sag ich. »Dann nehm ich das.«

Danke.

Tun wir für einen Moment so, als würde es Magie tatsächlich geben. Der beste Beweis ist, dass ich dieses Buch in den Händen halte. Denn das zweite Buch soll ja das schwerste sein. Davon habe ich Gott sei Dank erst gehört, nachdem mein Superagent Elmar Klupsch es bereits verkauft hatte.

Bei der Arbeit an diesem Text, der so ganz anders ist als mein erstes Buch, sind mir die grundlegenden Einflüsse auf mein Schreiben besonders deutlich geworden. Zwei inspirierende Menschen haben den Grundstein gelegt: Christiane von Lengerke und Professor Doktor Heinz Ickstadt.

In der Tradition dieser beiden Lehrer hält eine Frau seit einem Jahrzehnt die Literatur in den Top Ten meiner To-Do-Liste: die großartige Claudia Johanna Bauer.

Vielen Dank an den zauberhaften Ladies' Writers Club, der sich tapfer durch Textentwürfe gekämpft und vieles gerettet hat: Carola Wolff, Anders Alborg, Ramona Karthe, Bianka-Maria Rehle. Ohne Euch wäre es nur der halbe Spaß!

Ein besonderer Dank geht an die Mädels, die dieses Buch bereits vorbestellt hatten, lange bevor es auch nur fertig lektoriert war (ja, das gibt es!).

Für die Hilfe beim Korrektorat vielen herzlichen Dank an Ursula Schwarzer.

Es gibt ein paar sehr besondere Männer da draußen, meine Lieben, die das Leben schöner und den Text möglich gemacht haben.

Bettina Kerwien
im Sommer 2015

Bitte beachten Sie auch den folgenden Buchhinweis:

Buchhinweise

Rote Fahne. Das Kartrennen wird abgebrochen. Polina Karova hängt reglos über dem Lenkrad. Aus ihrer Nase rinnt Blut – Fremdverschulden nicht ausgeschlossen. Es ist das jähe Ende des Rennens, das die Berliner Baufirma Karstaedt & Theissen anlässlich ihres Geschäftsjubiläums veranstaltet hat.

Kriminalrätin Marion Kraefft stößt im Umfeld der Toten auf Eifersucht, Rache, die Stasi und sogar die russische Mafia. Wem kann sie noch vertrauen?

Zu hoch hinaus
Ein Berlin-Krimi
Susanne M. Rüster

978-3-95400-449-2 | 12,99 €